고명철 평론집

리얼리즘이 희망이다

시, 위선의 시대에 종언을 고함

Realism, Our Hope and Life

푸른사상
평론선

23

Realism, Our Hope and Life

리얼리즘이 희망이다

시, 위선의 시대에 종언을 고함

고명철

푸른사상
PRUNSASANG

위선의 시대에 종언을 고하는 혁명의 꿈꾸기

무릇 혁명을 꿈꾸는 자

꽃나무를 닮아야겠다

가지가 꺾이고 줄기가 베여도

뿌리 남아 있는 한 악착같이 잎 틔우고

꽃 피워 마침내 열매 맺어야겠다

저마다의 외로움을 나이테로 새기면서

지평을 푸르게 물들이다가

꽃들을 다 내려놓고 쓰러져야겠다

이웃한 나무들의 거름으로,

— 이재무, 「혁명」 전문

세월호 참사 이후 한국 사회는 상식과 양심이 심하게 뒤틀린 현실에 에워싸여 있다. 진실이 호도되고, 진실을 은폐시키고, 더 나아가 진실을 추구하는 것 자체를 시대 퇴행적인 것으로 간주하는 어처구니없는 언어의 향연들이 우리의 삶 안팎을 배회하고 있다. 진실과 참된 삶을 갈구하는 언어들이 온갖 폭력 속에 신음하고 있다. 거짓된 것들에 대한 시대양심의 분노가 왜곡되고, 도리어 시대양심에 대한 거짓된 것들의 타매가 정상적인 것으로 인식되고 있다. 비정상성이 정상성의 자리를 꿰차고 들어온다.

그렇다고 우리는 진실의 언어를 폐기처분할 수 없다. 현실이 암연(黯然)의 사위에 갇혀 있을수록 진실을 향한 우리의 언어는 촉수를 바짝 곤두세워야 한다. 그리고 거짓이 난무하는 삶과 현실을 전복하는 혁명의 꿈꾸기를 포기해서 안 된다. 우리가 함께 꿈꾸는 세상을 이루기 위해 혁명에 수반되는 상처와 고통을 두려워해서 안 된다. 이 혁명은 꽃나무의 생태를 닮은 것으로, 꽃을 피우고 열매를 맺기 위해서는 온갖 고통을 이겨내야 한다. "가지가 꺾이고 줄기가 베여도" 꽃나무가 지닌 강인한 생명의 기운을 뿌리로부터 길어올리듯, 대지에 뿌리를 넓게 깊숙이 뻗으면서 대지와 격정적 사랑을 나누고, 그로부터 솟구친 생의 기운이 나뭇가지 고루고루에 미치며 바람과 애무를 하고, 우주와 장엄하게 그러면서 소박하게 만나듯이 진실의 열매를 맺기 위한 꽃나무의 생의 기운을 품어야 한다. 그리하여 "뿌리 남아 있는 한 악착같이 잎 틔우고//꽃 피워 마침내 열매 맺어야겠다"는 의지를 갈무리해야 한다.

여기서 이 같은 혁명의 꿈꾸기는 오로지 열매를 맺는 데만 초점이 맞춰진 게 아니라 꽃 피우고 열매를 맺은 후 "이웃한 나무들의 거름으로" 돌아가, 언젠가 다시 꽃을 피우고 열매를 맺을 생명의 힘을 온축하고 있다는 것을 명심하자.

그렇다. 이번 평론집을 준비하면서 그동안 씌어진 내 비평의 언어가 꿈꿨던 것은 거짓 세상 속에서 진실이 존중받는 삶과 현실을 향한 혁명이다. 부박한 현실에서 부유하지 않고 삶의 대지에 뿌리내린 진실의 언어가 지닌 아름다운 가치의 일상적 실현을 꿈꾼다. 물론, 이것을 꿈꾸는 내 비평의 언어가 투박하여 그 역할을 충분히 수행하지 못하고 있는 것을 고백해야겠다. 비평의 언어가 문학판에서 공명(共鳴)되지 못하고, 더욱이 사회적 공명과도 거리가 멀어버린 현실에서 내 비평의 언어가 무기력하다는 것을 나는 잘 안다. 하지만 이럴수록 나는 믿는다. 진실을 추구하는 우직한 언어가 그 어느 때보다 소중하다는 것을. 그리고 지금, 이곳의 비평의 언어에서 절실히 요구되는 것은 거짓이 판치는 세상과 불화하되, 아름다운 진실의 가치를 향한 혁명의 꿈꾸기를 가열차게 꾸기 위한 생의 기운을 품는 데 전심전력을 쏟아야 하는 것을. 그리하여 우리 시대의 시와 비평이 함께 이 위선의 시대에 종언을 고하는 문학적 투쟁의 전위임을.

최근 출판계의 불황에도 불구하고 이번 평론집을 정성스레 갈무리해준 푸른사상의 주간 맹문재 시인과 출판사 편집부에 감사의 뜻을 어떻게 전할지 모르겠다. 날이 갈수록 거짓투성이의 현실에 맞서야 할 문학의 운명을 담대히 수용하면서 진실을 향한 비평의 언어에 전심전력할 것을 다짐해본다.

끝으로, 이 책은 '2014년도 광운대학교 교내학술연구비의 지원'에 힘입은 바 크다. 이 책의 출간을 통해 나는 문학공부에 입문하면서 막연히 생각한, 좁게는 한국 문학, 넓게는 인문학의 존재 이유와 자긍심을 초발심의 차원에서 곰곰 성찰해본다.

2015년 1월 월계동 연구실에서
고명철

책머리에

제1부 어둠의 현실을 넘는

제2부 삶의 난경에 응전하는

제3부 시대와 삶의 무게를 견디는

제4부 우주와 삶의 율동에 공명하는

제1부

어둠의 현실을 넘는

그래도, 리얼리즘이 희망이다 ― 2000년대 리얼리즘 시의 풍경 문화운동, 역사적 계몽, 그리고 시적 혁명

진화(進化)하는 정치적 서정, 진화(鎭火)되는 국가 폭력 후략 ― 한국 시문학, 불의 사회학적 상상력에 대한 탐색 가시론

진화(進化)하는 정치적 서정, 진화(鎭火)되는 국가 폭력 매카시즘의 광풍과 반공주의의 암연, 그 시적 응전 살림의 언어

그래도, 리얼리즘이 희망이다

— 2000년대 리얼리즘 시의 풍경

1. 지금, 이곳에 놓인 리얼리즘의 자화상

문득, 떠오르는 물음이 있다. 2000년대의 리얼리즘의 시세계를 논의하는 것은 무슨 의미일까. 이 물음이 적어도 리얼리즘의 진정성과 연관된 것이라면, 매우 고전적 문제의식일지 모르지만(그래도 내게 다음과 같은 문제의식은 폐기처분할 수 없는 소중한 문제의식으로서), 여기에는 '역사적 주체'로서 '진보적 가치'를 꿈꾸는 '삶의 의지와 욕망'이란 문제를 회피할 수 없다고 나는 생각한다. 물론, 이 문제는 2000년대 이전의 리얼리즘을 논의하는 자리에서도 숱하게 언급된 바 있다. 일제 시대 진보적 문학운동의 전위에 있던 카프의 사회주의적 리얼리즘으로부터 그 역사적 가치를 창발적으로 계승한 1970·80년대의 민족민중문학 계열의 리얼리즘에 이르기까지 한국 문학사에서 리얼리즘의 도정이 지닌 역사적 의의에 대해서는 새삼 강조할 필요가 없다. 무엇보다 리얼리즘은 문예미학의 심급에서만 국한된 게 아니라 한국 사회의 당면한 문제적 현실(민주회복과 분단체제극복)에 대한 치열한 미적 응전으로서 그 정치사회적 몫을 충실히 수행해왔다. 하여, 리얼리즘은 객관세계를 이해하는 세계관이자 창작

방법의 원리이며 한국 사회의 문제적 현실을 해결하기 위한 사회적 실천의 역할까지 포괄적으로 담당한 문예미학 이상의 그 무엇이었다 해도 과언이 아니다. 이 자리에서 지금까지 수행한 리얼리즘의 역할과 그 가치에 대해 장황히 언급할 필요는 없다. 리얼리즘의 기반이 역사의 구체성에 있는 만큼 역사를 이루고 있는 제반 조건(물적 토대 및 상부구조)이 급변한 현실 속에서 과거의 리얼리즘을 무반성적으로 기념화하든지 맹목화하는 것이야말로 의사(擬似)리얼리즘이며 반리얼리즘이다. 그 대신, 리얼리즘이 놓인 지금, 이곳의 현실을 적확히 인식하고 응시하는 게 절실히 요구된다. 리얼리즘이 문예미학의 안과 밖의 경계를 활달히 넘나들면서, '역사적 주체'로서 '진보적 가치'를 꿈꾸는 '삶의 의지와 욕망'의 문제를 붙들고 있기에 더욱 그렇다. 가령, 다음과 같은 두 편의 시를 보자.

> 그런데 당신은 이 모두다/아침이면 건강쎈터로 달려가 호흡을 측정하고/저녁이면 영어강습을 받으러 나간다/노동자가 아니기에 구조조정엔 찬성하지만/임금인상투쟁엔 머리띠 묶고 참석한다/집주인이기에 쓰레기매각장 건립엔 반대하지만/국가 경제를 위한 원전과 운하 건설은 찬성이다/한 사람의 시민이기에 광우병 소는 안되지만/농수산물 시장개방과 한미FTA는 찬성이다 학부모로서/학교폭력은 안되지만, 한 남성으로서/원조교제는 싫지 않다 사람이기에/소말리아 아이들을 보면 눈물이 나고/미군의 아프가니스탄 침공에는 반대하지만/북한에 보내는 쌀은 상호주의에 어긋나고/미군은 절대 철수하면 안된다//
> 도대체 당신은 누구인가?
> ─ 송경동, 「당신은 누구인가」 부분

> 명절날 친척들 한자리에 둘러앉으니/그곳이 이제 들끓는 국가다/그 가운데 한명 이상은 사장이고/한명 이상은 극우파이고/한명 이상은 붉은 머리띠를 매어보았고/한명 이상은 고학력 실업자이고/한명 이상은 비정규직이고/한명 이상은 영세상인이고/한명 이상은 조기퇴출당해보

았고/한명 이상은 대기업 정규직이고/누구는 파출부를 하면서 극우파이고/누구는 농민이면서 친미파이고/누구는 부동산으로 돈깨나 벌었고……//

    누구든 하나가 세상 푸념 시부렁대면/여지없이 면박이 날아온다 위아래가 치고받는다/누구 없이 망국론이다 전엔 두 편만 갈라 다투더니 이젠 전방위다/그러나 그것이 차라리 진보라면 진보다/정치가 이제 밥상머리에 왔다/권력이 이제 문간 들머리에서 쌈질이다/정치가 삶에 들붙어 떨어질 줄 모른다/누가 누구의 전부를 뭉개버리기 어렵게 되었다/정부도 하나가 아니라 무수히 많다/이건 혼란이 아니라 생존 때문에 욕망 때문에/그간에 내통해온 치정관계를 정리하고 있는 것이다/그러느라 구경꾼들이 광장으로 무대로 올라온 것이다/지금은/이 소란스러움을 견디는 일이 진보다

— 백무산, 「견디다」 전문

    한국 사회에서 반민주적 군부독재 정권의 종언 이후 형식적 민주주의의 도래는 사회 구성원들로 하여금 민주주의의 소중한 가치를 일상 속에 뿌리내리도록 한다. 그런데 문제는 그리 단순하지 않다. 한국 사회에서 오랜 세월 파쇼적 정권에 의해 지연된 민주주의는 온갖 정치경제적 이해관계에 맞물려 있는 구성원들에게 민주주의의 참된 가치를 일상의 삶으로 내면화하는 데 버겁다. 구성원들은 혼란스럽다. 그들을 에워싸고 규정짓기도 하는 사회 구성원으로서의 자격들이 충돌하고, 결국 그들 개인의 사적 이해관계에서 최대한 이득을 챙길 수 있는 방향으로 자신의 뜻을 관철시키려고 한다. 시민, 국민, 민중(노동자, 농민, 도시빈민), 인류로서 추구해야 할 선의지(善意志)를 부정하지 않으면서도 '개인'의 행복과 이익을 위해서는 이와 같은 사회 구성원으로서의 자격은 뒷전으로 밀려난다. 때문에 이처럼 '개인'을 초월하지 못한 채 '개인'의 이해관계에 붙들려 있는 작금의 현실에 대해 리얼리스트 시인은 "도대체 당신은 누구인가?"고 묻는다.

이 도저한 윤리적 혹은 실존적 물음에 대한 고민이야말로 지금, 이곳의 리얼리즘이 씨름해야 할 중요한 사안이다. 이제 한국 사회를 단일한 욕망으로 파악할 수 없다. 사회 구성원마다 꿈꾸고 기획하는 진보적 세상'들'의 존재를 소중히 여겨야 한다. 어떤 단일한 진보적 가치로 이뤄진 것을 진보의 모든 것인 양 계몽할 수 없다. 어떤 세련된 정치사회적 심급에서만 논의되는 것을 진보의 아름다운 것으로 특권화할 수 없다. 진보의 실천과 담론에서 위계가 성립될 수 없다. 진보는 저 낮고 비루한 곳에서 서로 다른 존재들이 꿈꾸는 진보적 가치'들'이 격렬히 부딪쳐야 한다. 비록 불필요한 시간이 들고 일을 진행하는 데 비효율적 면이 있다 하더라도, 그 논의 과정에 다 함께 참여하는 설왕설래(說往說來)가 있어야만, 진보의 가치는 그래서 더욱 값진 것이다. 그러니 리얼리스트 시인은 "지금은/이 소란스러움을 견디는 일이 진보다"라는, 진보에 대한 담대한 생각과 믿음을 저버릴 수 없다.

그렇다. 어떻게 획득한 민주주의의 가치인가. 조급해하지 말고, 급변하는 현실을 살고 있는 사람들의 일상에 밀착하면서 그 일상으로부터 리얼리즘의 당면한 과제를 해결하기 위한 지혜를 담금질해야 하리라.

2. 2000년대의 노동에 대한 리얼리즘의 시적 성취

지난 시절 리얼리즘의 역사적 주체로서 노동자에 대한 발견은 대단히 중요한 것이었다. 노동자 계급에 대한 인식은 근대(이후)의 삶과 현실을 과학적으로 이해할 뿐만 아니라 진보적 가치를 구체화하는 데 현실적 감각을 보증해준다. 근대의 삶은 곧 자본주의 세계체제의 그것인바, 생산을 담당하고 있는 노동자 계급이 고용주 또는 국가(및 사회)의 이해관계와 상충하면서 빚어진 노동모순은 근대세계를 이루는 구조악(構造惡)과 행태악(行態惡)이라 해도 과언이 아니다. 2000년대 이전 우리의 리얼리즘 시, 특히 이른바 노동시의 주된 과제가 노동자 계급이 직면한 노동모순, 그리고 그것과 연동된 주요 사회현안을 핍진하게 다루면서, 노동해방과 인간해방의 원대한 전망을 구현하고자 했던 것은 역사변혁의 과제와 동떨어진 게 아니었음은 주지의 사실이다.

이러한 노동시의 창작 동향은 2000년대에 그 형상적 사유 면에서 심화된다. 무엇보다 주목해야 할 것은 노동자를 집단적 주체로서만 인식하는 것을 지양하고, 급변하는 현실 속에서 노동하는 '개인'의 내밀한 욕망과 일상에 대한 진솔한 형상화를 통해 노동의 위엄에 대한 한층 밀도 있는 실감을 갖도록 한다는 점이다. 하여, 우리의 일상에서 갖는 노동의 위상과 역할에 대해 근원적 성찰의 계기를 갖도록 한다.

> 일을 안 한 지 너무 오래라고 공구통의 공구들은 말한다 그러는 공구들이 안쓰러워 이따금 꺼내어 닦아줄 뿐 나는 아무런 저항도 하지 못했다 사포로 문지르는 상처에서 붉은 녹이 날린다 이 공구들을 잡고 나는 다시 일을 해야만 할까 일을 할수록 날이 무뎌지고 이가 빠지듯 삶은 더욱 불안하게 지속되는데 나는 또 이렇게 녹슨 공구들을 닦는다 더는 공구들을 위해서 나를 값싸게 팔지 말자고 다짐하면서도 나는 생의 불안처럼 잘 지워지지 않는 공구들의 붉은 녹을 벗기고 기름을 바르며 공구통을 정리하는데 또르르르 뒹구는 나사 하나.
>
> — 조기조, 「나사 하나」 전문

> 철판을 끌며 계단을 오른다/방화문, 판넬을 어깨에 메고/쇠파이프와 앵글, 용접기와 가스통을 짊어지고/계단을 오른다/불볕 아래 오장육부 핏줄을 태우며/조립식 계단을 오르고 또 오른다/내딛을 기력이 다하여 이제 한 걸음만 더/층계를 돌아 더 높은 난간을 붙잡고 서면/또 어떤 굴곡의 위험이 나를 기다리고 있을 것인가/하늘이 보여, 빤히 뚫린 옥상으로 언뜻 비친 하늘이/흐릿한 무저항의 빛을 던져주었다/순간, 내 육신

은 일시에 분해되기 시작했다/뼈마디의 나사가 모두 빠져나와/와그르 르, 나뒹군다/노동의 육체란 이렇게 날마다 해체되는 과정이다/어질어 질 현기증을 타고/내가 의지한 발판과 기둥의 역사를 타고 오를수록/계 단은 휘청거리며 소리를 낸다/쓰러지지 않고 무너지지 않고/대지보다 무거운 짐을 지고 올라야만/비로서 착암기처럼 심장을 꿰뚫는 소리,/반 드시 해체되어야 할 그 소리를 오른다

— 임성용, 「계단을 오르며」 전문

위 시에서 확연히 읽을 수 있듯, 2000년대의 노동시에서 눈에 띄는 것 은 노동 그 자체에 대한 혐오와 부정의 시선이 삭제돼 있다는 점이다. 이 것은 2000년대의 노동 현실에서 노동모순이 소멸하여 노동해방이 성취되 었기 때문이 결코 아니다. 그 단적인 예로 신자유주의 융단폭격 아래 노 동의 유연성은 해고와 비정규직 노동을 비롯한 새로운 노동문제로서 이 른바 '프레카리아(불안노동)'를 낳고 있다. 인간해방의 길이 쉽지 않듯, 노 동해방의 길도 마찬가지다. 그런데 이들 시에서 주목해야 할 것은 노동자 가 스스로 노동에 대한 자기인식을 가다듬고 있는 것인데, 공구통의 공구 들을 보면서 자신이 노동을 하지 않을수록 공구들의 "날이 무뎌지고 이가 빠지"는 것으로부터 "생의 불안"을 무섭게 감지하는 것이든지(「나사 하 나」), 철판을 끌면서 조립식 계단을 오르고 있는 자신의 육체에 대한 분석 적 시선을 통해 노동을 하는 자신의 현존을 인식하는 것은(「계단을 오르 며」), 노동자가 생존의 수단으로서 노동을 이해하고 있는 것으로부터 한 걸음 더 나아가 노동을 삶의 목적 그 자체로서 사유함으로써 지난 시절 노동모순을 증언·고발·저항하는 시적 계몽으로부터 한층 성숙해진 모 습을 보인다. 말하자면 2000년대의 빼어난 노동시는 노동에 대한 시적 성 찰을 드러낸다. 여기서 '노동자—시인'으로서 그동안 낯익은 노동시의 언 어와 다른 노동시를 쓰는 최종천의 시는 각별히 주목할 필요가 있다.

우리 노동자들끼리 서로 만나 인사할 때/돈 좀 벌었느냐고 묻지 말아
야겠다/우리는 노동계급이다, 노동은/돈을 버는 게 아니라 만드는 거
다/(중략)/재주는 원숭이가 부리고 돈은 주인이 받는다/원숭이들아, 노
동자들아!/인간은 노동을 통하여 인식능력과 언어를 얻었다/노동이 동
물을 인간으로 진화시킨 것이다/고로 지금도 노동을 하고 있는 우리는/
아직 인간으로 진화하지 못한 원숭이들이다/노동계급의 발언은 발언이
아니며/노동계급은 인간으로 살고 있는 게 아니다/우리의 말은 자본가
에게 비분절음(非分節音)으로 들리는 것이다/그래서 내린 처방이 노동
의 종말이다/아직도 노동을 하고 있다니/인간으로 진화화기를 망설이
다니/열(熱)은 발생하여 없는 곳으로 흐르듯/돈도 노동에서 만들어져/
돈을 만들지 못하는 문화로 흘러들어간다

—최종천, 「돈!」 부분

환경 파괴로 인한 자연재해와 재앙이/노동계급의 투쟁과 어찌 다른
것이랴/자연은 오염으로 문명에 항거하고/노동계급은 파업으로 자본에
대항한다./자연과 노동의 투쟁의 대상은 동일한 것이다./(중략)/사명을
가진 자가 司祭이다./인간에게 자연이 있는 이유는/착취를 없애기 위함
이다./노동계급이여 착취당하지 말라/우리는 자연의 司祭로서 노동을
집행한다./우리는 자연으로부터 착취당하지 않을/의무와 권리와 사명
을 위임받았다./계급의 운명을 사명으로 바꿀 때/노동계급은 진정한 의
미의 司祭가 된다.

—최종천, 「어떻게 다를까?」 부분

감히 말하건대, 한국의 리얼리즘 시는 최종천에 이르러 노동과 노동자
계급에 대한 심층적 사유를 형상화하는 시적 득의(得意)를 이룬다. 흔히들
일을 하는 이유에 대해 십중팔구 돈을 벌어 행복한 삶을 살기 위해서란
다. 그런데 시인은 "노동은/돈을 버는 게 아니라 만드는 거다"는 시적 진
실을 깨우친다. 돈을 버는 행위는 원숭이처럼 재주를 부리는 것이며, 노
동계급으로서 인간은 돈을 만드는, 즉 생산을 하는 성스러운 존재임을 발
견한다. 여기서 최종천의 시적 사유가 한층 웅숭깊은 것은 이렇게 생산과

관련한 노동을 생태의 문제와 '함께' 보는, '연대적 사유'의 진실로 이들의 관계를 포착하고 있다는 점이다. 해묵은 논쟁거리이기도 하지만, 노동과 생태는 행복하게 조우할 수 없는 상충적 관계에 있다. 자연 자원을 끊임없이 착취해야만 생산력을 극대화할 수 있는 노동이 여러 면에서 자연과 대척점에 놓일 수밖에 없는 게 저간의 상황임을 고려해볼 때, "자연과 노동의 투쟁의 대상은 동일한 것"이고, "인간에게 자연이 있는 이유는/착취를 없애기 위함이다"는 문제의식은 매우 소중하다. '착취'를 매개로 한 노동과 생태의 행복한 조우가 "자연의 사제로서 노동을 집행한다"는 시적 진실의 발견은, 인류의 원대한 행복과 진보적 가치를 기획·실천하는 데 귀기울여야 할 시적 전언이다. 이제 더는 노동자 계급 투쟁과 생태보호 투쟁이 리얼리즘의 진보적 영토 안에서 서로 얼굴을 찌푸리며 불화할 수밖에 없는 기피의 대상이 아니다. 착취 없는 세상을 꿈꾸고, 이를 실천하자는 면에서 이 두 가지 진보 투쟁은 상생의 운명을 공유하고 있기 때문이다.

3. 일국주의적(一國主義的) 진보를 극복하는 리얼리즘

2000년대의 리얼리즘 시가 거둔 성취를 진단할 때 중요한 것은 일국주의적(一國主義的) 진보를 극복하고 있는 사실이다. 지난 시절 민주화운동의 일환으로 씌어진 리얼리즘 시의 대부분이 한국 사회의 민주주의를 회복하기 위한 데 시적 역량이 결집되었다. 진보적 문학 진영의 최우선 해결 과제는 분단모순과 계급모순을 해결하는 것이었고, 그것은 한국 사회가 당면한 민족민중 문제를 시적으로 인식하고 형상화하는 것이었다. 물론 1970년대 후반 제3세계에 대한 관심이 일어나면서 제3세계 문학과의 연대에 대한 논의가 전혀 없던 것은 아니었다. 하지만 비평계에서 자민족중심주의를 극복하기 위한 이론적 심급에서 제3세계 문학론에 대한 간헐적 논의가 있었지만, 창작계에서는 제3세계와 연대하는 이렇다할 작품성과가 없었다 해도 과언이 아니다.

하지만 2000년대의 리얼리즘 시에서는 세계자본주의체제가 국가를 넘어 작동하는 양상이 현저히 우리의 일상 속에서 뚜렷이 목도되면서 일국주의적 경계를 넘어선, 그리하여 세계체제의 문제틀에 의해 현실을 인식하게 된다. 특히 국제노동의 분업화로 인해 점증되는 이주노동은 기존 한국의 리얼리즘 시의 외연을 확장시켜줄 뿐만 아니라 이주노동과 관련하여 새롭게 불거진 문제적 현실에 대한 심도 있는 시적 형상화를 낳고 있다. 심지어 이주노동의 문제는 분단체제의 그것으로 심화 확산되고 있어, 지난 시절 남과 북의 분단시대를 극복하기 위한 리얼리즘 시의 지평을 갱신시키고 있다. 시인 하종오의 최근의 잇따른 역작—『국경 없는 공장』, 『아시아계 한국인들』, 『입국자들』, 『제국』, 『남북상징어사전』 등은 이것과 관련한 한국 리얼리즘 시사(詩史)에서 응당 주목해야 할 것으로 나는 생각한다. 가령,

> 폐암 말기 진단 받은 콩고 청년/왼쪽 손목 인대 수술 받은 우즈베키스탄 청년/오른쪽 손목 절단 수술 받은 네팔 청년/(중략)/어두워질 때까지 천장만 쳐다보았다/회진 온 늙은 한국인 의사 선생님에게/서툰 한국어로 더듬더듬 똑같은 말을 했을 때에야/세 청년은 서로의 심정을 비로소 알았다/언 제 나 아 요? 취 직 해 야 추 방 안 당 해 요
> — 하종오, 「세 청년」 부분

의 행간에 스며든 외국인 이주노동자의 이루 다 말할 수 없는 사연들 속에서 어느덧 한국 사회도 제국화(帝國化)되고 있는 것은 아닌지, 통렬한 반성적 성찰의 계기를 던져준다. 뿐만 아니라 분단을 극복하는 시적 인식에서는 종래 낭만적 통일의 서정으로 충일된 게 아닌, 남과 북의 서로 다

른 정치사회 체제를 상호 존중하는 가운데 상생·공존하는 통이(通異, 統二)의 새로운 탈분단의 현실감각을 형상화한다.

> 비무장지대에 드나들도록/남북 양쪽에 만들어놓은 출입구에/남한 관리자들과 북한 노동자들이 걸어서/아침에 출근하고 저녁에 퇴근한다//
> 남측에서는 자본을 대고/북측에서는 노동을 대어서/공동 사업으로 비무장지대를/생태보호지역으로 지정하고/관광객들은 구경하러 들어오지 못하게 하고/땅속으로 아예 지하 차도를 내어/남북 양쪽을 맞바로 통과하게 한다//
> 남북 양쪽에 접한 생태보호지역에/남한 관리자들과 북한 노동자들이 모여서/풀꽃들의 냄새를 퍼뜨리기 위해/나무들의 그들을 퍼지게 하기 위해/곤충들의 더듬이질을 계속하게 하기 위해/새들의 날갯짓을 소리 나게 하기 위해/계획을 짜고 정성을 들인다//
> 사철이 와서 머물다 가는 비무장지대에/봄이면 풀꽃들이 싹을 내밀고/여름이면 나무들이 우듬지를 넓히고/가을이면 곤충들이 바닥으로 떨어지고/겨울이면 새들이 공중을 날아가는 날마다/남한 관리자들은 남한으로 제때 퇴근하고/북한 노동자들은 북한으로 제때 퇴근하여/낮에 한 일을 가족들과 이야깃감으로 삼으며 쉬고/이튿날 출근하여 어저께 일을 되풀이한다
>
> — 하종오, 「생태보호지역」 전문

어쩌면, 한반도에서 우리가 바라는 분단극복은 바로 이런 현실이 일상화되는 게 아닐까. 남과 북의 체제경쟁의 대립과 긴장을 걷어내고 상호보완적 관계 속에서 평화로운 일상을 누리는 것이야말로 우리가 그토록 꿈에 그리던 분단체제의 극복이 아닐까. 남과 북 어느 일방의 국민국가의 진보적 가치로 수렴되지 않는, 오히려 양쪽 국가의 진보적 가치를 훌쩍 넘어 '남측–자본'과 '북측–노동'의 행복한 조우야말로 자본주의 세계체제의 악무한의 현실을 보란 듯이 극복함으로써 지금까지 인류가 만들어내

지 못한 새로운 일상의 행복을 창출하는 게 아닐까. 여기서 시적 상상력이 해낼 수 있는 전위의 파급력은 바로 이와 같은 리얼리즘의 형상적 사유에 있는 것이다.

그런데 이와 같은 형상적 사유의 기저에는 강조하건대, 국민국가의 경계에 구속되지 않는 도저한 시적 인식의 힘이 있기 때문이다. 나는 2000년대 리얼리즘의 시적 성취를 곰곰 숙고할 때마다 변방에서 이 같은 과제를 붙들고 분투하는 시작(詩作)을 떠올려본다. 그것은 제주 4·3항쟁을 다루고 있는 시들이다. 나는 기회가 있을 때마다 환기한다. 4·3사건은 제주에서 일어난 한갓 변방의 역사적 참극이 아니라 대한민국을 건립하는 과정에서 국가주의에 침윤된 국가권력이 무고한 민중을 대상으로 벌인 파쇼적 국가 폭력의 전형이며, 이에 분연히 맞서 싸운 민중의 항거이다. 더는 4·3의 역사적 진실을 반공주의로 왜곡하거나 그 가치를 매도해서는 안 된다. 제주의 시인들은 4·3의 이러한 역사적 진실을 탐구하는 리얼리즘의 시작(詩作)을 지속적으로 펼치고 있다. 이제 그 리얼리즘적 성취는 제주뿐만 아니라 남과 북을 비롯한 아시아, 그리고 탈식민의 원대한 기획을 문학적으로 실천하고 있는 지구촌 곳곳의 평화적 가치를 위한 새 생명의 염원이 온축된 나무 한 그루로 모아진다.

> 아직, 살아 있습니다/터진 무르팍 또 터져/덧대어 기운 틈새로 찬바람/간섭해도 버티어 있습니다//
> 삭신이야 온전할 리 있겠습니까/정처 없는 동백 씨앗/겨드랑이에 타올라 뿌리 뻗고/담쟁이 목줄에 감겨와도/모두 아울러 살아갑니다//
> 집이건, 연자방아간/깡그리 무너지고/동굴 속으로 숨어든 사람들마저/다시 못 올 길 떠난 자리에/방홧불에 데인 상처/아물지 못해 옹이로 솜배인/마을의 허한 터에 서서/끝내 살아갑니다
>
> — 강덕환, 「불칸낭」 전문

이렇게 4 · 3의 화마(火魔) 속에서도 살아 남은 '불칸낭'은 도처의 바람결에 실려온 씨앗을 품어 안아 새 생명의 싹을 틔워내 살리고 있다. 나는 욕망한다. 2000년대의 리얼리즘 시가 이 제주의 '불칸낭'처럼 강인한 생명력으로 서로 다른 가치를 배척하지 않고, 한 몸에 동거하면서 상생할 것을. 왜냐고? 그래도, 리얼리즘이 희망이기 때문이다.

문학운동, 역사적 계몽, 그리고 시적 혁명

— 1980년대 진보적 시의 계몽적 서정

1. '역사적 계몽-시적 혁명-미적 근대성'과 문학운동

매해 5월, 이명(耳鳴)으로 쉼없이 들리는 노래가 있다. 그 노랫말 사이에 배어든 울분, 슬픔, 환멸, 절망, 희망, 환희 등의 파토스는 고귀한 희생을 치르면서 반드시 이뤄내야 한다는, 민주화를 향해 용솟음치는 열망과 민중적 에토스로 우리의 사위를 에워싼다.

> 사랑도 명예도 이름도 남김 없이
> 한평생 나가자던 뜨거운 맹세
> 동지는 간 데 없고 깃발만 나부껴
> 새날이 올 때까지 흔들리지 말자
>
> 세월은 흘러가도 산천은 안다
> 깨어나서 외치는 뜨거운 함성
> 앞서서 나가니 산자여 따르라
> 앞서서 나가니 산자여 따르라
>
> — 「님을 위한 행진곡」 전문

백기완의 시 「묏 비나리」(1980년 12월)에서 가사를 따와 만든 「님을 위한 행진곡」은 5 · 18광주민주화항쟁 이후 군부독재정권의 반민주화에 맞서 싸운 숱한 민주 인사들의 숭고한 희생을 기리는 자리 곳곳에서 불리워진다. 그렇다. 「님을 위한 행진곡」은 '불의 시대'로 호명된 1980년대 그 자체를 표상하는, 그 어떤 역사적 소명을 띤 서정시보다 민주화를 향한 실천적 의지를 간명하고 뚜렷이 드러낸 빼어난 서정시로 손색이 없다.

광주의 참상을 겪은 후 과연 한국에서 서정시가 씌어질 수 있을까, 하는 자조(自嘲)를 보란듯이 위반한 서정시들이 봇물터지듯 씌어지기 시작한다. 역사의 객관현실과 무관한 미의 풍경이 얼마나 무책임한 언어도단으로 이뤄진 인위적 풍경인지, 부정한 정치권력에 의해 무참히 죽어간 자들의 진실에 귀를 기울이지 않는 게 얼마나 반시적인 일인지, 1980년대의 한국시는 준열한 정치사회적 성찰을 통해 민중민족문학의 리얼리즘 계열의 시를 가열차게 발표한다. 그 시들은 역사변혁의 주체로서 민중을 주목하고, 객관현실의 구체성에 밀착한 생산주체로서의 노동자, 농민 그리고 도시빈민을 아우르는 프롤레타리아 계급의 삶과 현실을 총체적으로 인식하여 민주주의를 훼손한 정치권력에 대한 혁명적 낭만성으로 충일돼 있다. 하여, 진보적 진영의 시인들은 '민주회복'과 '분단극복'이란 두 개의 사회적 근대성에 대한 역사적 계몽의지를, 민주화운동의 한 부문으로서 문학'운동'의 차원으로 시를 썼다 해도 과언이 아니다. 그들에게 시와 시의 언어란, 광폭한 현실에 순응하는 게 아닌, 그것의 실체를 드러내고, 그것의 뿌리를 뽑아내는, 어쩌면 반민주적 현실에 대한 시적 혁명을 일궈내는 미적 정치 감각을 벼리는 것일지 모른다. 즉 그들에게 역사적 계몽과 시적 혁명, 그리고 미적 근대성은 분리할 수 없는, 그리하여 그들의 문학운동으로서 시쓰기에 활력을 불어넣는다.

2. 무크지운동을 통한 미적 전위

그런데, 이러한 문학운동으로서 시쓰기가 활기를 띄게 된 데에는 종래 우리에게 낯익은 방식(각종 문예지의 신인상 및 신춘문예와 같은 등단 제도)으로 젊은 시인들이 출현한 게 아니라 문학운동에 걸맞는 새로운 방식을 그들 스스로 창출해내면서 예의 시들이 집중적으로 발표되었다는 사실이다. 여기에는 광주민주화항쟁을 국가의 존립을 위협하는 반국가적 폭동 사건으로 왜곡하는 전두환 파쇼정권이 이른바 사회정화작업을 이유로 『창작과비평』, 『씨알의 소리』, 『뿌리깊은 나무』, 『문학과지성』 등 기존의 정기간행물 172종의 등록을 취소시켜(1980. 7. 31) 진보적 언론(言路)를 차단하려고 하였으나, 정기간행물의 형태는 아니되, 잡지와 단행본의 성격을 갖춘 이른바 무크(mook, 잡지형 단행본 혹은 단행본형 잡지)지의 형태를 통해 신군부의 폭압에 맞서 저항한 문학운동을 주목해야 한다. 진보적 문학운동의 주체들이 기존의 정기간행물을 통해서는 더 이상 진보적 문학운동을 실천할 수 없는 현실적 문제에 직면한 터에, 단행본의 집중화된 기획과 잡지의 현장성을 접맥시킴으로써 새로운 형태의 저항적 실천을 할 수 있는 활로를 개척한 것이다. 이 무크지를 통해 한국 문학, 특히 1980년대 진보적 진영의 시는 파쇼정권에 효과적으로 저항하는 미적 정치성을 띤 문학운동의 진면목을 보인다. 그렇다면 그 당시 전국적으로 간행된 주요 무크지는 어떠한 것이 있는가.

* 서울에서 간행
『실천문학』, 『공동체문화』, 『언어의 세계』, 『문학의 시대』, 『민중』, 『문학과 예술의 실천논리』, 『문학예술운동』, 『노동문학』, 『노동해방문학』, 『녹두꽃』, 『우리문학』, 『르뽀시대』, 『현장문학』, 『땅의 사람들』, 『시대정신』, 『민중교육』, 『노래』, 『제3세계연구』, 『한국사회연구』 등.

* 지역에서 간행

『삶의 문학』(대전), 『지평』(부산), 『마산문화』(마산), 『민족과 문학』(광주), 『민족현실과 지역운동』(광주) 등.

* 동인지적 성격의 무크지

『시운동』, 『오월시』, 『시와 경제』, 『말과 힘』, 『목요시』, 『반시』, 『작단』, 『자유시』, 『열린시』 등.

위에 열거한 무크지들은 제 각기 영역 속에서 1980년대의 진보적 문학운동을 담당했고, '역사적 계몽─시적 혁명─미적 근대성'의 시를 발표하는 장을 마련하였다. 특히 이와 같은 무크지를 통해 출현한 젊은 시인들은 각종 소집단 문학운동을 벌이면서 이미 제도화·관성화된 기존의 문단에 균열을 내어 1980년대의 진보적 문학운동을 주도해나간다. 특히 『반시』, 『시와 경제』, 『오월시』, 『목요시』, 『시운동』, 『자유시』, 『열린시』 등과 같은 시동인지의 왕성한 활동은 주목할 만하다. 가령, 다음과 같은 창간 선언은 문학운동의 새로운 주체들이 1980년대에 어떻게 대응해나가려 하는지를 여실히 알 수 있게 해준다.

우리가 옹호하는 詩는 언제나 삶의 문제에 歸一하는 것이고, 詩의 바탕은 삶과 同一性으로 이해될 수 있으므로, 우리의 詩는 잊혀져 가는 사람들이 살아가는 사회 속에서 개성과 자유의 참모습을 찾아내어 그것을 사랑의 위치로 환원시키는 일이며, 多數의 삶이 누려야 할 당연성을 옹호하는 일이다. 아울러 우리의 詩는 民衆의 애환을 함께하며 歷史의 소용돌이 속에서 찢겨 버린 조국의 아픈 상처와 悲壯感을 어루만지는 데 있다.

— 『반시』 1집 선언 중에서

『시와 경제』 동인들은 이 땅에 대한 책임, 오늘의 80년대 현실에 대한 역사적 책임을 느낀다. 이 시대의 가난은 이 땅에 발을 딛고 사는 누구나가 벗어나야 할 공통의 질곡이다. 『시와 경제』 동인들은 우리의 가난이 민족사의 전개과정에서 빚어낸 분단시대라는 특수성에서 비롯됨에 합의한다. 지난 시대의 경험에서 얻은 소득이라면 이 분단의 현실을 뛰어넘어야만이 우리는 보편적인 세계사의 진보에 기여할 수 있다는 사실에의 확인이었다.

—『시와 경제』 1집 창간 선언 중에서

민중의 인간다운 삶을 방해하는 폭압에 맞서 저항하는 게 곧 이들 시동인지가 추구하는 문학운동의 공통된 목표임을 뚜렷이 표방하고 있다. 이후 이들 시동인지를 중심으로 한 시쓰기는 역사의 객관현실에 능동적으로 대응하는 미적 전위로서의 정치 감각을 새롭게 발견하는 '역사적(혹은 문학운동적) 서정성'을 활짝 꽃피운다.

3. 진보적 시의 민중성과 식민극복의 서정

1) 역사의 진보적 주체로서 민중의 '대자적 인식'

역사변혁의 주체로서 민중의 위의(威儀)를 새롭게 발견하고, 그 민중적 권력의 현실정합성을 확고히 표현해내는 것은 진보적 진영의 시인들에게 부여된 시적 과제라 해도 과언이 아니다. 무엇보다 역사의 진보를 향한 신뢰를 갖고, 그 험난한 도정에서 부딪치는 역사의 난관을 해결하기 위해 온갖 폭압의 실체를 드러낼 뿐만 아니라 그에 맞서는 시적 투쟁을 실천하는 일은 다른 사회부문의 진보적 운동과 맥락을 함께 한 것이다.

무슨 밥을 먹는가가 문제다/우리는 밥에 따라 나뉘었다/그 밥에 따라 양심이 나뉘고/윤리가 나뉘고 도덕이 나뉘고/또 민족이 서로 나뉘고//

그래서 밥이 의식을 만든다는 것은/뇌의 생체학적 현상이 아니라/사회
적이고 인류적이고/그래서 밥은 계급적이고//밥의 나눔은 또 식품문화
적 구별도/영양학적 구별도 아니고/보편의 언어요 이념이요 과학이요
인식이다//노동자의 가슴에/노동자의 피가 흐르는 것은/밥이 다르기 때
문이다//그래서, 호남과 영남은/밥에 따라 다시 나누어야 한다/그래서,
아메리카 아프리카 아시아도/종교가 아니라 국가가 아니라/밥에 따라
다시 나누어야 한다/그래서, 동서의 분단 남북의 갈라섬도/밥에 따라
다시 분단시켜야 한다//피땀 어린 고귀한 생산자의 밥의 나라냐/착취와
폭력의 수탈자의 밥의 나라냐//그대들은 무슨 밥을 먹는가/게으른 역사
의 바퀴를 서둘러/움직일 수 있는 사람들 오직/지상의 모든 노동자들이
여/형제들이여!

        — 백무산, 「만국의 노동자여」(『만국의 노동자여』, 1988) 전문

    1980년대 민중시의 새로운 지평을 연 노동자 시인 백무산의 문제의식
은 선명하다. 그는 "지상의 모든 노동자들"에게 묻는다. 노동을 위해서,
그리고 노동의 대가로서 '먹는 밥'의 성격을 정치사회적 혹은 계급적으로
인식해야 한다는 것을 깨우친다. "무슨 밥을 먹는가가 문제"이지, 무턱대
고 밥을 먹어서는 안 된다는 각성이 뒤따르고 있다. 하여, 백무산은 노동
자들을 향해 일갈한다. "피땀 어린 고귀한 생산자의 밥"을 먹어야지, "착
취와 폭력의 수탈자의 밥"을 먹어서는 안 된다고. 백무산의 이 같은 어법
은 윤리적 계몽 의지가 시 전체에 드리우게 함으로써 선과 악의 선명한
대위적(對位的) 해석을 표방한다. 하여, 백무산은 그동안 오직 생존을 위
한 차원으로 노동에 대한 즉자적 인식에 머물러 있던 노동자로 하여금 역
사의 진보를 향한 일체의 폭압적 권력을 부정하고 타파하는 대자적 인식
을 갖도록 한다. 이렇게 대자적 인식을 지닌 노동자가 먹는 밥이야말로
"보편의 언어요 이념이요 과학이요 인식"을 지닌 노동(자)의 위엄 그 자체
인 셈이다. 이 같은 시적 인식은 이후 민중시의 한 갈래인 노동시의 시핵

(詩核)을 이룬다.

1980년대의 민중시에서 노동자에 대한 시적 인식 못지 않게 주목된 대
상은 농민이다.

> 새해부터는 품을 사지 않고/우리의 힘만으로 농사를 지어야지/(중
> 략)/언 땅 속 깊숙이 무슨 신앙처럼/숨어 여럿이 사는 보리의 푸른 뜻
> 들,/정말 올해는 우리의 힘만으로 일을 해야 할 텐데/텃밭이 멀리 뵈는
> 까닭은 무엇일까/(중략)/이젠 추수도 기다리기 싫다는 농민들이여/겨우
> 내 짓밟혀서 소생하는 보리밭/쓰라린 사랑이 그리운 탓일까,/(중략)/이
> 미 눈발이 몇 길로 쌓인 보리밭/내 청춘의 동정같이 찬찬히 남아서/안
> 간힘 하며 꿈틀대는 시대의 발자욱들,/보리를 밟으며 한없이 긴 밭이랑
> 을 따라가며/우리들 힘의 발자욱이 쉽게 지워지지 않음을 나는 안다.
> ― 홍일선, 「보리를 밟으며」(『농토의 역사』, 1986) 부분

한국 사회의 농촌은 예전이나 지금이나 별반 다르지 않는 게 특이한 일
이 아닐 수 없다. 위 시에 드러난 1980년대 농촌의 을씨년스러운 겨울 풍
경은 농민의 간난신고(艱難辛苦)를 보여준다. 한 해 농사를 짓는 수확의
기쁨을 만끽하기를 스스로 거부하는, "이젠 추수도 기다리기 싫다는 농민
들"의 심정을 어떻게 헤아릴 수 있을까. 무엇 때문에 농민들은 자신의 노
동에 대한 혐오에 붙들려 있을까. 시인은 넌지시 말한다. "품을 사지 않
고" 농사를 온전히 지을 수 없기 때문에 농사가 힘들다. 고비용의 품값을
지불하고 나면, 농민들에게 남는 노동의 대가가 현저히 줄어들기에 힘들
수밖에 없다. 산업화시대 이후 이촌향도(離村向都)의 가속화는 절실하고
시급한 농촌의 문제로 부각되고 있는데도 불구하고 도시 중심의 경제개
발의 논리로 인한 농촌의 예의 문제는 속수무책일 뿐이다. 하지만 시인은
이 암울한 현실에 굴복하지 않는다. 1980년대의 민중시에서 흔히 목도할
수 있듯, 민중은 강퍅한 현실의 고통을 민중 특유의 낙천성으로 견디면서

도래할 미래를 향한 전망의 의지를 다진다. 시적 화자는 보리밭을 꾹 꾹 밟으며 대지의 틈새 사이를 솟구치고 보리싹이 틀 것을 기대하듯, 보리밭을 밟는 "우리들 힘의 발자욱이 쉽게 지워지지 않음을 나는 안다."라는 비장한 각오로 시를 종결짓고 있다. 하여, 새해에는 보다 농민들이 자신의 농사짓기에 대한 자긍심을 갖고, '농자지천하대본(農者之天下大本)'이 농촌과 농민을 미화하는 한갓 수사(修辭)에 불과한 게 결코 아닌, 즉 농민에 대한 대자적 인식을 통해 역사의 진보적 주체의 몫을 수행해야 한다는 전망을 기약한다.

2) 제국의 식민의 지배논리를 전복시키는 시적 혁명

1980년대 진보적 진영의 시가 갖는 역사적 계몽에서 간과할 수 없는 것은 반외세와 관련한 미적 정치성이다. 광주, 부산, 서울에서 잇따른 미문화원 방화사건이 단적으로 웅변해주듯, "양키 고 홈", "광주학살 책임지고 미국은 공개사과하라", "미국은 군부독재 지원을 중단하라" 등의 정치 슬로건에 강하게 담겨 있는 반미의식은 역사변혁의 주체인 민중적 권력을 기반으로 한 반외세·반제국주의를 표방한 일련의 시로 드러난다.

> 학살의 만행을 만인에게 만인에게 고하고/학살에 치를 떨고 일어선 민중들을 찬양하고/원군으로서 그들의 영웅적 투쟁을 노래한/시인 하나 없는 이 나라에서/양키야말로 학살의 숨은 원흉이고/양키야말로 이 땅의 악의 근원이고/양키가 이 땅에 온 것은 해방군으로서가 아니라 점령군으로서 왔다고/가르쳐 주는 선생 하나 없는 이 나라에서/그리하여 한일관계는 협력관계가 아니라 모순관계에 있고/이 모순의 고리를 끊어 버리지 않는 한/이 땅에는 자유도 통일도 평화도 없다고/씌어진 책 하나 없는 이 나라에서/해방투쟁을 이데올로기적으로 준비하고/그것을 내부적으로 조직하고 활성화시키는/혁명단체 하나 없는 이 나라에서/

도대체 어떤 희망을 가져야 하나/형제여 내 바라나니 서재에서 자유를 노래하지 말라/형제여 내 바라나니 학교에서 진리를 구하지 말라/형제여 내 바라나니 교회에서 예수를 찾지 말라/형제여 내 바라나니 법정에서 정의를 구하지 말라.

— 김남주, 「희망에 대하여 · 2」 전문

껌 짝짝 씹으며/황인종 훑어보는/거기, 검은 친구/다리 긴 그대/고향이 어디인지 장가는 들었는지/부모는 무얼 하는 양반들이며 학교는 어디까지 다녔는지/알 수 없다만/체신없이 까불어대는 그대 긴 다리와 커다란 신발이/아무래도 비애인 것만 같애 비애인 것 같애/숫말처럼 싱싱한 팔다리를 가지고/그대의 먼 조상들은 얼마나 당당한 그 땅의 주인이었던가/조상의 옛땅 어디에 두고/얄궂다, 남의 나라 주둔군으로 팔려와 유 에스 에이 금색 수도 천박한/잠바 속에 구겨져 츄잉껌이나 씹어대고 있다니/노려보는 내 눈빛이 조금은 불편한가/늦진 않았다/할 수만 있다면 돌아가다오/가서 시저의 것은 시저에게 돌려주고/냄새나는 빠다통과 그따위 잠바때기도 돌려주고/차라리 그대의 가난과 슬픔을 들고/빈손으로 찾아오라/우리도 우리의 남루와 상처를 부끄럼 없이 들고 나가/그대 맞으리라/마주잡을 우리 두 손은 얼마나 아름다우리

— 김사인, 「흑인 병사」 전문

한반도의 현대사에서 자행된 숱한 양민 학살의 배후에 있는 실체를 고발할 수도 없는, 제국의 신식민의 처지에 놓여 있는 현실을 시인은 적나라하게 드러낸다. 그는 온갖 은폐와 음모 속에서 가려진 "이 땅의 모든 악의 근원"을 적확히 응시한다. 시인은 개탄한다. 그리고 이 악의 근원이 "해방군으로서가 아니라 점령군으로서 왔다고/가르쳐 주는 선생 하나 없는 이 나라"의 무지를 서글퍼한다. 이 악의 근원을 근절하지 않는 한 한국은 대외 종속의 굴레로부터 자유롭지 못해 "이 땅에는 자유도 통일도 평화도 없"는 셈이다. 시인으로 불리기보다 혁명가로 불리기를 원하던 김남주는 그의 다른 시들이 그렇듯, 이 시에서도 격정적 언어를 토해낸다. '~

말라'라는 단호한 부정형 명령의 서술어미로 끝을 맺고 있는 시의 마지막 4행에서 그는 역설적으로 '자유', '진리', '예수', '정의'를 구하기 위해서는 바로 그동안 한반도에 드리워져 있는 외세의 놋쇠하늘을 파쇄해야 하는 혁명을 일으켜야 한다는 것을 주창한다. 김남주 그 자신이 유신체제를 전복시키기 위한 이른바 남민전 사건으로 투옥된 경험이 입증해보이듯, 그에게 외세 종속의 현실은 조금도 참을 수 없는, 그리하여 혁명을 일으켜 전복시켜야 할 타락한 세상일 따름이다.

이와 같은 반외세의 시적 인식은 김사인에게서 진전된 역사적 인식의 지평으로 개진된다. 김사인의 시에서 특히 주목해야 할 것은 '흑인 병사'에 관한 시적 인식이다. 시인에게 흑인 병사는 양가적 의미로 다가온다. 하나는 "남의 나라 주둔군으로 팔려"온, 즉 미군의 용병자격이고, 다른 하나는 "그대의 먼 조상들은 얼마나 당당한 그 땅의 주인이었던가"에서 연상되는, 즉 인류의 원향(原鄕)인 검은 대륙 아프리카의 원주민이 지닌 주체의 자격이 그것이다. 시인은 무엇이 이 흑인으로 하여금 고향을 떠나 용병으로 남의 나라에 주둔하게 된 것인지 그 본질적 물음을 던진다. "가난과 슬픔"이 흑인을 제국의 용병으로 전락시켰고, 제국의 용병이 된 그는 '흑인 병사'로서 그의 고향과 비슷한 제3세계 아시아의 극동의 작은 나라를 마치 주인처럼 행사하고 있다. 시인은 흑인 병사에게 묻는다. 혹시 그가 약소국 위에 군림하는 제국의 식민의 지배논리를 전도시킨 채 기실 그 자신이 제국의 식민으로서 용병이 되었다는 자체를 망각하고 있는 것은 아닌지. 표피적으로는 그가 아시아의 극동의 나라에 주둔군으로 와 지배자의 위치에 있는 듯 하지만, 그 역시 그가 속한 제국의 지배를 받는 (즉, 인종적 계급적 차별을 받는) 식민지 민중 그 이상도 이하도 아니라는 점을 망각하고 있는 것은 아닌지. 시인의 이 같은 인식은 우리와 비슷한 처지에 있는 제3세계의 민중들이 함께 반외세 의식을 명민하게 가다듬을 때, 제국의 식민으로부터 해방을 쟁취할 수 있다는 것을 보여준다.

이렇듯 1980년대 진보적 진영의 시들은 한국의 반외세 자주적 역사인식을 향한 계몽 의지를 통해 제국의 식민을 온전히 극복한 해방의 세상을 실현하는 미적 정치성을 뚜렷이 드러낸다.

4. 21세기 젊은 시의 미적 정치성, 법고창신(法古創新)을 기대하며

최근, 시와 정치를 에워싼 비평담론이 잇따라 제출되고 있다. 한편으로는 무척 반가우면서도 또 다른 한편으로는 쓸쓸한 감을 지울 수 없다. 최근 논의들 대부분이 프랑스의 이론가 랑시에르의 미적 정치성의 논의들에 기대고 있는데, 형식적 민주주의가 도래한 이후 한국시의 전반적 경향이 1980년대의 진보적 진영의 시들과 의도적 거리를 둔 이후 새로운 미적 근대성을 쟁취하려는 움직임 속에서 종래 대문자 역사를 억압으로 감금하고, 소문자 역사를 향한 과잉욕망에 치달은 것에 대한 비판적 성찰의 일환으로 미적 정치성을 새롭게 논의하는 것 자체는 반가운 일임에 틀림없다. 문제는 예의 논쟁이 협소하게 문학 안쪽만을 대상으로 하고 있으며, 그것도 언어의 정치성에 국한된 논의들을 하고 있으니, 논쟁의 파급력이 대단히 미약할 뿐만 아니라 또 다시 되풀이되는 서구 이론의 새것콤플렉스의 미망에서 빠져나오지 못하는 비평의 궁색함을 보여주고 있는 것은 아닌지 안타깝기만 하다.

그래서 우리는 진전된 논의를 위해 옛것을 허심탄회한 마음으로 성찰해보아야 한다. 법고창신(法古創新)이란 말이 있듯, 21세기의 미적 정치성의 논의들이 그리 새롭게 들리지 않고 미적 혁신으로 이해되지 않는 것은, 지금까지 살펴보았듯, 1980년대 진보적 진영의 시들이 온몸으로 밀어

붙인 역사적 계몽과 미적 혁명을 통해 자연스레 미적 근대성을 쟁취하고자 하는 시적 정치 감각을 결코 소홀히 할 수 없기 때문이다. 무엇보다 그들의 미적 정치성은 한국 사회의 민주화운동과 함께 호흡을 하면서, 폭압적 사회의 반민주적 언어들 사이에 균열을 내어 민주주의를 이뤄내고자 하는 아름다운 가치의 언어를 사회 전반에 스며들게 하였다. 지금이라도 나는 늦지 않았다고 생각한다. 지난 해 용산참사 이후 한국의 젊은 시인들을 중심으로 시와 현실, 시와 정치에 대한 관심이 급증하고 있는 것은 고무적인 일이 아닐 수 없다. 21세기 젊은 시인들은 서서히 그들이 추구하고자 하는 미적 근대성이 사회적 근대성을 외면해서는 절름발이에 불과한 미적 정치 감각에 집착하는 데 불과하다는 것을 성찰하기 시작하였다. 그들이 이후 1980년대의 진보적 시와 다른 좀 더 진전된 미적 정치성을 획득하기를 기대해본다.

진화(進化)하는 정치적 서정,
진화(鎭火)되는 국가 폭력
— 한국 시문학, 불의 사회학적 상상력에 대한 탐색

1. 불의 매혹, 불의 사회학적 상상력

불은 매혹의 대상이다. 성냥불과 같은 자그마한 불꽃에서부터 커다란 산을 순식간에 집어삼키는 화마(火魔)에 이르기까지, 하얗기도 하고 노랗기도 하고 푸르기도 하고 시뻘겋기도 하고 새빨갛기도 하고 검붉기도 하고 검푸르기도 한 불의 스펙트럼은 그 자체가 불의 온후함과 위용 그리고 권능을 자아낸다. 때문에 불은 천상의 신만이 독점하던 소유물이 아니었는가. 그 불을 지상의 인간에게 선물한 프로메테우스는 제우스의 분노를 산 나머지 지금도 카우카소스 산의 바위에 묶인 채 독수리로 하여금 간을 쪼아먹게 하는 형벌을 받고 있지 않은가. 대신, 지상의 인간은 불을 마음껏 부리면서 어둠의 위협으로부터 벗어나 명실공히 지상의 주인 노릇을 다 하고 있다. 장자끄 아노 감독의 영화 〈불을 찾아서〉는 인간의 기원을 이루는 영장류가 불씨를 찾아서 온갖 험난한 과정을 겪는 대서사를 보여준다. 불을 소유한다는 것은 생존과 직결되는 것이며, 인간은 불의 힘을 빌려 자연과의 관계 속에서 사회문화적 가치를 생성한다. 부정한 것을 태워없애기도 하고, 새로운 문물을 불의 화기 속에서 만들기도 하고, 불순물을 정화시켜 신성(神性)의 숭고성을 획득하기도 하고, 천상의 신에 이르는 길을 내기도 하고, 도래할 미래의 가치가 실현되기를 염원하기도 한다. 불의 이 같은 속성은 세계 보편성을 띤다.

> 해야 솟아라. 해야 솟아라. 맑앟게 씻은 얼굴 고운 해야 솟아라. 산넘어 산넘어서 어둠을 살라먹고, 산넘어서 밤 새 도록 어둠을 살라먹고, 이글 이글 애띈 얼굴 고운 해야 솟아라.//(중략)//해야, 고운 해야. 해야 솟아라. 꿈이 아니래도 너를 만나면, 꽃도 새로 짐승도 한자리 앉아, 워어이 워어 이 모두 불러 한자리 앉아 애뙤고 고운 날을 누려 보리라.
> ― 박두진, 「해」(『상아탑』, 1946. 5) 부분

> 나의 조국! 불길 같은 부리로 나의 두 눈을 쪼는/오! 독수리여,/아랍의 역사는 어디에 있는가?/죽음의 면전에서 내가 가진 모든 것은:/이마 그리고 분노뿐./나의 심장이 한 그루의 나무를 기르고/나의 이마는 종달새의 집이 되기를 나는 바랐고 또 바랐다./나의 조국, 우리는 너의 상처를 가지고 태어났고 또 자라났다/그리고 우리는 도토리 열매를 먹고 살았다…/너의 아침이 태어나는 것을 목도하기 위하여
> ― 마흐무드 다르위시, 「이마와 분노」
> (『팔레스타인에서 온 여인』, 송경숙 역, 아시아, 2007) 부분

> 정교한 아침, 블루스 한 곡이 리듬의 눈물로 내린다/남쪽 흰둥이는 채찍을 투욱, 털곤 후려치는 시늉을 한다/군인들의 총 사이로 흑인 학생들이 공포의 학교로 간다/강당에 도착할 때, 짐 크로우는 그들의 선생이 될 것이다/윌리엄 린치의 아들들을 그들의 급우들이 될 것이며/흑인 학생들의 책상 위에는 피의 잉크가, 불의 연필이 놓일 것이다
> ― 니콜라스 기엔, 「리틀 록」
> (구광렬, 『체계바라의 홀쭉한 배낭』, 실천문학사, 2009) 부분

8·15해방을 맞이한 감격은 이루 말할 수 없다. 식민지 지배의 어둠을

"밤 새 도록" "살라먹고" "이글 이글 애뙨 얼굴 고운 해야 솟아라"라고 노래한다. 그리하여 식민지 근대의 온갖 부정한 것들을 해의 화기로 다 태워없애고, 온전하고 새로운 근대의 세계가 생성되기를 욕망한다. 시인이 애타게 맞고 싶은 해는 대동아공영권 미명 아래 팔굉일우(八紘一宇)의 천황제 중심의 파시즘적 지배통치로 전횡하는 폭압의 해가 아니라, 아시아의 모든 민족국가들이 자주적 독립 상태를 이루면서 상생공존하는 대동세상을 밝게 비추는 평화의 해다. 하여, 제국의 파쇼적 근대의 화염으로부터 죽음을 맞이하는 게 아닌, 개별 민족국가들이 그 개별적 가치를 존중하며 화이부동(和而不同)하는 삶의 가치를 창출하는 생성의 불길을 지핀다.

물론, 이러한 생성의 불길을 지피는 일은 결코 쉽지 않다. 마흐무드 다르위시와 니콜라스 기옌의 시에서 단적으로 읽을 수 있듯, 새로운 가치를 만들어내는 생성의 불은 낡고 타락한 가치를 온몸으로 부정하는 분노의 불을 뜨겁게 타오르도록 해야 한다. 팔레스타인 시인 다르위쉬는 오랜 세월 동안 사막에서 유랑하다 힘겹게 정착하였으나 이스라엘의 무참한 탄압으로 인해 죽음을 일상화하고 있는 팔레스타인의 역사에 침통해한다. 그리고 분노한다. 아랍의 사막에서 팔레스타인은 마음 편히 살 수 없다. "불길 같은 부리로 나의 두 눈을 쪼는" 독수리는 분노를 새겨놓는다. "너의 붉은 부리는 아직도 내 두 눈 속에/불의 검으로 남아" 팔레스타인에게 고통을 안겨준 대상을 향해 분노의 검을 빼어들게 한다. 아랍의 약소자로서 삶을 살아가는 팔레스타인의 죽음을 용납할 수 없는 분노의 불을 지핀다. 민족과 종교의 배타적 차별은 제국의 파쇼적 근대의 화염인바, 시인은 이 폭압의 불을 제압할 불의 위용을 욕망한다. 니콜라스 기옌의 「리틀 록」은 혁명가 체게바라가 죽기 전 메고 다니던 자신의 배낭에서 발견된 69편의 시들 중 하나로, 미국의 흑백 인종 차별에 맞서 투쟁의 욕망으로 꽉 차 있는 흑인의 분노의 불이 이내 거세게 타오를 것을 징후적으로 보여주고 있다. 모르긴 모르되, 체게바라는 이 시를 전투의 현장에서 틈날 때 읽으면서 그 자신도 흑인들처럼 혁명의 불길을 지폈을지 모른다. 인종 차별은 서구사회의 오랜 반인간적 병폐임에도 불구하고 흑인을 비롯한 유색인종에 대한 백인의 차별은 쉽게 가시질 않고 있다. 체게바라는 흑인 학생들 책상 위에 놓은 잉크가 '피의 잉크'와 '불의 연필'로 은유화된 시를 혁명의 현장에서 늘 대하면서 인종 차별과 연루된 타락한 근대에 대한 분노의 불길을 꺼트리지 않았을 터이다.

이렇게 불은 그 보편적 속성을 띤 채 특정한 정치사회적 맥락 아래 시인과 혁명가의 사회학적 상상력에 구체성을 부여한다. 나는 이 글에서 불의 이 같은 매혹을 한국 사회의 지난한 역사의 도정에서 검토해보고자 한다. 말하자면 불의 사회학적 상상력의 면모를 한국 시문학의 주요 역사적 풍경 속에서 살펴보기로 한다.

2. 파쇼적 국가 폭력, 그 살욕(殺慾)과 광기의 불

8·15해방의 벅찬 환희와 온전한 근대를 향한 새 문명의 불이 활활 타오르기에 앞서 또 다른 광기의 불이 한반도를 송두리째 태웠다. 서로 확연히 다른 정치적 이념의 대립 갈등은 한반도의 주민들을 인위적으로 두 편으로 나뉜 채 살욕(殺慾)에 들린 죽임의 불과 화마를 불러들인다.

> 황톳길에 선연한/핏자욱 핏자욱 따라/나는 간다 애비야/네가 죽었고/
> 지금은 검고 해만 타는 곳/두 손엔 철삿줄/뜨거운 해가/땀과 눈물과 모밀
> 밭을 태우는/총부리 칼날 아래 더위 속으로/나는 간다 애비야/네가 죽은
> 곳/부줏머리 갯가에 숭어가 뛸 때/가마니 속에서 네가 죽은 곳
> — 김지하, 「황톳길」(『시인』, 1969년 창간호) 부분

시적 화자인 '나'는 삶의 욕망이 물씬 풍기는 황톳길을 가는 게 아니라, 중음신(中陰神)이 도사리고 있는 죽고 죽임의 피비린내와 검붉은 핏자국이 도처에 있는 황톳길을 간다. 이 황톳길 위에 떠 있는 해는 살림의 해가 아니다. 삶의 이글거림이 타오르지 않는 해이다. 적대적 이념의 "총부리 칼날"을 백주 대낮에 심장에 겨누는 것을 부추기는, 근대적 폭력의 화기를 품은 해이다. 이 살욕의 해가 이글거리는 황톳길 끝에는 차마 눈 뜨고 못 볼 주검이 즐비할 뿐이다.

> 땡볕에 모가지가 뛴다/싹둑 잘린 머리가/비를 부르고/타는 비에 부릅 뜬 눈알이 탄다/팔 잘리면 내던지고/다시 돋은 곡괭이로/돌밭을 파헤치고 일구어낸 땅/일구어낸 피 바치고 살이 된 땅/반란의 총칼 밀어닥쳐/삼구덕에 밭주인들을 가둬놓고/삼을 쪘다/쩍쩍 판자들이 갈라지고/곡괭이 부러진 팔다리들이 냇가에 뛰었다/삼대를 치는 며느리 낫에 입덧이 내리고/홀몸이 말을 듣지 않는다/삼뿌리를 뽑으면/팔뚝에 살아뛰는 번개/도마 위에 무딘 칼로 삼다발 벳기면/그날의 피가 손가락에 배인다/제빗대처럼 아랫도리 까진/남편의 비명이 들린다/낟가리 끝난 삼밭에 쓰러져/쇠창살이 돋는 며느리 통곡/원한의 그 가마에 불 들이붓고/거칠은 삼 부리고 아들이/본다/움푹 패인 두 눈이/산머리채 산머리채 돌아다/본다
> — 이시영, 「삼 밭」(송수권 · 문병란 편, 『분단시선집』, 남풍, 1984) 전문

이렇게 한반도 전체를 피의 살육제로 만든 한국전쟁은 죽고 죽이는 광기의 불을 전쟁 기간 내내 쉼없이 타오르게 한다. 그 무엇도 이 전쟁의 불을 다스릴 수 없었다. 전쟁의 소용돌이에 한없이 휘말려든 한반도는 곧 불의 사위에 갇혀 있다 해도 과언이 아니다. 사람들 사이에 팽배해진 불신의 불은 자신을 태우고, 조금이라도 입장이 다른 사람들을 모두 태워없애는 일을 서슴없이 자행한다. 전쟁 속에서 생존이라는 미명 아래 인간은

죽고 죽이는 관성화된 일상에 노출된 채 불의 주인이 아니라 불의 노예로 전락해버리기 십상이다. 불의 폭력에 속수무책이다. 한반도의 남과 북은 국제 냉전질서의 희생양으로 마침내 서로 다른 근대의 국가적 이성(즉 대한민국과 조선민주주의인민공화국)의 불이 전면 충돌하는 열전(熱戰)의 지옥을 자처한 셈이다. 결국 승자도 패자도 없는, 아니 어쩌면 남과 북은 모두 철저한 패자나 다름이 없다. 각자가 소유한 불의 위력이 얼마나 큰지, 그 불의 부딪침 속에서 각자의 불은 타자의 불을 꺼트리기는커녕 보다 세력이 큰 불로 타올랐고, 그 거침없이 타오른 불은 인간이 제어할 틈도 없이 마치 신의 노여움이라도 산 양 무고한 인간을 불의 고통 속으로 내던졌다. 그렇게 20세기의 한반도는 남과 북 양측의 무모한 국가적 이성에 의한 참을 수 없는 불의 전횡으로 좀처럼 씻을 수 없는 깊은 상처를 남기게 된다.

그런데, 이러한 불의 전횡은 이것으로 끝난 게 아니다. 한국전쟁으로 인한 분단과 분단체제의 현실은 이후 한국 사회의 국민국가의 폭압적 불로 번진다. 분단모순과 계급모순 속에서 반민족 · 반민중 · 반민중이란 이른바 3반(反)의 파쇼적 국가의 폭압은 민중의 숱한 생목숨을 불태운다. 파행적 근대의 현실 속에서 민중은 더 이상 삶의 불꽃을 지필 수 없다. 신생의 불이 타오르기를 더는 욕망할 수 없다. 바로 그 절망의 틈새를 소멸의 불기운은 놓치지 않는다. 이제 그만 생을 놔버리라고, 생의 늘 푸른 불꽃 대신 죽음의 검붉은 불꽃을 피우라고 힘없는 민중을 유혹하며, 그들의 목숨을 대수롭지 않게 앗아간다.

> 너는 죽고/분단과 조국의 노예 상태를/뜬눈으로 더 이상 보고 있을 수가 없어/기름 부어 제 몸에 불질러 죽고/너는 죽고/압착기처럼 짜내는 노동의 착취를/인간의 한계로는 더 이상 이겨낼 수 없어/뼈만 남은 육신에 기름 부어 불에 타 죽고/바위 같은 무게의 농가부채에 깔려/모

진 밥줄에 농약을 부어 죽고/너마저 죽고/분신과 음독으로 치닫는 정국을/도저히 가망할 수 없어/강물에 꽃다운 나이를 던져 죽고/나는 잠을 이루지 못한다 감옥에서/잇단 죽음의 충격에
　　　　　— 김남주, 「별」(『조국은 하나다』, 실천문학사, 1987) 부분

그렇다. 이 "잇단 죽음의 충격"이야말로 한국 사회가 군부독재 정권의 파쇼적 불의 지배를 받고 있기 때문이다. 시인은 뚜렷이 응시한다. 아무리 그 파쇼적 불이 온전한 역사적 감각의 신경을 태우고 역사적 이성의 눈을 멀게 하더라도 어둠을 꿰뚫는 시안(詩眼)을 통해 민주주의를 퇴행시키는 불의 실체를 응시해야 한다. 그 폭력의 불을 응시할 때 그 불을 제압할 수 있는 민주주의의 불을 지필 수 있다.

불살라 살라라/빼앗길대로 빼앗겨/짓눌리대로 짓눌려/배신당할대로 배신당하여/뼛속까지 사무친 분노의 이글거림으로/사납금의 올가미를/취업카드를 자율버스를/노동악법을 모진 탄압을/저 착취와 억압의 ∞ 세력을/내 온몸에 끌어안고/불살라 살라라//벗들아 동지들아/내 한몸을 불살라/시커멓게 그슬은 육신으로/숯불처럼 타들어가며/우리들 가슴 속의 비굴함과 나약함을 살라/새 차의 유혹과 개인택시의 미끼를 살라/대가리에 가득한 지배논리의 똥을 살라/캄캄한 암흑세상을/불꽃으로,/우리 운짱들의/쌍라이트보다 찬란한 투쟁의 불기둥으로 살아나/하얗게,/눈부시게 하얗게 살아나/미친듯이 타오르며 춤추고 싶네
　　　　　— 박노해, 「불살라 살라라」(『노동해방문학』, 1988년 창간호) 부분

생의 막다른 골목에 이르러/나는 기름통을 거꾸로 쳐들었다, 아무도, 그 아무도/이 가까이로, 오지 말라, 오직/바람과 공기만을 만나겠다, 절망이 아니라면/누구도 나의 점유, 이 화염의 영토 안으로/한 발짝도 들여 놓지 말라/내가 유황의 막대기를 패는 순간/따뜻하고 커다란 하늘의 얼굴이 보였다/성난 흰개미들의 두근거리는 기습처럼/불꽃은 나의 온몸을 감싸고/세상의 모든 부조리로부터 나를 격리시켰다/나는 자유로

운 불꽃시민이었다/온 몸을 샅샅이 낼름거리는 혓바닥으로 애무하다/
불의 격정에서 내 차디찬 절망은 데워졌다/사랑은 포근한 단내같은 것
이었으며/나는 오래오래 불꽃의 질서에 나의 생애를/맡기고 싶어졌다
어룽거리는 저 세상 밖으로는/둘러선 한 떼의 사람파도가 보였다/어쩌
지 못하고 발만 구르는 그들의 머뭇거림을/불꽃은 나무라며 거칠게 달
아오르며/차츰 덮어오는 저녁어둠을 기운차게 물들였다/그 뜨거운 불
꽃정신을 다 태우고 나서/나는 드디어 한 덩이 숯이 되어도 좋았다

— 이동순, 「숯」(『언어의 세계』 2집, 1983) 전문

노동자 전태일의 분신(1970. 11. 13) 이후 민중은 파쇼적 국가권력의 폭
압 그 실체를 분신이란 마지막 형식을 통해 똑똑히 보여준다. 불이 타오
르는 자신의 온몸을 뭇존재들이 보도록 함으로써 소신(燒身)하는 온몸에
들러붙어 있는 3반(반민족 · 반민중 · 반민주)의 폭력이 만천하에 드러나
기를 욕망한다. 한국 사회가 그 3반에 얼마나 속수무책인지, 그리고 3반
이 민중의 생목숨을 스스로 끊어버리도록 하는 반인간적 구조악(構造惡)
과 행태악(行態惡)을 어떻게 구조화하고 있는지, 그 적나라한 실상을 드러
낸다. 그러면서 우리는 보고 성찰한다. 분신의 불꽃은 부정한 것들을 은
폐하지 않고 드러낼 뿐만 아니라 그것들을 태워없애는 정화의 불꽃인바,
전태일을 비롯하여 분신한 민중들은 "자유로운 불꽃시민"으로서 "그 뜨
거운 불꽃정신"이 함부로 왜곡되지 않은 채 한국 사회의 뿌리 깊은 3반을
불 살라야 할 것을 온몸으로 보여준다. 타고 남은 "한 덩이 숯"으로 그 모
든 3반을 태울 것을 분신한 민중들은 욕망한다.

그런데 이 욕망은 아직도 실현되지 않은 채 20세기를 넘어 21세기의 서
울 한복판에서 또 다시 국가 폭력의 불에 의해 끔찍한 희생을 낳는다.

구한말로부터 120년 동안 이방군인이 주둔하는 이태원 옆,/동족의 피
를 기념하는 전쟁기념관 옆,/노숙자들의 점심식사와 재벌백화점이 만나

는 용산역 옆,/군인들의 처진 어깨에 걸친 꽃잎들 역전 홍등가 옆,/실패
한 사람들의 울부짖음이 머무는 한강대교 옆,/급류처럼 벅찬 기적의 상
징 한강의 기적 그 옆./30년 식당하던 70대 노인 이모씨, 이웃에 세 살
던 양모씨, 이모씨,/여린 목숨이 신나 화염에 타올랐던 2009년 1월 20일
밤,/화산재가 되어, 흑우(黑雨)가 되어,/마침내 천둥이 되어,/남은 자의
가슴에 멍이 된/용산 제4구역

— 김윤환, 「新바벨탑」(작가선언 6·9 편,
『지금 내리실 역은 용산참사역입니다』, 실천문학사, 2009) 부분

2009년 벽두, 용산에서는 한국 사회의 경제지상주의와 개발주의의 욕
망이 살욕의 화마를 잠깨웠다. 20세기에 그토록 온몸을 불 사른 희생을
통해 힘겹게 쟁취한 민주주의의 가치는 찾아볼 수 없고, 국가권력과 유착
한 자본가의 자복축적 욕망의 불꽃만이 민중을 또 다시 죽음으로 내몰았
다. 멈출 줄 모르는 한국 사회의 토건자본주의 욕망의 불꽃은 21세기 민
중의 삶을 초토화시키고 있는 형국이다. 민중의 터전인 삶의 대지는 파쇼
적 국가 폭력과 결탁한 토건자본주의 욕망의 불길에 휩싸인 채 생명의 숨
결이 존재하지 않는 황량한 문명의 껍데기로 뒤덮이고 있다.

3. 인간해방의 서사의 불길, 그 정치미학

국가 폭력의 불이 민중의 삶을 태울수록 신생의 삶을 향한 민중의 욕망의
불길은 더욱 거세게 타오른다. 역사변혁의 주체로서 민중은 부당한 국가권
력이 뿜어대는 화염에 정면으로 맞서는 저항의 불꽃을 환하게 피워낸다.

싸늘한 분노의 액체를 부어/꽃병을 만든다/이불솜 뜯어/울분을 틀어
막는다//오랜 인내 가운데 터지는/분노의 파편들이/날아가 화염을 뿜는
꽃병//꽃병을 만든다/최루탄 파편 흩어져 있는/행주산성 같은 아파트

촌 축담 끝/아낙네들 둘러앉아 떨리는 손끝에/얼마는 최루가스에 찔리
는 눈물/나머지 모두 울분에 솟구치는 눈물///(중략)//억울함도 순종으로
다스리고/복받치는 서러움도/눈물로 씻었지만/이제는 못 참아 더는 못
참아/더이상 맥없는 가슴앓이 않으리/이것이 당신을 구하는 길이라면/
싸늘한 분노의 액체를 부어/울분도 서러움도 틀어막는다//오랜 인내 가
운데 터지는/분노의 파편/날아가 날아가 네놈들 가슴팍에 꽂혀/화염을
뿜으리라/꽃병을 만든다
　　　　　　　 — 백무산, 「꽃병을 만든다」(『노동해방문학』, 1989. 5) 부분

　민중은 이제 더는 견딜 수 없다. 근대화 혹은 산업화란 미명 아래 노동
이 자본가에 의해 착취당하고 그 자본가의 배후에 국가가 있고, 하물며
그 국가는 민주적 정통성을 훼손한 군부독재 정권이며, 민중의 철저한 희
생에는 아랑곳 없이 지배 기득권자들의 권력을 견고히 하는 데 국가의 모
든 권력을 동원하는 것을 민중은 우두망찰 지켜볼 수만은 없다. 국가권
력의 온갖 폭압 속에서 억눌린 민중의 분노는 이제 인내의 수위를 넘어선
지 오래다. 하여, 민중은 국가 폭력의 불에 맞서 그들만의 저항의 불인 화
염병을 만든다. 여기서 주목할 것은 화염병이 민중에 의해 '꽃병'으로 호
명되고 있다는 점이다. 이것은 민중의 저항의 수단을 수사적으로 미화하
는 데 있지 않다. 국가 폭력의 불(최루탄, 사과탄, 지랄탄 등 각종 시위 진
압용 화학장비류)은 민중의 해방의 서사를 막무가내로 압살하고자 하는
죽음의 메타포라면, 민중의 '화염병=꽃병'은 이러한 국가 폭력의 불 사이
에서 민중의 해방의 서사, 즉 민주주의 참된 가치를 활짝 피워내는 신생
의 메타포로 작용한다. 그래서 군부독재 정권의 반민주화 권력에 맞선 민
주화운동의 시대에 민중의 '화염병=꽃병'을 국가의 안위와 시민의 안녕을
위협하는 절대악으로 간주해서는 곤란하다. 이러한 윤리적 인식이야말로
국가 폭력에 길들여졌거나 투항한 반윤리적 비역사적 인식이 아닐 수 없
다. 하여, 국가의 부당한 무력 행위와 그것에 목숨을 걸고 투쟁한 민중의

무력 행위의 성격에 대한 이성적 판단을 포기한 채 국가를 지탱시켜주는 온갖 이데올로기에 나포당한 나머지 국가주의에 충실한 국민의 정치 감각을 퍼뜨릴 수 있다. 즉, 반민중적 국가주의를 한국 사회에 살고 있는 개인의 윤리적 실천으로 착근시킨다.

하지만 민중의 해방의 서사를 실천하기 위한, 반민중적 국가주의에 대한 저항의 불길은 더욱 거세게 그리고 쉼 없이 활활 타올랐다.

> 떠나렵니다/결코 꽃다울 수 없는 분단조국의 노동자 청춘/스물넷의 작업복엔/멸시와 허기짐의 비명만 무겁게 얼룩졌으나/복받치는 희망의 세상/노동해방 앞당기는 화염이 되고자/꺼질 수 없는 활화산으로 영원한 청춘을 끌어 안았으니/미련없는 헤어짐입니다/동지들 동지들 사랑하는 나의 동지들/이 한몸 불살에 짓뭉개져 숯덩이 된 육신 조각이야/찢기고 갈라진 분단의 황토흙에 묻혀 썩겠지만/매장당할 수 없는 노동해방의 꿈/멈출 줄 모르는 투쟁이 함성/노동자가 참주인되는 그날의 붉은 햇살은 기어코 밝아 타오를테니/아, 누이들의 고운 가슴이여/아, 형제들의 시뻘건 핏발이여/견딜 수 없는 이 내 죽음을 불끈불끈 밟아 넘으시어/타협없는 강건한 싸움으로/굴복 모르는 노동자의 대투쟁으로/해방산을, 해방강을, 해방땅을 노래해 주십시오/아, 노동자의 어머니/스물넷의 거친 숨자락 곁엔/가난이 싫어서 셋방살이 설움이 진저리치도록 매서웠으나/참으로 못 견디게 싫었던 것은/임금노예가 되어 개처럼 끌려다니는 노동자의 운명/겁없이 휘두르는 자본가의 채찍질이 노여워/이 내 목숨 불을 품었으니/아, 몸서리치게 사랑하는 누이 형제들이여/그대들은 칼이 되십시오
>
> ─ 조태진, 「이 몸은 불이 되고 그대들은 칼이 되어」
> (『노동해방문학』, 1989. 6 · 7) 부분

"해방산을, 해방강을, 해방땅을 노래해"달라며, "노동해방 앞당기는 화염이" 된 스물넷의 "영원한 청춘"은 "노동자가 참주인되는 그날의 붉은 햇살은 기어코 밝아 타오를" 것이라는 역사의 전망을 품은 채 불 타올랐

다. 그는 자신이 '화염병=꽃병'이 되어 국가 폭력의 불 사이에서 민중해방의 서사의 불길을 지폈다. 그리고 살아 남은 자들에게 말한다. 썩은 환부를 도려내고, 아니 신생의 가치를 위해 온갖 부정한 것들이 다시는 소생할 수 없도록 그 뿌리까지 잘라 없애는 저항과 변혁의 '불칼'이 되기를 그는 애타게 욕망한다.

민중의 저항에 의해 타오르는 불길은 이토록 뜨겁고 강렬하다. 거리에서 타올랐던 저항과 변혁의 불이 있었기에 한국 사회는 익히 알고 있듯, 1990년대 이후 '문민정부 → 국민의 정부 → 참여정부'에 이르는 형식적 민주주의를 구가하고 있다. 그렇다고 민주화운동 내내 거리를 밝혀준 민중적 해방의 서사의 불이 사그라든 것은 결코 아니다. 물론, 지난 1970, 80년대와 같은 '화염병=꽃병'의 형식은 아니지만, 21세기에 걸맞는 새로운 세대의 문화감각과 역사감각에 조응하는 불의 정치미학이 대두한다. '촛불'이 바로 그것이다. 처음에는 누구도 확언할 수 없었다. 누구도 그 불의 힘을 믿을 수 없었다. 언제 꺼질지 모르는 가냘프게 타오르는 촛불이 맹렬히 타오르고, 흩어져 있는 사람들을 한곳으로 모으고, 어둠을 밝게 하고, 난삽한 마음을 다 잡게 하고, 헝클어져 있는 사유를 명석하게 하고, 잠들어 있는 사회적 분노를 일으키고, 침묵의 껍데기를 벗겨내고, 소시민 의식을 떨쳐내고, 현재의 삶에 안주하지 않고, 이웃과 더불어 미래의 삶을 고민하고, 어떻게 하면 우리가 사는 삶이 아름다운 가치의 삶으로 충만한 것인가에 대해 직접 실천하도록 촛불은 그 신비의 마법으로 우리를 독려한다.

> 미선이 효순이 때/처음 촛불을 들었다 화염병도 죽창도 아닌/연약한 촛불로 무엇을 이룰 수 있을지/착하기만 한 사람들이 싫었다//(중략)// 그렇게 몇년 나는 지난 시절/화염병과 돌과 쇠파이프를 들던 손에/촛불을 들고 유령처럼 밤거리를 서성였다/촛불은 진화하면 화살촉이 되는

걸까/들불이 되는 걸까 때로는/백만 촛불로 광화문을 뒤덮어보기도 했지만/광장은 다시 차벽과 공권력의 폭력에 밀리고/나는 다시 기륭전자 비정규직 여성 노동자들을 위해/그들이 오른 구로역 CC카메라탑 아래에서/콜트·콜텍 기타 만들던 노동자들이 오른/양화대교 천변 고압송전탑 아래에서/다시 용산참사가 일어난 남일당 건물 아래에서/순한 촛불 하나를 들고 있다.
— 송경동, 「촛불 연대기」(『사소한 물음들에 답함』, 창비, 2009) 부분

　민중운동의 전위에 섰던 시적 화자 '나'는 반민중적 불의 세력에 맞서 화염병을 든 적 있다. '나'에게 '화염병=꽃병'은 부당한 불의 권력에 투쟁하는 역사변혁의 무기였다. 그런데 지금, 이곳에서 '나'는 화염병 대신 "순한 촛불 하나를" 든다. '나'에게 촛불은 지난 시대와 다른 정치미학의 성격을 띤 저항의 형식이다. 비록 촛불은 무자비한 국가권력의 불에 의해 맥을 못추는 듯 하지만, 21세기 한국 사회의 양심적 시민들 대다수는 촛불을 들고 광장으로 나온다. 촛불의 불꽃을 구성하고 있는 상승과 하강의 불꽃은 서로 부딪쳐 타오르며, 무엇보다 자신의 온몸을 태우면서 마지막까지 타오르는 촛불이야말로 우리가 숭고한 가치로 성찰하는 전태일 이하 민주인사의 격정적 불을 환기해낸다. 말하자면 촛불은 지구 어느 곳에서도 주목하지 않은, 21세기 민주주의 대서사를 이뤄내기 위해 한국 사회가 찾아낸 정치미학이다.

　물론, 우리는 이 촛불의 정치미학에 호들갑을 떨 필요는 없다. 그렇다고 실망할 필요는 더욱 없다. 촛불에 주목하는 것은 우리의 삶과 현실이 변화하듯, 변하는 지형 속에서 민주화를 향한 불길은 그에 걸맞게 지속적으로 타올라야 하기 때문이다. 이제 촛불은 한국 사회에서 더는 개인의 밀실에서 한갓 개인의 몽상을 만족시켜주기 위한 소품으로 자족하는 게 아닌, 광장에서 민주주의에 장애가 되는 대상에 대한 준열한 비판과 토

론, 그리고 대안까지 제시해줄 수 있는 공적 여론의 장을 형성해주는 매우 중요한 사회적 의사소통의 도구이다. 그래서인지, 현 정부는 집권 초기 광우병 소 수입 반대 집회의 대표적 형식으로 부각된 촛불집회를 원천 봉쇄하기 위한 온갖 대책을 내세우고 있다. 지난 군부독재 정권이 두려웠던 게 '화염병=꽃병'이었다면, 현 집권 여당과 정부는 '촛불'을 가장 두려워한다. '촛불'이 뜻하는 바가 민주주의 서사인데, 민주주의를 표방하는 여당과 정부가 '촛불'을 두려워하는 것은 쉽게 납득할 수 없는 일이다. 그럼에도 불구하고 '촛불'을 두려워하는 것은, (인정하기 쉽지 않고, 인정하는 게 매우 부끄러운 일이나) 아직도 한국 사회는 민주주의가 요원하다는 것을 스스로 입증하는 것밖에 안 된다. 엄연한 현실이 이러하니, 21세기의 한 젊은 시인은 들판이 들불로 번져나가는 꿈을 꾸는 것도 이상한 일이 아니다.

> 화염을 보았던 것이다/아무도 지나간 흔적이 남아 있지 않은 들판/불길은 조용하고 부드러웠다/몇 올 남지 않은 음모 같은 풀들이/가까스로 팔을 뻗어 제 종족에게/불길을 건넸던 것이다
> — 류외향, 「몽유」(『푸른 솔들의 꽃밭』, 실천문학사, 2007) 부분

20세기 한국 사회 민주화운동의 저항을 표현해내는 클리세 중 하나가 '들불'인 터에, 이 들불을 시인은 꿈 속에서 만난다. 아마도 촛불의 정치미학의 억압에 연유한 것일지 모른다. 다시 말해, 20세기식 '들불'의 정치미학은 21세기 젊은 시인의 꿈 속에서 '촛불'의 또 다른 심상인 '들불'로 번진지 모를 일이다.

4. '해방의 근대성'의 불길을 지피는

이렇게 한국 시문학에서 불의 사회학적 상상력은 심화·확장되고 있

다. 지상의 인간의 삶이 소멸하지 않는 한 불의 사회학적 상상력은 역사의 용광로 속에서 새로운 창조물의 구체성을 띨 것이다. 하여, 지금까지 한국 시문학의 역사풍경에서 살펴볼 수 있듯, 국가 폭력의 불은 그 화마를 이용하여 '기술적 근대성(modernity of techonology)'을 강제하는데 반해 민주주의의 참된 가치를 추구하는 민주세력의 불은 '해방의 근대성(modernity of liberation)'을 추구하는 노력을 한 순간도 포기한 적 없다. 비록 당장은 아니지만, 인간해방의 서사의 불길을 꺼트리지 않는 한 그 불길이 가져다주는 온후함과 부드러움, 그리고 따뜻함의 정치 감각은 민주주의 일상 속으로 스며들 것이다. 그럴 때, 우리는 신동엽 시인이 꿈꾸던 정치적 이념의 대립과 갈등이 존재하지 않는, 천상계가 부럽지 않은 지상낙원을 이룩하지 못한 법도 없으리라.

> 애당초 어느쪽 패거리에도 총쏘는 야만엔 가담치 않기로 작정한 그 지성 그래서 어린이들은 사람 죽이는 시늉을 아니하고도 아름다운 놀이 꽃동산처럼 풍요로운 나라, 억만금을 준대로 싫었다 자기네 포도밭은 사람 상처내는 미사일기지도 탱크기지도 들어올 수 없소 끝끝내 사나이 나라 배짱 지민 국민들, 반도의 달밤 무너진 성터가의 입맞춤이며 푸짐한 타작소리 춤 思素뿐 하늘로 가는 길가엔 황토빛 노을 물든 석양 大統領이라고 하는 직함을 가진 신사가 자전거 꽁무니에 막걸리병을 싣고 삼십리 시골길 시인의 집을 놀러 가더란다.
> ― 신동엽, 「산문시 1」(『월간문학』, 1968, 창간호) 부분

"황토빛 노을 물든 석양 대통령"이야말로 '해방의 근대성'의 불길을 지피는 데 혼신의 힘을 쏟는 위정자인 만큼, 이러한 나라에서는 아마도 햇볕마저 노숙자에게는 인색하기는커녕 노숙자가 앉거나 눕는 그 자리를 '해방의 근대성'의 온기로 은근히 덥혀줄 것이다("이 치운 날 돌돌 말아 어느 구석에 처박아두었던 장판인가/사내가 앉는 곳엔 늘 엉덩이 등허리 뜨

듯하게 지질 수 있는 햇볕 한 장이 있다"—손택수, 「햇볕 한 장」, 『나무의
수사학』, 실천문학사, 2010 부분).

한국 시문학에서 이후 불의 사회학적 상상력이 인간해방의 서사의 불
길을 더욱 진화(進化)하여, 그 장애로 작용하는 폭압의 불길이 진화(鎭火)
됐으면 하는 마음 간절하다.

매카시즘의 광풍과 반공주의의 암연, 그 시적 응전

1. 반공주의의 물신화, 한국 사회의 초헌법적 위력

한국 사회는 현상적으로 20세기를 벗어나 있되, 20세기의 폭력적 근대의 유산으로부터 심한 신열(身熱)을 앓고 있다. 일제의 식민지 근대가 낳은 온갖 식민주의 병폐는 해방 이후 미국과 소련의 정치적 개입으로 인한 냉전의 국제질서가 잉태한 복잡한 문제들과 뒤섞이는 가운데 한국전쟁의 소용돌이 속에서 항미전쟁(抗美戰爭)의 숭고한 명분으로 개입한 중국의 존재는 한반도를 한층 복잡해진 국제 이해관계의 장으로 만들었다. 여기서 태평양을 포함한 아시아를 향한 정치경제적 헤게모니를 장악하려는 미국은 소련과 중국에 대한 이념적 대립 시각을 더욱 예각화함으로써 '반공주의=자유민주주의'라는 도식을 한국 사회에 주도면밀하게 내면화시킨다. 물론, 여기에는 일제의 잔재를 말끔히 일소하지 못한 채 미군정(美軍政)이 부일(附日)협력자를 친미파(親美派)로 적극 활용하면서 38도선 북쪽에 정치적 영향력을 미치는 소련을 견제하려는 미국의 대아시아 정치의 기획을 간과할 수 없다. 그리하여 한반도는 새로운 제국, 즉 38도선 이남의 미국과 38도선 이북의 소련, 그리고 한국전쟁을 거치면서 새롭게 부상한 중국의 국제적 이해관계가 첨예하게 부딪치면서 냉전체제에 휩싸인다. 이 글에서 한반도를 에워싼 복잡하고 심층적인 냉전체제를 논의하는 것은 내 비평적 역량을 넘어서는 일이다.

그럼에도 불구하고, 우리가 다시 한 번 환기해야 할 사안은 이러한 냉전체제의 엄연한 현실이 한국 사회의 거의 모든 삶을 최종 심급에서 반공주의로 억압하고 있다는 점이다. 해방공간 이후 한국전쟁을 거치면서 한국 사회에 착근한 반공주의는 근대의 다양한 정치경제적 이념 중 하나로 간주되는 게 아니라 앞서 간략히 언급했듯이 식민주의 유산과 혼재되는 가운데 대한민국이란 국민국가의 정치적 이념을 이루는 가장 핵심적 근간을 이룬다 해도 과언이 아니다. 그런데 문제는 이 반공주의가 한국 사회의 근대를 이루는 이념태로서 존재하는 것을 넘어 한국 사회를 포괄적으로 규정짓는 가장 강력한 초헌법적 위력을 지닌 물신화를 보이고 있다는 사실이다. 한국 사회에서 국가발전주의를 보위하고 견인해내는 데 반공주의가 지대한(?) 역할을 다하고 있다는 것을 가볍게 보아 넘길 수 없는 것은 바로 이러한 이유 때문이다. 이 과정에서 이루 다 말할 수 없는 폭력적 근대가 한국 사회를 짓누르고 있다는 사실을 망각해서 안 된다. 지금, 이곳에서도 여전히 반공주의는 분단기득권을 지탱하고자 하는 세력들에게 자의적으로 활용되는, 그리하여 언제든지 그들의 이해관계에 따라 한국 사회의 최종 심급에서 효과적으로 적실하게 기꺼이 활용될 초헌법적 위력 그 자체다.

나는 한국 사회의 이러한 근대의 폭력을 대면한 한국시의 가팔랐던 운명과 이에 대한 시적 응전의 모습을 살펴보고자 한다.

2. 반공병영사회의 문화적 억압, 김수영과 신동엽의 서랍 속 문학

한국현대시사에서 김수영과 신동엽의 존재는 다양한 각도에서 조명되고 있다. 그들의 치열한 시작(詩作)은 한국시의 근대의 안팎을 이루는 첨예한 쟁점과 맞물리면서 한국시의 새로운 지평을 모색하는 시인들에게 일종의 거울과 같은 위상을 지닌다. 무엇보다 김수영과 신동엽 역시 반공주의와 관련한 폭력적 근대는 회피해서는 안 될 시적 응전의 과제라는 점에서 후배 시인들뿐만 아니라 이 땅에서 살고 있는 우리들에게 이 문제에 대한 모종의 성찰의 계기를 갖도록 한다.

김수영의 경우 이어령과의 이른바 불온시 논쟁을 통해 이에 대한 뚜렷한 문제의식을 제출했는데, 김수영이 힘주어 강조하고 있는 사안은 "언론의 자유의 문제와 직결되는 것이고, 언론의 자유는 국가의 정치의 유무(有無)와 직통하는 문제"로서 "유상무상(有象無象)의 정치권력의 탄압에 더 큰 원인이 있다"[1]는 정곡을 찌른 통찰이다. 이것은 "하나의 정치사회의 이데올로기만을 강요하는"[2], 즉 한국 사회의 분단기득권을 유지하기 위한 반공주의의 억압 아래 생산되는 문화예술의 반예술적 측면을 날카롭게 겨냥한 비판이다. 김수영의 이와 같은 비평적 입장은 실제로 그의 시에서 다음과 같이 실현되고 있다.

　'金日成萬歲/韓國의 言論自由의 出發은 이것을/인정하는 데 있는
　데//

1　김수영, 「지식인의 사회참여」(『사상계』, 1968. 1), 홍신선 편, 『우리문학의 논쟁사』, 어문각, 1985, 249~250쪽.
2　김수영, 「실험적인 문학과 정치적인 자유」, 『조선일보』, 1968. 2. 29.

이것만 인정하면 되는데//

— 「金日成萬歲」(1960. 10. 6) 부분

종이를 짤라내듯/긴장하지 말라구요/긴장하지 말라구요/사회주의 동
지들/연꽃이 있지 않어/頭痛이 있지 않어/흙이 있지 않어/사랑이 있지
않어

— 「연꽃」(1961. 3) 부분

　물론, 위 두 시는 지면에 공개적으로 발표되지 않은 채 2008년에 소개
될 때까지 그의 서랍 속 깊숙한 곳에서 숨죽이고 있었다. 위 시들이 쓰여
진 시기가 단적으로 웅변해주듯, 비록 4·19혁명 이후 한국 사회 전 부문
에서 민주주의를 향한 의지와 욕망으로 충만된 시기라 할지라도 냉전체
제의 냉엄한 현실 속에서 '김일성'과 '사회주의'를 공적 담론의 장에서 언
급한다는 것 자체가 사회적 금기였다. 그래서였을까. 김수영의 미망인 김
현경은 '김일성만세'라는 시를 "수영은 이후 「잠꼬대」라고 제목만 바꾸어
『현대문학』에 보냈지만 게재되지 않고 반려되"[3]었다고 한다. 반공주의는
김수영에게 근대의 값진 산물인 자유를 훼손시키고 불구화시키는 폭력적
근대 그 자체였다. 김수영을 가깝게 지켜본 미망인은 그의 시에서 목도되
는 사회주의에 대한 "본질적인 뜻은 '사회주의 사상의 촉진'이라기보다는
'사상적 자유의 촉진'에 가까운 것"[4]인데도, 그 당시 한국 사회는 김수영
의 래디컬한 정치적 상상력을 포용할 수 없었던 것이다. 그런데 이게 어
찌 1960년대에만 해당되는 얘기인가. 만일 누군가가 위 두 시와 같은 시
적 전언을 지금, 이곳에서 드러낸다면, 십중팔구 반공주의란 올가미로 그
를 정치적으로 탄압할 것은 불을 보듯 뻔한 일이다. 한국 사회의 최종 심

3　김현경, 『김수영의 연인』, 책읽는 오두막, 2013, 94쪽.
4　김현경, 위의 책, 94쪽.

급에서 언제든지 그 위력을 발휘할 수 있는 것은 반공주의이며 매카시즘의 광풍이기 때문이다. 결국 김수영의 「김일성만세」와 「연꽃」이야말로 김수영 스스로 신랄하게 비판했던 한국 사회의 "획일주의가 강요하는 대제도의 유형무형의 문화기관의 〈에이전트〉들의 검열"[5]에 희생양이 되었던 셈이다.

이처럼 한국 사회에 짙게 드리운 매카시즘은 신동엽의 다음과 같은 산문 역시 서랍 속에 가둬버렸다. 조금 길지만 부분을 소개해본다.

(前略) 얼마 전 北韓作家同盟委員長이 南北韓文化交流를 提議해왔다. 그 底意가 기만적인 것인지 政略的인 것인지 아니면 함께 붙들고 몸부림칠 수 있는 純粹한 眞情에서 나온 것인지는 알 길이 없다. 또 그런 것은 問題도 되지 않는다. 우리는 終戰後 15년간 北韓은 北韓대로, 南韓은 南韓대로 너무 異質的인 强壓 속에서 運命해왔다. 이 異質的인 運命의 구둣발이 우리에게 온갖 아픔을 가져다 준 것이다. 그것을 (그 구둣발을) 우리 강토(제주에서 압록까지)에서 拂拭해 보자고 나는 이 小論에서 主張하려는 것이다. (中略) 젊고 싱싱한 民衆知性이 지금 어느 域에이르렀음을 旣成世代(日帝末期의 文化的 破片人들)은 알아야 할 때다. 왜 北韓 政治集團의 代辯者들의 提議에만 答辯하려 하는 것인가. 왜 그곳 사람들의 政治的 흥정에만 눈을 팔고 있는가. 祖國의 運命에 당신들은 그렇게도 受動的이고 消極的인 하품밖에 줄 게 없단 말인가. 그렇다면 한국 文學人·知性人의 體面을 생각해서라도 圈外에서 發言해야 할것이다. 우리는 祖國(南北韓)의 歷史的 主人임을 각성하자. 積極的으로나서서 祖國의 운명을 연구하고 모색·실천하고 발언해야 하는 것이다. (中略) 全體主義도 放任主義도 우리의 體質이 아님을 祖國의 양쪽 現實이 증명하고 있다. (中略) 祖國의 自主的 統一을 願하는 非政治的 文化團體나 個人들로 構成된 南北文化交流準備委員會의 豫備委員을 造成하기 위해 자유로운 분위기를 中立地帶나 기타 非政治的 地域에 마련하

---

5 김수영, 「실험적인 문학과 정치적인 자유」.

도록 우리들은 具體的인 方法을 모색해야 할 줄 안다. 北韓政府나 南韓
政府는 순수한 文化人(文學人 · 藝術人)들의 자유로운 交流를 위해 제반
편의를 제공할 마음의 준비를 갖추어야 할 때다. 무서워한다는 건 政治
브로커들의 신경과민이거나 守官奴들의 狹心증세이다. 同族人의 얼굴
이나 文化를 무서워한다면 永世分斷을 願하고 있는 所致다. 국제정세의
귀결을 기다리자는 것은 美蘇兩勢力의 處理만 기다리고 우리는 칼도마
위에 생선처럼 누워 있으라는 말과 같다. 그들 外部 세력을 우리 文化國
民이 知性的 運動으로써 左右할 수 있음을 自信하라. 우리의 의견을 그
들 外部에 반영하여 영향을 주라. 우리는 아무에게도 이용당하고 싶지
않다는 것을 南北共同으로 宣言하라.

　그것을 위해 배달知性의 交流會同은 期必코 있어야 할 것이다.[6]

　비록 위 글이 그 당시 공론화된 적은 없지만, "종전후 15년간"이란 표현
을 통해 이 글이 씌어진 시기가 1968년도임을 짐작할 수 있다. 북한작가동
맹위원장 한설야가 남북문화교류를 제의해오자, 신동엽은 위 글의 부제
―남북의 자유로운 문화교류를 위한 준비회의를 제의하며―에서 명확한
뜻을 전달하고 있듯이, 한반도의 분단시대를 종식하기 위한 "배달지성의
교류회동은 기필코 있어야 할 것"임을 힘주어 강조하면서 이에 대한 구두
선(口頭禪)에서 그치는 게 아니라 실질적 교류를 위해 '준비회의'를 가질
것을 제의한다.

　여기서 우리가 주목해야 할 것은 신동엽의 저 거칠 것 없는 도도한 분단
극복의 산문정신이다. 신동엽이 제안하고 있는 매우 중요한 사안은 세계
냉전체제의 유산인 한반도의 분단으로 인한 불구화된 국민국가를 정상적
으로 회복하기 위해서는 대한민국과 조선민주주의인민공화국에서 각각

6　신동엽, 「전통정신 속으로 결속하라」, 『신동엽 전집』(개정판), 창작과비평사, 1980, 398
　～399쪽.

분단기득권을 소유하고 있는 수구냉전적 정치 주체들이 아닌, "조국의 자주적 통일을 원하는 비정치적 문화단체나 개인들로 구성된 남북문화교류준비위원회의 예비위원을 조성"하여, 그들을 "중립지대나 기타 비정치적 지역"에서 만나도록 노력해야 한다는 점이다. 실로 신동엽의 이러한 주장은 휴전 60주년을 맞이한 작금의 현실 속에서도 얼마나 선진적인 견해인가를 실감하게 된다. 특히 이 글이 씌어진 시기, 곧 박정희의 5.16군사쿠데타 이후 민정 이양의 약속이 지켜지지 않고 본격화된 군부독재가 반공주의와 매카시즘의 서슬퍼런 공포정치를 통해 한국 사회를 반공병영사회로 구축시켜나갔다는 역사적 사실을 환기해볼 때, 신동엽의 이 같은 분단극복의 의지는 무소불위의 반공주의에 대한 강렬한 비타협의 윤리적 실천이 아닐 수 없다. 문제는 김수영의 「김일성만세」와 「연꽃」의 미발표작 시편들처럼 신동엽의 생존 당시 이 글이 공론화될 수 없었던 한국 사회의 매카시즘이 지닌 폭력적 근대에 숨죽여야 한 서글픈 우리의 자화상이다. 이와 관련하여 신동엽 사후 『신동엽 시 전집』이 1975년에 발간되었을 무렵 박정희의 유신체제 아래 초헌법적 긴급조치 9호 위반으로 판매 금지당하였다는 사실은 신동엽의 시세계 전면에 흐르고 있는 분단극복을 향한 민족적 민중적 염원이 당시 분단기득권 세력에게 얼마나 강력한 정치적 저항의 성격을 띤 것이라는 점을 여실히 방증해준다.

> 누가 하늘을 보았다 하는가/누가 구름 한 송이 없이 맑은/하늘을 보았다 하는가.//
> 네가 본 건, 먹구름/그걸 하늘로 알고/一生을 살아갔다.//
> 네가 본 건, 지붕 덮은/쇠 항아리,/그걸 하늘로 알고/일생을 살아갔다.//
> 닦아라, 사람들아/네 마음속 구름/찢어라, 사람들아,/네 머리 덮은 쇠 항아리.//
>
> ─「누가 하늘을 보았다 하는가」 부분

신동엽의 저 준열하면서 간결한 시적 진실을 접하면서 아직도 우리들은 "머리 덮은 쇠 항아리"의 암연(黯然)으로부터 자유로운지 가슴이 먹먹하기만 하다.

3. 군부파쇼정부의 개발독재에 대한 풍자, 김명식의 「10장의 역사연구」

혹자는 얘기한다. 1970~80년대는 한국 문학사에서 '필화의 시대' 그 자체라고 말이다. 이 시기의 한국 사회는 개발독재에 따른 반민주주의에 대한 민주화운동이 사회 전 부문에 걸쳐 역동적으로 일어났으며, 진보적 한국 문학 역시 문학운동을 가열차게 벌여나갔다. 분단극복과 민주회복은 이 시기를 관통하고 있던 문학운동의 거시적 주제라 해도 과언이 아니다. 이 과정에서 숱한 양심적 문인들의 문학이 반공주의와 매카시즘의 정치적 탄압을 받는다. 한국 시문학사에서 익히 잘 알려진 김지하의 담시 「오적」 필화사건을 비롯하여 양성우의 시 「겨울공화국」, 이산하의 서사시 「한라산」, 오봉옥의 시집 『붉은 산 검은 피』 등의 필화사건은 그 대표적인 사례들이다.

이러한 필화사건들 속에서 그동안 망각의 사위에 갇혀 있던 김명식의 장시 「10장의 역사연구」를 소개해본다. 1976년에 씌어진 「10장의 역사연구」는 김명식이 박정희의 유신체제의 공포정치의 실상과 반민주주의적 만행을 고발한 시다. 김명식의 술회에 따르면, 이 시가 씌어진 후 수도권과 광주 지역으로 은밀하게 퍼져나가자 중앙정보부가 이 사실을 알게 되었고 그를 체포, 감금, 고문하여 결국 긴급조치 9호 위반으로 3년간의 옥살이를 하게 되었다고 한다. 그 시의 한 대목을 들어보자.

그놈들이/여보게/법도 새로 만들고/정치도 새로 만들고/병정도 새로 만들고/거처도 새로 만들고/장군도 새로 만들고/술집도 새로 만들고/기생도 새로 만들고/글방도 새로 만들고/마을도 새로 만들고/사회도 새로 만들고/그 나라도 새로 만들고/여보게/그게 정말이오./세월이 지나면 시간이 간다더니/세월이 지나니 시간이 가서는/새로 살맛이 난 모양인데/살판이 난 것이 뭐요.//

오호, 여보게 살짝 이야기 해보소/그 살판이 난 게 뭐요.//

그래. 시간. 그래./시간이 지나긴 지났지/여보게/나에겐 비밀이란 게 없지 않소./그래. 어디. 그래 들어봅시다.//

살판이 났지요. 살판이./그놈들이 살판이 났지요./그놈들이야말로/사람들의 목숨까지……/여보게, 이 세상에/비밀이란 게 어디 있겠소./코 큰 놈들까지도 벙거지 쓰고/다시 죽는 시늉까지 알고 있는 사실인데/아니. 그놈들이/그놈들이/온 나라의 백성들의 입을 틀어막고/바람구멍만 큼한 주둥아리만 열게 하여/새야. 새야. 유하고 신새야/새하고 마하고 을하고…하고…하고…고 고…/노래 부르게 하며/지붕엔 파랑색/붉은색/검정색/주황색/하얀색/온갖 색을 칠하게 하고/오직/그. 그. 그 노래만 배창이 터지도록 부르게 하더니/요새는 백성들에게 냇가로 가서 개천 공사준비를 시작하라고

— 「10장의 역사연구」 부분

우리는 위 시가 무엇에 대해 누구를 향해 신랄한 야유와 풍자를 하고 있는지 쉽게 알 수 있다. 새삼스레 풍자의 미학을 설명하지 않더라도, 이 시의 풍자 대상은 박정희를 비롯한 유신체제의 분단기득권으로, 풍자의 주체는 이 풍자의 대상을 낱낱이 발가벗겨 조롱하면서 비판적 웃음을 자아낸다. 특히, 박정희의 치적이라고 할 수 있는 '새마을 운동'에 대한 시인의 풍자적 언어 유희의 행간에 흐르고 있는 개발독재에 대한 비판은 국가발전주의에 함몰된 채 인간다운 삶의 가치를 망실한 한국 사회의 씁쓸한 풍경을 마주하도록 한다. 그런데, 무엇보다 시인에게 안타깝고 서글픈 것은 그의 시 「10장의 역사연구」에서 총체적으로 접근하고 있는 이 반민주주적

역사현실에 대한 비판의 자유가 좀처럼 허락되지 않고, 크고 작은 비판들을 반공병영사회의 초헌법적 반공주의로 억압하는 폭력적 근대에 속수무책이라는 점이다. 얼마나 많은 양심적 문인들이 이 부정한 현실 속에서 그들의 공적 분노를 침묵해야 했던가. 또한 얼마나 많은 진보적 문인들이 군부파쇼정부의 정치적 탄압을 온몸으로 견뎌내야 했던가. 하물며 이 과정 속에서 힘겹게 쟁취한 민주화의 현실 속에서 더욱 끔찍한 것은 민주주의를 염원하는 시인들의 이러한 평화의 노래에 깃든 시적 진실을 우리는 얼마나 빨리 망각하고 있는가. 반공병영사회의 공포정치로 드리운 근대의 폭력을 뒤로 한 채, 게다가 그 과정에서 잃은 민주주의의 소중한 가치를 너무나 안이하게 생각한 채 눈 앞에 가시화된 경제적 성과에만 도취됨으로써 역사에 대한 성찰적 시각을 소홀히 하는 우리시대의 자화상을 마주하는 일은 곤혹스러운 일이 아닐 수 없다.

하지만 이 곤혹스러움을 회피할 수 없다. 이 글의 서두에서 간략히 언급했듯이, 한반도에 드리운 세계냉전체제의 유산으로부터 우리는 현상적으로 자유로울 수 없다. 한반도를 에워싼 국제적 이해관계는 대한민국과 조선민주주의인민공화국 사이에 오랜 냉전적 대결 구도를 이러저러한 명분으로 정략적으로 이용하고 있기 때문이다. 이럴수록 시대 퇴행적인 매카시즘에 동요되지 않는, 분단의 현실에 대한 성숙한 자기인식과 이 모든 어둠을 일소해내는 미래를 향한 의지를 갈무리하는 게 더욱 긴요하다. 그래서일까. 김명식의 「10장의 역사연구」의 마지막 10장에서 들려주고 있는 시적 전언이 예사롭지 않은 이명(耳鳴)으로 들린다.

> 10
> 여보게/말 못하는 세상의 어둠이여/희망 잃은 마음의 참담함이여/질서없는 나라의 혼돈함이여/길 잃은 자 갈 길에 방황함이여/빛으로/밝혀서/평탄케/길잡이//

새날을 밝게 하고/새희망을 마중하고/새질서를 마련하고/새사람 길
잡아서/여보게/먼 먼 행로에 어둠이 깃들지 않게/합시다. 그려―//

여보게/여보게/여보게//

(모든 시간과 모든 이야기, 그리고 모든 꿈은 새롭게 되리니, 그날이
오면―)

―「10장의 역사연구」부분

'살림의 언어'를 향한 여성 노동(자)의 절규

1. 삶의 난경(難境)에 갇힌 한국 사회의 여성 노동자

단도직입적으로 묻자. 2000년대 이후의 한국 사회에서 여성 노동자는 구체적으로 어떠한 현실에 놓여 있는가. 고용노동부가 2013년 4월 29일에 발표했듯이, 2012년을 기준으로 한 노동실태 분석에 따르면, 비정규직 시간당 임금이 정규직의 63%인데, 그 중에서 특히 여성 비정규직의 시간당 임금이 남성 정규직의 75%와 여성 정규직의 73% 수준에 미치는 매우 낮은 수준을 보이고 있다는 사실이다. 게다가 비정규직 안에서도 일일 노동, 기간제 노동, 단시간 노동, 파견 노동, 용역 노동의 형태에 따라서 다시 임금 격차가 생긴다. 가뜩이나 가부장(혹은 남성)중심주의가 뿌리 깊숙이 내린 한국 사회에서 여성 노동자의 성적 차별이 구조화된 것도 심각한 문제인데, 정규직/비정규직의 차별적 구조에 포개진, 그래서 비정규직 내에서 또 다시 위계화된 차별적 구조가 공고화됨으로써 여성 노동자를 에워싸고 있는 노동의 억압은 한층 버겁고 끔찍스럽다. 다시 말해 지금, 이곳에서 여성 노동자가 겪는 삶의 고통은 결코 단순하지 않다.

이 문제와 관련하여, 한국 사회의 복잡한 현실 속에서 자칫 망각하거나 외면하기 쉬운 여성 노동자의 고통스러운 현실을 환기할 필요가 있다. 삼성반도체 공장에서 일을 하던 한 여성 노동자의 백혈병에 의한 죽음 (2007)으로 어젠더화된 이른바 삼성반도체 백혈병 사건은, 한국의 한 공장에서 일어난 산업재해 정도가 아닌, 전 세계를 대상으로 경제행위를 하고 있는 대기업이 자신의 잘못을 솔직히 시인하지 않고 막강한 경제권력을 이용하여 그 허물을 조직적으로 은폐하려는 기만의 추태를 보인다. 그런가 하면, 재능교육의 여성 노동자들은 사측을 대상으로 단체협약을 쟁취하기 위한 투쟁의 과정 속에서 해고를 당하고 심지어 동료 여성 노동자의 목숨까지 잃는 희생을 감내하고 있으나, 아직도 사측은 이들의 요구를 묵살하고 있다. 여기서 간과해서 안 될 것은, 재능교육 여성 노동자들과 비슷한 처지에 놓인 100만 명이 넘는 특수 고용노동자의 권익이 한국 사회에서 철저히 외면당하고 있다는 사실이다. 사실, 이 두 가지 외에도 이 땅의 이곳저곳에서 여성 노동자를 친친 옭아매고 있는 온갖 구조악(構造惡)과 행태악(行態惡)이 버젓이 자행되고 있다. 어쩌면, 우리는 이 악행에 대해 이러저러한 이유를 대면서 공모하고 있는지 모른다. 여기서, 우리는 '여성이 행복한 나라'를 만들기 위해서는 여성 노동의 비정규직화에 뿌리를 둔 차별과 빈곤이 해소해야 된다는 것을 강조했던 박근혜 대통령의 대선 과정에서의 말을 기억하고 있다. 제발, 그 말이 '공약(空約)'이 아니라 '공약(公約)'이었으면 하는 마음 절실하다.

그런데, 2000년대 이후의 한국 사회에서 여성 노동자의 문제를 성찰할 때 경계해야 할 것은 어떤 거시적 단일한 심급(민족, 민중, 계급, 노동 등 기존 낯익은 진보적 프레임)으로만, 또는 상대적으로 미시적이고 다양한 심급(이른바 포스트모더니즘적 프레임)으로만, 또는 몇 가지 손쉬운 기능주의에 입각한 절충적 해결 방안으로만 여성 노동자의 문제를 살펴보아서는 곤란하다. 여성 노동자의 문제가 좁게는 한국 사회, 넓게는 전 세계가 난경(難境)에 직면한 신자유주의 질서의 현실에 매우 밀접히 연동되어 있기에, 구체적이면서도 다층적으로 이 문제에 접근하는 노력이 필요하다. 이를 위해 예의 문제를 다루고 있는 시들을 음미해본다.

2. 여성 노동의 '자기소외'로부터 타자와의 공명(共鳴)으로

우리는 지금, 이곳의 여성 노동자의 삶에 대해 얼마나 이해하고 있을까. 다음의 고백을 들어보자.

> 처음엔/늦가을 낙엽 툭둑투둑 지는 거리를/어깨 추욱 늘어뜨린 채 눈물바람으로 걸어가는 그 예쁜 여자가/사랑하는 남자에게서 채인 여자인 줄 알았다/다음엔/초겨울 함박눈 소복소복 쌓이는 산사에 앉아/무릎 사이 얼굴 파묻고 어깨 들썩이는 그 예쁜 여자가/공장이나 집에서 쫓겨난 여자인 줄 알았다/그 다음엔/봄 노을 지는 바닷가 갯벌에 퍼질러 앉아/스러지는 노을 바라보며 꺼이꺼이 울고 있는 그 예쁜 여자가/철탑에 오른 딸내미를 기다리다 실성한 여자인 줄 알았다/그로부터 십 년이 지난 뒤/불혹의 나이를 지날 때까지만 해도 그렇게 알았다/지천명의 나이를 코앞에 두고서야/그 예쁜 여자들이 왜 그리 서럽게 우는지 알았다/진드기처럼 달라붙는 세금과 카드빚 때문이었다/몸부림치면 칠수록 자꾸만 빚더미 속으로 빠져드는/언제 잘릴지 모르는 잔인한 세상살이/비정규직이라는 네 글자 때문이었다
>
> — 이소리, 「그 예쁜 여자」(백무산 외 편,
> 『완전에 가까운 결단』, 갈무리, 2009) 전문

우리도 시적 화자와 크게 다르지 않을 것이다. "그 예쁜 여자들이 왜 그리 서럽게 우는지" 온갖 몽상과 추측이 꼬리를 물었을 것이다. 그 과정에서 우리는 그들의 삶의 난바다에서 서럽게 우는 숱한 곡절들을 놓고 또

다른 삶의 고통들을 슬며시 얹어 놓는다. 그리고 마침내 우리는 '그 예쁜 여자들'이 '비정규직'의 차별과, 언제 해고될지 모르는 고용불안 속에서 경제적 빈곤에 내몰리고 있는 고통스러운 삶의 사위에 갇혀 있다는 것을 알게 된다. 사실, 우리는 그들의 고통에 둔감했고, 사회적 고통을 분담한다는 미명 아래 그들을 사회적 희생양으로 삼는 일에 기꺼이 공모했고, 심지어 그들의 삶의 고통을 애써 외면해왔음을 시인하지 않을 수 없다. 그래서였을까. 그들은 사회와 격절된 그들만의 내밀한 자족적 공간에서 자신의 삶의 고통을 스스로 위무해왔다.

> 여상을 졸업하고 더듬이가 긴 곤충들과 아현동 산동네에서 살았다 고아는 아니었지만 고아 같았다 사무원으로 산다는 건 한 달치의 방과 한 달치의 쌀이었다 그렇게 꽃다운 청춘을 팔면서 살았다 꽃다운 청춘을 팔면서도 슬프지 않았다 가끔 대학생이 된 친구들을 만나면 말을 더듬었지만 등록금이 없어 학교에 가지 못하던 날들은 이미 과거였다 고아는 아니었지만 고아 같았다 비키니 옷장 속에서 더듬이가 긴 곤충들이 출몰할 때도 말을 더듬었다 우우, 우, 우 일요일엔 산 아래 아현동 시장에서 혼자 순대국밥을 먹었다 순대국밥 아주머니는 왜 혼자냐고 한 번도 묻지 않았다 그래서 고마웠다 고아는 아니었지만 고아 같았다/여상을 졸업하고 높은 빌딩으로 출근했지만 높은 건 내가 아니었다 높은 건 내가 아니라는 걸 깨닫는 데 꽃다운 청춘을 바쳤다 억울하진 않았다 불 꺼진 방에서 더듬이가 긴 곤충들이 나 대신 잘 살고 있었다 (중략) 그 후로 나는 더듬이가 긴 곤충들과 진짜 가족이 되었다 꽃다운 청춘을 바쳐 벌레가 되었다 불 꺼진 방에서 우우, 우, 우 거짓말을 타전하기 시작했다 더듬더듬, 거짓말 같은 시를!
> ─ 안현미, 「거짓말을 타전하다」(『곰곰』, 랜덤하우스중앙, 2006) 부분

"꽃다운 청춘을 팔면서" "아현동 산동네에서 살았"던 사무원 여성 노동자의 팍팍한 삶을 위무해주는 존재는 "더듬이가 긴 곤충들"이었다. "고아

는 아니었지만 고아 같았"던, 즉 '고아 의식'에 붙들린 여성 노동자의 상처투성이의 내면은 '사람'이 아닌 '곤충'과의 관계를 통해 치유되고 있다. 어디서부터 잘못된 것일까. 무엇이, 왜, 여성 노동자로 하여금 사회로부터 스스로 고립된 '자기소외'의 실존을 선택함으로써 자신의 삶의 고통을 견디도록 하는 것일까. 과연, 이러한 현실 속에 놓인 여성 노동자의 삶을 치유해줄 수 있는 언어는 어디에 있을까. 그들의 곤곤한 삶을 마치 이해하는 것인 양 곤충이 출현할 때마다 곤충과 '나'가 공명하면서 타전하는 "우우, 우, 우"에 내재된 그러한 언어가 아닌, 말하자면, '자기소외'의 여성 노동자의 언어를 넘어선, 사회적 타자들과 공명해내는 여성 노동자의 정치사회적 억압을 일소시켜줄 언어를 만나는 일은 힘든 것일까.

가난한 인력시장에서/불법으로 언제든 살 수 있는/64만원짜리 싼 기계들이 있었다/1년만 쓰다 새것으로 교체할 수 있는 기계들/그 기계들도 엉덩이를 가지고 있었고/발개지는 볼을 가지고 있었다//하루 여덟 시간 서 있기만 해도/돈을 벌어주는 희한한 기계들이었다/임대사용료가 터무니없이 싸고/사용 후 재처리 비용도 필요없었다/너희는 이 희한한 임대업에 맛 들여/일상 라인에는 파견직을 못 쓰게 되어 있음에도/무려 200여대의 기계를 불법으로 빼곡히 들여놓았다/사장의 입이 기쁨에 찢어질 때,/기계들의 손발은 부르텄고 가랑이는 찢어졌다//(중략)//그래도 그들은 주저하지 않았다/한 사람 한 사람 각성의 불꽃은 점점 커져/함께 모여 있으면 그들은/봉홧불처럼 거대하게 보였다/그들의 눈은 어둠속에서도/진주처럼 여물어갔고/캄캄한 공장 안에 갇혀서도/희망의 소리와 해방의 빛을 보았다/그것은 전선을 타고 오지도/녹슨 상수도관을 타고 오지도 않았다/그것은 오직 그들 마음속/한 점 각성의 빛으로 타올랐다

— 송경동, 「너희는 고립되었다」
(『사소한 물음들에 답함』, 창비, 2009) 부분

기륭전자 파견직 여성비정규직 노동투쟁은 한국 사회, 아니 전지구적 자본주의 체제 아래 관성화되고 있는 비정규직 여성 노동에 대한 모순의 심각성을 불러일으켰다. 이제 더 이상 비정규직 여성 노동자의 문제를 왜곡·축소·함구해서 결코 안 되는 한국 사회의 중대한 사회적 현안이다. 이 시를 접하면서 한때 한국 사회 변혁의 최전선과 최종의 심급에 자리했던 노동해방의 원대한 가치에 대해 성찰하지 않을 수 없다. 인간다운 삶을 추구하기 위해 온몸으로 절규했던 노동해방의 그 아름다운 투쟁의 언어들은 모두 어디로 사라졌는가. 아직도 여전히 노동자의 삶을 억압하는 정치사회적 요인들이 곳곳에 똬리를 튼 채 그 억압적 마성의 힘을 전횡하고 있는데도 불구하고 이에 전위적으로 맞서고 그 억압을 해체시키는 투쟁의 언어에 기반한 해방의 언어와 살림의 언어는 어째 이토록 왜소하기만 한지……. 다른 것들도 그렇듯이, 노동해방을 위해 거세게 불었던 사회변혁운동 역시 특정 시기 동안 사회를 뜨겁게 달궜던 어떤 사회적 유행에 불과했고, 한국 사회의 현재를 위해 반추할만한 가치가 있는 역사적 유산 정도로 취급되는 것일까. 기륭전자 외에도 이랜드, KTX, 재능교육 등 여성 노동자가 부당하게 겪는 노동의 차별적 억압이 2000년대 이후 더욱 노골화되고 있음에도 불구하고 이와 관련한 노동해방의 범사회적 연대 투쟁의 언어의 반향은 미약하기만 하다. 그렇다면, 우리에게 절실히 요구되는 게 무엇일까. 아직도 노동해방은 요원하므로, 노동해방의 당위성과 이를 실천하기 위한 윤리감각을 벼리는 데 힘을 써야하는 것일까. 물론, 이것 자체를 아무리 강조해도 지나치지 않다. 하지만, 우리는 2000년대 이후 직면한 노동 문제의 사안을 세밀히 인식하고 넓은 시야를 통해 새로운 전망을 탐침해나가야 한다. 때문에 여성 노동의 프레임은 노동해방의 가치를 위한 맹목을 경계하면서, 종래 낯익은 노동운동의 프레임으로써 새롭게 문제화할 수 없는 사안을 묘파해야 한다. 이를 위해 이중의 작업을 병행해야 할 터이다. 하나는 억압된 것의 '귀환'에 인색해서는 안 되고, 다른 하나는 기존 여성 노동과 구분되는 '차이'를 주목해야 한다.

> 손가락, 내 손가락!/소리소리 지르며 몸부리치던 아내/화들짝 놀라며 일어나 앉는다/오늘 명희가 손가락이 잘렸어요/겨우 열아홉 살 아이가 말이죠/올 들어 벌써 세 번째 사고라고요/잘린 손가락은 박살이 나고/명희는 손을 싸쥐고 데굴데굴 구르는데……
> — 이한걸, 「프레스공」(『족보』, 푸른사상, 2012) 부분

> 펜팔 업체로부터 소개받은 그녀는/부평 4공단에서 여공으로 일하고 있었다/그립다, 보고 싶다, 사랑한다는 말 대신/연장작업, 휴일 특근작업, 36시간 교대작업,/공장생활의 고단한 이야기들이 오고갔다
> — 정세훈, 「부평 4공단 여공」(『부평 4공단 여공』, 푸른사상, 2012) 부분

> ㅎ방직공장의 피곤한 소녀들에게/영원한 메뉴는 사랑이 아닐까,/라면 혹은 김밥을 주문한 분식집에서/생산라인의 한 소녀는 봉숭아 물든 손을 싹싹 비벼대며/오늘도 나무젓가락을 쪼개어 소년에 대한/소녀의 사랑을 점치고 싶어하네/뜨거운 국물에 나무젓가락이 둥둥/떠서, 흘러가고 소녀의……시간이 그렇게 흘러갔다고 분식집 뻐꾸기가/울었네
> — 이기인, 「ㅎ방직공장의 소녀들」
> (『알쏭달쏭 소녀백과사전』, 창비, 2005) 부분

지난 1980년대 백무산과 박노해로 대별되는 노동시에서 마주한 노동의 억압은 2000년대 이후에도 여전하다. 프레스공의 손가락은 잘리고, 모처럼 휴일에 기회를 마련한 공장 남녀청춘의 만남에서는 나아질 바 없는 "공장생활의 고단한 이야기들"이 오고간다. 이렇듯이 억압된 것의 '귀환'은 여성 노동자라고 예외가 아니다. 다만, 노동시가 왕성히 쓰여졌을 때와 다른 점이 있다면, 그 때에는 '여성'노동자보다 '노동자'라는 단일하고 명료한 계급의 시각에서 부르조아 계급(혹은 그것의 이해관계로 이뤄진

국가)에 대한 전면적 투쟁을 통해 사회변혁의 과제를 완수함으로써 노동해방의 가치를 실현하고자 했다면, 2000년대 이후에는 '노동자'의 계급적 시각을 폐기처분하지 않되, 젠더적 시각을 적극적으로 고려하면서 '노동' 자체에 대한 근원적 · 전면적 · 발본적 성찰을 다층적으로 펼쳐야 하는 새로운 공부거리가 생긴 것이다. 그 단적인 사례를 우리는 "ㅎ방직공장의 피곤한 소녀들"의 분식을 먹는 풍경 사이로 내비치는 '사랑'을 향한 욕망에서 슬쩍 엿볼 수 있다. 물론, 이 외에도 2000년대 이후의 여성 노동의 '차이'를 보이는 시적 형상화의 면모들은 다양하다. 이것에 대해서는 다음 장에서 좀 더 얘기해보기로 한다.

3. 서벌턴의 시각에서 새롭게 인식해야 할 여성 노동

지금, 이곳의 여성 노동의 현실에서 간과해서 안 될 매우 중요한 것 중 하나는 젠더적 시각을 고려한 노동해방의 새로운 윤리를 문제화하는 것이다. 이것은 달리 말해 여성 노동자를, 서벌턴(subaltern)이란 새로운 주체의 시각에서 인식할 필요를 제기한다. 말하자면, 여성 노동자의 문제는 기존 진보적 시각의 주춧돌인 저항적 민족주의와 마르크시즘으로는 래디컬한 문제의식을 구체화시키는 데 한계를 지닐 수밖에 없는바, 예의 진보적 시각과 다르면서도 좀 더 업그레이드된 진보적 시각이 요구된다. 서벌턴의 문제의식은 바로 여기에 있다.

> 스무 살이란 것만으로도 환해지는 시간/전자부품 만드는 공장으로 일을 하러 갔다/한 달 이십만 원 받았을까/(중략)/잔업도 마다하지 않았고 다방과 술집을 오가며/친근해지니 몇 놈이 오빠라고 부르란다/지랄 같은 열정인지 신념인지 명분인지/만나자고 할 때마다 만났더니/환장할, 찝쩍댄다/주물럭거리고 쓰다듬고 비벼대고/세상을 향해 열어둔 호기심

이 무색하리만치/발정 난 숫내가 끈적거리는 남자들/(중략)/끊임없이
되풀이되고 매 순간 발가벗겨지는 일상에서/마르크스도 레닌도 주먹도
밥도 주변일 뿐/남자들의 철옹성 같은 연대에/홀로 맞서야 한다는 것이
얼마나 고독한가/지난하고 더딘 시간으로부터/맞짱을 뜨며 진정 고독
하게 가는 것이다

— 김사이, 「살갗으로부터 오는 긴장」
(『반성하다 그만둔 날』, 실천문학사, 2008) 부분

같은 노동자 계급인데도 불구하고 여성 노동자는 서벌턴으로서 남성
노동자의 성폭력에 시달리고 있다. 남성 노동자의 여성 노동자에 대한 시
선은 "주물럭거리고 쓰다듬고 비벼"대는 "발정 난 숫내"의 성욕을 푸는,
그래서 성(性)의 차원에서 여성을 지배하는 식민의 권력으로 군림한다. 노
동자 계급 안에서 여성 노동자는 남성 노동자의 성적 차별의 지배를 받는
서벌턴이다. 따라서 이 문제에 대한 심각한 자기성찰이 부재한 그 어떠한
진보적 사회변혁 이론은 무용할 뿐만 아니라 진보를 가장한 수구(守舊)의
정치사회적 입장과 다를 바 없다. 이처럼 서벌턴으로서 여성 노동자가 부
딪치는 문제들은 기존 묵과되었거나 소홀히 여겨온 '여성'노동의 문제의
식을 전면화한다.

그런데, 여기에다가 외국인 이주노동의 문제를 포개놓으면, 서벌턴으
로서 여성 노동의 문제는 한층 복잡하고 다층적 접근이 필요해진다. 가
령, 다음과 같은 두 편의 시를 곰곰 음미해보자.

어패럴 공장 다니는 조선족 여자는/봉급 다 모아 귀가할 계획뿐/한번
도 시댁 소식이 궁금하지 않았다/젊디젊은 나이에/사랑하지도 않는 한
국 남자한테서/자식 받아 낳을 순 없어/시집와서 도망쳤다/오늘도 조선
족 여자는/어패럴 공장으로 출퇴근하면서/언젠가 귀향하면/웃가게 하
겠다고 마음먹었다/한때 남편이던 한국 남자/시골마을에서 찬바람 견

디며/가난하게 사는 건 그 사람의 운명/조선족 여자는 가난하게 살고
싶지 않았다/고향에서도 타향에서도/흙먼지가 신발을 더럽히는 논길밭
길/그만 걷고 싶었다/좌우 살피며 횡단보도 건너/앞만 보며 지하보도
지나/어패럴 공장 다니는 조선족 여자는/목돈 착실히 만들어 출국할 작
정뿐/한번도 시댁 마을을 떠올리지 않았다
　　　　　　　　　　— 하종오, 장시 「코시안리」(『아시아계 한국인들』,
　　　　　　　　　　　　　　　　　　　　삶이 보이는 창, 2007) 부분

　수레 누나, 아이구 배 아파요 못 가요/밥 한 끼 지어 나누려던/약속이
또 멀어진다/이른 봄 산수유 꽃망울 같은/잘 익은 그의 웃음 까칠하게
풀어져 있다/열한 시간 벅찬 노동 속에서도/인도네시아 이주 노동자들
의 리더로/외국인 노동자 모임 자원봉사로/날 부끄럽게 했던 '아디디'/
그가 아프다/40초 간격으로 돌아가는 식품제조용기 사출작업/화덕의
밑불 온몸으로 받아내다가/쩌억 쩍 금이 갔으리라/그가 열고 들어간 한
국의 공장지대엔/마지막 숨 토하듯 팍팍 불꽃 튀는데/쉽게 닫혀지지 않
는/그의 서랍 속에선/고향 맑은 물소리가 돌돌 말려 있다/파르스름 무
청을 닮은 누이의 웃음도/몽클하니 쌉싸롬하다
　　　　　　　　　　— 함순례, 「문」(『뜨거운 발』, 애지, 2006) 전문

　조선족 여성 노동자와 인도네시아 여성 노동자 모두 전지구적 자본주
의 체제 아래 노동의 유연성과 국제노동의 분업이란 미명 아래 한국으
로 이주한 노동자다. 이들 외국인 이주노동자는 한국의 노동자보다 열악
한 노동조건 아래 놓여 있다. 특히 조선족 여성 노동자처럼 한국인과 결
혼을 한 경우 문제의 양상이 그리 간단하지 않음을 알 수 있다. 조선족 여
성 노동자에게 오직 궁극의 관심은 국경을 초월한 사랑을 통해 행복한 가
정을 한국 사회에 꾸리는 게 아니라 한국인과 결혼함으로써 획득한 대한
민국 국민으로서 신원이 보증되는 것을 최대한 이용하여 돈을 벌어 자신
의 고향으로 돌아가 행복한 삶을 누리는 것이다. 하여, 조선족 여성 노동

자로부터 우리는 민족, 국가, 국민, 성(性) 등의 문제들이 중층적으로 포개져 있음을 간과할 수 없다. 그런데, 이것은 조선족 여성 노동자에게만 국한된 특수한 성질의 문제 사안이 결코 아니다. 인도네시아 여성 노동자를 아프도록 한 원인들은 조선족 여성 노동자를 에워싸고 있는 민족, 국가, 국민, 성(性) 등의 문제와 함께 인종 문제가 덧보태져 있기 때문이다. 즉, 이주여성 노동자가 서벌턴으로서 겪는 삶의 고통은 한국 사회에서 기존 노동해방의 어젠더, 다시 말해 일국주의(一國主義) 시계(視界)에서 노동자 계급의 사회변혁운동으로서 노동해방을 쟁취해내는 목적론이 온전히 감당할 수 없는 새로운 성찰을 요구한다. 바로 여기서 여성 노동자를 서벌턴의 시각으로 재조명해야 할 비평의 합목적성이 있다.

이렇게 서벌턴의 주체로서 여성 노동자를 새롭게 인식하는 가운데 우리는 (신)식민주의 역사의 질곡 속에서 식민권력의 성노동자로 전락한 여성의 씻을 수 없는 상처를 자연스레 응시하게 된다.

가족을 죽인다고 해서 온 여자도 있었다./속아서 따라온 여자도 있었다./가난에 팔리고, 동족에 속고,/전쟁이 까맣게 먹어치운/이름도 없는 여자들이 있었다.//(중략)//폭격의 와중에도/안기러 오는 원숭이들이 있었다./고참에게 딸려와 열여덟 동생의 얼굴로/범하고 간 젊은이를 용서한다./하루에 열 명, 아니 그 이상,/죽음을 등에 업은 벌거숭이들이/두려움으로, 두려움으로 파고들어간 날에도/죽을 수가 없어서 까무러친 '좀삐'의 여인들./어디선가 엉겅퀴 달이는 냄새가 난다.//전신(戰神)의 아이들이 흐물흐물한 핏덩이로 쏟아진다./음문 속으로 독거미들이 들어와 온몸에 독이 퍼진다./일본도가 아랫배에 상처를 내고 간다./린치가 말라리아 모기처럼 앵앵거린다./생리혈을 멈추게 하는 수술실의 메스,/제국주의의 포신이 서서히 움직인다.//문득 우리가 지나고 다시 우리가 오고./구멍 뚫린 천장으로 하늘의 별이 떨어지고/남자들의 전쟁이 끝나고/역사가 불태워지자/아지랑이가 되었다. 몸이,/엉겅퀴 달이는 냄새가 아직도 나는데/용서할 권리마저 없이/아지랑이가 되었다.
— 장이지, 「'좀삐'의 여인들」(『연꽃의 입술』, 문학동네, 2011) 부분

새벽 두 시/포장마차/오뎅국물을 마시는 여자//
살짝 드러난 가슴에서/달러 몇 장/꺼내 센다//
여윈 밤/식민지 하늘은/술에 취해/멍들었다
— 박현덕, 「송정리詩篇·11」(『스쿠터 언니』, 문학들, 2010) 전문

일제강점기에 정신대로 끌려가 일본제국의 군대의 성노동자로 전락한 "'좀삐'의 여인들"을 피식민지의 민족 문제로만 인식해서는 곤란하다. 말 그대로 그들은 제국주의의 온갖 탐욕을 생리적으로 충족시켜주도록 폭력적으로 강제받는 '여성'으로, 이 모든 생지옥으로부터 놓여나기 위한 죽음조차 허락되지 않은, 그래서 "죽을 수가 없어서 까무러"칠 수밖에 없는 성노동자에 불과할 뿐이다. 인간 주체의 위엄을 지켜내기 위한 최후의 실존적 결단인 죽음마저 폭력적 강제로 유예된 피식민지의 여성들이야말로 서벌턴의 극한적 고통 그 자체라 해도 과언이 아니다. 제국의 지배자들은 피식민지 여성의 근대적 성의 자기결정권을 아주 철저히 압살한 채 오직 제국의 남성 지배자의 성욕을 만족시켜주는 성적 유희의 대상으로만, 성 노리갯감으로만 피식민지 여성을 성노동자로 치환한다. 이 얼마나 반문명적인 제국의 식민지 여성을 대상으로 한 파시즘적 성의 지배 행태인가.

그런데, 문제는 이러한 '일본–구제국주의'의 피식민지 여성에 대한 서벌턴적 식민지배가 '미국–신제국주의' 식민지배의 유산으로 재생산되고 있다는 사실이다. '송정리'로 표상되는 공간은 신제국주의와 식민의 은유로서, 여전히 한국 사회는 제국의 지배에서 온전히 벗어나지 못한 채 식민의 잔재를 떠안고 있다. 때문에 신제국주의 "식민지 하늘은/술에 취해/멍들"어 있을 따름이다. 우리는 이 같은 역사적 성찰을, '송정리'의 유곽에서 성노동자의 삶을 살고 있는, "새벽 두 시/포장마차/오뎅국물 마시는

여자"의 내력(來歷)으로부터 비롯한다고 볼 수 있다.

정리하면, '일본-구제국주의'와 '미국-신제국주의'에서 여성은 제국의 지배자의 남성의 성욕을 채워주는 성노동의 형식으로서 서벌턴적 지배를 받는다. 하여, 우리는 이러한 서벌턴적 지배에 대한 역사적 저항을 위해 이에 대한 집요한 심문을 멈춰서 안 된다. 이러한 심문의 과정 속에서 여성의 성노동과 관련한 식민의 문제는 래디컬하게 재구성되며 그 억압은 발본적으로 해체될 수 있다.

4. 종언을 넘어 '살림의 언어'로

우리는 구미의 지식사회에서 팽배해진 포스트필리아 신드롬에 사로잡힌 채 지식 시장의 오퍼상들에 의해 그 설익은 담론들이 각종 섣부른 종언(終焉)과 제휴하여 붐을 이뤘던 적이 있다. 가히 '종언의 시대'라 불리울 정도로, 한국 사회에서 노동과 관련한 사회운동은 물론, 이른바 노동문학 역시 침체의 늪에서 허우적거리기 시작했으며, 심지어 노동문학의 죽음이 공공연히 회자되기도 하였다.

하지만, 지금까지 우리의 삶의 실재가 보증해주듯, 역사의 진보에서 섣부른 추단과 예단이 얼마나 치명적 독(毒)이 될 수 있는가. 그 단적이면서 중요한 사안이 바로 여성 노동자의 문제적 현실이다. 급변하는 노동현실 속에서 노동에 대한 상투적 접근은 경계하되, 노동의 위엄을 훼손하지 않으면서 중층적으로 누적된 노동의 문제를 해결하고자 하는 역사의 진보를 향한 실천이 없는 한 파천황과 같은 '종언' 담론에 노동문제가 휩쓸린 채 '여성' 노동의 문제는 증발되기 십상이다.

여기서, 우리는 부산 영도의 한진중공업의 크레인 위에서 비정규직 노동에 대한 억압과 맞서 싸운 여성 노동자 김진숙을 뚜렷이 기억한다. 그의 투쟁은 '희망버스'란 새로운 진보의 저항적 문화의 형식내용을 창출하였고, 이후 우리의 양심은 '희망버스'에 동승하여 김진숙으로 표상되는 노동의 문제를 성찰하게 되었다. 하여, 시인의

> 김진숙/이기고 돌아오시라/어느날 당신을 처음 본, 죄 많은 한 남자가/느닷없이 핑 도는 비겁한 눈물로/생의 또다른 고공에 매달려 평범하게 말한다/김진숙/살아서 뚜벅뚜벅 내려오시라
> — 김주대, 「김진숙」(『그리움의 넓이』, 창비, 2012) 부분

와 같은 간절한 고백은 지금, 이곳에서 힘겹게 살아가는 뭇 노동자로 하여금 양심의 눈물을 흐르게 한다. 이 양심의 눈물은 크레인 투쟁을 하는 여성 노동자 김진숙과의 연대이고, 김진숙으로 표상되는 노동해방의 순정에서 피어난 시적 진실이다.

여성 노동 문제의 해결이 노동해방과 단선적으로 연결되는 것은 아니다. 하지만, 노동해방의 이 원대한 과제는 중층적으로 그리고 래디컬하게 진행되어야 하는바, 여성 노동의 문제는 그래서 새롭게 재구성되어야 하며, 이에 대한 시의 노력을 아무리 강조해도 지나치지 않다. 왜냐하면 시적 상상력은 '증오의 언어'를 지양하여 '살림의 언어'를 추구하는 운명의 속성을 지니고 있기 때문이다.

외국인 이주의 시선을 넘어서는
시의 미적 윤리

한국 사회가 다문화 사회로 옮아가고 있다는 것 자체에 대해 의구심을 갖는 사람은 드물다. 한국이 전 지구적 자본주의 세계체제로부터 자유로울 수 없는 엄연한 현실에 놓여 있는바, 특히 세계 노동시장의 급변화는 특정한 국가의 국민경제의 영토와 경계를 넘어 이주노동의 형식으로 구체화되면서 한국도 예외가 아니다. 이 과정에서 온갖 문제들이 불거지고 있는 것은 두루 아는 사실이다.

그런데 돌이켜보면, 이러한 현상은 지금, 이곳에서만 일어나고 있는 것은 결코 아니다. 지금으로부터 1100여년 전 신라의 헌강왕 시절 처용이 지었다는 8구체 향가 「처용가」를 현재적 시각으로 해석해보면 흥미롭다. 비록 이 향가를 두고, 처용이 그의 아내를 범한 역신(疫神)을 물리치기 위한, 즉 벽사진경(辟邪進慶)의 주술적 기능을 하고 있다는 해석이 주류를 이루고 있지만, 향가 또한 고전시가의 서정에 기반을 두고 있는 만큼 이러한 주류적 해석의 지반(地盤)을 이루고 있는 처용의 정감을 간과해서 곤란하다. 그렇다면 처용의 정감을 이렇게 이해하면 어떨까. 처용은 신라인과 달리 낯선 외국인으로서, 마치 외국인 이주자와 같은 신분으로서 이방의 삶을 살아간다. 처용은 고향을 떠나 신라의 여자를 아내로 삼으면서 신라에 잘 적응하여 살아보려고 안간 힘을 써보지만, 그렇게 쉬운 일이 아니다. 외국인 이주자로서의 삶이 생각처럼 녹록하지 않다. 처용에게 밀려드는 고향에 대한 그리움과 타방에서 느끼는 소외감이 집약적으로 드러난 사건이 바로 밤늦은 귀가에서 맞닥뜨린 불륜의 현장이다. 처용은 그의 집 안에서 벌어지고 있는 신라인 아내와 낯선 사내(모르긴 모르되 신라인 남자)의 통정하는 장면을, 노랫말의 표면에서는 대범하게 대응하고 있는 것처럼 보이지만, 기실 노랫말의 심연에는 처용을 휩싸고 도는 외국인 이주자로서 절감해야 하는 타자성이 침통히 가라앉아 있다. 하여, 신라에 대한 외국인 이주자, 즉 타자로서 하염없이 밀려드는 분노를 넘어선 애상과 허무의 정감이야말로 「처용가」를 현재적 시각으로 재해석해야 할 서정의 뇌관이 아닐까.

여기서 우리는 천 년 전에 불리워진 「처용가」의 이 같은 서정이 외국인 이주자인 당사자의 주체적 입장이 드러나고 있다는 것을 가볍게 넘길 수 없다. 아무리 약소자에 대한 사심 없는 애도와 연민 그리고 연대의 입장에 기반한 타자에 대한 공감의 상상력을 갖는다고 하지만, 약소자의 삶을 당사자가 직접 자기표현하는 것보다 값진 문학적 성취는 없기 때문이다.

> 같은 하늘 땅 아래 있고/같은 빨간 피 흐르고 있고./같은 일을 하고 있고/같은 땀을 흐르고 있고/외국인은 왜 노동자가 아닌가요?/말을 못한다고/문화를 모른다고/피부색 다르다고/외국인은 왜 노동자가 아닌가요?/차별을 조용히 받아야만 하고/시키는 대로 따라야만 하고/주는 대로 먹어야만 하고/어디에 가도 말할 곳이 없고/잘못이 없어도 욕먹어야 하고/필요 없는 이상 버림받아야 하고/외국인은 도대체 뭐란 말인가?/노예가 아니면 노동자?
> ─ 담바 수바, 「외국인은 무엇인가요」(『작가들』, 2006년 겨울호) 전문

> 세상이 옛날처럼 돌고 있다/모든 사람이 자기 자리에서 항상 바쁘다/

달과 태양 그리고 별들이 옛날처럼 빛을 주고 있다/하지만 나의 마음은 어둡다/나는 왜 나처럼 되었나/나의 마음은 아프다/어느 날 하루 나는 마른 꽃처럼 마음도 말랐다/당신은 나를 알아도 알려고 하지 않았다/나는 바보처럼 당신에게 다가가고 있다/하나의 진실을 꼭 잡으면서/너는 나를 버린다 나를 바보라고/그래도 나는 왔다 당신의 사랑을 위해/당신은 나를 모른다 하늘은 있지만 구름이 없다/나는 어디에도 없다/바람은 있지만 나는 어디에도 없다

— 단비르 하산 하킴, 「아무도 모른다, 나를」(『작가들』, 2011년 여름호) 전문

위 두 편의 시는 한국으로 이주한 외국인 노동자가 직접 쓴 것이다. 아직 한국시문단에는 외국인 이주자들의 문학 활동이 본격적이지 않음을 상기해볼 때, 이들의 시에 대한 문학적 형상화를 평가하는 것은 적절하지 않다. 대신 한국 사회에서 외국인 이주노동자의 삶을 살고 있는 당사자의 주체적 목소리에 귀를 기울여야 할 것이다. 그들은 스스럼없이 당당하게 한국인을 향하여 묻는다. 한국의 일터에서 함께 노동을 하고 있는데도 불구하고 자신들에게 가해오는 민족·인종·성 차별의 배타적 인식을 거둘 수 없는 것이냐고. 그들도 한국의 노동자처럼 동등한 노동자로서 인식될 수 없는 것이냐고. 그들은 노동을 하러 낯선 땅 한국에 온 것이지, 한국의 노예적 삶을 살기 위해 그들의 정든 고향을 떠난 것이 아니라고. 때문에 그들은 한국 사회를 향해 심문한다. "외국인은 도대체 뭐란 말인가?" 이 말할 수 없는 체념과 비통의 심회는 그들로 하여금 타방에서 약소자의 삶을 살아갈 수밖에 없는 자신의 상처받은 내면풍경을 발견하도록 한다. 지금, 이곳에서 영원한 타자로서 살고 있는 그들은 "마른 꽃처럼 마음도 말랐"으나, 그들은 실낱 같은 희망을 결코 포기하지 않는다. 비록 한국 사회의 "당신은 나를 알아도 알려고 하지 않았"고 한국 사회 어디에서도 "나는 어디에도 없다"는 환멸의 통증을 쉽게 치유할 수 없다하더라도, 한국 사회의 "당신의 사랑"을 접어버릴 수는 없다. 그들은 어떻게 해서든지 지구

화 시대의 어엿한 구성원으로서 삶을 살아야 한다.

물론, 한국 사회의 모든 이들이 외국인 이주노동자의 삶에 대해 배타적 인식을 갖고 있는 것만은 아니다. 한국 사회에서 그들이 점차 정착하게 됨에 따라 그들에 대한 편견을 반성한다.

> 그 여자를 보면 괜히 신경질이 난다/그녀의 아버지의 아버지는/일제에 빼앗긴 조선땅이 싫어/살아도 더는 살 수 없는 조국이 싫어/흑룡강으로 떠났는데/그 여자는 할애비가 버린,/땅 설고 물 설은 모국의 귀퉁이에 와서/허벅지 하얗게 내놓고 상반신 출렁이며/'이름도~모~올~라요 서~엉도 몰라,/첨 만난 사내 푸우움에 어~얼싸~안겨여어~'//곰팡내 물씬 풍기는 단란주점에서/올망졸망 두고 온 식솔들/눈망울에 수평선을 담고 노래 부르는데, 씨발/왜 그리도 부아가 치솟는지/휘청휘청 밖에 나와 해장으로 국수를 먹는데, 씨발/국물은 왜 그리도 뜨거운지/전봇대에 기대어 오줌 누는데, 씨발/왜 죄 없는 가랑이만 축축이 젖는지
>
> ― 김수열, 「연변 여자」(『바람의 목례』, 애지, 2006) 전문

> 여주군 가남면 국도변 어느 여주쌀밥집,/베이지색 유니폼에 늦은 점심인지 이른 저녁인지를 서두르는 젊은 여인이 있네 (중략) 잠시 주저주저하더니 반도 최북단 항구도시 함흥서 왔다고 하네 (중략) 남쪽에서 가장 힘든 일은, 부모 형제 그리운 것보다 더 어려운 일은 말씨를 고치는 것과 북에서 왔다는 사실을 숨기는 일이라네 너무 배가 고파서 울며 울며 꽁꽁 언 시린 겨울강 홀로 건너 먼 길 돌아 돌아왔더니 이젠 앞이 보이지 않는다 하네/(중략)참을 수 없이 가볍기만 한 내 호기심이, 입놀림이 더없이 부끄럽기만 하네
>
> ―곽효환, 「탈북 캐디 이소희」
> (『지도에 없는 집』, 문학과지성사, 2010) 부분

연변에서 온 조선족 여성은 단란주점에서 술시중을 들며, 함흥에서 온 북측 여성은 골프장 캐디를 하면서 한국에서의 삶을 살고 있다. 조선족 여성과 북측 여성 모두 외국인 이주노동자의 현실을 공유하고 있다. 이

들을 대하는 시적 화자의 태도는 사뭇 다른 것처럼 보이지만, 두 시적 화자의 내면을 가로지르고 있는 시적 인식은 이들 외국인 이주노동자를 대하는 시적 화자에 대한 반성적 성찰이다. 조선족 여성의 대중가요를 듣는 시적 화자의 치솟는 부아는 그 여성의 내력 전반에 대한 어떤 모종의 분노와 슬픔 그리고 그리움, 안타까움 등이 버무려진 '부아'다. 그 여성의 청승맞은 노래에는 식민지 시절부터 지금까지 디아스포라의 현실을 살 수밖에 없는 삶의 고통이 흩뿌려져 있다. 그 고통과 단절짓지 못한 채 조선족 여성은 한국에서 또 다른 디아스포라의 삶을 살고 있다. 그의 삶이 지닌 이 내력에 동반된 고통을 시적 화자는 해결해줄 수 없다. 다만 치솟는 '부아'의 파토스를 통해 그들의 내력에 조금이라도 기여한 우리 모두를 향한 통렬한 반성적 성찰을 시적 화자는 일상에서 수행할 뿐이다. 그리고 그는 부끄러움으로 자책한다. 한국 사람들과 말투가 다른 북측 사람들에 대한 "참을 수 없이 가볍기만 한 내 호기심이", 정작 한국 사회에서 안간힘을 쓰며 살고자 하는 북측 사람들에게 한국에서의 정착을 더욱 힘들게 하는 구체적 차별로 다가오는 요인으로 작동하고 있다는 데 대해 시적 화자는 그 심각성을 인식한다. 그만큼 한국 사회의 내부자에게는 아무렇지도 않은 자연스러움이 한국으로 이주한 외부자의 입장에서는 그들을 한국 사회로부터 구별짓고자 하는, 그리하여 배타적 차별을 구조화하는 인식은 매우 문제적이다.

이러한 문제성에 대한 하종오 시인의 지속적 시작(詩作)은 주목하지 않을 수 없다. 그는 『국경 없는 공장』(2007), 『아시아계 한국인들』(2007), 『입국자들』(2009), 『제국』(2011), 『남북상징어사전』(2011) 등에 이르는 일련의 시집을 통해 한국으로 이주해온 외국인노동자(물론 여기에는 생존의 절박감으로 조선민주주의인민공화국을 떠난 북측 동포를 포함)의 삶과 현실에 대한 시적 탐구를 게을리하지 않았다. 하여, 그는 순혈주의와 국가주의(혹은 국민주의)에 포섭되고 있는 한국 사회의 치부를 적나라하게 고발 · 증언 · 비판한다. 더 이상 일국주의(一國主義)의 맹목성에 갇혀서는 근대 국민국의 산적한 문제점들을 극복할 수 없고, 외국인 이주노동자와 같은 약소자들이 다 함께 서로의 행복을 나눠가지며 사는 것이 바로 진정한 다문화 시대의 삶을 사는 것이라는 시적 진실을 하종오는 노래한다.

> 머지않아 아이가 태어날 것이다/아내가 부른 배 부둥켜안고 있으면/
> 남편이 쳐다보고 웃었다/첫 아이 낳아도 혼혈이라는 것/둘째 아아 낳아
> 도 혼혈이라는 것/아내는 생각하지 않았고,/걔들이 농토의 주인이라고/
> 걔들이 가문의 후손이라고/사내는 생각하였다
> — 하종오, 「코시안리」(『아시아계 한국인들』,
> 삶이보이는창, 2007) 부분

> 지금/한국에서 몸 푼 한국인 산모는/친정어머니가 끓인 미역국을 먹고
> 요/지금/한국에서 몸 푼 베트남인 산모와/한국에서 몸 푼 필리핀인 산모
> 와/한국에서 몸 푼 태국인 산모와/한국에서 몸 푼 캄보디아인 산모는/시
> 어머니가 끓인 미역국을 먹고요/시방/아기들은 똑같은 소리로 우네요
> — 하종오, 「지구의 해산바라지」(『제국』, 문학동네, 2011)

그렇다. 한국 사회는 머지않아 말 그대로 다문화 사회로 옮아갈 것이다. 지구 곳곳에서 온 외국인 이주자들이 한국 사회의 약소자인 이방인으로서 숨죽이며 사는 게 아니라 서로의 다문화적 가치를 존중하며 상생하는 행복한 삶을 누려야 할 것이다. 그래서 한국시는 세계시민들의 아름다운 삶의 터전으로 거듭나야 할 원대한 과제를 해결하기 위한 미적 윤리를 다듬어야 할 행복한 고뇌를 짊어지고 있다.

세월호 참사 이후 한국 문학의 불온한 정치사회적 상상력을 위해

_____

1. 한국 사회의 자기모순과 씨름할 한국 문학

세월호 참사는 도저히 일어나서는 안 될 사건이었다. 언론에 대한 우리의 안일한 방심과 타자에 대한 무관심, 그리고 어처구니없는 국가의 문제 해결 능력 부재가 뒤엉키는 가운데 숱한 생목숨들이 수장되었다. 우리의 언론들은 사실 왜곡과 선정적 보도에 혈안이었고, 국가의 재난안전 시스템은 갈팡질팡 뒤죽박죽 혼돈 그 자체였다. 그 와중에 차마 입에 담아서는 안 될 상식 바깥의 언어도단들—세월호 참사 관련 유가족을 향한 각종 음해의 말들이 떠돌았다.

그렇다. 지난 4월 16일 이후 한국 사회는 국가를 향한 허무와 분노의 사위에 에워싸여 있다. 아직도 세월호 참사와 관련하여, 유가족과 국민들이 납득할 만한 조사와 수사가 이뤄지고 있지 않다. 이러한 가운데 치뤄진 7 · 30 국회의원 재보궐선거에서는 여당이 압도적으로 승리하였다. 도대체 어디서부터 잘못 된 것일까. 세월호 참사를 통해 우리는 똑똑히 지켜보지 않았는가. 국민의 생명을 최우선으로 해야 하는 정부가 정상적이면서도 상식적인 구조 활동을 펼치지 못했고, 이러한 정부의 정치적 기반이 되고 있는 여당 역시 이 무한 책임을 회피할 수 없다. 그렇다면 우리는 선거를 통해 이에 대한 준엄한 책임을 물었어야 했다. 아무리 선거가 정략 관계에 따라 정치 공학적 성격을 무시하지 못한다고 하더라도 이번 재보궐선거는 세월호 참사를 빚은 무능한 정부와 오만한 여당을 향한 매서운 심판의 성격을 띠었어야 했다. 하지만 선거 결과는 집권 세력에게 책임을 추궁하기는커녕 보란듯이 그들에게 면죄부를 안긴 격이 되고 말았다. 상식이 전복되었다. 정부와 여당이 세월호 참사 이후 국가혁신을 입에 달고 있되, 국무총리 내정자(안대희)와 교육부 장관(김명수) 및 문화부 장관(정성근) 내정자의 정상적인 국정 수행이 불가능한 현실에 직면하자 결국 사퇴를 한 것에서 단적으로 알 수 있듯, 국가혁신의 진정성이 결여되었음에도 불구하고 어찌된 일인지 국민들은 여당의 손을 들어주었다. 이제 한국 사회의 불온한 정치사회적 상상력은 마비되었는가. 국가의 모럴이 부재한 것에 대한 정치적 책임을 물어야 할 선거에서 그 역할을 수행하지 못한 것을 어떻게 이해해야 할까. 이 물음을 정치학이나 사회학의 영역으로 국한시킬 수는 없다. 한국 문학은 한국 사회가 수렁에 빠져 있는 이 자기모순적 형국을 응시해야 한다. 다시 말해 국가의 모럴이 부재하여 그에 대한 분노가 솟구침에도 불구하고 이 부정한 국가를 지탱하는 정치세력에 또 다시 정치적 힘을 실어주는 자기모순과 한국 문학은 씨름해야 한다.

돌이켜보면, 한국 문학의 생명은 숱한 역사의 질곡에 가열차게 응전해온 그 자체라 해도 과언이 아니다. 리얼리즘이든 모더니즘이든 관계 없이 최량(最良)의 한국 문학이 거둔 성취는 그것이 생래적으로 지닌 불온한 정치사회적 상상력을 통해 타락한 현실의 지반을 동요시키고 급기야 전복시키는 그 어떤 폭발력을 내장하고 있었다. 예의 문학이 지닌 반성적 성찰의 힘은 속류적 계몽의 한계를 훌쩍 넘어 한국 사회에 살고 있는 개개인의 존재의 근원을 뒤흔들면서 자신이 속한 사회와 국가의 모럴의 부재뿐만 아니라 이렇게 깨진 모럴에 속수무책으로 자동화된 일상을 살고 있는 자신을 향한 준열한 깨우침의 계기를 안겨주곤 했다. 그래서 한국 문학의 역할은 중요하였다.

그런데 이러한 한국 문학의 존재와 위상이 자꾸만 과거 시제에 국한된 채 현재에 적극적으로 대응하는 모습이 요원한 것처럼 인식되는 것은 지극히 내 개인적 편견에 불과한 것일까. 비단 어제 오늘의 진단이 아니지만, 한국 문학의 양적 팽창에도 불구하고 한국 사회가 부딪치고 있는 복잡한 현실을 불온한 정치사회적 상상력으로 응전하는 래디컬한 한국 문학의 활력이 현저히 떨어진 것은 엄연한 현실이다. 이 짧은 글에서 이에 대한 상세한 논의를 펼칠 수는 없으나 몇 가지 근간에 생각하고 있는 것을 중심으로 문제를 제기해본다.

2. 보수주의화를 넘어 지구적 문제의식을 겸비한 한국 문학이 절실하다

세월호 참사 이후 한국 문학의 불온한 정치사회적 상상력과 관련하여 여러 가지를 숙고할 수 있겠지만, 한국 문학은 한국 사회에서 일어나는 크고 작은 현안들을 더 이상 일국주의(一國主義) 시계(視界)로만 협소하게 이해하는 것을 '지양'해야 한다. 한국 문학은 한국 사회의 현안들을 한국 사회의 구체적 현실과 연관시켜 문제의 핵심을 파고들되 그 문학적 천착은 한국 사회의 경계를 너머 존재하는 또 다른 지구적 현안들과 연동될 필요가 있다. 한국 문학은 한국 문학이란 개별 국민문학의 영토에 자족해서는 안 된다. 만일 한국 문학이 개별 국민문학의 영토에 자족한다면, 한국 문학이 그동안 고투 끝에 거둔 최량의 문학적 성취가 보증한 반성적 성찰의 역할은 자칫 한국 사회의 안녕과 행복을 위해 진보적 가치를 희생시킬 수 있는 보수주의로 귀착될 수 있다. 진보적 가치를 희생시켜서라도 한국 사회의 안녕과 행복을 최우선의 가치로 여긴다는 것이야말로 실로 위험한 생각이 아닐 수 없다. 작금의 한국 문학에서 우려되는 것은 바로 이러한 점이다. 두루 알듯이 형식적 민주주의가 팽배한 한국 사회에서 성취해야 할 민주주의를 향한 진보적 가치가 국가의 민활한 기획 · 관리 · 수행의 제도 영역 속으로 용해되는 가운데 국가와 국민의 행복을 위한 미명 아래 진보적 가치의 본래성이 퇴색되고 있다. 더욱이 상투적인 얘기일지 모르겠지만, 한국 사회가 놓인 분단체제의 억압은 한국 사회의 진보적 주체들로 하여금 조선민주주의인민공화국의 정치담론과 구분될 뿐만 아니라 그보다 더욱 민주주의적이고 선진적인 진보적 가치를 갈고 다듬어야 할 과제를 제시하도록 그들을 압박하고 있다. 아울러 우리는 동아시아의 급변하는 국제정치의 역학 속에서 한국 사회의 진보적 가치의 설정이 얼마나 중요한 것인지를 새삼 환기할 필요가 있다.

따라서 이러한 것들을 면밀히 숙고할 때 세월호 참사와 관련하여 한국 문학이 성찰하고 경계해야 할 것은 은연중, 아니 노골적으로 고개를 내밀고 있는 한국의 안녕과 행복을 추구해야 한다는 미명 아래 국가주의와 국민주의로 진보적 가치가 전도될 여지다. 여기서 우리는 문제를 명확히 인식해야 한다. 국민의 생명을 무참히 내팽개친 국가의 재난안전 시스템을 정비하는 과정에서 국가 관료 조직의 부정부패를 일소함으로써 국가의 정상성을 회복하는 것과, 모든 사안을 전적으로 국가에 일임하는 맹목적 태도로써 국가권력의 전횡을 묵인하고 그러한 국가의 국민으로서 행복을 추구하는 데 자족하는 것을 혼돈해서는 안 된다.

그렇다면 세월호 참사의 충격과 조우한 한국 문학은 좀 더 넓고 깊은 안목에서 문학적 성찰을 게을리해서 안 된다. 세월호 문제는 근대국민국가의 중층적 문제가 집약된 것으로, 초고속 성장을 위해 달려온 속도지상주의와 결부된 모럴의 부재가 뒤엉켜 있다. 지금까지 밝혀진 굵직한 문제들, 가령 비정규직 선장 고용, 내부 구조의 불법 변경, 과적, 침몰 후 구조과정의 혼선, 언론보도의 왜곡과 선정성, 각종 소셜미디어의 부정확한 보도와 음해의 언어들 등은 더께처럼 누적된 한국 사회의 총체적 부실이다. 여기에다 그동안 사회 전반적으로 가벼워지고 희미해진 생명의 존귀함에 대한 윤리감의 망실이 더해진 것이다. 한국 문학은 이러한 한국 사회의 현안들을 지구적 문제들의 맥락에서 파악하는 사유의 힘을 길러야 한다.

이럴 때 세월호 참사는 지구 반대편에서 벌어지고 있는 팔레스타인 가자 지구의 참사와 결코 무관하지 않다. 팔레스타인을 향한 이스라엘의 최첨단 무기의 공격은 팔레스타인의 무고한 사람을 죽음으로 내몰았다. 팔레스타인의 무고한 대중의 죽음은 중동 지역을 둘러싼 이스라엘과 중층적 이해관계에 놓여 있는 친이스라엘 서방측 입장을 간과할 수 없듯, 이 역시 근대국민국가의 안팎을 이루는 핵심적 사안들—국가주의와 국민주의에 기인한다. 물론 여기에도 생명의 존귀함에 대한 윤리감이 헌신짝처럼 내팽개쳐지고 있다.

한국 문학이 세월호 참사를 팔레스타인 참사와 결부짓는 일은 호사가의 그것이 결코 아닐 뿐만 아니라 국제주의에 대한 포즈도 결코 아니다. 한국 문학이 개별 국민문학의 영토에 자족하지 않으면서 자칫 보수주의로 전락하지 않고 지구 전체의 차원에서 인류의 상처와 고통을 함께 아파하고 그 아픔을 치유하는 노력에 동참해야 한다. 그래서 세월호의 참사와 팔레스타인 참사를 서로 비춰보는 거울로 작동시킬 수 있는 문학적 사유가 긴요하다. 팔레스타인 참사를 통해 세월호 참사를, 세월호 참사를 통해 팔레스타인 참사를 동시에 겹시각으로 볼 수 있는 한국 문학이 절실히 요구된다.

3. 지구의 문제적 장소에서 외치는 평화를 향한 절규

다음으로, 한국 문학은 지역의 문제를 창발적으로 가다듬을 필요가 있다. 세월호 참사의 적폐(積弊)들은 사실 한국의 지역 곳곳에서 일어나고 있는 문제들 속에서 확연히 발견된다. 가령, 제주의 강정 마을 해군기지 건설, 밀양 송전탑 건설 등과 관련한 사안들 속에 세월호의 적폐들은 고스란히 자리하고 있다. 이들 지역의 심각한 사안에 대해 한국 문학은 지속적이면서도 심화된 문제의식을 벼릴 필요가 있다. 여기에도 유효한 새로운 문제의식은 지구적 문제와 연동시키는 문학적 사유다. 특정 지역을 한국의 지역으로 국한시키지 않고 지구의 문제적 장소로 인식하는 게 중요하다. 제주의 강정 마을 해군기지 건설이 동아시아의 평화를 위협하는 새로운 지구적 분쟁의 소지를 낳는다는 점, 밀양의 송전탑 건설이 한반도의 뭇생명을 위협하는 원자력 발전과 연관되는 점에 대한 정치사회적 상상력이 다듬어질 것을 한국 문학이 외면해서 곤란하다. 다시 말해 특정 지역의 현안을 지구적 시계(視界)로 이해하는 한국 문학의 창조력이 절실히 요구된다. 여기, 묵묵히 강정 마을 해군기지 건설에 투쟁하는 제주의 시인 김경훈의 절규에 귀 기울여본다.

> 구럼비여 일어서라
> 깨어지고 부서지더라도 다시 일어서라
> 온몸 묶이고 가두어졌어도 몸을 떨쳐 일어서라
> 눈물과 한숨 거두고 분노의 결기로 힘차게 일어서라(1연)

구럼비여 일어서라
그리하여 그대가 품은 독기를 발산하라
그대의 저주를 있는 대로 다 방포하라
온 세계를 향하여 자존의 평화를 절규하라(6연)

구럼비여 일어서라
그리하여 다시 뭇 생명들을 고이 안으라
맨발 아이들의 천진한 웃음을 받으라
평화의 다정한 발걸음을 축복하라(9연)

구럼비여 일어서라!
제주도민이여 일어서라!
정의여 분노여 일어서라!
만국의 양심이여 일어서라!(10연)

— 김경훈, 「구럼비여 일어서라!」
(『그날 우리는 하늘을 보았다』, 각, 2014) 부분

　　강정 마을을 찾아본 이들이라면 누구나 알 수 있듯 구럼비는 수억년
의 지구 탄생과 함께 세월을 함께 한 바다 암반이다. 이 구럼비는 그 자체
가 지구 생명으로서 해군 기지 건설을 위해 지금 이 순간도 무참히 폭파
되고 있으며 산산이 쪼개지고 있다. 그에 따라 구럼비 곳곳에 삶의 터전
을 잡은 바다 생명체들 역시 터전을 순식간에 잃고 죽음으로 내몰리고 있
다. 시인은 이 죽어가는 구럼비에 새 생명을 불어넣기 위해 절규한다. '일
어서라!'고. 수억년 동안 지구 생명으로서 바다 생명체들에게 평화의 안
식처였던 구럼비에게 자신을 파괴하고 절멸시키려는 인간을 향한 정의의
분노를 퍼부으라고 절규한다.
　　고백하건대, 한국 문학은 지금, 이곳에서 이러한 평화를 향한 절규가
지역의 현장 곳곳에서 솟구쳐야 한다. 날이 갈수록 진보의 가치에 둔감해

지고 지극히 개인적 일상의 안녕과 행복을 추구하는 데 몰두해가는 한국 사회에서 한국 문학의 래디컬한 반성적 성찰은 일체의 포즈를 벗어던져야 한다. 세월호의 참사 이후 한국 문학이 온몸의 신경을 바짝 곤두세워야 할 것은 침몰하는 배 안을 가득 채웠던 생목숨들의 원한의 절규다. 정녕, 21세기의 한국 문학은 이 원한의 절규로부터 터져나오는 평화를 향한 원대한 욕망을 소중히 가다듬어야 할 터이다.

강덕환의 시 지평 : 제주, 평화, 인류의 미래적 가치[1]

1. 삶의 리듬을 파괴하는 것들에 대한 '온몸의 저항'

강덕환 시인을 무심히 스쳐가지 않은 사람이라면 그가 품고 있는 묘한 매력에 서서히 젖어든다. 그의 나지막한 목소리에 귀를 기울이고 있노라면, 그가 목숨을 걸고 사랑하는 제주에 대한 역사적 진실을 마주하게 된다. 제주의 삶과 현실에 밀착한 그의 시작(詩作)은 요란스럽지 않고 제주와 인연을 맺은 사람들 사이로 살포시 찾아와 그들이 좀처럼 알 수 없었던 제주의 역사적 진실을 목도하도록 한다. 이 같은 그의 시적 태도는 그의 첫 시집 『생말타기』(오름, 1992)를 묶는 자리에서 명확히 드러난다.

이 땅의 자양분을 야금야금 갉아 먹으며 자라온 나로서는 이 땅과의 뜨거운 밀착을 통한 사랑이 또한 내게 부여된 소명이다. 그러기에 주접스러

---

1 강덕환은 지금까지 두 권의 시집을 상재했는데, 『생말타기』(오름, 1992)와 『그해 겨울은 춥기도 하였네』(풍경, 2010)이 그것이다. 이 글에서 강덕환시의 시집에 수록된 시들을 인용할 경우 별도의 각주 없이 본문에서 『생말타기』의 경우 [Ⅰ]로, 『그해 겨울은 춥기도 하였네』의 경우 [Ⅱ]로 표기한다.

워 하는 토속어를 껴안을 수밖에 없다. 그러면서 삶의 리듬을 파괴하는 모든 것들에 대하여 온몸으로 저항할 수밖에 없는 이유도 저변에 깔려 있다.

— 「自序」 부분

"삶의 리듬을 파괴하는 모든 것들에 대하여 온몸으로 저항"하는 것은 강덕환 시인의 시를 관류하는 시적 윤리이자 곧 미적 정치성이라 해도 과언이 아닐 터이다. 그런데 여기서 문제의식을 분명히 해둘 필요가 있다. 그가 지금까지 흐트러짐 없이 견지하고 있는 시적 윤리와 미적 정치성의 근간은 제주의 삶을 위협하고 심지어 절멸시키려는 숱한 부정한 것들에 대한 온몸의 저항이다. 그에게 제주는 세계 그 자체인바, 제주를 변방에 위치한 섬의 협소함으로 인식하지 않는다. 제주에서 일어난 문제들은 행정구역으로서 도서 지역에 위치한 섬에서 우연히 발발한 문제들이 아니라 제주의 지역적 경계를 넘는 문제들과 밀접한 연관을 맺고 있다는 것을 놓치지 않는다. 이러한 그의 소중한 시적 문제의식은 첫 시집의 표제작에서 읽을 수 있다.

> 비 오는 날이라고/가만히 있으면 좀이 쑤시는 성미/운동장을 빼앗긴 아이들이/교실 한켠에서 생말타기를 한다./(중략)/편을 가르고 등을 굽으면/말갈기 휘날리며 달리는 만주벌판/어느 새 아이들은 독립군이 된다/말(馬)아, 짜부가 되지 말고 버티어라/준마가 아니고서는/건널 수 없는 식민지의 강/아아 드디어 시작종이 울리는 구나/우리들의 현실은 슬픈 분단조국/그래도 가야지 쉬엄쉬엄/허리의 통증을 다독이며/뿌연 먼지를 일으키며/흙자갈길 내닫는 어린 통일 역군아.

— 「생말타기」[Ⅰ] 부분

비가 오는 날 아이들은 교실에서 생말타기 놀이를 즐기고 있다. 시인은 유년시절의 생말타기 놀이로부터 역사적 상상력의 나래를 활짝 편다. 생말타기 놀이에 빠져 있는 아이들을 "말갈기 휘날리며 달리는 만주벌판"의

"독립군"으로 환치시킨다. 바다를 경계로 대륙과 떨어져 있는 섬의 어느 교실 구석에서 생말타기 놀이를 하고 있는 아이들을, 시인은 도저한 시적 상상력의 힘으로 대륙에 지축을 흔들며 내달리는 독립군으로 부활시킨다. 그렇게 섬의 아이들은 대륙과 분리되지 않은 채 당당히 "식민지의 강"을 건너는 역사의 주체로서 새롭게 발견되고 있다. 그런데 시인의 예각적 인식은 여기에 그치지 않는다. 예의 역사적 상상력은 '분단조국'의 엄연한 현실을 상기시키는 학교의 "시작종"의 간섭에 의해 중단된다. 시인은 행간에 침묵으로 말한다. 대관절, 이 "시작종"에 의해 교육된 것들은 무엇일까. 남과 북으로 나뉜 분단조국의 현실에서 한 순간도 포기할 수 없는 체제경쟁에 수렴된 제도권의 교육들……. 깨어있는 자들은 알고 있다. 남과 북에서 이뤄진 이 제도권 교육들이 분단체제를 재생산하는 데 여념이 없어, 지난 날 만주벌판에서 말 갈기를 휘날리며 나라를 되찾고자 식민의 지배권력에 대한 그 뜨거운 저항의 기억을 애써 지워내고 있음을. 하여, 강덕환 시인은 "밤이면 밤마다 깨어나/詩를 도둑질하는 몽유증"(「無名草의 노래」[I])을 앓으며, 그의 시적 윤리와 미적 정치성을 보증해낼 수 있는 시를 애타게 갈구한다. 그의 시가 제주를 망루로 하여 이 모든 역사의 부정한 것들을 응시하고, 이것들을 일소해낼 수 있는 시가 쓰여지길.

> 은밀한 곳에서 나의 습진이/끝나질 않는구나/언제부터 시작된 건지 잘은 몰라도/나잇살이나 먹어가지고/부모님에게 보이기도 그렇고/가장 깊숙한 응어리에 붙어/피나게 긁어도 다하지 않는/밀착된 가려움.
> ― 「나의 詩」[I] 전문

2. 제주 민중의 현실에 육화한 민중적 에토스

강덕환의 시에서 식물은 역사의 상처와 민중의 강팍한 삶의 내력들을 고스란히 간직하고 있다. 『생말타기』에 실린 여덟 편의 「억새」 연작들에서 확연히 읽을 수 있듯, 그는 제주의 들판 곳곳에 뿌리내린 채 제주의 해풍과 한데 어울린 억새의 유장한 흐름을 통해 그의 시적 인식을 형상화한다.

들도 없이 산이되는/목타는 비탈/바람에게 배운/그르럭 그르럭 솥창을 긁는 허기진 노래가/강이 되고, 구름이 되고/백성이 되고/평화로 어우러져/드디어 열리는 이 땅의 開闢!

— 「억새 1」[Ⅰ] 부분

칼춤을 춘다/밤을 사르는 무녀의 주술처럼/미쳐도 아주 미친 동작으로 칼춤을 춘다/부끄러운 데를 가릴 것도 없이/강간당한 女子들이 일어섰다/은장도를 몸에 품어/우왁스럽게 지켜온 순결/한바탕 숨비질로 호오이 호오이/세상 저편으로 뜨겁게 밀어내던 앙금/언제부턴가 치마를 걷어 올리는 逆風/누에빛 알몸을 노략질 할 때/손에 손에 생리대를 들고/깃발처럼 흔들고 있다.

— 「억새 2」[Ⅰ] 전문

우리는 이미 토종이 아니다/어디서 흘러들어 온 장꾼들이/이 땅의 방언을 깔고 앉아 난장을 벌이며/남는 것은 하나 없고 밑지기만을 한다는 적자시대/우리 경제의 집약지 오일시장/밀치는 사람들의 허전한 물결속에/뒷전으로 처지지랑 말자고/활활 타오르는 혓바닥들 틈바구니에서/그래도 하루살이보다 나은 오일 따라지/언제 찢기워질지 모르지만/사는 습성에 민감해질 저물녘엔 왠지/빈 가슴을 두드리는 한잔의 눈물 겨움/잡종일지도 모른 우리는/어제밤 꾸었던 꿈을/닷새후에 걸리는 대목에나 기대한다

— 「억새 6」[Ⅰ] 전문

시인에게 제주의 억새는 "그르럭 그르럭 솥창을 긁는 허기진 노래"로 들리며, 잠녀의 목숨을 건 투쟁의 몸짓으로 보이고, 생존을 위해 그리고 더 나은 삶을 위해 희망을 결코 저버릴 수 없는 민중의 욕망의 표상으로 포

착된다. 말하자면 제주의 억새가 지닌 감각과 감각 너머의 정념은 제주를 평화가 어우러지는 "개벽"의 경지로 끌어올리고, 제주의 생명 그 자체라 할 수 있는 잠녀의 삶을 훼손하는 역사적 폭력에 대한 도저한 저항을 분출시키며, 억척스레 삶을 살아가는 민중의 삶의 위엄을 솟구치도록 한다.

이러한 시인의 명민한 역사적 감각과 민중성에 대한 시적 인식은, 강조하건대, 제주라는 특수한 곳에서만 한정된 것으로 이해해서는 곤란하다. 강덕환 시인은 1980년에 대학에 입학한 이후 그 당시 들불처럼 번져나간 민족민주운동의 거시적 맥락 속에서 시작(詩作)을 포함한 광범위한 문화운동을 하면서 역사적 주체로서 민중의 위엄을 발견하고, 그 구체적 실현태로서 제주 민중의 험난한 역사에 밀착해간다. 하여, 그의 시가 지속적으로 추구해온 것은 역사에 대한 추상적 인식과 관념화된 시적 형상화가 아니라, 역사의 구체성에 기반한 육화된 현실을 시의 언어로 보증해내는 일이다. 때문에 그의 시는 미덥다. 우리는 너무나 잘 알고 있지 않은가. 그처럼 1980년대의 노도와 같은 민중적 에토스를 삶의 전부인 것으로 주장하던 이들이, 결국 급변한 현실 속에서 진보적 지식인은 언제 그랬냐는 듯 신줏단지처럼 모셨던 민중적 에토스를 형해화(形骸化)된 인식의 찌꺼기로 취급하면서 속속 전향하거나 심지어 청산주의를 노골화하면서 진보 자체를 무기력화하지 않았는가. 우리는 이 비열하고 추한 모습들을 또렷이 지켜보았다. 그리고 치열히 성찰하였다. 현실과 유리된 채 이론과 관념의 성채에 갇힌 값비싼 대가를 톡톡히 치러야 했다.

바로 이렇기 때문에 강덕환 시인의 시작(詩作)에 비평적 관심을 기울여야 한다는 것을 아무리 강조해도 지나치지 않다고 나는 생각한다. 그는 매우 더디지만, 민중적 에토스를 이론과 관념의 껍데기에 갇히도록 한 게 아니라 제주 민중의 구체적 현실 속에서 역사적 실재로 집요하게 붙들고 있다. 제주 민중의 현실과 밀착해 있으니 그에게 역사와 진보의 시적 형상화는 늘 새로운 것이며 갱신될 수밖에 없다. 가령, 최근 시집 『그해 겨울은 춥기도 하였네』(풍경, 2010)에서 좀처럼 눈을 뗄 수 없는

> 아직, 살아 있습니다/터진 무르팍 또 터져/덧대어 기운 틈새로 찬바람/간섭해도 버티어 있습니다//삭신이야 온전할 리 있겠습니까/정처 없는 동백 씨앗/겨드랑이 타올라 뿌리 뻗고/담쟁이 목줄에 감겨 와도/모두 아울러 살아갑니다
>
> ―「불 칸 낭」[Ⅱ] 부분

와 같은 대목에서, 와락, 하고 전신을 휩싸고 도는 것은 4·3의 미래가 펼쳐진다는 점이다. 제주의 조천읍 선흘마을 안에는 4·3의 역사적 참상을 압축적으로 보여주는 나무 한 그루가 서 있다. 4·3 당시 마을이 불타면서 함께 타버린 나무인데, 이 타버린 나무, 속칭 '불 칸 낭'을 통해 그 당시 끔찍한 상황을 짐작하고도 남는다. 그래서 이 '불 칸 낭'은 4·3의 역사적 상처가 얼마나 현재까지 고통스러운지를 증명해보인다. 이것만으로도 '불 칸 낭'의 역사적 존재 가치는 충분하다. 하지만 시인에게 이것을 넘어설 수 있는, 즉 4·3의 과거와 현재를 응시하면서 여기에 머무르는 게 아니라 미래의 새 지평을 모색하도록 한 길이 '불 칸 낭'에 있었다. '불 칸 낭'에 "정처 없는 동백 씨앗"이 날아들어 동백 나무가 자라고 있으며, 담쟁이 또한 '불 칸 낭'을 감으며 잘 자라고 있는 게 아닌가. 동백나무와 담쟁이는 '불 칸 낭'과 함께 생명의 기운을 나눠갖고 있는 셈이다. 이것이야말로 자연의 상생이 아니고 무엇인가. 4·3에 조금이라도 역사적 애정을 관심을 갖고 있는 사람들이 숙고하는 게 있다면, 4·3의 과거와 현재를 통해 미래를 어떻게 창발적으로 모색할 수 있는가 하는 점이다. '불 칸 낭'은 뜻밖에도 시인에게 이것을 눈으로 보여주고 있다. '상생'하는 삶, 평화롭게 공존하는 삶, 과거를 망각하는 게 아니라 과거의 뿌리를 기반으로

현재와 미래의 아름다운 가치를 모색하는 삶이 바로 '불 칸 낭'이다. 이것이 어찌 강덕환의 시와 4 · 3에게만 해당되는 것인가. '불 칸 낭'의 존재는 이 땅의 진보적 가치를 새롭게 발견하고 갱신해야 할 시적 과제에 중요한 참조점이다.

3. 탐구되어야 할 제주어의 미적 정치 감각

역사의 참상을 문학적 상상력에 의해 극복해내기 위해서는 무엇보다 그 역사의 복판을 흐르는 언어의 진실에 육박해들어가야 한다. 단도직입적으로 얘기하자면, 제3자의 언어가 아닌 당사자의 언어가 형상적 인식의 주체로서 막중한 역할을 맡아야 한다. 제3자의 언어가 매개되었을 때 아무리 노력하여 역사적 진실에 근접한다고 할지라도 당사자의 고통과 기억이 굴절되는 것은 당연한 일이다. 강덕환 시인은 이러한 점을 잘 알고 있다. 하여, 그의 최근 시작(詩作)은 역사의 당사자의 언어를 시적으로 재현하고 있다.

> 물 싸민 해영헌 모살/물 들민 널른 바당//열 여덟에서 마흔까지 토산리 젊은 사름덜/향사로 모이랜 허난 줄레줄레 간 겁주/그 사름덜 모살판에 끗어당 무사 죽여불미꽈/잊혀지질 안 헙니께, 동짓돌 열 아흐렛날/곱닥헌 처녀덜 따로 심어단 어떵 해분 얘긴/입 중강 말쿠다//토벌 갈 거매 지서로 모리랜 허난/세화리 사름덜 어이쿠! 이거 이제 살아질로고나/나흘치 쏠이영 출래 ᄀ심 짊어정 가신디/모살판에서 오꼿 죽여분댄 헌 말이 무슨 숭시꽈/어떵 잊어붑니까 동짓돌 열 일뤳날/경만 헌 게 아니라 다리에 총 맞아 살아난 사름/기멍 둘으멍 집이 와신디/뜨시 심어강 죽여불 일은 무슨 말이우꽈/그 사름 혼자만이민 무사 이 말을 ᄀ릅니까/아이덜이영 각시까지 심어단 죽여부난/물이라도 거려낭 식게 멩질 츠릴 대가 끊어져 분 거라마씀//숨 보판 근질 못 허커매 물 흔적거려와

봅서/이 말은 도시령 좋아, 말앙 좋아/성읍리 가민 조칩이 ᄌ순덜/씨가 이시민 줄 뻗낸 허명 문짝 모지라나십주/가시리 시름덜은 뒷 해 나는 정월 초 나흘날 하영덜 죽곡/수망리에선 ᄒ 궨당 열 명이 죽었댄 헙디다/ 다 ᄀ잰ᄒ민 모살만헌 날이 이서사 헐거난/고만 ᄀ르쿠다만은 하다 잊어불지 말앙/옳은 거, 그른 거 그뭇 굿엉 밝히곡/억울헌 원정 풀어주멍 이런 일 다시 없게끔/바당 ᄀ튼 널른 ᄆ슴덜 가정 살아가게마씀

— 「ᄀ건 들어봅서」[Ⅱ] 전문

  제주어로 이뤄진 시이다. 제주어에 익숙하지 않은 독자들은 이 시가 암호문처럼 들릴지 모르지만, 제주어로 씌어진 이 시는 4·3의 역사적 진실을 핍진하게 형상화하고 있다는 점에서 이후 이에 대한 집중적 논의가 뒤따라야 한다. 우선, 이 시에서 주목해야 할 것은 억울한 제주 민중의 죽음이다. 그런데 이 맺힌 한을 제주어가 아닌 표준어로 구사한다면 어떨까. 사실, 표준어로 구사한다고 해서 억울한 죽음이 제대로 형상화되지 않는 것은 결코 아니다. 어떻게 보면, 표준어로 씌어졌기 때문에 좀더 광범위한 불특정 다수의 독자들에게 4·3의 역사적 참상을 널리 알릴 수 있다. 이것은 중요하다. 4·3이 변방의 섬에서 일어난 역사의 비극이 아닌 대한민국 건국 과정에서 차마 일어나서는 안 될 국가권력의 과잉 폭력으로 무고한 민중이 죽었다는 것을 분명히 해둬야 한다. 하여, 제주는 그 일차적 목적을 힘겹게 일궈냈다. 노무현 전 대통령이 이것을 공식적으로 인정함으로써 4·3은 비로소 일국적(一國的) 틀 안에서는 그토록 꿈에 열망하던 이데올로기적 폭압의 누명을 벗었다. 4·3은 마침내 한 단계의 역사적 매듭을 지은 것이다. 문제는 그 다음이다. 일국적 틀 안에서 비록 완전하지는 못하나 4·3이 거둔 역사적 성취를 폄훼할 필요는 없다. 그 성취에 당당해야 하며, 이후 새로운 단계를 맞이하여 4·3은 지금까지와 또 다른 미래의 지평을 힘차게 모색해야 한다. 바로 이런 차원에서 제주어의 시적

구사는 더욱 활기를 띠어야 할 것이다. 4·3의 시적 탐구는 더욱 심층적이어야 하기 때문이다. 위 시는 그 단적인 사례이다.

위 시는 두 가지 속성에 각별히 유념해야 한다. 하나는 우리에게 익숙한 근대문학으로서 시의 특질이고, 다른 하나는 낡은 새로움이라 할 수 있는 구술성의 특질이다. 위 시를 가만히 읊어보면 제주어만의 독특한 음가(音價)에 시적 매혹을 느낄 수 있다. 유음(ㄹ)과 비음(ㅁ, ㄴ, ㅇ)의 매우 절묘한 배치와 배합은 언어절의 4·3의 비극을 망각하는 게 아니라 시간이 지속되는 한 기억되고, 기억의 연쇄 작용을 통해 4·3의 상처는 절로 치유의 길을 밟는다. 하여, 누가 강제로 4·3을 망각하게 하고 기억의 연쇄를 절단하려고 하더라도, 제주 민중의 삶 깊숙이 배어든 제주어 특유의 활력은 이 인위적 폭압을 해체해버린다. 그렇다면, 제주어야말로 비틀린 역사의 정치를 부정하는 미적 정치 감각을 지닌 전위적 언어로 손색이 없다 해도 과언이 아니다. 게다가 특히 강조해두고 싶은 것은 제주어는 자음보다 모음의 역할이 크다는 점을 위 시에서 확인할 수 있다. 제주 민중의 삶을 앗아간 폭력과 죽음의 언어들은 시 전체를 지배하고 있는 듯 하지만, 결국 이 비극적 참상을 기어코 말하면서 다시는 이 땅에서 억울한 죽음들이 있어서는 안 되고, 바다처럼 넓은 마음을 갖고 평화롭게 서로를 이해하며 살아야 한다는 염원으로 시를 매듭짓고 있다. 즉 뭇생명의 원초적 고향인 바다, 즉 어머니의 품으로 감싸안는 데서 알 수 있듯, 제주어 특유의 모음의 중요성을 아무리 강조해도 지나치지 않다. 이것이야말로 강덕환의 시가 4·3의 새 단계에 적극적으로 대응하는 시적 갱신으로 나는 주목해본다.

4. 다성성(多聲性)의 극적 요소와 4·3시의 갱신

이처럼 강덕환의 시적 갱신은 매우 소중하다. 그가 두 번째 시집의 머리말에서 준열히 꾸짖고 있듯, "모르거나 모른 척 해온 변방의 역사는 저만치 예순 해를 넘어 화석으로 굳어지려 하"는 것을 경계해야 한다. 시인으로서 이 작업이 그리 순탄하지 않다는 것을 누구보다도 잘 알고 있다. 그래서인지, 「그해 겨울은 춥기도 하였네」(Ⅱ), 「4월의 만남, 그리고 헤어짐」(Ⅱ), 「박진경 암살범 총살기」(Ⅱ) 등에서 보이는 일련의 실험은 참신하면서도 진정성을 띤다.

모름지기 4·3의 시적 갱신을 위해서는 이러한 시도를 두려워해서 안 된다는 것을 스스로 실천하고 있는 것처럼 보인다. 「그해 겨울은 춥기도 하였네」(Ⅱ), 「4월의 만남, 그리고 헤어짐」(Ⅱ)에서 집중적으로 보이는 극적 요소의 도입은 기존 4·3의 시들이 보이는 천편일률적 시의 양식, 가령 증언·고발·저항의 어조를 모태로 하고 있는 민중적 서정시와 다른 미적 체험을 통해 4·3의 역사적 진실에 대한 진전된 시적 탐구의 사례이다. 흔히들 서정시는 시적 주체의 단성성(單聲性)이 지배적이다보니 기존 4·3의 시들에서 천착한 것은 어느 한 특정 시점에 의해 포착한 역사의 한 국면이었다. 물론 이것은 소중하다. 이러한 국면들이 힘겹게 모이는 과정이야말로 산산히 찢어지고 흩어진 4·3의 역사를 꿰맞추는 탐구의 도정이라는 것을 잘 알고 있다. 앞으로도 여전히 이 도정은 중단되어서는 안 된다. 하지만 여기에 만족해서도 곤란하다. 4·3의 새로운 단계에는 그에 걸맞는 진전된 시적 탐구를 모색해야 한다. 여기서 시적 주체의 단성성(單聲性)이 갖는 결함을 보완할 수 있는 다성성(多聲性)에 초점을 맞추는 것은 어떨까. 말하자면 강덕환처럼 극적 요소를 적극화해보면 어떨까. 한 가지 현상을 여러 시적 주체의 목소리로 접근할 때 그 현상은 다 초점화되는데, 단지 여러 각도로 보이는 것뿐만 아니라 그것들이 서로를 간섭하며, 서로 길항·충돌·침투하는 과정 속에서 4·3은 보다 입체적으로 그 역사적 진실을 탐구할 수 있지 않을까. 마을 처녀들을 폭도와 내

통한 혐의로 취조하는 주둔 기동대, 기동대의 터무니 없는 취조에 문제를 제기하는 파견소장, 여성들의 억울함을 전하는 마을 사람들, 이 일련의 이야기를 전하는 시적 화자 등 여러 목소리를 통해 4 · 3의 비극은 독자에게 역사적 실재로 한층 더 진실되게 다가온다(「그해 겨울은 춥기도 하였네」[Ⅱ]).

특히, 4 · 3 발발 초기 무장대와 진압부대의 수뇌 부 사이에 있었던 협상 과정을 실제 기록을 토대로 모두 8개의 장면으로 분할하여 시적으로 재구성하면서, 역사와 시의 경계를 넘나드는 시도는 강덕환의 빼어난 다른 시 못지 않은 시적 전율을 자아낸다(「4월의 만남, 그리고 헤어짐」[Ⅱ]). 김달삼과 김익렬 사이에 밀고 당기는 협상의 과정은 역사의 생경한 기록과 달리 행과 연의 절묘한 배치를 통해 극적으로 전달되고 있다. 무장대의 운명을 책임지고 있는 김달삼과 무고한 인민을 죽일 수 없는 진압부대의 김익렬 사이에 팽팽한 내적 긴장은 숨가쁜 행갈이의 연속을 통해 보여지고, 협상의 주요 국면마다 갖는 시적 휴지(poetic pause)는 연의 구별을 통해 매우 효과적으로 형상화되고 있다.

분명, 강덕환의 4 · 3 시가 획득한 시적 갱신의 주목할 만한 성과로 눈여겨볼 만하다. 이쯤에서 우리는 4 · 3문학 전반에 대한 혹독한 성찰을 하지 않을 수 없다. 소설에서는 이미 현기영의 단편 「쇠와 살」을 통해 4 · 3의 서사가 새롭게 도약하였다. 역사와 소설의 경계를 뒤흔들어버리는 실험을 통해 현기영은 그 자신에서부터 시작한 4 · 3소설의 새로운 단계에 대한 징후를 선보였던 것이다. 하지만 이후 소설은 물론 시는 어떤가. 4 · 3문학 전반은 답보 상태에 머물러 있다. 4 · 3은 지속적으로 다뤄지고 있되, 기존의 문제의식을 훌쩍 뛰어넘는 작품이 좀처럼 나타나고 있지 않다. 그래서 강덕환의 이와 같은 시적 갱신이 더욱 소중하고 값지다. 기존 4 · 3문학의 유형에 익숙한 이들에게는 부담스러울지 모른다. 하지만 4 · 3

은 화석화되어서는 안 된다. 4·3문학은 현실에 안주해서 안 된다. 4·3의 영령들에게 4·3문학은 낡고 고루해서는 안 된다. 이러한 점에서 강덕환의 시적 갱신은 지속되어야 할 것이다.

5. '평화', 4·3의 미래적 지평을 위해

강덕환의 시를 읽고 있노라면, 문득, 이육사와 신동엽의 목소리가 겹쳐 울리는 이명(耳鳴)을 경험하곤 한다. 현실의 고통에 굴하지 않으며 언젠가 반드시 찾아올 새 역사에 대한 의지를 벼리고 있는 육사와, 분단조국의 멍에를 치유하고 서구의 파행적 근대를 넘어선 신생의 세계를 추구하는 신동엽이 자연스레 버무려진 목소리를 강덕환의 시에서 감히 나는 듣는다.

> 몇 번을 흔들려야 꼿꼿해질까/몇 밤을 뒤척여야 단단해질까/목 타는 비탈에 서 있어도/고단한 역사의 줄기 오히려 축으로 삼아/질기디 질긴 뿌리 내려왔거니/곧으면 곧은 대로 휘면 휜 대로/잔가지 굵은 가지 무성하게 뻗어왔거니/한 해에 꼬 하나씩 정직하게/한 땀 한 땀 나이테 그어 왔거니/반세기를 그렇게 보살핀 땅 속 밑거름들/낱낱이 열거하지 않아도 느낄 수 있으리/이제, 비로소 천명(天命)의 귀 열렸으니/이 길로 내쳐 달려가면 들을 수 있으리/인정 많은 사람이 모여 사는 동네의/푸근한 얘기, 아하! 이럴 땐/저 높은 꼭대기 가지마다에/새가 살고 바람이 쉬는, 햇살도 비도 머금는/둥지 여럿 걸어 놓고 싶다/평화를 향한 하얀 손수건 매달고/마구마구 펄럭이고 싶다
>
> —「천명을 알다」[II] 전문

시인은 "이제, 비로소 천명의 귀 열렸"다고 서슴없이 노래한다. 시인에게 천명은 '평화'를 향한 쉼없는 시적 정진이다. 반목과 대립 심지어 죽음

의 세계가 아닌, 상생과 공존의 가치를 일상에 뿌리 내린 '평화'의 삶을 추구하는 게 시인에게 부여한 천명이다. 하여, 시인은 4·3의 소중한 역사적 진실을 '평화'의 미래적 가치로 승화시켜야 할 또 다른 시적 과제를 기꺼이 감내한다. 그는 4·3중심주의에 갇혀 있지 않다. 4·3이 지닌 '평화'의 가치를 제주뿐만 아니라 한반도 전체, 아니 인류의 신생을 위한 넓고 깊은 가치로 만들어갈 것이다.

오십 년이 넘도록 짓밟혀 오는 동안/깡그리 사그라진 줄 알았던 속 뿌리들/아직 살아 있었구나, 은밀하게 내통하며/서울 광화문에서, 제주 어울림마당에서/촛농으로 흘린 눈물 모아 두었다가/작은 심지 돋우고 뭉쳐/거대한 함성, 횃불로 새봄을 당기는 구나
— 「원인엔 흥미가 없는 나라」[Ⅱ] 부분

흘러야 할 물, 반노동의 노동

— 『꿈속에서도 물소리 아프지 마라』와 최종천의 『고양이의 마술』

1. '헛것의 아름다움'을 경계하며

시가 간절히 그리워질 때가 있다. 세상 일이 너무도 어수선하여 갈피가 잘 잡히지 않을 때 명민하고 웅숭깊은 시적 인식과 시적 예지력이 자연스레 버무려진 시적 진실을 애타게 만나고 싶을 때가 있다. '좋은 시'를 통해 일상의 둔감함에 균열을 냄으로써 세상의 아름다운 가치를 향한 것들에 귀를 기울이고 마음의 눈을 크게 뜨는 미적 체험에 신열(身熱)을 앓고 싶을 때가 있다.

그런데 문제는 우리의 일상이 이러한 신열을 앓을 기회를 좀처럼 주지 않는다는 점이다. 무슨 이유들이 그토록 난마처럼 뒤엉켜 있는지, 일상의 이해관계들은 아름다움의 가치를 이해관계에 따라 해석하고 그 중요성을 힘주어 강조하는 가운데 본래의 아름다움은 이내 증발되기 십상이다. 그 대신 빈 자리에는 각종 이유에 힘입은 '헛것의 아름다움'이 볼썽사납게 채워진다. 모든 헛것이 그렇듯, 이 '헛것의 아름다움'은 존재의 진실을 은폐할 뿐만 아니라 터무니없는 가식과 분식(粉飾)으로써 진실을 호도시키는 가운데 거짓을 진실로 둔갑시킨다. 그러면서 더욱 가증스러운 것은 이

헛것의 아름다움이 우리의 행복을 영원히 보증해준다는(심지어 보증해줄 것이다는) 계몽을 맹목화하고 있다. 하여, 이것과 다른 언어를 구사하는 입장은 가차없이 배제된다.

'헛것의 아름다움'이 지닌 거짓을 분명히 드러내는 언어, 그 헛것이 우리에게 행복을 가져다주기는커녕 감당할 수 없는 불행을 가져올 것이라는 준열한 깨달음의 언어, 무엇이 진정 인간과 우주를 구원해줄 수 있을 것인가를 성찰하는 언어, 이 언어들로 이뤄진 '좋은 시'를 만나는 일은 그 자체로 행복일 터이다.

2. 흐르는 강의 생생력(生生力)—『꿈속에서도 물소리 아프지 마라』

여기, 100명의 시인들이 함께 한 자리가 있다. 『꿈속에서도 물소리 아프지 마라』(아카이브, 2011)에는 최근 등단한 신진으로부터 원로에 이르는 100명의 시인들이 모여, 정부의 4대강 사업이 4대강을 살리는 게 아니라 4대강을 죽음의 늪으로 만들어가고 있는 데 대한 울분과 탄식 그리고 저항의 부르짖음을 토해내고 있다.

시인들에게 강은 무심결에 흘러가는 물이 결코 아니다. 강은 살아 있는 존재들의 생명을 어루만져주는 생의 근원이다. 셀 수 없이 오랜 시간에 시원의 젖줄을 대고 있는 강은 자신이 절로 움직이는 대로 흘렀고, 흐름 속에서 뭇생명의 생의 가치를 창조해내고 있다. 요란스럽거나 야단스럽지 않게, 강의 흐름이 지닌 순리대로 삶과 죽음은 그렇게 자연스레 흐른다.

혈관을 행궈내고 싶은 날에는 금강에 찾아가곤 했어, 울퉁불퉁 자갈 침대에 누워 피 말리던 날들을 떠올렸어, 돌보다 딱딱한 어깨는 바닥에 닿자마자 실금이 갔고 땀샘마다 들어찬 모래가 서걱거렸어, 강 따라 흐르는 물소리를 끌어다 혈관에 꽂고서야 다시 심장은 제 박자를 찾았어, 어름치가 물길을 타고 들어와 뻐끔뻐끔 심장의 불을 식혀준 거야, 물줄기에 녹아든 산 그림자를 덮고 수심 깊은 잠을 잘 수 있었어, 그런데 얼마 전부터 흉흉한 소문이 흘러들기 시작했어, 소문에 따르면 강은 불어 터진 비리내와 물살의 비명만 출렁인다 했어, 자궁을 드러낸 자리 질질 피를 흘리는 강물 혈관에 꽂고 사람들은 시름시름 앓는다 했어, 강의 맥을 짚어보니 점점 잦아드는 숨소리만 잡힌다 했어.

　　　　　　　　　　　　　　　　　　— 길상호, 「소문에 따르면」 전문

　심각한 삶의 내상(內傷)을 입고 생의 불길이 사그라들어갈 때마다 시적 화자는 강을 찾는다. 강에서 시적 화자는 생의 싱그러운 피를 수혈하고 꺼져들어가는 심장의 박동을 되찾는다. 하지만 이제 강은 수혈할 수 없는 처지로 전락하고 있다. 강은 몹쓸 병에 걸려 신음하고 있다. 강은 죽어가고 있다. 강의 맥은 점점 잦아들어 간신히 숨소리를 내고 있을 뿐이다. 시적 화자는 상세히 알고 있다. 강이 죽어가는 이유를…….

　　이미 처방전이 내려진 장염이나 비염 정도의 환자를/사망 직전의 중환자처럼 수술대 위에 묶어놓고/전신마취 주사를 놓은 뒤/포클레인과 대형트럭을 동원해/강의 내장인 자갈이며 모래며 물버들이며 갈대를 걷어내고/강의 명치와 목울대와 인중 이마 정수리에 철근을 박으며/강의 배꼽과 척추 마디마디에 콘크리트 옹벽을 치고/수변습지에 탈모의 항암 치료제를 투여하며/어머니 강의 얼굴에 함부로 성형수술을 하려는 것을/두 눈 똑바로 뜨고 보았지요

　　　　　　　　　　　　　— 이원규, 「지상의 은하수여, 촛불의 강이여!」 부분

　아주 작은 상처를 그에 합당한 처방전에 따라 정성스레 치유해주면 되는 것을, 마치 중병을 앓고 있는 환자 취급을 하며 대수술을 감행하는 것은 차마 웃지 못할 촌극이 아닐 수 없다. 선무당이 사람 잡는다는 말이 있듯, 정부의 4대강 사업이야말로 선무당이나 돌팔이 의사가 하는 일과 다

를 바 없다. 4대강 사업을 지지하는 사람들은 막무가내로 주장한다. 생태를 파괴하는 게 아니라 녹색성장에 걸맞는 신개념의 생태사업을 통해 4대강을 포함한 강 주변을 깨끗이 정비하고, 새로운 일자리를 창출하여 경제적으로 윤택한 삶을 살 수 있도록 하는 것이라고. 여기서, 우리가 시인들의 언어에 귀를 기울이는 이유가 명확해진다. 4대강 사업을 지지하는 사람들의 언어를 지배하고 있는 것은 경제적 부가가치 획득과 관련한 기술의 언어들과 이를 지탱시켜주는 헤게모니의 언어들 투성이다. 때문에 시인은 이러한 언어들의 습격에 맞서는 언어의 생생력(生生力)으로 충일돼 있다.

> 물방울이 물속을 들락거린다 저 길 어디에 수궁이 있어 저물도록 물새들이 발자국 남기고 배들은 젖어 뒤척인단 말인가 실버들에 기대어 나는 머리 숙인 산그늘을 바라본다 날씨가 싸늘하지? 산다는 건 이런 느낌이야 세찬 물결이 내 가슴팍을 한번 툭, 치고 간다 서늘한 기분 서울 서울은 물속인가 수족관인가 웬 물고기가 꼬리를 물고 자맥질한다 물길 숨긴 듯 소용돌이며 용솟음인 채 물보라에 쓸려 기우뚱거린다 그때마다 물살 가르는 물방개 물뱀들 강은 슬그머니 움켜 쥔 물새들을 놓아버린다 수초처럼 솟아나는 마음의 파문이여 수심은 강의 파문일 뿐 인심일 수 없으니 한동안 건너오지 않는다 이런 것이다 마음이란 그럴 듯한 변명의 방파제를 하나씩 갖고 있다 또한 물이란 얼마나 생생한 생의 물방울을 퉁겨내는가 한때 물 좋아 배 띄우던 사람들 또 강풍을 놓치고 서성거린다 이렇게 강이 끌고가는 길에 수면은 몇 겹의 물굽이를 숨기고 있는지 말이 없고 나는 새삼 저 물에 대해, 생에 대해 말하지 않으련다 흐를 대로 흐른 물은 이제 소리 내어 흐르지 않는다
>
> ─ 천양희, 「강」 전문

시인에게 강은 흐르는 물이다. 물의 흐름과 함께 하는 존재들은 수심(水心)이며, 수심의 파문은 곧 마음의 파문이다. 그래서 생의 기운은 생성된다. 흐르는 물에는 주름이 있기 마련이다. 물을 삶의 터전으로 살고 있는

각종 생명들은 물에 삶의 흔적을 남기게 마련이다. 그 삶의 흔적은 물의 주름이다. 하여, 물의 주름은, 말하자면 살아 있음의 명백한 표정이 아니고 무엇인가. 생생력의 충일이다. 그런데 "흐를 대로 흐른 물은 이제 소리 내어 흐르지 않는다"고 한다. 강이 그토록 충일된 생생력이 없어질 절체절명의 위기에 맞닥뜨려 있다. 정녕, 이제 다시는 "강에 와 노는 햇살/강에 와 노는 새/강에 와 노는 바람/강에 와 노는 사람/한나절 강둑에 앉아 강물을 내려다보면/해질 무렵 문득,/행간을 꿰뚫는 물결이 보인다/운율이 보인다"(고영민의 「춘양」)와 같은 시적 체험은 요원한 일일까. 아니다. 이렇게 속수무책으로 주저앉을 수는 없다. 지금이라도 늦지 않았다.

> 강이, 강다워지는 것 또한/강이 사람을 닮고 사람이 강을 닮을 때다/
> 인류의 유산은 강이 아니라/강을 강답게 만드는 기술이다
> — 조기조, 「강의 기술」 부분

3. 노동시의 진경(眞景)—『고양이의 마술』

최종천의 셋째 시집 『고양이의 마술』(실천문학사, 2011)을 탐독하는 내내 찰거머리처럼 들러붙어 있는 물음이 있다. 우리의 노동시는 드디어 최종천에 이르러 노동시의 진경(眞景)을 보여주는 게 아닐까. 한때 우리는 노동시를, 노동자가 역사의 주체로서 타락한 국가권력을 쟁취하여 노동해방을 일궈내는 데 복무하는 것으로 파악한 적이 있다. 다시 말해 사회변혁의 무기로서 노동시를 이해한 적이 있다. 하지만 노동시에 대한 이러한 이해가 얼마나 교조주의적이며, 근시안적이고, 무엇보다 노동(자)에 대한 닫힌 상상력에 스스로 감금당한 채 노동시의 갱신에 가장 큰 걸림돌이었는지를 명철히 인식하게 되었다. 노동시를 포함한 민중시 전반에 대한 혹독한 반성적 성찰의 과정을 지금도 밟고 있다는 게 엄연한 현실이다.

이 도정의 첨점에 서 있는 게 바로 최종천이라고 나는 생각한다. 최종천에게 노동은 노동자의 일상이면서, 세계의 비의성을 탐구하는 형식이고, 세계를 사유하는 통로이다. 그는 대부분 다른 노동시와 달리 노동 현장의 날것을 보여주지 않는다. 그는 노동과 노동의 현실에 직핍하되 그것에 대한 시적 상상력은 팽팽한 시적 긴장의 사위로 에워싸인 채 노동 자체에 대한 시적 사유의 나래를 펼친다. 가령, 다음과 같은 일련의 시를 보자.

> 환경 파괴로 인한 자연재해와 재앙이/노동계급의 투쟁과 어찌 다른 것이랴/자연은 오염으로 문명에 항거하고/노동계급은 파업으로 자본에 대항한다./자연과 노동의 투쟁의 대상은 동일한 것이다./(중략)/사명을 가진 자가 司祭이다./인간에게 자연이 있는 이유는/착취를 없애기 위함이다./노동계급이여 착취당하지 말라/우리는 자연의 司祭로서 노동을 집행한다./우리는 자연으로부터 착취당하지 않을/의무와 권리와 사명을 위임받았다./계급의 운명을 사명으로 바꿀 때/노동계급은 진정한 의미의 司祭가 된다.
>
> ─「어떻게 다를까?」부분

> 철판에 구멍을 뚫고 너트를 조이는 작업은 '조립'이라고 표현한다./그러나 볼트를 철판에 직접 용접하는 경우에는/조립이라는 표현은 정확하지도 않고, 흡족하지도 않다./(중략)/마땅한 표현을 얻지 못하고, '용접'하자고 하니/동료 하나가 자, 이제 볼트를 심읍시다. 하지 않는가!/볼트를 용접하려고 여러 장의 철판을 마당에/깔아놓고 볼트 심을 자리를 표시해놓고 보니/철판들이 밭이라는 느낌이 들었다.
>
> ─「볼트를 심다」부분

흔히들 말한다. 노동시와 생태시는 서로 충돌하지 않느냐고. 그동안 낯익은 문제틀로 고려해보건대, 자연 자원을 이용하여 노동의 생산력을 극대화하는 가운데 자연의 생태계가 파괴될 수밖에 없는 필요악(必要惡)을 야기하는 것과 밀접한 관련이 있는 게 노동시인데 반해, 자연의 생태계를 보호하고 유지하는 데 궁극의 초점이 맞춰 있는 게 생태시이므로, 이 둘의 관계는 서로 대척점에 있다 해도 과언이 아니다. 하지만 이러한 둘의 관계는 최종천의 노동시에 이르러 극복되고 있다. 생태 파괴에 대한 저항과 노동의 투쟁은 별개의 것이 아니라 자연과 노동의 착취를 없애기 위한다는 차원에서 동일한 것이다. "우리는 자연의 司祭로서 노동을 집행한다"에 응축된 시적 전언은 노동계급이 자연을 착취하여 끝내 자연을 죽음으로 내몰아서 안 되는 '자연의 사제'로서 노동해야 한다.

그런데 '자연의 사제'로서 노동을 한다는 게 말처럼 쉬운 일은 아닐 것이다. 노동자의 노동을 '자연의 사제'가 하는 사명으로 바꾸기 위해서는 노동자의 노동을 생태적 인식의 차원으로 탈바꿈해야 한다. 말 그대로 발본적(拔本的) 사유가 절실히 요구된다. 노동자의 인위적 노동을 생태적 상상력으로 자연스레 환치시켜야 할 것이다. 그렇기 때문에 시적 화자는 철판에 너트를 조이는 작업을 '용접'한다고 하는 게 아니라 '심는다'라는 식물적 상상력의 언어를 채택한다. 바로 그 때 "철판들이 밭이라는 느낌이 들었다"라는 시구는 참신하고 흥미로운 시적 상상력을 불러일으킨다. 용접 노동자의 일상의 터전은 철판 투성이다. 좀처럼 뚫기 힘든 철판은 쇠를 기반으로 한 문명의 감각을 제어한다. 차갑고 견고한 철판은 무생물이다. 노동자의 적절한 노동이 수반되지 않는 한 철판 자체로는 별다른 쓸모가 없어 빈축을 사기 십상이다. 하물며 용접 없이 다른 존재들과 만나는 것은 꿈조차 꿀 수 없다. 용접 행위가 서로 다른 용도의 쇠붙이를 접착시킴으로써 쇠붙이들은 서로 유기적 관계를 맺으며 근대문명을 일궈낸다. 이렇게 소중한 용접 행위를 시적 화자는 생태적 상상력으로 미끌어지면서 '심는다'는 생태적 언어와 마주한다. 하여, 다시 한 번 강조하건대, 최종천의 노동시는 생태적 상상력과 포개지는 바, 기존 노동시와 생태시의 상충을 벗어나고 있는 주목할 만한 '노동시의 진경'이다.

이처럼 노동시의 갱신을 위한 시인의 노력은 이번 시집 곳곳에서 보인다. 특히 노동의 일상 속에서 새롭게 발견하는 에로티시즘은 최종천의 노동시가 거둔 시적 성과를 튼실히 뒷받침하고 있다. 노동자에게 망치는 가장 긴요한 노동의 수단인데, 시인은 이 망치질을 관능적으로 형상화한다. 노동에 신명이 날수록 망치질과 흡사한 아내와의 육체적 사랑을 떠올린다("노동이 신 난다면 아마도/아내들의 휘청거리는 허리와 가늘고 긴 목/그 동작들을 닮았기 때문인지도 모른다"—「망치질하기」). 그런가 하면 문명이라는 이름으로 자행되는 거짓 사랑보다 구두닦이 우두머리 형과 서울로 상경하여 생계를 유지하고 있는 촌 가시내의 육체적 사랑에서 반문명적 반근대적 노동의 에로티시즘이 지난 시적 진실을 드러낸다("사랑의 몸짓에는 누구든 네발 달린 짐승으로 퇴화한다./사랑을 회복하기 위해선 우리는 문명으로부터 도망쳐야 하리라."—「네발 달린 짐승이 되어」).

4. '좋은 시'를 읽는 행복

새삼스레 강조할 필요 없이 '좋은 시'를 읽는 것은 행복한 일이다. 100명의 시인들이 제 각기 시적 개성에 충실하면서 4대강 사업의 부당성과 사업 이후에 초래하게 될 생태계 파괴에 따른 묵시록적 위기를 징후적으로 노래하고 있는 데 우리는 진심으로 경청해야 한다. "똑바로 보아라/이 대지의 수많은 연관과/연대의 깊은 뿌리들이 얽혀/곧 당신의 해괴한 전모를 이 땅에 드러내고 말 것이니/4대강이 곧 당신의 수장처가 되고 말리니/그러고도 이 역사의 강 생명의 강은/오래도록 말 없이 흐르리니"(송경동의 「흐르지 않는 강」)와 같은 시인의 준열한 꾸짖음을 외면해서 안 된다. 그 누구도 살아 있는 것의 존재 자체를 위협해서는 안 된다. 삶의 숭고한 가치를 존중하지 못할망정 죽음의 향연을 만끽해서 되겠는가.

이러한 큰 맥락 아래 최종천이 힘겹게 넘어가고 있는 노동시의 경개 또한 우리에게 익숙한 노동시의 면모와 다른 노동시의 한 경지를 모색하고 있다. 최종천의 노동시는 노동으로부터 놓여나 있되 노동시가 새롭게 맞닥뜨리고 있는 것에 대한 예지적 문제의식을 보인다. 노동은 노동이되, 반노동하는 노동! 최종천의 잇따른 노동시의 갱신에 주목할 대목이다.

자본주의를 극복하고 지구를 회복시키는,/단 하나의 유일한 방법 그것은 다른 것이 아니라,/노동을 착취하지 않는 것이다. 착취당하지 않을,/권리와 의무, 노동계급이여! 이제 반노동을 선언하자./우리의 운명을 사명으로 바꾸자!/노동하지 않을 권리가 우리에게 있다./우리는 에너지 소비자가 아니라 생산자이다.

— 「소비자가 왕이다」 부분

시조의 미적 정치 감각과 사회학적 상상력

___

1. 시조의 미적 정치 감각과 사회학적 상상력을 벼려야

시조(時調)하면, 맨 먼저 떠 오르는 게 무엇일까요. 제도권 문학교육의 혜택을 정상적으로 받은 사람이라면, 모르긴 모르되, 시조를 고전문학의 한 갈래로서 생각하기 십상일 겁니다. 여기에 좀 더 시조에 대한 각별한 관심을 가진 사람이라면, 고전문학에만 한정된 게 아니라 현대문학의 어엿한 운문의 한 갈래로서 독자성을 지니고 있는 것으로 인식합니다. 말하자면, 이제 시조는 역사적 장르로서 인식된 채 문학사의 특정 영역을 자리하는, '기술적(記述的) 가치'로서 학문 연구의 대상으로만 의미를 갖는 게 아니라, 현재에도 지속적으로 쓰여지고 있는 '살아 숨쉬는' 창작의 영역입니다.

물론, 근대적 자유시의 출현으로 시조는 근대의 운문이 지닌 문학양식의 지배적 위상을 자연스레 근대적 자유시로 넘겨줬습니다. 이후 시조는 더 이상 봉건적 시가(詩歌)의 문학양식이 아닌, 근대의 운문으로서 '가(歌)'적 요소가 현저히 약화되면서 상대적으로 근대의 '시(詩)'적 요소가 부각되기 시작하였습니다. 하여, 저의 시조에 대한 과문(寡聞)일지 모르겠습니다만, 현재 통상적으로 목도하는 시조의 경우 봉건적 시가로서 시조창(時調唱)을 염두에 둔 것은 아니라고 저는 생각합니다.

여기서, 저는 시조의 창조적 갱신을 생각해보곤 합니다. 아무리 자유시가 한국 문학에서 지배적 운문의 양식으로서 광범위하게 쓰여지고 있다 하지만, 시조 또한 활발히 쓰여지고 있는 게 엄연한 현실입니다. 시조 고유의 절제된 율격과 그 율격에 자연스레 수반되는 미적 감흥은, 분명, 자유시로 포괄할 수 없는 시조만의 미적 품격과 미적 개성을 절묘히 드러내고 있습니다. 그런데, 저는 시조를 접할 기회가 있을 때마다 드는 생각이지만, 시조의 대부분이 미적 정치 감각을 홀대하고 있는 것은 아닌지, 하는 생각을 해보곤 합니다. 이런 생각은 저 혼자만이 아니라 시조 현장에서도 중요하게 논의된 문제인바, 현재의 시조에 대해 "진정한 당대의식은 질식사할 지경에 처하게 되었던 것"(정휘립, 「극우보수시조에 대한 반동: 현대시조의 돌풍」, 『시조시학』, 2008년 겨울호, 263쪽)이라는 강도 높은 내부 비판에 귀를 기울여봅니다.

그렇습니다. 저 역시 대동소이한 견해를 지니고 있습니다. 시조가 본래 유가(儒家)의 성리학적 세계관을 바탕으로 유가의 왕도정치(王道政治)를 실현하기 위한 사대부의 이상이 현실과 부딪치는 국면 속에서 생성된 우환의식(憂患意識)과 비판의식(批判意識)을 갖고 있다는 것은 두루 알려진 문학사적 사실입니다. 저는 시조를 갱신하는 데 시조의 이러한 측면을 '법고창신(法鼓創新)'의 차원에서 적극적으로 고려해야 한다고 봅니다. 즉, 21세기 시조의 정치학을 새롭게 모색해야 한다고 봅니다. 그동안 시조의 특장(特長)이 유감없이 선보였으되, 시조 특유의 정치 감각과 사회학적 상상력을 벼리는 데는 인색한 감이 없지 않습니다. 여러모로 시조에 대한 공부가 부족하지만, 21세기 시조의 정치학을 모색해보고자 합니다.

2. 민주주의와 시조의 근대적 미의 정치 감각

시조의 미적 근대성을 살리면서 한국 사회의 중요한 현실과제인 민주주의를 추구하는 시조들이 꾸준히 씌어지고 있습니다. 현재, 시조가 자리하고 있는 현실에 밀착한 사회적 현안들에 대해 외면하지 않고 시조의 정치 감각을 예각적으로 보이고 있습니다. 가령,

> 절벽의 바위들은 비수를 품고 있다//
> 구르고 굴러/닳을 대로 닳은/생의/원전原典이다//
> 부딪혀/깨어지는 순간/예각의 칼을 든다
>
>   — 권갑하, 「예각의 돌—노무현」 전문

> 아따, 긍깨 불경기가 보통이 아닌갑써/서울역 나가 보소, 노숙자가 겁나 많다네/나라님 통성기도가 통 효험이 없는가보지.//
> 자네 막내 취직 했는가?/수 십 군데 면접만 봤대/청년실업 걱정 말라고/대선 때 말 한 양반 계시는디/날궂이 하고 자빠졌네, 똥 싸서 뭉개갖고.//
> 촛불을 다 거뻐려서 세상이 어둠컴컴한가?/켰다가는 큰일 나지, 예제가 다 부채손인데…/탁배기 두엇 순배 돌자 꺼진 촛불 도로 사네.
>
>   — 홍준경, 「꺼진 촛불」 전문

와 같은 시조에서 단적으로 읽을 수 있듯, 최근 한국 사회의 첨예한 현안들을 정면으로 다루고 있습니다. 권갑하의 「예각의 돌」은 비운의 죽음을 맞이한 노무현 前 대통령을 상기시키고 있으며, 홍준경의 「꺼진 촛불」은 한국 사회의 민주주의가 퇴행하는 데 대한 양심적 시민의 민주적 의사 표출인 촛불이 꺼진 것을 비판하며 다시 민주주의의 촛불을 들어야 한다는 소박한 마음을 담아내고 있습니다. 이 두 시조는 소재의 차원에서 정치 감각을 드러낸 것보다, 권갑하의 시조에서 보이는 근대적 주체의 심미

적 이성이 시각과 청각 및 촉각이 서로 자연스레 스며드는 가운데 한국의 둔탁한 민주주의를 "예각의 칼"로 섬세히 조각하려는 욕망을 발견할 수 있고, 홍준경의 시조에서는 맹목적 경제성장제일주의에 눈이 먼 우리 자신을 향한 통렬한 자기풍자와 민주시민의 촛불이 걷잡을 수 없이 번질 게 두려워 촛불을 아예 꺼버리는 데 혈안이 된 위정자들을 향한 비판적 풍자를 음미할 수 있습니다.

그런데, 시조의 이러한 근대적 미의 정치 감각이 지금, 이곳 시조의 주류적 성향을 이루지는 않습니다. 하지만 수적으로 열세인 것은 사실이되, 근대적 미의 정치 감각을 빼어나게 형상화하고 있는 시조가 지속적으로 씌어지고 있다는 점을 쉽게 간과해서 곤란할 터입니다. 고정국의 「패러디 인 서울」 연작은 그 중 대표적인 미적 성취를 일궈내고 있습니다. 그는 이 연작들에서 서울로 표상되는 후기자본주의의 적나라한 타락한 욕망과 그 구체적 현실의 실태들을 가차없이 조롱·야유·풍자합니다. IMF 이후 민족과 국가의 경계를 무화시키는 다국적 자본의 가공할 만한 위력에 무기력하기 짝이 없는 서울(「패러디 인 서울·2」), 국민들의 평화와 복지를 위한 정치에는 아랑곳 없이 정치인들의 이해관계를 보이는 정치적 이기주의에 찌들어 있는 서울(「패러디 인 서울·3」), 난개발 과정 속에서 최대한 경제적 이득을 챙기려는 부박한 세태를 보이는 서울(「패러디 인 서울·4」) 등이 시조 특유의 우환의식과 비판의식에 의해 근대적 미의 정치 감각으로 새롭게 환기되고 있습니다. 다시 말해 21세기 시조의 갱신은 예의 미적 정치 감각을 예각화함으로써 한국 사회의 민주주의를 추구하는 데 시조의 몫을 다 하고 있습니다.

3. 민중의 고단한 삶과 현실에 대한 시조의 문제의식

한국 사회의 민주주의를 추구하는 시조의 문제의식은 노동자와 농민 그리고 도시빈민의 구체적 삶을 다루는 것으로 드러납니다. 흔히들 민주화운동 시대 민족민중문학 계열의 시에서 이러한 문제를 집중적으로 다뤄져 왔는데, 시조는 이것과 무관한 것으로 인식하기 십상입니다. 하지만, 시조에 조금만 관심을 기울여본다면, 시조에서도 예의 문제가 끊임없이 다뤄지고 있는 것을 가볍게 보아 넘길 수 없습니다.

> 봉고차 엔진소리 적막보다 무겁다/서로 등을 맞대고 눈 비비는 사람들/什長이 불러줄 이름/차례를 기다린다.//
> 첫 잔보다 반가운 십장의 호명소리/"당신들은 행운이야, 선착순 집합이다"/한여름 새벽바람이/小寒보다 더 차다.//
> (중략)
> 짐짝처럼 내 던져진 공사장 마당에서/문득 걸려온 잠 덜 깬 딸년 목소리/"아빠는 아침 안 먹고, 새벽부터 어딜 갔어!"
>
> — 김선영, 「백수일기」 부분

> Ⅰ.
> 우리가 뭣땜시롱 이 모냥 이 꼴인 것여,/불 나간 공사판에 인부들 삼삼오오 모여/도망간 사장 간부놈들 뒷소문만 쫓다니,/씨팔, 자식 학비는커녕 입 풀칠도 막막한 판에/삘딩을 똥오줌 참으며 저러코롬 올려놨건만,/오가도 전혀 못한 채 쓴 소주만 빨다니,/멀리 네온싸인은 속절없이 휘황한데,/오살헐 늬놈들 행복, 속을 발칵 뒤집어놓는데,/짓다만 건물 중턱마다 벌건 철근만 삭다니
>
> — 정휘립, 「현장 풍경」 부분

> 무지개 꿈을 좇아 몽골에서 왔어요. 하지만 빌딩 사이를 채우는 바람의 무게와 화려한 네온사인은 시청 앞 허공에서 나를 더욱 고립시켜요.//

가슴에 품은 꿈은 젖은 빨래처럼 무겁게 짓누르고 설움은 자꾸만 뗏 국물로 찌들어요. "병신새끼 그것도 못해?" 동료들의 욕지거리는 바람 이 에이고간 자리처럼 핏물로 끈적거리고 월급날 사장님의 "돈 없어!" 이 한 마디에 가슴 한 켠 머문 하루가 조금씩 아파와요. 나의 무지개는 서울의 빌딩처럼 높지도, 네온사인 불빛처럼 화려하지도 않아요 소나타 도 필요 없고 멋진 식당에서 밥 먹지 않아도 좋아요 욕하지 않고 월급날 꼭 챙겨 주는 한국사람 그리워요. 오늘은 햇살 좋은 창가에 눅눅한 마음 꺼내 널어요.//

　무지개 보이지 않아도 행복한 하루가 되고 싶어요.

　　　　　　　　　　　　　　　　　— 정온유, 「내 이름은 솔롱고스」 전문

　우리는 똑똑히 기억하고 있습니다. 전대미문의 국가부도 사태인 IMF 체제를 맞이한 이후 가속화된 경제 구조조정의 파고(波高) 속에서 일자리 를 잃은 사람들이 거리로 내몰리고, 그나마 일용노동을 통해 경제적 빈곤 을 견뎌나갔습니다. 김선영의 「백수일기」는 그러한 우리 시대의 아픈 자 화상을 보여주는데, 더욱 애잔한 모습으로 다가오는 것은 간신히 구한 일 용노동 현장으로 걸려온, 아무것도 모르는 딸이 아빠의 아침식사를 걱정 하는 대목입니다. 일용노동을 숨기는 아빠와 그러한 아빠의 현실도 모른 채 아빠의 빈자리를 걱정하는 천진난만한 딸의 투정 사이에 자리하고 있 는 간난신고(艱難辛苦)의 현실을 시조는 담아냅니다. 그런데, 더욱 애틋한 점은, 아니 분노를 자아내는 점은, 그토록 열심히 공사판에서 일을 하였 건만, 노동한 대가를 받지도 못한 채 "짓다만 건물"에 애꿎은 분풀이를 할 따름이라는 겁니다. 건물의 사장이 도망을 갔으니 밀린 임금을 받을 도리 가 없습니다. 이것이 어찌 우리 노동자에게만 해당되는 일이겠습니까. 몽 골에서 온 노동자도 밀린 임금을 받지 못하기는 마찬가집니다. 외국인 이 주노동의 문제가 최근 심각한 사회 현안으로 부각되고 있음을 주목해보 건대, 몽골의 노동자는 우리 사회의 해묵은 문제인, 노사간의 문제는 물론, 한국인 노동자와의 차별, 정규직과 비정규직 노동의 차별 등 삼중의 문제에 직면해 있습니다. 「내 이름은 솔롱고스」는 바로 이처럼 외국인 이주노동자에게 당면한 삼중의 문제를 사실적으로 보여주고 있습니다.

이외에도 조영일의 「솔뫼리 사람들」 연작에서 보이는 대지의 순리에 역행하지 않고 묵묵히 정직하게 흙과 더불어 살아가는 농민의 진솔한 모습, 박현덕의 「송정리 시편」 연작에서 보이는 미군 기지촌 여성의 강퍅한 삶에서, 시조가 천착하는 현실의 구체적 면모를 이해할 수 있습니다. 하여, 우리는 시조에서도 민족민중문학 계열의 진보를 표방하는 시 못지 않게 민중의 고단한 삶과 현실에 대한 치열한 문제의식을 살펴볼 수 있습니다.

4. 자본주의, 생태계 그리고 인류애와 시조의 정치 감각

시조의 이러한 사회학적 상상력은 자본주의가 낳는 문제로 시조의 사유가 심화·확장되고 있음을 간과할 수 없습니다.

> 따스한 도시락 온기를 끼고 가던 사람들/뿔뿔이 혹은 홀홀히 도회로 떠나고/석탄차 곁에 벗어 놓은 헌구두 몇 짝/가을비에 젖고 있다.//
> 불빛불빛 따라 찾아 든 산속의 오지/눈부신 객장안을 초점없이 도는 눈 눈 눈//
> 앞앞이 보이지 않는 갱도의/여기는 삶의 막장.
> — 김제현의 「강원랜드」 전문

이른바 카지노 자본주의가 횡행하는 강원도에는 탄광촌의 옛 명성은 온데간데 없고 일확천금을 손에 쥐고자 하는 욕망의 눈들이 번뜩일 뿐입니다. 카지노 자본에 영혼을 빼앗긴 사람들은 캄캄한 막장 속에서 생명의 위험을 무릅쓰고 '검은 돈(석탄)'을 캐내려는 데 혈안이 된 것과 마찬가지로 자본의 노예가 되기를 주저하지 않습니다. 탄광촌이 막장이듯, 카지노 자본주의가 횡행하는 '강원랜드'도 역시 삶의 막장인 셈입니다.

이러한 자본주의의 부정적 양상에 대한 비판은 생태문제로까지 확산되는데, 오직 도시에 살고 있는 사람들의 소비욕망을 충족시켜주는 것으로 전락되고 있는 뼈아픈 생태문제를 환기시켜주고 있습니다.

> 또 하나 멸종생물로 네 이름을 기록한다/그 흔한 환경오염이나 지구 온난화 탓이 아니라/자본의 이데올로기가 원인이라 적는다//
> 쇠락한 농경사회의 밭이랑을 지키다/평생 옭죄던 코뚜레를 벗었지만/그것이 종말의 시작임을 어찌 알았으랴//
> (중략)
> 이제 소는 없고 양질의 한우만 있다/도가니와, 양지머리, 우둔살과 차돌박이/거룩한 밥상의 보약, 꽃등심으로 피어난다//
> 그 미각의 향연 속에서 작성한 멸종보고서/사라진 생명으로 너를 기록한 후/난 처음 과학자의 생애를 아프게 후회한다
> — 이달균, 「멸종보고서」 부분

도시인의 미각을 만족시켜주기 위해 "양질의 한우만" 중요할 뿐, 농촌에서 농사를 짓기 위해 농기구와 다를 바 없이 중요한 농우(農牛)는 더 이상 자본주의 현실에서 관심사가 아닙니다. 시인은 두 눈을 부릅뜨고 응시합니다. 농우가 소비자본주의 현실에서 멸종되고 있다고 말입니다. 지구의 생태계를 이루는 농우가 곧 흔적 없이 사라져 '멸종보고서'의 목록에 등재될 것임을 고발합니다.

시조의 이러한 생태문제에 대한 애정은 일국적 영역에 해당된 문제적 현실을 다루는 것으로부터 인류의 문제, 더 나아가 우주의 문제로까지 확산된 정치 감각을 드러냅니다. 가령,

하늘님/이제 그 기력마저 쇠하셨나요//

진흙 쿠키로 굶주림 달래는 사람의 땅//

차라리 힘센 절망이 더/절절했을/아이티//

혼미한 정신 탓에 잠시 잘못 짚으셨나요//

몇십만 선한 목숨 생매장한 순간의 착착//

참으로 딱하십니다/이건 아니죠/하늘님

— 박시교, 「아, 아이티」 전문

카리브해 서인도 제도에 위치한 조그만 섬 아이티는 사상 최대의 강진으로 숱한 생명체들이 순식간에 컴컴한 땅 밑으로 사라졌거나, 건물과 건물 사이에 끼어 생목숨을 버렸습니다. 한국에 있는 시인은 절대자인 "하늘님"을 원망합니다. 하필이면, 신(神)이 적빈(赤貧)한 그 땅의 사람들에게 왜 대재앙을 내렸는지, 혹시 신이 정신 줄을 깜빡 놓으면서, 우주의 평화를 스스로 위협한 것은 아닌지, 하고 시인은 신에게 따져 묻습니다. 한국이란 일국적 영역을 벗어나, 인류애의 대승적 차원에서 아이티 지진의 참상을 시조의 간결하고 정제된 율격을 통해 드러냅니다. 이쯤되면, 우리의 시조도 최근 예의 문제의식을 갖고 있는 시와 더불어 일국적 경계에 갇히지 않고, 국제적 인식에 기반한 시조 특유의 정치 감각을 갈고 다듬어야 한다고 저는 생각합니다. 그래서 21세기 시조의 정치학의 중요로운 성과를 낼 수 있을 것이라 기대해봅니다.

5. 역사와 교호하는 시조의 정치 감각

끝으로, 저는 21세기 시조의 정치학을 논의하면서 시조의 근대적 미의 정치 감각이 역사와 교호하는 측면을 주목해야 한다고 봅니다. 여기, 한 시조를 소개해봅니다.

> 참나무 한 단쯤은 등짐 지고 넘었을 거다/관음사 산길을 따라 몇 리를
> 가다보면/숲 그늘 아늑한 곳에/부려놓은 숯가마 하나//
> 못다한 이야기가 여태 남았는지/말문을 열어둔 채 가을 하늘을 바라
> 본다/숯쟁이 거무데데한 얼굴/얼핏설핏 떠오른다//
> 큰오색딱따구리 둥지 치는 소리야/적막상산 이 산중을 외려 위무하지
> 만/무자년 터진 소문에/발길 모두 끊겼느니//
> 시월상달 한라산 단풍은 그때 화기로 타는 거다/누군가를 뜨겁게 했
> 던 내 기억은 아득하여도/한 시절 사리 머금은/그 잉걸불 오늘도 탄다
> — 홍성운, 「오래된 숯가마」 전문

한라산 중산간 지역 "숲 그늘 아득한 곳에" "숯가마 하나"가 있는데, 그
것은 중산간 마을 사람들을 위한 농기구와 삶의 도구를 제작하는 소임에
충실하였을 겁니다. 그런가 하면, 무자년 4·3사건 이후 그 숯가마는 중
산간 지역에서 활동해온 무장대의 병기와 삶의 도구들을 제작하는 일을
맡기도 하였을 겁니다. 이후 중산간 지역이 토벌대에 의해 소개(疏開)되고
쓸모없는 숯가마로 버려졌을 텐데, 그 과정에서 얼마나 많은 사연들이 숯
가마를 에워쌌을까요. 모르긴 모르되 중산간 지역 사람들의 희노애락은
숯가마의 사위를 배회하고 있을 터입니다. 하여, 시인은 '지금, 이곳'에서
현상적으로 남아 있지 않는 숯가마에서 "한 시절 사리 머금은/그 잉걸불"
의 온기와 화기를 새롭게 발견하는데, 그것은 바로 한라산을 붉게 타오르
게 하는 "시월상달 한라산 단풍"과 포개집니다. 시인이 실제로 감각하고
있는 것은 한라산의 단풍과 그로 인한 풍정(風情)이건만, 시인은 오랜 세
월 침묵으로 증언하고 있던 숯가마로부터 제주의 아픈 역사와 교호하고
있는 겁니다.

홍성운의 시조를 통해 저는 세계에 대한 풍정을 시조가 근대적 시의 미

감으로 빼어나게 형상화할 수 있을 뿐만 아니라 풍정의 대상이 지닌 어떤 역사, 즉 서사적 계기를 절묘히 배합시킬 수 있다는 점을 확인합니다. 말하자면, '풍정의 역사' 혹은 '역사의 풍정'을 시조의 근대적 미의 정치 감각으로 빼어나게 형상화할 수 있다는 점입니다.

제2부

삶의 난경에 응전하는

경성, 서울, 그리고 모스크바

― 오장환 문학의 로컬리티와 근대의 난경(難境)

1. 오장환 문학의 로컬리티와 격동의 역사

한 평생을 역사의 격동기에서 보낸 시인의 삶은 그 자체가 역사이면서 시다. 물론 모든 시인이 그렇지는 않다. 시인의 개별적이고 특수한 감각이 역사적 삶에 공명(共鳴)하는 정도가 천차만별인 만큼 시인에 따라 그의 개별적 삶과 역사가 맺는 관계를 헤아리는 것은 그리 쉬운 일이 결코 아니다. 더욱이 시적 진실과 역사적 진실, 그리고 삶의 진실은 때로는 한데 뒤엉키고 때로는 버석거리고 때로는 아예 무관한 것처럼 보이는데, 시인마다 서로 다른 이 세 층위에 대한 상관성과 그것의 시적 표현은 시인의 구체적 삶을 질료로 한 시대의 그 어떤 보편성을 빼어나게 감지해낸다.

시인 오장환(1918~1951)을 주목하는 것은 바로 이러한 것과 무관하지 않다. 그의 짧은 생애가 웅변해주듯, 그는 20세기 전반기 난마처럼 뒤엉킨 한반도의 현실을 온몸으로 살아온 시인이라 해도 과언이 아니다. 특히 그가 전 생애에 걸쳐 기획 · 실천해온 근대를 향한 시적 진실은 그의 개별적 삶의 진실과 역사적 진실에 대한 집요한 탐문 자체라는 점에서 문제적이 아닐 수 없다. 오장환의 파란만장한 삶과 그의 시적 진실을 이해하기 위해 우리는 그의 시 세계를 이루는 주요한 로컬리티(locality)에 주목하고자 한다. 오장환처럼 20세기 전반기 격동의 현실을 체험한 시인의 문학세계를 이해할 때 로컬리티의 측면은 섬세히 고려해야 할 요인이기 때문이다.

이 시기에 시작(詩作) 활동을 펼친 시인들이 그렇듯 오장환은 일본 제국주의의 피식민지의 현실에 놓인 가운데 식민지 근대의 파행에 대한 날카로운 비판적 성찰을 가다듬었다. 그가 1933년 『조선문학』에 「목욕간」을 발표하면서 본격적으로 시를 쓰기 시작한 시기는 일본의 만주국 수립(1932) 이후 동아시아를 향한 군국주의 파시즘적 식민지 지배가 더욱 노골화된 암울한 현실이었다. 일본은 중일전쟁(1937)과 태평양전쟁(1941)을 일으키면서 동아시아와 태평양 지역을 두루 포괄하는 제국의 식민통치를 강화하기 위해 전시체제에 적합한 제국의 폭압적 권력을 행사하였다. 1930년대 후반 이후 일제는 '동아신질서(東亞新秩序)'로부터 '대동아공영권(大東亞共榮圈)'의 구상을 '국책(國策)'으로 내세우는 식민지 근대를 강제한 것이다. 오장환의 문학에서 이러한 일제의 파쇼적 근대에 대한 시적 응전은 오장환 특유의 시적 개성에 의해 잘 드러나 있다. 그의 시집 『성벽』(1937)과 『헌사』(1939) 및 이 시기에 발표된 그의 산문은 이 같은 문제의식을 여실히 보여준다. 이 시기 그의 문학에서 곧잘 목도되는 고향과 경성에 삼투된 일제의 식민지 근대에 대한 비판적 성찰은 이 같은 현실의 맥락 속에서 한층 밀도감 있는 구체적인 실감으로 다가온다.

그런데 오장환의 문학과 로컬리티의 차원에서 대단히 흥미로운 것은 해방공간에서 사회주의적 근대의 표상으로 작동하고 있는 소련의 모스크바에 대한 시적 인식이다. 이것은 두 시집 『나 사는 곳』(1947)과 『붉은 기』(1950) 및 산문집 『남조선의 문학예술』(1948)의 곳곳에 용해돼 있다.

이렇듯이 오장환의 문학 전반을 대략적으로 살펴볼 때, 그의 전 생애에 걸쳐 그의 문학과 직간접 관련한 로컬, 즉 경성, 서울, 모스크바 등은 오장환의 문학세계를 이해하는 데 대단히 긴요하다. 그것은 다시 강조하지만, 이 세 로컬은 오장환의 문학에서 주요한 문학 공간이면서 세계에 대한 그의 인식을 살펴볼 수 있는, 그리하여 그의 근대를 이해할 수 있는 표상공간으로서 로컬리티를 잘 드러낸다. 이 글에서는 오장환의 문학에서 주요한 세 로컬, 경성-서울-모스크바가 오장환의 문학에서 어떠한 표상으로 역할하고 있는지에 초점을 맞추면서, 이를 통해 오장환의 삶에 투영된 그의 시적 진실과 근대적 기획의 양상을 살펴볼 수 있을 터이다.

2. 경성, 지구적 시계(視界)로서 포착하는 식민지 근대의 어둠

오장환에게 일제의 식민지 근대의 암울한 현실을 가장 실감 있게 보증해주는 대표작으로서 「수부(首府)」는 단연 첫 손가락으로 꼽힌다. 식민지 조선의 정치경제 중심인 경성의 로컬리티에 대한 오장환의 시적 인식은 대단히 구체적인 실감을 보여준다. "시체가 타오르는 타오르는 끄름"의 화장터는 경성을 내려다보고 있는데, 그 경성의 첫 풍경으로 포착하고 있는 것은 근대의 표상인 기차(역)의 식민지 물자로 북적대는 풍경이며, 이어서 식민지 자본주의를 구성하는 온갖 공장촌과 그것에 기생하며 살고 있는 경성의 최하층 계급 사람들의 삶의 고통이 켜켜이 쌓여 있고, 식민지 근대를 장식하는 거리의 근대 문화의 세목(細目)들은 경성의 식민지 근대의 퇴폐와 타락의 문화를 조성하고, 온갖 식민지 소비자본주의를 부추기는 저널리즘의 광고 문화는 경성을 한층 부패시키는 역할을 맡고 있다. 그리하여 마침내 "수부는 지도 속에 한낱 화농된 오점이었다/숙란하여가는 수부—/수부의 대확장—인근 읍의 편입"을 가속화시키는 식민지 근대의 '비만' 그 자체의 병적 증후를 몹시 앓고 있다. 오장환에게 경성은 그의 고향과 달리 봉건체제와 단절된 근대의 생활을 실감하는 곳인 반면, 식민주의에 예속된 식민지 근대라는 타율적 근대에 구속된 말 그대로 '병든 서울'이다.

그런데 이와 같은 경성에 대한 '병든 서울'을 형상화하는 데 흥미로운 것은 '바다'와 '항구'와 관련한 심상으로 이뤄져 있는 시편에서 보이는 근대에 대한 부정과 환멸의 의식이다.

> 어둠의 가로수여!
> 바다의 방향,
> 오 한없이 흉측맞은 구렁이의 살결과 같이
> 늠실거리는 검은 바다여!
> 미지의 세계,
> 미지로의 동경,
> 나는 그처럼 물 위로 떠다니어 바다와 동화치는 못하여왔다.(11연)

> 항구야,
> 환각의 도시, 불결한 하수구에 병든 거리여!
> 얼마간의 돈푼을 넣을 수 있는 죄그만 지갑,
> 유독식물과 같은 매음녀는
> 나의 소매에 달리어 있다.(18연)

> 웅대하게 밀리쳐오는 오—바다,
> 조수의 쏠려옴을 고대하는 병든 거의들!
> 습진과 최악의 꽃이 성화(盛華)하는 항시(港市)의 하구수,
> 더러운 수채의 검은 등때기,(24연)

> 음협(陰狹)한 씨내기, 사탄의 낙윤(落倫),
> 너의 더러운 껍데기는
> 일찍

바닷가에 소꿉 노는 어린애들도 주워가지는 아니하였다.(27연)

　　　　　　　　　　　　　　　　　　　　　—「해수(海獸)」 부분

　오장환의 첫 시집 『성벽』에 수록된 「해수」의 부분들이다. 오장환에게
'바다'를 지배하고 있는 심상은 우리에게 낯익은 "미지의 세계,/미지로의
동경"과 관련된 게 결코 아니다. 그보다 폐색(閉塞)의 심상이 지배적인 것
투성이다. 근대의 계몽 이성을 표상하는 푸르디 푸른 청년의 역동성을 지
닌 바다가 아니라 '검은 바다'다. 그럴 수밖에 없는 게 오장환에게 바다는
"불결한 하수구에 병든 거리"로 이어진 '항구'와 만나는 곳인데, 이곳에
는 "음협한 씨내기, 사탄의 낙윤(落倫)"으로 "최악의 꽃이 성화(盛華)하는"
"더러운 게거품을 북적거리"는 곳이다. 말하자면 오장환의 시에서 '바다'
와 '항구' 관련 심상은 근대의 밝음보다 근대의 어둠의 세계와 친연성을
지닌다.
　오장환은 그의 「수부」에서 일제 식민지 근대의 어둠의 실상을 경성의
로컬리티를 통해 낱낱이 해부하였다. 「수부」를 통해 우리는 식민지 조선
의 현실에서 드러나는 근대의 어둠에 대한 구체적 실감을 가질 수 있다면,
「해수」와 같은 시에서 보이는 근대의 어둠은 식민지 조선의 현실로 협소화
되는 게 아니라 경성으로 표상되는 또 다른 제국의 식민 지배를 받는 식민
지 근대의 부정적 심상을 확산하는 몫을 맡는다. 사실, 오장환의 '바다'와
'항구'와 관련한 식민지 근대에 대한 환멸과 부정 의식을 보이는 시들은 일
제의 식민지 지배에만 국한되지 않는 보다 광범위한 제국의 식민 통치가 낳
는 문제적 현실을 동시에 겨냥하고 있다. 이것은 오장환의 시에서 보이는
로컬리티의 문제의식이 식민지 조선의 지정학(geopolitics)에만 국한되지 않
고 식민지 조선처럼 제국의 식민 통치를 받았거나 받고 있는 곳을 함께
염두에 두고 있는 탈식민주의 문제의식을 지닌 것으로 볼 수 있다.

나폴리(Naples)와 아덴(ADEN)과 싱가포르(Singapore). 늙은 선원은 항해표와 같은 기억을 더듬어본다. 해항의 가지가지 백색, 청색 작은 신호와, 영사관, 조계(租界)의 갖가지 깃발을. 그리고 제 나라 말보다는 남의 나라 말에 능통하는 세관의 젊은 관리를. 바람에 날리는 흰 깃발처럼 Naples. ADEN. Singapore. 그 항구, 그 바의 계집은 이름조차 잊어버렸다.

망명한 귀족에 어울려 풍성한 도박. 컴컴한 골목 뒤에선 눈자위가 시퍼런 청인(淸人)이 괴춤을 훔칫거리면 길 밖으로 달리어간다. 홍등녀의 교소(嬌笑), 간드러지기야. 생명수! 생명수! 과연 너는 아편을 가졌다. 항시의 청년들은 연기를 한숨처럼 품으며 억세인 손을 들어 타락을 스스로이 술처럼 마신다.

　　　　　　　　　　　　　　　　　　　―「해항도(海港圖)」 부분

항구가 가차이 밤이 무더워지면
사막으로 통하는 자오선의 흰 그림자
사공이여! 쫓겨온 사람
인도와 아라비아인의 두건이 더위에 늘어붙는다

욱여 타오르는 화구(火口)와 체온 속에서
너는 어떠한 정열을 익혀왔드뇨?

얼굴이 검은 식민지의 청년이 있어
여러 나라 수병이 오르내리는 저녁 부두에 피리 부으네
낼룽대는 독사의 가는 혓바닥을 달래보네

잠재울 수 없는 환락이여!
병든 관능이여!
가러귀처럼 검은 피를 토하며
불길한 입가에 술을 적시고
아하 나는 어찌 세월의 항구 항구를 그대로 지내왔드뇨?

　　　　　　　　　　　　　　　　　　　―「선부(船夫)의 노래2」 부분

위 두 시에는 술과 아편에 찌든 환락과 타락의 점액질로 환기되는 항구의 퇴폐적 풍경이 감싸고 있다. 그런데 우리가 이 이국적이고 자극적 풍경에서 쉽게 간과할 수 없는 것은 이 풍경들을 배태하고 있는 제국의 근대적 질서의 어둠의 측면이다. 「해항도」에서 늙은 선원이 더듬는 기억의 주요 항구들은 이탈리아의 나폴리, 예멘의 아덴, 동남아시아의 싱가포르로서 이들 항구는 예로부터 지정학적 요충지로서 유럽과 북부아프리카 및 아시아의 해상실크로드를 잇는 동서문명의 교차로에서 매우 중요한 문명의 몫을 맡았던 곳들이다. 이들 항구를 통해 전 세계는 글로벌경제를 형성하였고, 낡은 문화와 새 문화의 충돌, 혼효, 간섭 속에서 각 지역 문화의 흥륭성쇠를 반복하면서 근대의 파노라마를 펼쳐나갔다. 이 과정 속에서 급성장한 제국(구미제국과 일제)은 효율적 식민 통치를 위해 식민지 근대에 박차를 가하면서 피식민지를 향한 근대적 폭압을 가해왔음은 주지의 사실이다. 이러한 피식민지의 비애와 환멸이 뒤섞인 근대의 어둠은 늙은 선원의 기억에서 되살아난다. 늙은 선원의 이러한 기억의 편린들은 유럽제국의 식민통치에 쫓겨 디아스포라의 험난한 운명을 개척해야 할 "얼굴이 검은 식민지의 청년"인 "인도와 아라비아인"이 또 다른 제국의 피식민지 항구에서 "잠재울 수 없는 환락"과 "병든 관능"에 포위돼 있음을 보여준다. 오장환이 주목하는 것은 글로벌경제의 지배와 피지배의 관계 속에서 제국의 소비자본주의의 첨단으로 온갖 타락의 병적 증후를 앓고 있는 항구로 표상되는 근대의 어둠이다.

비록 오장환의 이러한 시적 인식이 다소 추상적이며 비약적인 심상들로 이뤄져 있는 것처럼 보이지만, 그는 식민지 조선을 피폐화시킨 일제의 식민지 근대가 조선의 특수한 현실로만 국한되는 것을 지양한다. 그래서 오장환은 제국의 식민통치로 덧씌워지고 있는 근대의 어둠의 세계에 대한 문제의식을, '바다-항구' 관련 심상을 통해 지구적 시계(視界)로서의 로컬리티의 새 관점을 우리에게 요구한다고 볼 수 있다.

3. 해방공간의 서울과 모스크바, 혼돈 속의 근대

해방공간에서 오장환의 문학은 문제적이며 논쟁적 성격을 지닌다. 논자에 따라서는 오장환의 이 시기의 문학을 프롤레타리아 혁명을 달성하기 위한 사회주의 이데올로기의 목소리를 대변하는 것으로 파악하기도 한다. 물론 이러한 논의가 전혀 타당성이 없는 것은 아니다. 그런데 이 시기의 그의 문학을 이해하는 데 혹시 반공주의 일변도의 냉전적 시각으로 치우친 판단의 척도를 삼는 것은 경계해야 한다. 이 시기의 문학을 검토하는 데 냉전적 시각은 부분의 진실을 해명하는 데 기여할 뿐 이 혼돈의 시기를 살아간 오장환의 문학적 고뇌에 대한 성급한 판단을 내릴 수 있기 때문이다.

그래서 우리에게 한층 요구되는 게 역사적 성찰이 아닐 수 없다. 해방공간의 '서울'은 식민지 근대의 '경성'과 현저히 다른 로컬리티를 지닌, 말그대로 '해방의 근대(the modernity of liberation)'를 마음껏 기획·실천할 수 있는 곳이다. 오장환은 해방공간 초기 식민지의 해방을 지원한 연합군의 입성을 환영하는 노래의 희열에 휩싸인다.

> 몰래 쉬던 숨을 크게 쉬니
> 가슴이, 가슴이, 자꾸만 커진다
> 아 동편 바다 왼 끝의 대륙에서 오는 벗이여!
> 아 반구(半球)의 서편 맨 끝에서 오는 동지여!
>
> (중략)

아 즐거운 마음은 이 가슴에서 저 가슴으로
종소리 모양 울려나갈 때
이 땅에 처음으로 발을 디디는 연합군이여!
정의는, 아 정의는 아직도 우리들의 동지로구나.
— 「연합군 입성 환영의 노래」 부분

이렇게 해방공간 초기의 서울은 오장환에게 '정의'로운 "우리들의 동지"를 맞이하고 그들과 함께 '해방의 근대'를 향한 꿈의 실현으로 부푼 창조의 시간을 품은 혼돈과 모색의 시공간이다. 그렇다. 분명, 서울은 오장환에게 더 이상 일제의 식민지 지배로 움울하고 퇴폐적이며 비애로 가득 찬 식민지 근대의 병적 증후를 앓고 있는 경성이 아니다.

아름다운 서울, 사무치는, 그리고, 자랑스런 나의 서울아,
나라 없이 자라난 서른 해,
나는 고향까지 없었다.
그리고, 내가 길거리에 자빠져 죽는 날,
"그곳은 넓은 하늘과 푸른 솔밭이나 잔디 한 뼘도 없는"
너의 가장 번화한 거리
종로의 뒷골목 썩은 냄새 나는 선술집 문턱으로 알았다.

그러나 나는 이처럼 살았다.
그리고 나의 반항은 잠시 끝났다.
아 그동안 슬픔에 울기만 하여 이냥 질척거리는 내 눈
아 그동안 독한 술과 끝없는 비굴과 절망에 문드러진 내 쓸개
내 눈깔을 뽑아버리랴, 내 쓸개를 잡아떼어 길거리에 팽개치랴.
— 「병든 서울」 부분

그런데, 이렇게 새로운 세상을 향한 오장환의 꿈과 실천은 일제의 식민 소비자본주의와 다를 바 없는 "알코올에 물 탄 양주와/댄스로 정신이 없

경성, 서울, 그리고 모스크바 ● 137

는/장안의 구석구석"(「갱」)으로 팽배해지는 또 다른 제국의 소비자본주의의 현실로 변화해가는 서울에 대한 매서운 비판적 문제의식으로 이어진다(「이 세월도 헛되이」).

오장환의 이러한 뚜렷한 비판적 인식과 문학활동은 이 시기에 발표된 시뿐만 아니라 산문에서도 두루 살펴볼 수 있다. 여기서, 모스크바와 관련한 심상에 녹아 있는 오장환에 대한 역사적 성찰이 긴요하다. 오장환은 오랫동안 앓은 신병을 치유하기 위해 소련의 수도 모스크바 시립 볼킨병원에서 치료한 후 귀국하는 과정을 담은 소련 기행 시편들을 시집 『붉은 기』로 묶은바, 이 시집 곳곳에서는 그 당시 사회주의적 근대의 종주국인 소련에 대한 동경과 그 사회주의적 근대의 기획들에 대한 예찬이 배음(背音)을 이룬다. 오장환에게 모스크바는 "뜨거운 혁명의 기/빛나는 노농의 기", 즉 "정의의 깃발"이 "퍼덕이는" 곳이다(「붉은 기」). 그는 이곳에서 "인민 주권의 새 나라!"(「변강당의 하룻밤」)의 싱그러움을 발견한다. 이와 관련하여 오장환이 소련 기행에서 유독 관심 깊게 지켜본 것은 "스베르들로프스키/옴스크/노보시비르스크/오래지 않아 인구 백만을 헤일/숱한 도시들은 세워져 갔고/씨비리의 대공업화는/거침없이 진행되었다"(「눈 속의 도시」)는 시구절에서 단적으로 알 수 있듯, 동토(凍土)의 대지와 씨름하며 사회주의적 근대의 세계를 일궈나가는 노동의 신성함이다. 이 노동의 신성함은 시베리아 들판에서 터전을 삼아 가축을 기르고 농사를 짓는 농민의 행복을 노래한다. 그리하여 오장환은 시베리아 들판으로부터 그동안 소진됐던 그 자신의 생명력의 불길을 다시 지핀다.

　　　이글이글 타고 있는
　　　씨비리 태양
　　　그 아래 펼쳐진
　　　무연한 들판

아 이곳에 함께 붙붙는 나의 생명력!

—「씨비리 태양」 부분

오장환이 새롭게 발견하고 있는 시베리아 들판의 생명력은 사회주의적 근대를 추구하고 있는 모스크바의 심상과 결코 무관하지 않다. 여기서 우리는 다시 한 번 역사적 성찰의 중요성을 강조하지 않을 수 없다. 오장환의 소련 기행 시집 『붉은 기』의 여러 시편에서 보이는 모스크바의 심상을 해방공간을 나름대로 치열히 살았던 문학적 고뇌의 산물로 살펴보는 것과 냉전적 이데올로기의 대립 갈등의 입장을 고수한 채 현실 정치의 절대적 타자로서 배제의 입장을 갖고 살펴보는 것은 오장환의 이 시기의 문학을 이해하는 데 큰 걸림돌이 아닐 수 없다. 물론, 우리는 이 시기의 오장환의 문학에서 보이는 사회주의적 근대에 대해 과학적 시선으로서 비판적 성찰에 인색해서는 곤란하다. 가령, '스탈린 대원수께 드리는 시'라는 부제가 달린 「우리는 싸워서 이겼습니다」에서 선정적으로 찬양되고 있는 스탈린은 "제국주의 강도들의 야욕을 쳐부십니다"로 노래되고 있는데, 이 시기 스탈린독재뿐만 아니라 소련의 일국사회주의(一國社會主義)에 의한 소련의 제국주의로의 팽창은 오장환의 사회주의적 근대추구에서는 제대로 인식할 수 없는, 그래서 소련식 사회주의적 근대에 대한 맹목으로 치우친 역사의 한계를 지닌다. 이것은 해방기 조선의 현실에 착근한 사회주의적 근대를 향한 문학적 고뇌가 결여되었다는 방증일 터이다. 그래서인지 그의 해방기의 소련 기행 시편들에서 보이는 모스크바로 표상하는 사회주의적 근대의 로컬리티는 추상적이고 획일적이다. 그의 시에서 사회주의적 근대를 일궈나가는 노동의 생동감이 평면적으로 진술되고 있는 것은 이와 무관하지 않다.

이와 관련하여 오장환은 소련의 대표적인 농민시인 예세닌의 시집을

1946년에 번역 소개하면서 「예세닌에 관하여」란 산문도 발표했는데, 오장환 역시 경계한 것은 "공식적이요 기계적이며 공리적인 관념론적 사회주의자들"이며, "이것은 현재 조선에도 구더기처럼 득시글득시글 끓는 무리들이다."(「예세닌에 관하여」)고 한바, 그 스스로 공리적인 사회주의자를 분명 경계했다. 그럼에도 불구하고 소련 기행 시편에서 보이는 사회주의적 근대에 대한 기계적 공리적 형상화는 이 시기의 근대적 기획과 실천이 지닌 혼돈과 모색의 난경(難境)을 여과없이 보여준다.

4. 글을 맺으며

이 글의 서두에서 간략히 언급했듯이 오장환의 문학은 1930년대부터 그가 사망한 1951년까지 국내외 안팎으로 격동의 시공간 속에서 실감을 확보한다. 따라서 오장환의 문학과 로컬리티의 관계는 이러한 격동의 시공간을 면밀히 살펴볼 것을 요구한다. 무엇보다 오장환은 일본 제국에 협력하지 않는 문학인으로서 그의 문학에서 보이는 로컬리티는 제국의 국민문학을 구성하는 향토성과 지역성의 문화이데올로기와 거리를 둔다. 제국의 질서를 공고히 다지기 위해 제국의 국민'들'의 토속성과 다양성을 제국의 통치 질서 안으로 흡수하는 성격의 로컬리티와 전혀 다르다.

오장환에게 고향은 봉건체제의 흔적이 짙게 그늘을 드리우고 있는 곳이면서 식민지 근대로부터 상처 입은 자아의 꺼져가는 생명을 소생시키는 애증(愛憎)의 시적 인식이 드러나는 곳이다. 이러한 고향 너머에 존재하는 경성은 식민지 조선의 현실을 에워싼 식민지 근대의 비애와 환멸로 채색된 곳이며, 이 같은 경성의 로컬리티는 시인에게 '바다─항구'와 관련한 심상의 맥락에서 식민지 조선의 특수한 현실에 국한되지 않는 지구적 시계(視界)의 관점을 통해 제국의 식민주의가 낳은 식민지 근대의 어둠의 세계를 성찰하도록 한다.

그런가 하면, 해방기의 서울은 비록 '병든 서울'이지만, 오장환에게 해방의 근대를 실현할 수 있는 곳이다. 이러한 오장환의 문학적 고뇌는 이 시기의 역사적 혼돈과 모색 속에서 그 스스로 경계하던 사회주의적 근대의 공리주의에 갇히는 역사의 한계를 실감한다. 이 시기의 오장환의 문학에서 모스크바로 표상하는 로컬리티는 바로 이 같은 문제를 낳는다. 따라서 혼돈의 근대 속에 놓인 오장환의 문학은 근대의 기획과 실천이 지속되는 한 여전히 문제적이고 논쟁적일 것이다.

혁명의 노래 : 김남주, 미완의 민주주의를 향한 민중의 분노

지구촌 곳곳에서 민주주의를 향한 민중의 분노가 들끓고 있다. 몇 년 전 북부아프리카로부터 들불처럼 번져나간 아랍의 민주주의를 향한 민중의 염원과 저항은 현재도 진행 중인바, 수많은 희생에도 불구하고 시리아의 민주주의를 쟁취하기 위한 시리아 민중의 저항을 목도한다. 이 외에도 이집트 민중의 반정부 시위는 무바라크의 장기 독재에 종지부를 찍고 출범한 무함마드 무르시의 현 정부가 또 다시 이집트를 반민주주의로 회귀시키려는 정치에 대한 저항이며, 터키 민중의 반정부 시위는 표면상 탁심 광장을 무차별적으로 개발하려는 것에 대한 터키 민중의 분노가 점화된 것이지만, 기실 이 분노의 밑자리에는 터키 민중과 민주주의적 소통이 부재한 가운데 국가권력의 일방통행식 개발주의에 대한 터키 민중의 민주주의를 향한 저항이 함의돼 있다. 그런가 하면, 브라질 민중의 반정부 시위는 민중의 삶을 궁핍하도록 하는 물가상승, 부패한 정치, 이른바 사커노믹스(soccernomics)에 치우친 브라질 경제의 구조적 문제 등이 복합적 요인으로 작동하는 과정에서 퇴행하고 있는 브라질 민주주의를 향한 브라질 민중의 저항이다.

기실, 이러한 민중의 분노는 한국 사회에서도 거세게 일어나고 있다.

지난 대선에서 국정원의 조직적 개입 여부를 둘러싼 정치권의 진실 공방을 지켜보면서 한국 사회의 민중은 참담함과 자괴감을 넘어 분노하고 있다. 우리가 어떻게 쟁취한 민주주의인데, 대통령의 직속 기관인 국정원이 민의(民意)가 정상적으로 반영되어야 하는, 민주주의의 가장 기초적이면서 중요한 제도적 기반인 선거 과정에 개입할 수 있단 말인가. 어디 이 뿐인가. 비정규직 노동, 생태위기와 생존권의 심각한 위기, 분단체제의 사회적 고통 등 한국 사회의 민중이 직면한 산적한 문제들은 지구촌의 문제들과 밀접히 연동된 가운데 민중의 분노로 드러나고 있다.

이렇게 지구촌 곳곳에서 타오르는 민중의 분노를 접하면서, 문득 시인 김남주(1946~1994)가 눈에 밟힌다. 혹시 우리는 신자유주의의 성장주의 신화 속에서 무한경쟁으로 내몰리는 가운데 그토록 힘들게 쟁취한 '민중(성)'의 가치를 망실했거나 애써 외면하고 있는 것은 아닌지. 서가에 꽂힌 김남주의 시집들을 펼쳐보면서 잠시 상념에 젖어본다.

그렇다. 시가 혁명이었던 적이 있었다. 아니, 시가 혁명을 넘어서고자 한 적이 있었다. 시의 노래가 혁명을 불러일으키고, 혁명을 자연스레 타넘어가면서 아직 오지 않은 세상을 환희 밝혀주는 시의 정념을 보인 적이 있었다. 시인이기보다 혁명가로서 불리우기를 원했던 우리 시대의 뜨거운 상징인 김남주가 절규한 언어들이 그렇다.

> 나는 나의 시가/오가는 이들의 눈길이나 끌기 위해/최신 유행의 의상 걸치기에 급급해하는 것을 바라지 않는다/나는 바라지 않는다 나의 시가/생활의 현실에서 눈을 돌리고/순수의 꽃으로 서가에 꽂혀/호사가의 장식품이 되는 것을/나는 또한 바라지 않는다 자유를 위한 싸움에서/형제들이 피를 흘리고 있는데 나의 시가/한과 슬픔의 넋두리로/설움 깊은 사람 더욱 서럽게 하는 것을
> —「나는 나의 시가」 부분

김남주에게 시는 너무나 뚜렷한 목적이자 수단이다. 그에게 시는 농민과 노동자의 삶을 위협하는 모든 부정한 것들과의 목숨을 건 투쟁 그 이상도 이하도 아니다. 그래서 그에게 시는 민중들이 좀처럼 이해할 수 없는 그 어떠한 세련된 시적 상징과 치밀한 시의 짜임새로 이뤄진 것도 아니고, 민중들의 고통스러운 삶을 애써 위무해주는 달콤한 노래도 아니고, 더욱이 그들의 힘겨운 삶을 현실을 초월한 종교의 깨우침으로 승화시키거나 미화시킨 것도 아니다. 그의 시는 민중을 향한 무한한 사랑에 바탕을 둔, 민중의 행복한 삶을 위협하는 일체의 모든 것에 대한 가차 없는 부정의 시적 태도를 취하는, 바꿔 말해 '민중의 민중을 위한 민중에 의한' 우리 시대의 아름다운 '민중시'일 따름이다.

> 시의 내용은 생활의 내용 내 시에는/흙과 노동이 빚어 낸 생활의 얼굴이 없다/이제 그만 쓰자 시를 써야겠다는 생각도/내 머릿속에서 지워 버리자/가자 씨를 뿌리기 위해 대지를 갈아엎는 농부의 들녘으로/가자 뿌리를 내리기 위해 물과 싸우는 가뭄의 논바닥으로/가자 뿌리를 추위를 막기 위해 북풍한설과 싸우는 농가의 집으로/내 시의 기반은 대지다/그 위를 찍어 내리는 곡괭이와 삽의 노동이고/노동의 열매를 지키기 위한 피투성이의 싸움이다/대지 노동 투쟁-/생활의 이 기반에서 내가 발을 떼면/내 시는 깃털 하나 들어올리지 못한다/보라 노동과 인간의 대지에 뿌리를 내리고/생활의 적과 싸우는 이 사람을/피와 땀과 눈물로 빚어진 이 사람의 얼굴을
>
> — 「다시 시에 대하여」 전문

김남주는 "내 시의 기반은 대지다"라고 선명히 말한다. "노동과 인간의 대지에 뿌리를 내리"는 게 자신의 시의 존재 이유라는 사실을 그는 아주 분명히 밝힌다. 이러한 '대지의 뿌리내림'은 김남주의 시 세계 전체를 관통하는 민중성의 핵심으로, 다음과 같은 시에서 구체적으로 형상화되고 있다.

나는 알았다 그날 밤 눈보라 속에서/수천 수만의 팔과 다리 입술과 눈
동자가/살아 숨 쉬고 살아 꿈틀거리며 빛나는/존재의 거대한 율동 속에
서 나는 알았다/사상의 거처는/한두 놈이 얼굴 빛내며 밝히는 상아탑의
서재가 아니라는 것을/한두 놈이 머리 자랑하며 먹물로 그리는 현학의
미로가 아니라는 것을/그곳은 노동의 대지이고 거리와 광장의 인파 속
이고/지상의 별처럼 빛나는 반딧불의 풀밭이라는 것을/사상의 닻은 그
뿌리를 인민의 바다에 내려야/파도에 아니 흔들리고 사상의 나무는 그
가지를/노동의 팔에 감아야 힘차게 뻗어 나간다는 것을/그리고 잡화상
들이 판을 치는 자본의 시장에서/사상은 그 저울이 계급의 눈금을 가져
야 적과/동지를 바르게 식별한다는 것을

— 「사상의 거처」 부분

민중해방을 향한 김남주의 사상은 이와 같이 "존재의 거대한 율동"으
로 이뤄진 "노동의 대지"에 뿌리를 넓게 깊숙이 뻗치고 있으며, 그 대지에
서 자라고 있는 "사상의 나무", 즉 민중해방을 향한 사상은 투쟁할 대상을
"바르게 식별"할 준엄한 실천적 인식력을 얻는다. 이렇게 성장한 사상이
므로 이 사상의 꽃은 그 어떠한 것보다 귀하고 아름답고, 그 열매 또한 무
성하고 아름답다. 왜냐하면 "한 사람이 아니라 한두 사람이 아니라/만인
의 입으로 그것이 들어오"는(「사상에 대하여」), '민중해방'의 숭고한 가치
를 지닌 열매이기 때문이다.

그런데, 이 숭고한 가치가 무참히 짓밟히고 갈갈이 찢겨져 나갔다. 김
남주는 박정희 군부독재에 맞서 이른바 남민전 사건으로 1979년에 투옥
된 가운데, 그 이듬해 전두환을 중심으로 한 신군부에 의해 저질러진 광
주의 학살 소식을 전해듣고는, 그 학살을 직접 목격이나 한 것처럼 학살
이 자행된 그 날의 공포와 죽음을 생생히 재현한다.

오월 어느 날이었다/1980년 오월 어느 날이었다/광주 1980년 오월 어
느 날 밤이었다//

밤 12시/도시는 벌집처럼 쑤셔 놓은 심장이었다/밤 12시/거리는 용암처럼 흐르는 피의 강이었다/밤 12시 바람은 살해된 처녀의 피 묻은 머리카락을 날리고/밤 12시/밤은 총알처럼 튀어나온 아이의 눈동자를 파먹고/밤 12시/학살자들은 끊임없이 어디론가 시체의 산을 옮기고 있었다//

아 얼마나 끔찍한 밤 12시였던가/아 얼마나 조직적인 학살의 밤 12시였던가//

오월 어느 날이었다/1980년 오월 어느 날이었다/광주 1980년 오월 어느 날 밤이었다//

밤 12시/하늘은 핏빛의 붉은 천이었다/밤 12시/거리는 한 집 건너 울지 않는 집이 없었고/무등산은 그 옷자락을 말아 올려 얼굴을 가려 버렸다/밤 12시/영산강은 그 호흡을 멈추고 숨을 거둬 버렸다//

아 게르니카의 학살도 이렇게는 처참하지 않았으리/아 악마의 음모도 이렇게는 치밀하지 못했으리

— 「학살 1」 부분

수인(囚人)이었던 그는 이렇게 놀라울 정도로 광주의 민중들이 무참히 죽어간 "1980년 오월 어느 날 밤"의 죽음의 광란을 한 컷 한 컷 자세히 찍어보이고 있다. 김남주는 감옥 안에서 그 예각적인 역사의 감각으로써 광주의 민중들의 죽음이 "얼마나 조직적인 학살"에 의한 것인지를 꿰뚫고 있었다. 이것은 박정희의 군부독재를 종식하지 못한 채 또 다른 군부독재로 이어진 반민주·반민족·반인류의 개막을 위한 "악마의 음모"였다. 1980년대는 이렇게 광주의 핏빛을 머금은 채 시작하였다. 하지만 광주의 민중들이 외롭게 떠안은 역사의 고귀한 희생은 민주회복과 직결되는 민중해방의 숭고한 가치를 위한 투쟁의 불길을 사르고 민주주의를 쟁취하기 위한 혁명의 기운으로 넘실대었다. 김남주는 1988년 12월 가석방으로 출소하기 이전까지 감옥 안에서 이러한 시대적 염원을 담은 시들을 담뱃곽 안의 은박지에 촘촘히 새겨넣었다. 김남주는 살아 생전 단 한순간도 민중해방을 향한 그의 사상의 불을 꺼트리지 않았던 것이다. 김남주는

"대지에 뿌리를 내리고/해를 향해 사방팔방으로 팔을 뻗고 있는 저 나무를 보라/주름살투성이 얼굴과/상처 자국으로 벌집이 된 몸의 이곳저곳을 보라/나도 저러고 싶다 한 오백 년/쉽게 살고 싶지는 않다 저 나무처럼/길손의 그늘이라도 되어 주고 싶다"(「고목」)고 하였듯이, 그는 민중의 대지에 뿌리를 굳건히 내린 채 민중과 더불어 삶을 살아가는 '나무'다.

여기서 우리는 김남주의 민중해방을 위한 시적 혁명을 실천하는 과정에서 분단극복의 강렬한 의지를 지나칠 수 없다.

> 누이의 붉은 마음의 실로/조국은 하나다라고/그리고 나는 내걸리라
> 마침내/지상에 깃대를 세워 하늘에 내걸리라/나의 슬로건 "조국은 하나다"를/키가 장대 같다는 양키들의 손가락 끝도/언제고 끝내는 부자들의 편이었다는 신의 입김도/감히 범접을 못하는 하늘 높이에/최후의 깃발처럼 내걸리라/자유를 사랑하고 민족의 해방을 꿈꾸는/식민지 모든 인민이 우러러볼 수 있도록/겨레의 슬로건 "조국은 하나다"를!
> ─「조국은 하나다」 부분

시인은 "조국은 하나다"라는, 이 지엄하고 결연한 테제의 깃발을 높이 내걸고 싶다. "자유를 사랑하고 민족의 해방을 꿈꾸는/식민지 모든 인민이 우러러볼 수 있도록" 이 깃발을 자랑스레 드높이 걸고 싶다. 시인의 민중해방은 분단극복이고, 이것은 탈식민을 쟁취하는 것과 무관하지 않다. 허리가 두 동강 난 한반도의 상처를 치유하는 길은 한반도의 민중들만의 참세상을 위한 것이 결코 아니라 지구상에서 신제국주의 피식민으로서의 억압을 받고 있는 "식민지 모든 인민"의 해방을 위한 길에 동참하는 것이다. 따라서 「달라 1」에서 보이는 아시아, 아프리카, 라틴아메리카의 유무형의 자원을, '달라'로 상징되는 모든 식민의 권력이 침탈하는 것에 대한 시인의 날카로운 비판은 주목할 만하다.

왜 그리로 가는가 달라는/그곳에 빵을 기다리는 굶주린 인류가 있어
서인가/그곳에 평화를 기다리는 부러진 날개의 새가 있어서인가/그곳
에 자유를 꿈꾸는 가위 눌린 나무가 있어서인가/아니다 거기 가면 아시
아에 가면/보다 넓은 시장이 있기 때문이다/아니다 거기 가면 아프리카
에 가면/보다 값싼 노동력이 있기 때문이다/아니다 거기 가면 라틴아메
리카에 가면/보다 높은 이윤이 있기 때문이다

— 「달라 1」 부분

"보다 넓은 시장", "보다 값싼 노동력", "보다 높은 이윤" 때문에 아직도
정치경제적 식민 침탈은 여전하다. 김남주의 민중해방과 탈식민이 전세계
의 민중해방의 맥락과 밀접히 연관돼 있다는 것을 쉽게 지나쳐서 곤란하다.
이 점을 간과할 경우 자칫하면 그의 민중해방을 한반도 민중의 민족주의로
국한시킬 수 있다. 이것은, 다시 강조하건대, 김남주의 민중해방의 사상을
왜곡시킬 수 있는 경계해야 할 생각이다. 이를 좀 더 이해하기 위해서는 '분
단'과 직결된 '삼팔선'에 대한 그의 시적 인식에서 단적으로 알 수 있다.

삼팔선은 삼팔선에만 있는 것이 아니다/뜨는 해와 함께 일어나고/지
는 달과 함께 자며/일하면 일할수록 가난해지는 농부의 팍팍한 가슴에도
있고/제 노동으로 하루를 살고 이틀을 살고/한 사람의 평등한 인간이고자
고개를 쳐들면/결정적으로 꺾이고 마는 노동자의 허리에도 있다/어디
그뿐이랴 삼팔선은/농부의 가슴에만 노동자의 허리에만 있으랴/그 가
슴 그 허리 위에 巨財를 쌓아 올리고/아무도 얼씬 못하게 철가시를 꽂아
놓는 부자들의 담에도 있고/그들과 한통속이 되어/자유를 혼란으로 바
꿔치기하는/패자들의 남침 위협 공갈 협박에도 있다//
나라가 온통 피 묻은 자유로 몸부림치는 창살/삼팔선은 나라 안에만
있는 것이 아니다/나라 밖에도 있다/바다 건너 마천루의 나라 미국에도
있고/살인과 약탈과 방화로 달러를 긁어모으는 그들의 군수산업에도 있
고/그들이 북으로 날리는 위장된 평화의 비둘기에도 있다

— 「삼팔선은 삼팔선에만 있는 것이 아니다」 부분

김남주에게 '삼팔선'은 한반도의 민중뿐만 아니라 전세계의 민중의 삶 곳곳에 드리워져 있는 '분단'의 장애물이다. 이러한 그의 시적 인식은 한반도의 분단에 대한 인식과 분단극복에 대한 의지가 결코 한반도 민중의 민족주의에 갇혀 있지 않다는 것을 웅변해준다. 그의 문제의식은 뚜렷하다. 전세계 민중의 삶을 억압하고 있는 정치경제적 식민의 '삼팔선'을 제거하지 않는 한 그가 그토록 염원하는 민중해방의 세상은 요원하다는 것을 잘 알고 있다. 때문에 김남주는 "만인을 위해 내가 일할 때 나는 자유"(「자유」)라고 목놓아 부르고, 민중해방을 향해 "靑松綠竹 가슴으로 꽂히는/죽창이 되자 하네 죽창이"(「노래」)와 같은 민중의 분노를 서슴없이 드러내고, 민중의 "쌓이고 맺힌 서러움"(「아우를 위하여」)을 풀어내기 위한 길을 민중과 함께 간다. 비록 그의 간절한 민중해방의 염원이 아직도 실현되고 있지는 못하지만, 우리의 귓전에는 지금도 이것을 실천하기 위해 쓰여진 그의 시들이 그의 카랑카랑하면서도 웅숭깊은 준열한 음성으로 쟁쟁히 들린다.

　　　함께 가자 우리 이 길을/투쟁 속에 동지 모아/셋이라면 더욱 좋고/둘이라도 떨어져 가지 말자/함께 가자 우리 이 길을/앞에 가며 너 뒤에 오란 말일랑 하지 말자/뒤에 남아 너 먼저 가란 말일랑 하지 말자/열이면 열 사람 천이면 천 사람 어깨동무하고 가자/가로질러 들판 산이라면 어기여차 넘어 주고/사나운 파도 바다라면 어기여차 건너 주고/산 넘고 물 건너 언젠가는 가야 할 길/함께 가자 우리 이 길을/서산낙일 해 떨어진다 어서 가자 이 길을/해 떨어져 어두운 길/네가 넘어지면 내가 가서 일으켜 주고/내가 넘어지면 네가 와서 일으켜 주고/가시밭길 험한 길 누군가는 가야 할 길/에헤라 가다 못 가면 쉬었다 가자/아픈 다리 서로 기대며
　　　　　　　　　　　　　　　　　　　　　　　　　　— 「함께 가자 우리 이 길을」 전문

역사의 장강(長江)과 함께한 '섬진강의 시인'

— 김용택의 시를 읽으며

1. '섬진강의 시인'의 진면목을 가린 대중미디어

'섬진강의 시인'하면, 퍼뜩 떠오르는 이가 있다. 우스갯소리처럼 들리지만, 섬진강을 그만의 전매특허처럼 소유하고 있음에도 불구하고 이에 딴지를 거는 사람은 흔치 않다. 섬진강은 누구에게나 열려 있고 그곳의 진가를 아무나 공유할 수 있는데도, 어찌된 일인지 그만큼 섬진강의 곳곳에 오롯이 자리하고 있는 섬진강의 웅숭깊은 그 무엇을 맛깔나게 포착해내는 시인은 드물다. 여기에다가 순진무구한 어린애의 정감을 자연스레 발견하도록 하는 데 탁월한 교육자로서의 역량이 얹어지니, 이 '섬진강의 시인'을 모르는 사람들 또한 드물다. 그가 바로 김용택 시인이다.

그런데 김용택 시인을 에워싼 항간의 이러한 집중 조명 속에서 자칫 간과하기 쉬운 점이 있다. '섬진강의 시인'이란 호칭이 김용택 시인을 목가적 전원 풍경에 흠뻑 도취된 시인으로 손쉽게 인식하도록 한다든지, 섬진강의 천진난만한 어린애를 가르치면서 그들의 동심을 발견하는 즐거움에 사로잡힌 채 현실의 난경(難境)과 거리를 두고 있는 시인으로 생각하기 십상이다. 말하자면 복잡다변한 역사사회적 갈등으로 뒤엉킨 현실과 애써 거리를 두고 있는, 김용택만의 미적 대상인 섬진강의 세계를 다루고 있는 것처럼 보인다. 모르긴 모르되, 김용택 시인을 사랑하는 일반 독자의 경우 이러한 생각을 하고 있을 터이다.

하지만 대중미디어를 통해 본 김용택 시인과 달리 그에 대한 '섬진강의 시인'이란 호칭의 뿌리에는 섬진강과 연루된 현실적 문제들을 통해 한국 사회가 당면한 첨예한 사회 현안들에 대한 김용택 특유의 시적 응전이 자리하고 있다. 그는 목가적 전원시인도 아니고, 현실 문제와 아예 거리를 둔 채 동심에 젖어 있는 아동문학가도 아니다. 어찌보면, 그동안 김용택 시인을 조명한 대중미디어는 그의 시세계를 이루는 지극히 표면적인 부분만을 전체인 것인 양 과대 포장한 상징조작을 통해 그의 시세계의 전모를 대중추수주의적 상업적 이미지로 가려놓았는지 모를 일이다. 대중미디어의 세속적 시각에서, 섬진강과 어린애로부터 환기되는 시적 이미지들은 현실에 대한 시적 응전과는 불화를 이루기 때문이다.

그렇다면, 그동안 대중미디어에 의해 통념화된 김용택 시인에 대한 상징조작 너머에 있는, '섬진강의 시인'의 시적 응전은 어떠한 것인가.

2. 역사의 장강(長江)으로 흐르는 섬진강

"퍼가도 퍼가도 전라도 실핏줄 같은/개울물들이 끊기지 않고 모여 흐르"(「섬진강 1」)는 섬진강에서 태어나고 성장하여 생을 누리고 있는 김용택 시인에게 섬진강은 시적 대상 그 이상의 세계, 아니 우주 그 자체라 해도 과언이 아니다. 시인은 섬진강을 통해 뭇존재의 비의성을 생득적으로 자연스레 육화한다. 시인은 섬진강으로, 섬진강은 시인으로 흐른다.

물들은 스스로 흘러 모여/제 깊이를 만들어 힘을 키우고/얼음으로 강물을 감추어/농부들을 편히 건네주며,/참을 길 없는 뜨거운 속마음만 흘려/강 스스로 강이게 하였다가/녹을 철엔 차례로 녹아 넘치며,/물길을 열어/섬진강 좁은 물목들을 지나며/힘껏 부서지고 마음껏 외쳐/부시시 잠깨는 지리산 이마를 때려/퍼뜩 진달래를 피워놓고/막을 길 없는 물살로/시퍼렇게 굽이쳐 흐르는구나./부서진 것들은 금빛 모래로/구례 강변에 쌓아 빛나게 하고/거친 숨결 달래가며/물 깊이 다시 굳게세 만나/하동 포구 억센 억새들을 흔들어/억세게 키우는구나.

— 「섬진강 6」 부분

이렇게 뭇존재와 더불어 흐르는 섬진강은 섬진강 유역에서 자연부락을 형성하며 평화롭게 살고 있는 사람들의 유장한 삶의 흐름과 다를 바 없는 것이다. 하여, 시인은 "같이 슬프고 기뻐하며/태어나 살고 죽고 하는 일이/자연스러워 세상 인심에 큰 변동이 없고/잘 살고 못 사는 것 또한/다 자기 몸 쓸 탓으로 살아/사돈이 논을 사도 배가 안 아프고/빈부와 귀천이 없고/태어남에 근본이 같아/알고 모름에도 부끄럼이 없으니/쌀과 보리나 온갖 곡식과 채소가 잘 자라/여기저기서 불쌍치 않더라./쌀과 보리가 불쌍치 않으니/밥 먹고 하는 일들이 좋아서/하늘 아래 땅 위에서/밥이 아깝지 않더라."(「섬진강 13」)하고 섬진강의 풍요를 만끽하며 사는 즐거움을 노래한다.

하지만 섬진강의 풍요와 평화로운 삶은 이촌향도(離村向都)의 사회적 현상 속에서 깨지게 된다. 오랜 세월 섬진강과 함께 생사고락을 함께 해온 농민들은 더 이상 섬진강의 풍요를 만끽할 수 없다. 농민은 농사짓기에 자긍심을 가질 수 없다. 농사의 가치를 제대로 인식하지 못하는 사회적 분위기가 팽배해지고 있다. 농민을 역사로부터 소외시키고 있다. 때문에 김용택은 그의 시 곳곳에서 농민의 팍팍한 삶의 현실을 주목한다. 섬진강과 연루된 김용택의 시세계를 살펴볼 때 이 점은 반드시 짚고 넘어가야할 대목이다. 그의 섬진강에 대한 시적 애정의 근간을 이루는 것은 그의 첫 시집 『섬진강』(1985) 이후 지속적으로 노래되고 있듯, 좁게는 섬진강 유역의 농민의 삶과 현실이고, 넓게는 이 땅에 살고 있는 농민의 삶과 현실에 토대를 둔 문제의식에 연유한다. 여기서 좀더 세밀히 읽어야 할 것은 김용택의 시에는 농민의 목소리 중 특히 할머니, 어머니, 누이 등의 목소리와 이야기가 구체화되고 있다는 사실이다.

> 아가/새아가/강 건너 저 밭을 봐라/저게 저렇게 하찮게 생겼어도/저게 나다/저 밭이 내 평생이니라/저 밭에/내 피와 땀과 눈물과 한숨과/곡식 무성함의 기쁨과 설레임과/내 손톱 발톱이 범벅되어 있느니라/곡식이라고 어디 그냥 자라겠느냐/콩 하나 심으면/콩은 서른 개도 더 넘게 달리지만/이날 이때까지/요모양 요꼴이구나/허지만 새아가/저 밭을 이제 누구에게 물려주고/손톱을 기르며 늙겠느냐/내 곁을 곧 떠나갈/새며늘아가.
>
> — 「밭」 부분

> 고향도 전답이 있어야 고향이고/그러네 저러네 혀도 농사군은/땅을 갖고 있어야 농사군 아니더냐/인자 팔 만한 논밭은 없고/너그덜이 고향 떠나 뿔뿔이 흩어진 것도 서러운데/너그덜은 고향 떠나/타관에서 가난에 쫓기고/우리는 여기 남아 이날 입때까지/이제나 저제나 마찬가지로 사니/죽어나는 게 촌사람뿐이구나/왜 이런다냐/왜 이렇게 세상은 갈수록 험하고/살수록 기가 맥힌다냐/아, 글씨 농사 질 땐 몰라도/농사만 짓고 나면 맥이 풀리니/애야/논 팔러 온 아들아/내 없이 살았어도/남의 눈에 눈물 나게 허면/내 눈에선 피눈물이 나는 줄 알며 살았단다/세상 이치가 애비는 애비대로 따라간다는 말을 믿으며 살았단다/생각하면 할수록 목이 메어 오고/설움이 북받치는구나/여기저기서/불쌍한 내 자식들아.
>
> — 「어머니 이야기」 부분

한평생 농사를 생업으로 삼고 있는 (시)어머니는 힘든 농삿일을 그만 하고 곧 도회지로 떠나갈 며느리와, 이미 고향을 떠나 타지에서 가난한 삶을 살고 있는 자식들에게 그의 푸념을 내뱉는다. 농민은 농토를 떠나 살수 없되, 농토를 소유하지 못하고 있다. 뿐만 아니라 농토에서 수확한 농작물의 대가를 제대로 받고 있지 못하다. 농민의 삶은 좀처럼 가난을 벗어나지 못한 채 점점 빈곤과 궁핍한 현실에 얽매어 있게 될 운명이다. 이러한 농민의 현실을 직시하고, 이것을 극복하고자 하는 농민의 의지 또한 시인은 어머니를 통해 발견한다.

> 어머니/성한 곳 하나 없이/갈라지고 찢긴 생살 틈마다/흙 든 당신의 몸은/칼끝도 총알도/그 어떤 압제의 쇠붙이도/다 받아 썩여/곡식을 키우는 흙,/써도 써도 닳아지지 않는/헛살 없는 당신의 눈물겨운 흙빛 몸은/우리 그리운 민주와 민중 통일 민족통일의 해방된 땅,/일하는 사람들의 세상으로/피 어린 총칼의 숲을 헤쳐 나가는/저 선봉에 나부끼는 투쟁의 깃발입니다/인간해방의 완성된 땅에/눈부시게 펄럭일/피와 땀과 눈물로/이 땅에 몸 바쳐온/당신의 몸은/기나긴 어둠의 역사를 밝혀온/햅쌀같이 눈이 부신/당당한 노동의 깃발,/민중해방의 깃발입니다 어머니.
>
> ─「어머니」부분

그렇다. 우리는 그동안 애써 망각하고 있었다. 아니, 지워내고자 하였다. 김용택 시인은 저 불의 시대로 불리운 1980년대를, '섬진강'에 젖줄을 대고 있는 농본적 상상력을 통해 시적 응전의 몫을 다하고자 하였다. 그의 1980년대의 시편에는 "파란 하늘 화사한 햇살 아래/바람 실랑이는 저 푸른 논밭"(「사랑하는 너에게」)에서 "울먹임 다스릴 그대 순결함, 깨끗한 땅의 순결"(「정든 땅 언덕 위에」)을 회복하려는 시적 의지가 충만해 있다. 백무산과 박노해가 공장 노동자의 현실을 통해 인간해방의 시적 과제를 해결하고자 하였다면, 김용택은 농민의 현실을 통해 역사의 주체로서 민중의 위의(威儀)를 새롭게 발견하기 위한 시적 실천에 정진했다고 해도 과언이 아니다. 말하자면, 김용택 시인에게 섬진강과 농민, 그리고 자연은

1980년대의 엄혹한 시대현실을 괄호 안에 넣은 탈역사적 맥락으로 파악되어서는 곤란하다. 그에게 섬진강은 반민주화의 시대 현실 속에서 험난한 삶을 살고 있는 농민의 현실과 무관하지 않은 생의 터전이면서, 인간이 대지의 풍요로움을 만끽하며 살아야 할 훼손되어서는 안 될 성스러운 우주이다. 그렇게 섬진강은 역사의 장강(長江)으로 흐른다.

3. 민중적 서정의 비의성

그런데, 김용택의 시에서 흔히 지나치기 쉬운 게 있다. 이 같은 김용택의 민중적 서정을 뒷받침하고 있는 것은 민요조의 율격에 동반되는 풍자와 해학이다. 그의 시를 곰곰 묵독하고 있으면, 어느 새 절로 입술을 꼼지락거리면서 나지막이 음독하는 자신을 발견하게 된다. 묵독의 방식을 통해서는 그의 시의 진가를 제대로 음미해낼 수 없다. 그의 시는 시각의 이미지에 의지한다기보다 청각을 통한 공통의 정감을 극대화하는 데 시적 특장(特長)을 발휘한다. 바로 여기에 김용택의 민중적 서정이 지닌 시적 매혹의 비의성이 있다. 가령, 다음과 같은 한 대목에 귀를 기울여보자.

해저물어 돌아올 때 염소새끼 몰고와서/고추담고 빨래걷고 참깨수수 콩팥담고/여물쑤고 밥을허고 허리펼수 없는데다/이장반장 면서기들 감사온다 야단이며/면장온다 청소하라 군수온다 청소하라/저녁먹고 설거지 썩은고추 가려내어/배죽죽죽 타서널고 호박조각 감잣대를/다듬어서 추려놓고 품앗이로 감을깎네/말도마라 말도마라 일할수록 태산인데/혀도혀도 너무허네 입때저때 요때저때/그택이택 도로이택 뼛골들이 빠지는데/복지농촌 기계영농 입만열면 그소리/한나라에 살면서 너무그리 말더라고/어떤놈은 그렇고 어떤놈은 이런다요/테레비에 편히앉아 가을피부 영양크림/손톱청소 발톱청소 입맛밥맛 영양식에/미용체조 살빼기에 디스코가 뭣이다요/콘도골프 해외여행 미제일제 프랑스제/이쁜여자

옷벗겨서 이화장품 저화장품/가을정취 농촌풍경 말이좋다 말이좋아/너
그덜만 입이있고 너그덜만 사람이냐/테레비에 편히앉아 씨알머리 없는
소리/너무그리 말더라고

─「너무나 그리들 말더라고」 부분

　농민의 현실과 동떨어진 농정(農政)과 농민의 일상 속으로 파고들어오
는 소비자본주의의 첨병인 TV 화장품 광고에 대한 신랄한 풍자가 민요조
의 율격에 의해 노래되고 있다. 풍자되고 있는 대상의 부정을 단박에 묘
파하는 시적 비판은 풍자의 주체인 농민에게 낯익은 민요조의 율격에 의
해 매우 효과적으로 드러난다. 간명하고 단순한 반복의 율격은 농민의 주
체적 시선에서 그들이 당면한 문제적 현실을 분명히 인식하도록 한다.
　여기서 덧보태야 할 게 있다. 민요조의 율격을 극대화하는 것과 함께
김용택은 민중적 이야기를 그의 시 속에 자연스레 버무려 놓는다. 그에게
민중적 이야기는 시와 불화를 이루는 산문이 아니라 그의 민중적 서정을
한층 더 고양시키는 시적 산문의 역할을 맡는다.

　　동네 사람들은 술과 안주를 장만하여 마당에서 꽃산을 향해 제사를
　지내며 풍물을 올렸습니다. 꽃산은 더욱 높이 솟아올라 세상을 비추더
　니 서서히 동네 사람들을 향해 마을로 걸어오기 시작했습니다./꽃산 오
　네/저 꽃산 걸어오네/온 세상 밝은 세상 거느리고/어둔 세상 몰아내며/
　저 꽃산 우리 산/우리 세상에 오네/저 꽃산 해방 산/우리 세상 사람세
　상/우리 세상 일의 세상/저 꽃산 걸어오네/우리 세상 오네/꽃산이 걸어
　오더니 마을 복판에 들어섰습니다. 사람들은 만세 부르며 춤추며 노래
　하며 꽃산을 빙빙 돌았습니다.

─「피에 젖은 꽃잎」 부분

　꽃산에게 제사를 지내는 마을 사람들의 모습과 마을로 들어서는 꽃산
에 대한 노래가 흥겹게 들린다. 그런데 이 시의 구성을 찬찬히 살펴보면,

어떤 이야기가 시와 함께 어우러져 있음을 알 수 있다. 그 이야기는 꽃산이 솟아오르는 것과 관련한바, 김용택 시인의 시집 『꽃산 가는길』(1988)을 관통하고 있는 핵심적 시상(詩想)이다. 그에게 '꽃산'은 갑오농민전쟁에서 반봉건 · 반제국주의를 실현하고자 했던 동학이고, 민족독립운동의 구심 역할을 한 삼일운동이고, 군부독재를 타도하기 위한 5 · 18광주이고, 이후 파시즘적 반민주의 현실을 변혁시키기 위한 숱한 1980년대의 민주화운동이고, 이 모든 역사의 흐름 속에서 값진 희생을 치른 숭고한 죽음들의 그것, 즉 역사적 메타포이다(「꽃산 솟다」). 따라서 「피에 젖은 꽃잎」에서 이야기되고 있는 꽃산과 이를 노래하고 있는 시의 자연스러운 결합은, 민중의 주체적 역량으로 실천하고 있는 민족민주운동의 도정을 김용택의 민중적 서정으로 절묘히 형상화해낸 시적 산물이다.

그래서일까. 김용택의 민중적 서정은 이렇게 민중에게 낯익은, 민중의 삶으로부터 자연스레 우러난 민요조의 율격과 이야기를 내적 형식으로 삼고 있어 생경하지 않다. 분단의 현실을 다룬 시에서도 이러한 면은 특히 주목된다.

> 아침에 일어난 어머님은/북한 쌀만 한끼 해 먹어본다며/쌀을 씻어 안치고 불을 때고 넘겨서/제지고 뜸들여 퍼담이/이버님 영호에 한 그릇 하얗게 떠 차려놓고/나는 어머님과 둘이 앉아서/봐라, 이 하얀 쌀밥 좀 봐라/아, 이 밥 좀 봐 하며/밥에다 김치에다 아주 맛있게 먹었습니다./ 어머님은 자꾸 북한 밥을 보시며/거그 밥이나 여그 밥이나 똑같다잉—/ 똑같다잉—하시다가/낼 아침엔/우리집 쌀과 북한 쌀을 섞어서/한끼 혀 먹어 봐야겠다잉—하시며/한 그릇을 고봉으로 다 먹었습니다.
>
> —「쌀 밥」 부분

김용택은 정치경제적 분단을 이렇게 민중적 서정으로 단숨에 허물어버린다. 밥맛은 남과 북의 서로 다른 체제와 달리 똑같다. 북한 쌀로 밥을 지었다고 그 맛이 남한의 밥맛과 천양지차인 것은 아니다. 북한 쌀로 밥을 짓는 어머니의 "거그 밥이나 여그 밥이나 똑같다잉—" "낼 아침엔/우리집 쌀과 북한 쌀을 섞어서/한끼 혀먹어 봐야겠다잉—" 하는 말의 배면에는, 분단을 무화시키고 남과 북이 공존·상생하는 삶을 추구해야 한다는 민중적 염원이 녹아있다.

4. 미완의 혁명을 웅숭깊은 시쓰기로

지금, 이곳, 1980년대의 격정의 시대를 섬진강과 함께 견뎌낸 시인은 어디에 서 있을까.

> 시인들은 떠났다/시인들이 떠난 자리에/시의 시체들이 널려 있다/혁명의 찬란한 아침을 거닐자던 시인들은/자신들을 위한 혁명을 완수하고/나무 대신/새로운 세기의 양지 쪽에 등을 기댔다/권력은 부패하고/자본은 총을 들고/제국은 살찌리라/배불러 등이 썩어가는 시인들은/밑도 끝도 없는 세계를 떠돈다/시가 식어버린 세상은/얼마나 똣 같은가/오랜 세월 희망은 시인들의 것이다/아니, 혁명은 영원히 시인들의 것이다/거부하고 저항하라 망명하라 세상의 절망에 가 닿아라
> —「포구」 부분

김용택은 시인 '들'이 떠났다고 한다. '들'이란 복수접미사를 통해 볼 때그 자신도 여기에 포함되어 있을 것이다. 혁명의 아침을 꿈꾸던 시인들은자신을 위한 혁명을 완수한 채 떠나버렸다고 한다. 자신을 위한 혁명? 지난 시절 격정의 시대에 시적 영혼을 불태웠던 것으로 만족한 채 그리하여민족민주운동의 시쓰기에 전념하던 시인들은 현실의 급변화를 명분삼아시적 전향을 앞다투어 하기 시작하였다. 이제 시인들에게 혁명은 사라진지 오래다. 김용택은 절규한다. 시인들에게 혁명은 완수되는 게 아니라

유예되는 것이므로 부정과 저항을 포기할 수 없는 것이다. 부정과 저항을 할 수 없으면 차라리 "세상의 절망에 가 닿아"야 한다.

김용택의 이 절규는 그 자신을 매섭게 성찰하는 것이다. 비록 "꽃이 피면 뭐 헌답녀/꽃이 지면 또 어쩐답녀/꽃이 지 혼자 폈다가/진 사이/나는 그 사이를 오가며 살았다오"(「그래요」)처럼 인간으로서 짧은 생애를 누리다가 생의 종언을 맞이하는 게 사실이지만, 중요한 것은 삶의 숭고함에 대한 끝없는 시적 사랑이다. 아무리 비루한 삶을 산다고 하지만, 더 없는 "깨끗한 가난, 가난한 사랑"(「집을 찾아서」) 속에서 행복을 꽃피워 낼 수 있다면 이 얼마나 아름다운 일인가. 하여, 시인에게 강으로 돌아가고 싶은 욕망은 미완의 혁명을 웅숭깊은 시쓰기로 실천하는 것과 다르지 않다. 왜냐하면 이순(耳順)을 넘은 시인은 "인자는 나도/애가 타게 무엇을 기다리지 않을 때도 되었다"(「그 강에 가고 싶다」)는 시적 내공을 겸비하고 있기 때문이다. 그 시적 내공은,

> 아버님은/풀과 나무와 흙과 바람과 물과 햇빛으로/집을 지으시고/그 집에 살며/곡식을 가꾸셨다/나는/무엇으로 시를 쓰는가/나도 아버지처럼/풀과 나무와 흙과 바람과 물과 햇빛으로/시를 쓰고/그 시 속에서 살고 싶다
> — 「농부와 시인」 전문

에서 읽을 수 있듯, 김용택의 시를 낳게 한 섬진강의 자연으로부터 연원한다. 섬진강이 김용택이란 빼어난 시인을 우리에게 선물한 것은 결코 우연이 아니다. 나는 욕망한다. 섬진강 외의 또 다른 강과 하천에서 빼어난 시적 상상력을 형상화할 시인이 현현해줄 것을. 그리고 역사의 장강이 쉼 없이 흐르고 있다는 것을 우리의 시가 외면하지 말아줄 것을.

삶의 난경(難境)에 응전하는 '떠돎'의 시학

— 이용한의 시세계

1. 삶과 시를 육화하는 이용한

낫질이 서툴러 나는 자주 마음을 다친다/눈 감으면 눈꺼풀 속으로 져 내리는/검버섯 세월 몇 장/잊어라 이놈, 그까짓 그리움 따위/시퍼런 냇물 줄기가 등줄기를 후려친다/내 몸이 시퍼렇게 멍든다/아플수록 내가 첩첩산중에 더 깊이 처박힌다/아무도 등 떠민 적 없는데,/마음이 덜컹 거린다/어머니 영영 마실 가고 없는 그 길 따라/소 팔러 간 아버지의 번 지 없는 주막이 보이고/울고 넘는 박달재가 보인다/자정 넘어 졸음 속 에 당도하는 외따른 草家/마른 호박꼬지가 바람에 적막을 흔드는 집/서 까래가 비뚤어졌어도/아주 넘어지진 않는 집/(중략)//

이제 내가 그 집에 들어 빈집이 된다/내 몸이 텅엉, 빈다.

— 「마음의 빈 집」 부분

「마음의 빈 집」은 이용한 시인이 1995년 『실천문학』 신인상을 수상한 작품이다. 이 작품을 계기로 그는 시인으로서 본격적인 시를 쓰기 시작한 다. 그런데, 이 시는 그동안 펼쳐진 이용한의 시세계를 이해하는 데 모종 의 시적 계시로 다가온다. 모든 시인의 등단작이 그럴 수는 없지만, 이용 한 시인의 경우 「마음의 빈 집」은 각별한 울림을 자아낸다. 여기에는, "시퍼런 냇물 줄기가 등줄기를 후려"칠 만큼 "잊어"야 할 "그리움"은 어떤 것이며, "외따른 초가"의 "바람에 적막을 흔드는 집"은 어떤 집이기에 "이제 내가 그 집에 들어 빈집이 된다"는 것인지, 이와 관련한 잇따른 시적 물음이 동반된다.

이 물음은 시인이 지금까지 펴낸 두 권의 시집『정신은 아프다』(실천문학사, 1996)과『안녕, 후두둑씨』(실천문학사, 2006)을 비롯한 그의 시의 곳곳에서 수행하는 시적 성찰의 순례에서 궁리되고 있다.[1] 그의 궁리에서 우리가 쉽게 간과해서 안 될 것은, "참 이상하죠? 고장난 것들을 사랑한다는 건/물끄러미 연속극이나 보면서/바닥에 대한 믿음 하나로 그냥 살아요"(「불가능한 다방」)에 스며 있는 그의 시적 실천이 지닌 '순박성'이다. 달리 말해 이것을 이용한만의 '순정성'이라고 불러도 좋을 터이다. 세계를 대하는 이용한만의 '순박성'과 '순정성'의 시적 에토스는 요란스럽지 않고, 호들갑스럽지 않으며, 무엇보다 '~인 척'하지 않는, 딱 그 만큼의 시적 고통과 상처 앓이를 통한 '시의 삶' 혹은 '삶의 시'를 육화하고 있다.

2. '87년 체제'에 대한 시적 응전

"나는 왜 아직도 사춘기처럼 아픈가"(「비 맞는 여인숙」, Ⅱ)라는 고백을 들었을 때, 시인이 무엇 때문에 자신과 그의 시를 "아픔의 형이상학!"(「정신은 아프다 6」, Ⅰ)으로 호명하는지에 대해 숙고하지 않을 수 없다. 분명, 그의 아픔은 질풍노도와 같은 십대 청소년을 휩싸고 돈 것과 차원이 다른 그 어떤 아픔이다. "세월을 닮아 거네"(「풍경의 폐허」, Ⅰ)의 푸념 속에서

---

1 본문에서 위 시집에 수록된 시들을 인용할 경우 별도의 각주 없이『정신은 아프다』의 경우 (시, Ⅰ)로,『안녕, 후두둑씨』의 경우 (시, Ⅱ)로 표기한다.

"지옥은 이제 막 시작되었다"(「지옥의 쉼표」, II)고, 그래서 "사는 게 마루타 같다"(「정신은 아프다 2」, I)는 비관주의와 염세주의는 시인으로 하여금 "유보된 희망, 유배된 꿈"(「정신은 아프다 3」, I)의 아픔을 앓도록 한다.

그 옛날 허허 입김을 불며 먹던 뜨거운 감자는/없다고 한다 우리가 그토록 열망해 마지않던/감자는 이제 없다고 한다/한때는 우리의 희망이고 유일한 사랑이고/유토피아고 이데올로기였던 감자/그것을 위해 우리는 투쟁하고 봉사하며/오로지 그것을 향해 달려갔었지──감자!/언제까지나 그것이 우릴 지켜줄 것이라 믿어 의심치 않으며/감자 없는 세상에선 살고 싶지 않다고/감자 아니면 아무것도 아닌 인생이라고/수많은 손이 움켜쥐고 손의 힘이 다할 때까지/놓지 않겠다던 그 감자/곰나루 건너 황토마루를 눈물로 넘던 감자/꽃다운 나이로 정신대에 향기 팔려 가던 감자/육이오 총알비 속에서 포대기 둘둘 애기 없고 온 감자/사월 감자 오월 감자 아픈 감자/궂은 날이면 허리가 들쑤셔오는 감자/그 불쌍한 감자의 시대는 갔다고 한다/감자 때문에 죽어간 사람들의 원혼이/오늘도 감자, 감자 하며 구천을 떠도는데/감자는 지나간 추억일 뿐이라 한다/한때의 치기였으며 부질없는 낭만이었다고/지금 와서 감자를 논하는 건 시대착오적이라 한다/감자를 위한 그 어떤 사랑도 희생도/감자를 위해 최선을 다하겠다는 국회의원도/시인도 예술가도 없다고 한다/이제 저 해묵은 밭에서 누구도 감자를 거두려 하지 않는다/흙 이랑 속에 감자는 외로이 썩어 문드러지고 있다/아무도 이제 가슴에서 감자싹도 자주감자꽃도/피워올리지 않는다 눈물의 감자 쓸쓸한 감자/잠자는 감자 감자 감자 빌어먹을/그리운 감자.

— 「그리운 감자」(I) 전문

우리는 잠시 이용한 시인의 세대적 감성에 주목할 필요가 있다. 그는 1968년생으로 그의 20대의 시작은 1980년대의 후반부터인데, 이른바 '87년 체제'가 시작될 무렵과 맞물린다. 1987년 6월항쟁 이후 한국 사회는 노동자대투쟁을 거치면서 진보진영 내부의 극심한 분화로 인해 정작 본격적으로 담금질되어야 할 민주화를 향한 역사의 행보는 주춤거리게 되고, 급기야 군부독재정권과의 정치적 타협의 산물로 탄생한 문민정부(1993)는 그동안 고투해온 민주주의의 숱한 노력들을 제도권으로 흡수하였다. 이러한 과정 속에서 한국 사회에 결여된 형식적 민주주의는 제법 빠른 속도로 우리의 일상에 뿌리내리기 시작하였으나, 심화시켜야 할 민주화 이후의 민주주의에 대해서는 좀 더 박차를 가하지 못하였다. 말하자면, 위 시에서 "뜨거운 감자"로 메타포화된 민주주의의 미해결의 과제는 한국 사회에서 여전히 막중한 문제임에도 불구하고 어찌된 일인지 "지금 와서 감자를 논하는 건 시대착오적이라"면서 "이제 저 해묵은 밭에서 누구도 감자를 거두려 하지 않는다"는, 역사의 그리고 민주주의에 대한 저 안일한 이데올로그들을 향한 시인의 씁쓸한 감정을 우리는 만난다.

이렇게 급변한 주변의 정세 속에서 시인의 에토스를 지켜낼 수 있는 방편이란, 그 시대를 청춘으로서 통과할 수밖에 없는 자의 상처와 아픔을 고스란히 감내하는 일이다.

> 이제 몇 명의 친구들은 정치에 투신하고,/어떤 친구는 史家가 되거나/기자가 되기도 하였고, 또 다른 친구는/모든 것을 버리고 노동자가 되기도 하였다./그러나 너는 아무것도 선택할 수 없었다./이것도 저것도 그 어떤 것도 선택하지 못하고,/굳이 선택하고 싶지도 않았다. 너는/무엇인가를 찾기 위해 끊임없이 방황했지만,/실패했다. 어떤 날은 술 마시고, 또 어떤 날은/여자와 잠자고, 그리고 가끔은 책을 떠나 여행도 하고,/신문을 읽으며 이유 없이 웃고, 이유 없이 울다가/잠든 밤, 꿈 속에서 손 내밀던 그 많은 가능성들이/아침에 깨어보면 엄청난 절망으로 덮쳐왔기에,/그냥 그렇게 아무것도 할 수 없었다. 너는/많이 남아 있었건만
> ─「젊은 M씨의 사랑」(Ⅰ) 전문

그런데, 삶은 결코 만만하지 않다. 현실에 대한 민활한 응전도 할 수 없

고, 그렇다고 무작정 현실을 회피할 수도 없는, 즉 "아무것도 할 수 없"는 그런 무기력한 존재로서 세상을 살 수 없는 일이다. 비록 "청춘의 過積이 눈물겹"(「이 풍진 세상」, I)지만, 이 땅의 청춘들은 "최소한의 희망으로 나머지 희망을 적금 부으며 오로지 견디는"(「삶은 가는 것이다, 그곳이 어디든」, I) 삶을 선택한다. 이것이 바로 '87년 체제'의 복판에 던져진 우리 시대 청춘의 자화상이었다. 여기서, 이용한 시인은 자신의 동세대의 청춘들이 이 희망이 어떻게 절망과 환멸로 자리바꿈하는지를 보여준다.

> 회사는 망하고/월급봉투만한 달덩이가 황량한 빌딩 위에 떠 있다/그래, 난 너무 오래 의자에 앉아 있었다/너무 많은 시내통화를 했다/너무 많은 계약서를 썼다/한 번 보고 쓰레기통에 처박은 신문들,/정작 신문에도 없는 구석진 사람들/난 그네들의 버려진 인생이 불쌍하여/달덩이만한 하품을 띄워본다/하―, 내 오너인 사장은 두 번째 주저앉았다/첫번째는 사기로, 두 번째는 빚으로/마흔여덟, 그의 두 번째 무너짐은 치명적이었다/아마도 인생은 무너지는 거구나,/그는 목매었으리라/다시 일어날 수 없을 만큼 그는 주저앉아/내게 손짓했다, 자넨 20代에 무너지는군/그도 나도 너무 많은 사람과 악수했다/너무 이 세상을 신뢰했다
> ―「패잔병 돌아오다」(I) 부분

> 소주방에서 혼자 술 마시는 남자/고개 숙인 남자/처자식이 있어도 외로운 남자/취하는 남자/손가락을 목구멍에 넣어 토하는 남자/그 손가락으로 아프트 초인종을 누르는 남자/여보! 보약 먹을 땐 술 좀 마시지 말라고 했죠? 했어요 안 했어요?/보약이 없으면 곧 무너질 것 같은 남자/애들 보기가 민망한 남자/아내 앞에서 쇠퇴한 성기를 억지로 발기시키는,/눈물겨운 남자.
> ―「까닭 모를 슬픔」(I) 부분

이 시들을 곰곰 음미하고 있노라면, 우리는 문득 힘겹게 획득한 '민주주의-87년 체제'가 얼마나 야속한지, 야속하다 못해 얼마나 섬찟하고 두려

운지, 그것이 엄습해오는 일상의 두려움을 실감한다. 1996년에 발표한 이용한의 첫 시집에서 눈여겨 보아야 할 것은 '87년 체제'에 대한 대문자 역사의 시각을 염두에 둔 사회학적 상상력이 아니라, 그 이면에 똬리를 틀고 있는 소문자 역사, 곧 자본주의적 일상에 나포된 삶에 대한 환멸의 상상력이다. 이용한의 이 환멸의 상상력은 1990년대 초반 횡행한 의사(擬似)포스트모더니즘류의 그것과 구별된다. 우리는 뚜렷이 기억한다. 그 당시 진보 진영의 급격한 침체와 와해 속에서 서구 추종의 지식 오퍼상에 의해 한국 사회에 급속도로 퍼진 의사포스트모더니즘은 각종 종언(終焉)류의 위세에 힘입어 기존 역사의 진보적 시각과 신념 일체를 도매금으로 폐기 처분하고자 하였다. 그러면서 탈현실에 기반한 환멸의 상상력을 역사 허무주의로 적극화하지 않았던가. 돌이켜보면, 1990년대 초반 광범위하게 불어닥친 역사청산주의는 물론, 각종 후일담 문학에 대한 탈정치적 논의들 속에서 1980년대의 진보문학 전체에 대한 섣부른 평가절하의 시도들은 그 세부 편차를 통어하는 탈현실에 대한 환멸의 상상력이 자리하고 있었다. 하지만, 이용한의 시에서 보이는 환멸은 탈현실을 부정한, 다시 말해 '87년 체제'의 일상으로부터 상처받은 자들이 공유하는 사회적 형식으로서 '환멸'인바, 이에 대한 성찰이 요구된다.

이러한 점을 염두에 두지 않고서는 이용한의 위 시들을 온전히 이해할 수 없다. 이용한의 위 시들은 경제적 고통에 직면한 자들의 일시적 아픔에 주목하는 게 아니다. 물론, 표피적으로는 그렇게 보인다. 하지만, 정작 시인이 타전하고자 하는 시적 전언은 형식적 민주주의가 도래한 현실에서 자영업을 하는 40대의 사장과 20대의 직원의 삶이 몰락할 수밖에 없고(「패잔병 돌아오다」), 처자식을 둔 가장이 보약 없이 버거운 삶을 지탱시킬 수 없는 것(「까닭 모를 슬픔」)에서 징후적으로 목도되는 '87년 체제'가 배태할 암울한 현실이다. 하여, 우리는 머지않아 한국 사회에 불어닥칠 IMF의 광풍을 징후적으로 감지하고 있는 이용한의 시적 예지를 과소 평가해서 안 된다. 그렇다면, 이용한 시의 환멸의 상상력은 한국 사회에 도래할 IMF의 광풍의 현실에 대한 시적 응전의 가치를 지닌다고 해도 손색이 없다. 그럴 때, "상처만이 가장 아름답게 빛난다."(「아름다운 상처」, I)는 시적 진술은 탈현실에 저당잡힌 낭만적 치기(稚氣)의 언어가 아닌, "근대의 눈물나는 역사"(「황야의 술집」, I)를 살고 있는 이용한 시인의 환멸의 상상력이 지닌 생의 응전으로서 도저히 솎아낼 수 없는 그의 시의 언어의 고갱이다.

3. '떠돎'의 미의식, 삶의 난경(難境)을 넘는

시대와 현실에 정주할 수 없는 이용한 시인이 주체적으로 선택한 삶의 형식이자 내용은 '떠돎'이다. 그는 떠돌아다니면서 상처투성이인 뭇존재들로부터 삶의 위의(威儀)를 성찰한다.

> 부두에 천막 치고 횟집 목포 아주머네/지아비 삼켜간 바다를 토막내듯/등 푸른 파도를 뚝뚝 내려치는 것이다/꿈에도 꿈틀거리며 찾아오는 지아비의 기억을/기억에서 탁탁 잘라내는 것이다/도마 위에 골백번 바다를 단죄하고 돌아서/접시에 담아도 자꾸만 밖으로 기어나오는 웬수 같은 토막들을/더러는 입으로 우적 씹어 넘기기도 하는 것이다/꼭 과부 살이 십 년 세월을 벼르고 벼르온 사람모냥/가슴 깊은 곳에서 살기의 칼 꺼내드는 목포 아주머네,/낙지회 한 접시를 내 앞에 턱, 갖다놓은 것이/아무래도 어금니 앙다문 지난한 삶을/나 이렇게 십 년 살았소, 하며 다 잘라내오는 것만 같다/그래서 그런지 나는 단번에 꿀꺽 삼키지는 못하고/그놈의 입천장에 달라붙는 흡반의 생각들이/제풀에 지쳐 떨어질 때까지/기다리다 에고, 나 숨넘어가겠네.
>
> ― 「낙지회」(I) 전문

흑산도에 밤이 오면/남도여관 뒷골목에 노란 서브마린 불빛이 켜진

다/(중략)/갈 데까지 간 여자와 올 데까지 온 남자가/곧 죽을 것처럼 한
데 뒤엉킨/서브마린에서는 때때로 항구의 악몽과 통곡이/외상으로 거
래되고/바다의 물거품과 한숨이 아침까지 정박한다/지붕 위에선 밤새
풍랑이 일고/지붕 아래선 끈적한 울음 같은 것들이 기어간 흔적이/수심
에 잠긴 뻘밭 같기만 한데,/밤 깊은 서브마린에서는 사는 게 사는 게 아
니고/세상은 다 끝난 것만 같은데,/아침이면 다들 멀쩡하게 바다로 출
근하는 것이다/(중략)/남도여관 창문을 반쯤 열어놓고 나는/바다의 절
박한 생을 끌고 가는 한 척의 슬픈 잠수함을 본다.

— 「흑산도 서브마린」(Ⅱ) 부분

시인이 낯선 곳에서 만난 사람들은 저마다 생의 사연들을 간직하고 있
는데, 삶과 죽음이 한데 뒤엉켜 있다. 그 모습은 삶의 치열한 격전장을 재
현한다. 어느 것이 삶인지, 어느 것이 죽음인지 도통 구분되지 않는 지경,
이것을 삶과 죽음의 공존이라고 쉽게 말하지 말자. 공존이기보다 치열하
고 살벌한 쟁투이며, 이 살풍경한 쟁투야말로 삶의 위의에 대한 실재를
보증한다. 바다에 남편을 잃은 목포 아주머니는 낙지회를 준비하는 과정
에서 "도마 위에 골백번 바다를 단죄하"며, "꿈에도 꿈틀거리며 찾아오는
지아비의 기억을/기억에서 탁탁 잘라" 낸다(「낙지회」). 그리고 흑산도의
여관에서는 "갈 데까지 간 여자와 올 데까지 온 남자가/곧 죽을 것처럼 한
데 뒤엉"킨다(「흑산도 서브마린」). 우리는 이 같은 시인의 시적 행위에 절
로 묻어나는 생의 퍼덕거림에 전율하지 않을 수 없다. 이 전율은 다름 아
니라 죽음을 파고드는 삶, 즉 에로티시즘의 비의성이 시의 행간에서 솟구
쳐 퍼지고 있기 때문이다. 그래서인지, 위 시들을 감싸고 있는 모종의 시
적 엑스터시는 간단히 치부해버릴 속성이 아니다. 하여, 시적 화자가 낙
지회를 먹으면서 낙지의 "흡반의 생각들"을 한다는 것과 남도여관에서 사
랑을 나눈 후 나오는 사내를 "바다의 절박한 생을 끌고 가는 한 척의 슬픈
잠수함"으로 빗대는 것은, 이제 시의 에로티시즘이 그것을 통해 그것을

넘어 주체와 타자 모두 또 다른 삶의 격전장으로 나가는 것을 두려워해서 안 된다는 성찰로 우리를 안내한다.

이 같은 삶에 대한 귀중한 성찰은 이용한 시인으로 하여금 "다시 난 길 떠날 것이다"(「길의 미식가」, Ⅱ)라는 의지를 되새기도록 한다. 그래서 그는 참으로 많은 곳을 떠돈다. 남도뿐만 아니라 강토의 구석구석을 찾는다. 그렇다고 그를 보헤미안의 시각으로 보아서는 곤란하다. 그가 이렇게 끊임없이 길을 떠나는 것은 근대적 개별자로서 무한한 자유와 영원한 해방을 향한 탈속의 경지를 추구하는 게 아니다. 다시 말하지만, 그는 무중력의 어떤 초월의 경지를 갈망하지 않는다. 그가 초월과 관련한 시적 진실에 매진했다면, 모르긴 모르되 두 발로 대지를 딛어야 하는 길 위의 '떠돎'을 선택하지 않았을 것이다. 그러고 보니, 그의 두 번째 시집에서 곧잘 목도되는 '후두둑'이란 시어의 음상(音像)이 하늘에서 지상으로 흩뿌려지는 비의 육체성을 보증해내는 것으로, 지상에 있는 뭇존재들과 날카로운 첫 키쓰를 하는 그 경이적 순간의 찰나를 단음절이 아닌, 끊어질 듯 이어지는 단속적(斷續的) 형상으로 절묘히 포착해내고 있는 것은 그의 '떠돎'의 시적 행위와 묘한 어울림을 자아낸다. 말하자면, 이용한 시인의 길 위에서 '떠돎'은 지상 위의 시적 행위로 국한되는 게 아니라, 하늘과 지상을 이어주는 시적 순례의 역할을 맡으면서 그의 시의 숭고미를 자연스레 생성한다. 이러한 이용한 시 특유의 숭고미를 온전히 이해할 때, 다음과 같은 가시연꽃의 치명적 매혹에 빠진 시적 화자의 내면은 한층 웅숭깊다.

> 지금 중요한 건 늪을 건너는 것보다 늪에 빠지지 않는 것, (중략) 고약하게도 난 늪에 뜬 가시연꽃에 눈을 뗄 수가 없군! 이 위험하고 더러운 곳에 슬쩍 발목을 담그고 구름처럼 인생을 떠가는, 가시연꽃이 피워 올린 희고 뽀얀 죽음의 속살을 난 오래오래 들여다보았지 도대체 이런 곳에 연화세상이 있다는 것이 수상하기는 하지만, 이게 당신의 오랜 속셈

이고 눈물이라면, 한 번쯤 이 늪에 발목을 담가보는 것도 괜찮을 거란 생각이 들어 물론 그 한 번이 치명적인 마지막이 될 거란 걸 나도 알아 어쩌면 애당초 난 늪을 건널 생각조차 없었던 건지도 몰라.

— 「지독한 늪」(Ⅱ) 부분

"늪에 뜬 가시연꽃에 눈을 뗄 수가 없"는 이 치명적 매혹은 바로 목숨을 앗아갈 수 있는 늪에서 "연화세상"이 만개했기 때문이다. 그런데, 사실 여기에는 시인으로서 감출 수 없는 득의(得意)하고 싶은 미를 향한 욕망이 오롯이 자리하고 있다. 물론, 미를 향한 욕망 자체를 탓할 수 없다. 더욱이 이용한 시의 미더움이 탈현실과 탈속적 차원에서 궁리하는 미의식과 거리를 둔 "소같이 우둔한 사람들"(「鳴梧里」, Ⅰ)의 생의 주름과 관련이 깊을 뿐만 아니라 "도처에서 아아~, 입 벌린 아비지옥"(「파리지옥」, Ⅱ) 또는 "말 없는, 얼굴 없는, 정신 없는," "등 뒤에 바짝 다가선, 괴물"(「괴물」, Ⅱ)과의 현실들 사이에서 생성되므로, 그의 '떠돎'의 시적 순례와 무관하지 않다는 점에서 주목할 만하다.

그런데, 우리가 이러한 이용한의 시의 미의식에서 간과해서 안 되는 것은 그의 '떠돎'이 무작정 보헤미안처럼 세계의 낯선 곳을 배회하는 데 있지 않고 '회귀'의 시적 행위와 맞물리고 있다는 점이다. 하여, 이용한 시인에게 '길 떠나기=근원 회귀'의 관계가 정립된다.

애당초 떠난 순간부터 나는 돌아가고 있었던 것이다/내가 벗어나고자 했던 음습한 마을의 골목과/버스와 지하철과 오! 여긴 너무 지긋지긋해, 라는 풍경과/기다리지 않는 사람들에게로/도리 없이 나는 귀환하고 있는 것이다/순간 나는 잠시 연어~, 하고 몸부림쳤다/갑자기 내 머릿속으로 추억을 윤회한 연어 떼가 지나가고/지나간 사랑의 젖은 입술과 청춘의 월 3만 원짜리 자취방과/어린 날의 정류장에서 삶은 달걀을 손에 쥐어머니,/그리고 이미 지나갔을 거라고 믿었던 것들이 또 한 번 지나간

다/(중략)/이제 나는 그것을 납득하고자 고개를 끄덕인다/본래 풍경과
세월은 한 몸이며, 추억과 근심도 한 뿌리다/떠남과 돌아옴의 윤회 속을
떠도는 일도/필경은 그리움과 기다림의 몸바꿈에 다름 아닐 터/오늘 밤
나를 따라온 미련들은/안개 속에 내내 휘청거리다 이제서야 잠이 든다/
모천의 강바닥에 지친 지느러미를 내리고,/문득 나도 전생처럼 푸른 잠
결 속을 가만 뒤척여본다.

— 「연어, 7번 국도」(Ⅱ) 부분

"떠남과 돌아옴의 윤회"란 말처럼 쉽지 않다. 시적 화자처럼 삶의 난경(難
境)을 벗어나기 위해 그토록 먼 곳과 낯선 곳을 떠돌아다녔건만, 기실 그 '떠
돎'의 길이 삶의 난경을 벗어난 게 아니라 또 다시 그 난경과 조우하는 길
이라는 이 '윤회'의 진실에 시인은 이른다. 물론, 또 다시 마주한 난경은
예전의 그것과 동일하지는 않다. 떠도는 과정 속에서 절로 몰래 켜켜이
쌓인 삶의 진실과의 육화는 "거참 묘한 일이다 상처가 깊을수록 아프지
않다는"(「묘생」) 생의 완숙미가 보태진 삶의 모천(母泉) 회귀의 속성을 띠므
로 시인은 이 난경을 넘어서고 있는 셈이다. 그래서일까. 이용한 시에서 간
혹 엿보이는 물아일체(物我一體)의 욕망이 결코 남사스럽지 않다.

문밖에 저렇게 서강이 있고,/골목 끝에도 물결이 차고 넘치는데,/나
는 무수한 강물을 지나치고 나서야 서강을 만나/이렇게 누추한 정거장
을 돌아본다/길의 입구고 끝인,/오! 이제 몸 밖의 강자락을 친친 똬리
틀고/한 석 달 열흘은 갇혀도 좋으리라/고만고만한 산들의 강물 소리를
경처럼 들으며,/마침내 예서 나는 달뜬 삶을 보리라.

— 「서강에 들다」(Ⅱ) 부분

4. '구연적 상상력', '씨 같은 시'를 낳는

우리는 이용한의 시에서 기존 전혀 주목하지 않았거나 소홀히 간주한

'구연적(口演的) 상상력'을 새롭게 살펴볼 필요가 있다. 그가 자신의 시쓰기의 일환으로 애써 '구연적 상상력'을 새롭게 시도하고 있는지 모르지만, 분명, 이러한 시도는 한국 시문학의 지평을 넓고 깊게 한다는 점에서 그 의의를 아무리 강조해도 지나치지 않다. 가령,

> 적멸보궁 가다가 혹은 수마노탑 가다가/꼭 한 번은 계곡을 들여다본다/스님 거기 잘 계시오?/그때마다 스님은 잘 있다고 지느러미를 흔든다/~앞남산 황국 단풍은 구시월에나 들구요/이내 몸에 속단풍은 시시때때로 드네~/불경 대신 중얼중얼 정선아리랑 부르며,/죽어도 죽은 목어는 싫다고/오늘도 정암사 열목어로 산다.
> — 「정암사 열목어」(Ⅱ) 부분

> "나 여기서 나무나 할까? 이제부터 난 나무야! 넌?"/"난 지나가는 새야, 근데 넌 상한 나무야?"/"아니 그냥 이상한 나무야!"/"어쩐지 아까부터 이상하더라."/나무─관세음보살!/눈 내린 숲에서 나는 희고 푸른 雪經을 읽는다/눈 속에서도 눈이 눈꺼풀만큼 쌓인 길 위에서/눈 속에 발목을 묻고/오! 받아주세요 망가진 이 몸,/이 슬픔, 천 개의 강을 가리키는/이 손가락─, 거두어주세요.
> — 「나무아미─정선」(Ⅱ) 부분

에서 보고 들을 수 있듯, 시인은 정암사 계곡에 살고 있는 열목어를 스님과 동일시하여 그 열목어를 향해 "불경 대신 중얼중얼 정선아리랑 부"르고, 하얀 눈에 덮여 있는 겨울 나무와 대화를 하면서 상처받은 시적 화자의 내면을 치유하고 있다. 이 구연적 상상력은 이용한 시인에 의해 문자적 상상력의 경계를 활달히 넘나들면서 시적 깨우침의 비의성을 온축해 낸다. 이들 구연적 상상력의 구체적 실현은 숱한 세월 동안 민중의 삶의 눅진하게 배어든 정선 아리랑의 졸박미(拙朴美)와 자연스레 어우러지는가 하면(「정암사 열목어」), 대화적 상상력의 극대화에 힘입어 눈 앞에서 이들

의 대화가 재현되는 장면을 연상케 하는 일종의 시적 퍼포먼스의 새로움
을 향유하도록 한다(「나무아미-정선」). 그리하여 근대 자유시의 서정성이
문자적 상상력의 경계를 넘어 시적 감동의 활력을 한층 고양해낸다. 또한
이 같은 시도는 지금까지 한국 문학뿐만 아니라 비서구의 문학에 내면화
된 문자 중심주의의 문자적 상상력의 양식적 한계를 비롯한 그 문화의 함
의(이른바 유럽중심주의)마저 새로운 창조적 대안으로 얼마든지 극복할
수 있는 가능성의 물꼬를 터놓고 있다. 이용한의 시에서 이러한 가능성을
발견한 것은 큰 소득이 아닐 수 없다. 하여, 우리는 그의 다음과 같은 시
를, 구연적 상상력과 문자적 상상력의 회통을 향한 이용한 시의 새로운
시쓰기를 향한 욕망으로 이해해도 무방하지 않을까.

> 그런 어느 날인가 두문불출,/그는 이 숲에 들어와 산열매를 따먹고 깨
> 우침을 얻었다/열매를 먹고 나서 '씨 같은 시'를 낳은 것이다/그가 낳은
> 시는 곧 미물의 입에서 입으로 전해졌고/하루아침에 숲 속의 베스트셀
> 러가 되었다/당신이 그의 불후의 명작을 만나고 싶다면,/오라, 세상의
> 언어를 버리고/인간의 비유를, 몸짓을, 우월감을……모두/버리고 오라/
> 그래야 비로소 그의 시가 보인다, 숲이 보인다.
> ―「숲 속의 음유 시인」(Ⅰ) 부분

우리는 기대한다. 이용한 시인이 '씨 같은 시'를 지속적으로 낳을 것을.
그의 '씨 같은 시'가 한국 시문학을 포함한 비서구의 시문학의 지평을 객
토해줄 것을. 유럽중심주의에 붙들린 문학에 균열을 내줄 것을. 이용한
시인이 "입 다문 고비의 잔별을 가엾게"(「고비의 사내」) 볼 수 있고, 티벳
의 육현금으로부터 생성되는 심오(深奧)한 소리들을 들을 수 있는 한(「조
캉사원의 기타리스트」), 우리의 이 같은 기대는 사그라들지 않을 터이다.

열대의 '바람'과 동행한 시

— 정선호의 『세온도를 그리다』

정선호 시인의 『세온도를 그리다』(푸른사상사, 2014)는 '바람'과 동행한다. 그 어디에도 구속되지 않고 절로 흘러가는 '바람'의 생래는 때로는 유연하게 때로는 모질게 때로는 포근하게 때로는 강퍅하게 모든 존재들과 동행한다. 정선호는 '바람'을 통해 세계를 감각하며 '바람'을 통해 세계를 인식한다. 말하자면, 정선호에게 '바람'은 세계이며, 세계는 '바람'이다. 여기서, 우리가 주목해야 할 것은 그의 '바람'은 한반도를 기점으로 하여 불어대는 그것이 아니라 지구의 "남반구 바다에서 불어와/더 많은 땀을 내는 이국의 바닷길에서"(「밀림 속을 달리다」) 감각하는 그것이다. 좀 더 구체적으로 말해 남태평양의 '바람'과 시인은 동행한다.

> 그야말로 태풍 전야다
> 남태평양 바다는 여름이면 많은 태풍을 만들어
> 중국과 일본으로, 한국에도 보내곤 하는데
> 태풍이 오기 전날은 활시위를 당긴 궁사처럼
> 모든 것이 팽팽한 긴장을 하고 무언가를
> 무너뜨릴 준비를 하고 있다

태풍 오기 전날엔 내 마음도 서서히
그동안 모아두었던 긴장감을 한 곳으로 모아
강한 바람과 비를 만들고 회오리를 만든 후
고국의 어머니와 가족, 채소와 가축에게 보냈다

내 마음의 태풍은 고국을 돌아 소멸되지 않고
우주를 향하게 되었는데 먼저 달에 도착했다
달에 도착한 태풍은 계수나무가 있는 마을을
한 바퀴 돌아 달에 처음으로 비를 내리게 하자
토끼들은 신이 나 온 대지를 뛰어다녔다
대지엔 식물과 곡식이 자라나 굶주리며 살았던
토끼들에게 양식이 되었다

태풍은 소멸되지 않고 살아 화성에도 도착했으며
화성을 지나 목성, 토성, 천왕성, 해왕성에 갔다
내 마음의 태풍은 영원히 우주 속에서 살아
평화와 안녕의 메신저가 되어 모든 별을 향했다

— 「내 마음의 태풍」 전문

　　남태평양 바다에서 생성되는 태풍은 두려움의 대상이다. 말 그대로 태
풍 전야는 "모든 것이 팽팽한 긴장을 하고" 큰 피해 없이 지나쳐가길 바랄
뿐이다. 자칫 세계를 송두리째 앗아갈 수 있는 태풍을 반기는 이는 없다.
그런데 시인은 태풍에 대한 이 같은 통념을 전복시킨다. 태풍 전야에 시
인은 고국의 그리운 것들을 향한 애타는 그리움과 욕망을 "한 곳으로 모
아/강한 바람과 비를 만들고 회오리를 만든"다. 그렇게 아주 빠른 속도로
남반구를 통과하여 북반구에 있는 시인의 그리운 대상들을 휩싸는 태풍
을 욕망한다. 더욱 흥미로운 것은 시인의 이러한 욕망이 지구에 국한되지
않고 우주를 향해 열려 있다는 점이다. 그리하여 소멸되지 않은 "내 마음
의 태풍은" 태양계뿐만 아니라 태양계 밖의 "영원히 우주 속에서 살아/평

화와 안녕의 메신저가 되어 모든 별을 향"하고 있다. 이렇듯이 시인의 '바람'은 남태평양에서 생성하여 북반구를 지나 소멸되지 않은 채 태양계 곳곳을 흐르고 심지어 태양계 바깥 우주의 영원 속으로 '평화'의 전령사의 역할을 맡고 있다. 어떻게 보면, '바람'은 시인에게 존재의 시작이며 존재의 궁극 그 자체일지 모른다. 이번 시집에서 '바람'에 관한 주요 심상은 매우 중요하다.

> 야자나무를 닮아 거친 피부의 적도 사람들은
> 밋밋한 야자나무의 몸뚱이를 타고 올라가
> 뚝, 열매를 따 야자나무로 엮은 집으로 갔다
> 붉은 사랑의 흔적 찾아 음식을 만들고
> 해와 달의 슬픔과 바람의 흔적을 마셨다
> ─「야자나무라는 짐승」 부분

> 경기장은 제 몸을 갉아 바람에게 주었다
> 바람도 그걸 받아 후손에게 넘겼으며
> 후손들은 그걸 먹고 세차게 불어댔다
> 경기장 안에선 바람들도
> 검투사와 맹수를 대신해 싸웠다
> ─「콜로세움에 지구를 집어넣다」 부분

> 추사(秋史)가 유배지 탐라에서 세한도(歲寒圖)를 그렸을 무렵, 난 필리핀 루손섬에서 세온도(歲溫圖)를 그렸다 세한도의 소나무 대신 열매가 주렁주렁 달린 망고나무와 파파야나무 그려 넣고 초가 대신 바파이 쿠보를 그려 넣었다 그가 세찬 바람과 눈 내리는 탐라에서 독한 술 마실 때, 난 바닷가 카페에서 차가운 맥주 마셨다 추사가 그림의 소나무처럼 변치 않는 기개를 바랬으나, 난 열매 맺어 가난한 나라의 사람에게 주는 나무들의 풍요로움을 간절히 원했다
> ─「세온도(歲溫圖)를 그리다」 부분

정선호 시인은 적도 사람들의 음식과 집의 주재료가 되는 야자나무로부터 "해와 달의 슬픔과 바람의 흔적"을 만난다. 야자나무의 생장과 적도 사람들의 생활은 서로 분리될 수 없다. 이 분리될 수 없는 양자의 관계를 매개해주는 것이 바로 '바람'이다. 따라서 이 '바람'은 인간의 삶의 차원과 구분되는 기후 환경의 차원에서 유의미성을 갖는 게 아니라 적도 사람들의 문화생태로서 매우 중요한 역할을 수행한다. 또한 '바람'은 로마의 검투사들과 함께 로마의 흥륭성쇄와 관련한 역사를, 그곳을 찾은 사람들에게 환기한다. 비록 텅 빈 콜로세움이지만 그때, 이곳을 가득 채웠던 삶과 죽음이 교차하는 욕망들 사이에서 솟구친 로마의 숱한 정치경제학적 욕망들이 지닌 역사의 흔적을 시인은 텅 빈 콜로세움의 적막을 휘감아 흐르는 '바람'을 통해 인식한다. 그런가 하면, 시인은 필리핀 루손섬에서 열대의 과실수와 열대의 전통가옥을 그리며 "가난한 나라의 사람에게 주는 나무들의 풍요로움을 간절히" 원한다. 시인은 추사의 저 유명한 세한도를 패러디한 세온도를 그리는데, 세한도에서 불어대는 맵짜한 한풍(寒風)이 남반구 열대의 필리핀 섬에서 열풍(熱風)으로 전도된다. 여기서 흥미로운 대목은 세한도의 한풍(寒風)과 그것에 조응하는 소나무가 유가(儒家)의 지식인의 윤리적 염결성에 초점을 맞추고 있다면, 시인이 그린 세온도의 열풍(熱風)과 과실수들은 가난한 사람들의 행복을 염원하는 데 초점이 맞춰지고 있다는 점이다. 그리하여 시인은 세온도를 그리며 열풍 속에서 과실수들이 풍성히 생장함으로써 적도 사람들의 행복과 풍요를 염원한다.

이렇듯이 우리는 이번 시집을 읽으면서 그동안 한국시에서 좀처럼 만나기 힘든 열대 지역에 기반한 심상을 구체적으로 실감할 수 있다. 지구화 시대를 맞이하여, 어떤 관념적 상상력이 아니라 시인의 낯선 곳의 생활경험 속에서 피어올린 심상은 한국시의 경계를 심화 확장시키는 데 주목할 필요가 있다. 특히 시 장르의 속성상 시적 화자의 고백이 주류인데, 국경 너머 낯선 문화생태를 관광의 차원이 아니라 일상의 차원에서 부딪치는 가운데 래디컬한 시적 성찰을 수행하고 있는 것은 가볍게 간과할 사항이 결코 아니다.

> 멀리 적도의 나라에서 해변을 걸었다
> 더운 바람 북반구에서 불어오고
> 연인들은 더위에도 서로 살 부비고 있다
> 내 몸에선 겨울의 모든 것 빠져나갔다
> 처절하게 가슴 아팠던 생각들과
> 아픔으로 인해 깊어지던 사랑과
> 추운 바람에 여미던 그리움,
> 파도에 실어 보낸 삶과 죽음의 그것들이
> 바다에 뛰어들어 해수욕을 했다
> 아프지도 처절하지도 않은 이곳에
> 난 그것들 잠시 여행을 보냈다
>   ─「겨울, 수빅만에서」 부분

> 언제나 버스는 정해진 시간에 오지 않았다
> 내가 기다리는 버스의 종착지는 스페인이거나
> 필리핀의 한 마을이나 한국의 내 고향이거나
> 저승의 문턱일 거다, 그곳까지 멀리
> 에둘러 돌아가야 했다 돌아가야 했다
> 지금은 호흡을 가다듬고 꿈 속 헤매듯
> 망고나무의 잎 떨어져 싹 오를 때까지
> 내 몸의 푸른 피 마를 때까지
> 버스를 기다려야만 했다
>   ─「망고나무 아래에서 버스를 기다리다」 부분

시적 화자는 적도의 나라에서 자신의 삶을 성찰한다. 그곳에서 시적 화

자는 "호흡을 가다듬고 꿈 속 헤매듯" 버스를 기다리고 있다. 그곳에서 그가 마주하는 일상의 풍경은 겨울이 부재하는 적도 고유의 풍경이 그렇듯, "아프지도 처절하지도 않"다. 하지만 시적 화자의 성찰적 아픔은 동면(冬眠)을 취하며 다가올 신생의 기운을 애타게 기다려야 하는, 매서운 겨울을 견디는 과정에서 수반하는 처절한 아픔과 또 다른 존재론적 아픔을 겪는다. 비록 적도의 지역이 겨울은 부재하지만 새로운 열매를 풍요롭게 맺기 위해서는 새싹이 움터야 하며, 그 과정은 혹독한 겨울을 견디는 것과 다를 바 없는, 즉 "내 몸의 푸른 피 마를 때까지"의 시간을 견디는 고행이다. 사실, 이러한 시적 화자의 성찰이 갑작스레 이뤄지고 있는 것은 아니다. 시적 화자는 일찌감치 '나'의 성찰을 적극 실천해왔다. 그는 오래 전부터 '나'에 대한 모든 것들을 "지명수배 해"오면서, "내 의지와 상관없이 진행되는 일들과/누군가 정해 놓았을 내 운명을 수배"하고, "또한 내가 복제되어 어딘가에 살고 있을/수많은 나를 지명수배 했다".(「지명수배자」)

그렇다. '지명수배'라는 시적 행위를 통해 시인은 그동안 자칫 권태롭고 나태해질 수 있는 자신의 삶을 심문하고 있다. 좀 더 부연하면, 지극히 개인적인 삶을 넘어 시인 주변의 현실과 삶을 향한 날카로우면서 웅숭깊은 성찰의 시선을 보인다. 가령, 시인은 시적 화자의 중학생 딸의 높은 학구열이 한국 사회에서 비정규직과 계약직을 벗어나기 위한 신자유주의의 무한경쟁이 빚어놓은 데 불과하다는 것을 매우 예리하게 비판하고(「창밖에 동백꽃 피다」), 오늘날 복잡한 문제적 현실의 근원적 해결책으로 자본주의 신봉자들을 우주 밖으로 추방시키고 태곳적 인류로 돌아가 지구의 새로운 삶을 도모하는 만화적 상상력의 비판적 풍자를 보인다(「주말농장이 사라졌다」). 그러면서 동시대의 현실에 대한 시인의 비판은 한때 진보적 가치를 노래했던 시(인)들의 흔적을 되밟는 과정으로 우리를 인도한다.

노동운동하던 이들이 시의원이 되고
대기업 노조의 간부가 되기도 했지만
근래에 늘어난 비정규직과 계약직의
임금과 복지를 외치는 이들 보기 어렵다

하지만 변함없이 노동자의 권익을 주장하며
아직도 민중가요를 부르는 시인들 있다

— 「노동시의 즐거움」 부분

한때, 노동운동을 포함한 민중운동의 꽃이 만개한 적이 있었다. 노동해
방의 기치를 높이 들며, 노동해방이 곧 민중해방이며, 이것은 인간다운
삶을 만끽하며 살 수 있는 세상을 향한 역사의 진보를 향한 사회운동이었
다. 물론, 지금도 이러한 노동운동의 역사는 지속되고 있다. 하지만 시인
이 직시하고 있듯, 예전의 노동운동과 관련한 사람들은 사회적 기득권을
확보하였는데, 어찌된 일인지 새로 불거진 노동문제(비정규직과 계약직)
를 해결하고자 하는 노동운동은 보기 어렵다고 한다. 신자유주의 현실에
서 노동운동이 어떻게 펼쳐져야 하는지, 무엇을 해결해야 하는 것인지에
대한 래디컬한 성찰은 아무리 강조해도 지나치지 않을 것이다. '노동시의
즐거움'이란 제목이 단적으로 보여주듯, 노동운동의 현저한 위축 속에서
도("모두 떠났다/내가 사랑했던 사람들의 노래는 끝났다/(중략)/절친했던
노동시인 형은 술병으로 죽었다"—「죽음 또는 영상」) 노동의 가치를 향해
그리고 새롭게 불거진 노동의 문제를 응시하는 시들이 지속적으로 쓰여
지는 한 '노동시의 즐거움'을 외면할 수 없다. 그럴 때 다음과 같은 시를
과거에 대한 퇴행적인 낭만적 감성으로 읽어서는 곤란하다.

망고가 주렁주렁 달린 망고나무 그늘이 짙습니다
난 그 그늘에 앉아 편지를 쓰고 있습니다

지금 고국의 모든 강산에는 온통 눈으로 덮였고
나무들은 앙상하고 소나무만 푸르게 서 있겠지요
청년 시절, 우리는 겨울만 되면 무언가에 아파했고
눈 덮인 강가를 걸으며 문학을 얘기했지요

때론 봄이 아득함에 대한 안타까움이며
분단된 나라와 야근에 시달리는 누이들 떠올리며
찬 소주를 새벽까지 마시고 노래하며
원고지의 빈 칸을 밤새도록 채워 넣곤 했지요
오지 않을지도 모를 사랑 찾아 걸었으며
사랑이 너무 아파 눈물을 흘리기도 했지요

지금 고국의 들판엔 바람이 가득이 살겠지요
사람들의 마음에도 바람이 살아 겨울엔
허전한 마음이 더 자리하고 있겠지요
또한 고국은 여전히 분단되어 있고
예전의 누이들은 청소 일과 식당에서 일하다
정규직을 외치며 차가운 거리로 나섰다지요

겨울이 없이 여름만 지속되는 적도의 나라에서
따뜻한 일상을 보내는 것도 죄 짓는 것 같아
망고나무의 풍성함이나마 바람에 실어 보냅니다
지금도 겨울이 오면 잊지 않고 강을 찾아
원고지에 뭔가 빼곡하게 채워 넣고 있을 당신을
이국에서 또렷하게 생각하며 지내겠습니다

                        — 「K시인에게」 전문

    적도의 열대에서 시적 화자는 K시인에게 뜨거웠던 청년시절을 회상하
면서 동시대의 비열한 현실을 우두망찰 목도할 수밖에 없는 자신을 향한
자기성찰을 하고 있다. 예전이나 지금이나 달라진 것 없는 분단의 상처,
여전히 노동현실의 모순과 억압 속에서 삶을 저당잡힌 노동자들……. 좀

더 복잡해지고 정교해진 노동 착취의 현실은 노동자들 사이의 갈등 속에서 문제해결이 녹록치 않다. 무엇보다 이러한 한국 사회의 현실을 열대에서 속수무책으로 지켜볼 수밖에 없는 시적 화자는 아직도 "원고지에 뭔가 빼곡하게 채워 넣고 있을 당신을" 그리워한다. 여기서, 우리는 K시인을 정선호 시인의 또 다른 자아로 겹쳐볼 수 있지 않을까. 비록 몸은 적도의 열대에 있으나 '바람'을 통해 쉼 없이 한국 사회와 소통하고 있는 시인의 시적 실천을 눈여겨보아야 하기 때문이다.

끝으로, 이번 시집 전체를 관통하고 있는 '바람'의 오묘한 힘은 정선호 시인에게 시공간을 자유자재로 횡단할 수 있도록 한바, 시집에서 곧잘 보이는 고대 사회의 유적 및 유물과 관련한 시편(「해반천을 따라 달렸다」, 「수로왕비릉 앞에서 물을 긷다」, 「다호리에서 밭을 일구다」)과 태곳적 원시와 관련한 시편(「수빅영화관 앞에서」) 역시 '바람'과 무관하지 않다.

시인의 삶과 시가 무관할 수 없듯, 어떤 한 곳에 붙박힌 삶이 아닌 자유로운 영혼으로서 이방의 삶을 성실히 살고 있는 그의 삶은 그 자체로 숭고한 아름다움을 표상한다. 그래서 자신이 살고 있는 삶의 터전을 겸허히 성찰하고 있는 정선호의 시쓰기가 진흙탕에서 불처럼 피어나는 연꽃의 심상으로 표상되는 것 역시 '바람'의 작용임을 몰각해서 안 된다. 왜냐하면 연꽃이 "불처럼 피어났다"는 데서 우리는 연소(燃燒) 과정에서 반드시 '바람'이 매개되어야 한다는 진실을 부정할 수 없기 때문이다.

> 연꽃은 진흙탕에서 불처럼 피어났다
> 아이들이나 나도 진흙탕에서 살고 있다
> 염원과는 다르게 펼쳐지는 이승의 골짜기,
> 때로 그 염원이 이루어지는 때 있긴 했지만
> 순간일 뿐, 언제나 진흙탕에서 숨 쉬고 있다
>   ―「연꽃을 말하다」 부분

'진득하니' 수행해온 중견 시인의 씻김굿

— 배진성의 시세계

　　배진성 시인은 20여년의 시력(詩歷) 동안 세 권의 시집을 갖고 있는 중견 시인이다. 최근 시인들의 시쓰기 동향을 살펴볼 때 그는 과작(寡作)의 시인으로, 그 이유를 시인에게 묻는 일은 어리석기 그지없다. 하지만, 다음과 같은 시편으로부터 그동안 시인에게 어떠한 일이 있었는지를 헤아려보는 것은 이후 그의 시를 이해하는 데 매우 유효하고 흥미로운 참조점을 제공해준다.

> 바다에 빠진 빈 항아리 하나
> 20년 째 몸과 마음을 비우고 있다
> 뻥 뚫린 가슴 속으로
> 물고기들이 헤엄쳐 지나가고
> 푸른 바닷물이 수시로 넘나들었다
>
> 하늘바다에 머릿속까지 감고 서 있는
> 겨울나무 한 그루 가까스로 묵언 수행 중이다
>
> 　　　　　　　　　　　　　　　　　— 「항아리」 부분

벚꽃 개나리 진달래 산수유

성질 급한 봄꽃들이 속옷 바람으로 뛰쳐나와도
사과나무는
진득하니 사과나무 속에서 사과만을 만들고 있다
— 「사과꽃망울」 부분

사람 밖에 있던 나는 사람 안으로
길 밖에 있던 나는 길 안으로
이제 돌아가련다
서툴게라도 말하고
서툴게라도 통곡하련다

— 「탁발」 부분

그렇다. 시인은 "20년 째 몸과 마음을 비우고" "묵언 수행 중"이었다.
"바다에 빠진 빈 항아리"의 안팎으로 물고기들과 "푸른 바닷물이 수시로
넘나들"듯, 시인은 그렇게 망망대해의 심연 속에서 자신의 몸과 마음을
새롭게 추스르고 있었다. 그 수행의 과정은 세상의 유혹으로부터 자신을
견디는 것과 다를 바 없으며, 수행해야 할 일을 본디 망각하지 않고 그 일
에 전심전력을 다 쏟는 것이다. 시인은 이것을 "성질 급한 봄꽃들이 속옷
바람으로 뛰쳐나와도/사과나무는/진득하니 사과나무 속에서 사과만을
만들고 있다"는 것에 비유한다. 여기서 우리는 '진득하니'라는 형용사에
각별히 주목할 필요가 있다. 더도 말고 덜도 말고, 모자람 없이, 때마침
적절한 시기까지 인내하는 각고의 정성과 노력이 이 단어 하나에 집약돼
있다. 배진성 시인의 시작(詩作)에 임하는 시적 염결성을 적실히 포착하고
있다. 하여, 시인은 이제 귀환하고 싶은 시적 욕망을 서슴없이 드러낸다.
지금까지 "사람 밖"과 "길 밖에 있"다가 그 "안으로" 돌아가 비록 서툴지
만, 그 만큼 "말하고" "통곡하"려 한다. 배진성 시인은 정직하다. 그에게
시는 '진득하니' '묵언 수행'을 거친 만큼만 다가오는, 그래서 그는 육화한

만큼의 시적 진실을 노래하고 싶다.

　그렇다면, 그는 무엇을 어떻게 노래하고 싶을까.

　　　겨울나무는 하늘에 사는 식구들을 위하여
　　　스스로 하늘에 주사바늘을 꽂고 하늘에 수혈을 한다

　　　땅 속의 따뜻한 혈액을 수혈 받은 별들이 눈을 뜬다

　　　며칠 후면 고드름도 땅에 주사바늘을 꽂고
　　　하늘의 영혼을 지상에 사는 식구들에게 수혈할 것이다
　　　그렇게 땅과 하늘은 피를 나눈 형제로 함께 살 것이다
　　　　　　　　　　　　　　　　　　　—「수혈에 대하여」 부분

　　　섬들이 징검다리처럼 있다
　　　섬들이 징검다리처럼 물속에 발을 담그고 있다
　　　섬들이 징검다리가 되어 나를 밟고 지나간다

　　　내 안에 섬들의 발이 있다
　　　내 가슴 속에 섬들의 발자국이 있다

　　　속에 이어도가 있다
　　　내 가슴 속에 이어주는 섬이 있다
　　　나는 징검다리 같은 이어도가 된다
　　　　　　　　　　　　　　　　　　　—「이어주는 섬」 전문

　'진득하니' 기다려온 시인에게 절실한 시적 과제는 '소통'에 대한 욕망
이다. 그럴 수밖에 없는 게 그동안 일부러 세상과 거리를 둔 시인에게 가
장 중요한 일은 세계의 뭇존재들과의 관계 회복이다. 단절된 관계를 회복
하고, 그 과정에서 망실되었던 세계를 향한 시인의 민활한 감각을 벼리는
일이야말로 그 중요성을 아무리 강조해도 지나치지 않다. 이 점을 염두에

둔다면, 겨울나무와 하늘, 그리고 고드름과 땅 사이에 절로 흐르는 피의 메타포뿐만 아니라 징검다리처럼 단속(斷續)적으로 이어져 있는 섬들이 시적 화자인 '나'의 "가슴 속에 이어주는 섬", 즉 '이어도'로 이어지는 시적 환상에 깃든 시적 진실을 이해할 수 있다. 다시 말해, 시인에게 관계 회복은 '겨울나무-하늘(및 고드름)' 사이의 수혈로 환기되는 하늘과 대지의 소통인바, 이것은 우주의 수직 관계에 대한 회복을 뜻하는 것이라면, '섬-이어도'의 이어짐은 우주의 수평 관계에 대한 시인의 욕망을 함의하는 것인바, 결국 배진성 시인의 절실한 시적 과제는 우주와의 관계 회복이고, 이 과정은 시적 관념의 차원이 아니라 피를 나누고, 밟고 지나가는 섬들로 이어지는 시적 구체성을 통해 이뤄진다.

이처럼 우주와의 관계 회복이 이뤄질 때, 시인은 감나무로 날아온 까치 두 마리의 사랑 행각을 목격하면서 혼자 살고 있는 자신의 처지를 생각하며 새들의 애무 행위에 대한 질투가 뒤섞인 관음증적 시선을 보내지만, 그 새들이 먹던 감을 먹으며 그 감이 왜 그토록 맛이 단지에 대해 음미하게 된다("아, 참 달다/새 입술이 참으로 달고 맛있다"―「새 입술이 달다」). 우주의 뭇존재들이 나누는 순연한 사랑이야말로 그 어떠한 것보다 아름답고 달콤하다. 하여, 사랑하는 새들이 쪼아 먹은 감은 시인에게 불결하거나 추한 게 아니라 사랑의 정염이 깊게 스며든 아름다운 대상이다.

여기서 우주와의 진정한 관계 회복이 이뤄질 때 또한 주목해야 할 것은 대상에 대한 진실을 탐문하는 핍진성(逼眞性)이다. 혹시 어떤 대상의 진실을 시인의 자의적 관점으로만 탐문한 것은 아니었을까, 하고 배진성 시인은 발본적 성찰을 한다.

다시 나무를 본다 한 번 더 생각하고 보니 나무가 나무로 보인다 그
동안 나는 나무를 자꾸만 사람으로 보려고 해서 나무를 제대로 보지 못

했다 나무는 그 무엇도 아닌 오직 하나뿐인 나무인 것이다

— 「나무를 본다」 부분

나무를 보았으되, 그것도 나무를 자세히 살펴봤으되, 어찌된 일인지 나무는 '나'에게 사람으로만 보였다. '나'는 나무의 실재를 통해 나무가 지닌 진실을 보려고 애를 썼지만 나무가 아닌 사람의 형상과 사람 살이와 관련한 것들만 보인다. 물론, 이 자체를 타매할 필요는 없다. 시적 대상이 어떤 것이든지 종국에는 인간의 삶과 관련한 진실을 탐구하는 것과 무관하지 않느냐는 물음에 직면한다. 하지만, 시인은 바로 이 자명한 시적 물음 자체를 탐문한다. 시란, 세계의 뻔한 진실을 확인하는 게 결코 아니다. 게다가 시란, 사람(혹은 사람 살이)의 진실만 탐문하는 게 결코 아니다. 배진성 시인에게 시란, 사람은 물론 세상의 뭇존재를 포괄한, 즉 우주의 진실을 탐문하는 도정이다. 하여, 위 시에서 "나무는 그 무엇도 아닌 오직 하나뿐인 나무인 것이다"에 깃든 의미를 제대로 이해할 필요가 있다. 이 것은 '나무'란 대상에 대한 협소한 이해를 하자는 게 아니라, 어떤 대상 그 자체가 본디 지닌 진실에 육박해야 한다는 것으로 이해해야 하지 않을까.

물론, 이 일은 쉽지 않다. 마치 바닷가에 펼쳐진 모래밭의 모래들이 들고 나는 파도 속에서 흩어지는 모래알들을 찾아 나설 수밖에 없는 야속한 운명처럼, 하지만 그 운명 속에서 모래밭은 우주—바다의 신비, 우주—바다의 진실을 온몸으로 품을 수 있다("그리하여 모래밭은 온통//그를 찾아다닌 길로 가득하다//가슴속 모래밭까지 온통 파도무늬로 가득하다"—「파도무늬」).

이 가혹하고 야속한 운명이 바로 시인에게 주어진 천형(天刑)인바, 배진성 시인은 영매(靈媒)의 씻김굿의 형식으로 이 천형을 승화시킨다.

산책은
씻김굿이다

발로 하는 세수다
발로 씻는 씻김굿이다
발로 눈을 씻는 씻김굿이다
내 발로 내 눈을 씻는 씻김굿이다

나는 날마다 내 발로 내 눈을 씻는다
나는 날마다 내 발로 내 눈을 씻는 씻김굿을 한다

산토끼 한 마리 가만 앉아서
발로 세수를 한다
산토끼 한 마리 산책을 하고 있다
산 새 한 마리 가만 앉아서
깃을 다듬던 부리를 발로 씻는다
산 새 한 마리 산책을 하고 있다
물소리가 내 귀를 씻어준다
바람소리가 내 몸을 씻어준다
쑥 향기가 내 코를 씻어준다
하늘을 쓸고 있는 나무들이 내 눈을 씻어준다
꽃들이 내 영혼을 씻어준다
하늘이 하늘까지 내 길을 닦는다
나의 산책은 바리데기를 만나
길을 닦는 씻김굿이다
바람소리가 나를 씻어준다
물소리가 내 귀를 씻어준다
내 발이 나를 씻어준다
만나는 그대가 내 눈을 씻어준다
만나는 그대가 내 길을 닦아준다

나를 스스로 씻겨주는 씻김굿 춤이다
나의 산책은 스스로 씻는 씻음굿 춤이다
　　　　　　　　　　　　　—「발로 하는 세수」 전문

시적 화자인 '나'는 씻김굿을 하는 영매이며, 달리 말해 '나'는 시인이다. '나'의 씻김굿 행위에서 각별히 눈여겨 볼 게 있다. 바로 '발'로 굿을 한다. 매우 의미심장한 시적 행위다. 여기서 쉽게 간과해서 안 되는 것은 '나'에게 씻김굿 자체도 중요하지만, 이 굿을 '어떻게' 하느냐 하는 문제, 달리 말해 굿의 수행적(performative) 차원 역시 중요하다. '나'는 '발'을 이용하여 굿을 수행한다. 여기에 시적 진정성이 깃들어 있다. 씻김굿을 하는 데에는 비루하고 번잡한 일상 속에서 숱한 상처들로 인해 맺힌 것들을 풀어줌으로써 다시 일상으로 돌아가 삶의 건강을 되찾아주기 위함이다. 비루함으로부터 생긴 상처와 맺힘을 풀어주기 위해서는 그것을 제공한 '발'을 통해 풀어줘야 한다. 대지와의 관계를 이어주는 '발'을 적극 이용한 굿의 수행은 그 관계로부터 빚어진 맺힌 상처를 치유하기 위해 가장 적실한 것이다. 그래서 '나'는 '발'을 이용하여 얼굴을 씻는다. 세상과 기민하게 소통하는 얼굴의 주요 부위들—눈, 귀, 코를 깨끗이 씻는다. 그 수행은 '나'의 육체를 닦는 것이기도 하되, 동시에 '나'의 상처받은 영혼을 씻어주는 일이다. 이 일은 마침내 인간의 씻김 행위에만 국한되지 않고, 자연의 대상들 스스로 정화하는 차원으로 확산된다. 그러기에 이 씻김굿이 "바리데기를 만나"는 성격으로 이어지는 것은 자연스럽다. 세상의 모든 고통을 짊어진 바리데기가 고된 수행의 길을 가면서 거듭나는 것이야말로 성속일여(聖俗一如)의 가치를 현현하는 것인 셈이다. 그렇다면, 위 시가 "나의 산책은 스스로 씻는 씻음굿 춤이다"로 끝나는 이유를 이해할 수 있으리라. 배진성 시인에게 산책은, 근대의 개별자가 근대의 풍경 속에서 미적 거리를 둔 채 근대 그 자체를 반성적으로 성찰하는 시적 행위가 아니라, 우리네 비루하고 저속한 삶에서 맺힌 숱한 상처들을 씻겨주는 씻김굿으로서의 시적 행위다.

이제 우리는 기대하고 욕망한다. 이후 배진성 시인의 심연으로부터 어

떤 시들이 솟구쳐나올까. 벌써부터 설레인다. 한 중견 시인의 새로운 시
작(詩作)을 맞이하는 아침에 우리는 함께 서 있다.

　　　나는 이제 오지 않을 사람을 기다리지 않는다
　　　나는 이제 오지 못할 사람을 기다리지 않는다
　　　나는 이제 내가 스스로 아침 같은 사람에게로 간다

　　　아침 시에게로 간다

　　　　　　　　　　　　　　　　　　　　— 「액자」 부분

제주 문학, 지구적 세계 문학을 향한

— 『귤림문학』 20호 기념을 맞이하여

1. 약관의 '귤림문학'의 시 세계를 접하며

전국 곳곳에서 나름대로의 문학적 방향성을 갖고 다양한 문예매체들이 발행되고 있다. 제주에서는 오현고등학교를 모태로 한 문학인들의 모임인 '오현문인회'가 결성되면서 현재까지 지속적으로 매해 문집 발행을 통해 오현문인회의 문학적 성취를 일궈내고 있다. 1990년에 창간호에 이어 1991년 2호까지는 '오현문학(五賢文學)'을 제호로 하였고, 3호부터는 '귤림문학(橘林文學)'으로 변경하여 지난 해까지 총 19호를 발행하였다(제호를 '귤림문학'으로 변경하면서 자연스레 '오현문인회' 역시 '귤림문학동인회'로 명칭을 변경하였다). 그러고보니 사람의 성장기에 비유하면, 어느 새 '귤림문학동인회'는 약관의 나이에 이른 셈이다.

20호를 맞이하면서 '귤림문학동인회'의 말석에 문학평론가로서 이름을 올려놓고 있는 내게 그동안 '귤림문학동인'이 발행한 문집에 실린 시와 시조를 검토해줬으면 하는 원고청탁을 받고 내심 반가우면서도 썩 내키지 않았음을, 이 기회를 빌어 고백해야겠다. 무엇보다 반가웠던 데에는, 이번 기회를 통해 평소 내가 관심을 쏟고 있는 제주의 지역문학에 대한 또 다른 성찰을 할 수 있으리라는 기대가 큰 바, 지역문학의 지구지역화(glocalization)의 문제의식과 어떻게 접맥되고 있는지 그 가능성의 실마리를 탐색해볼 수 있는 소중한 기회를 제공받을 수 있겠다는 생각이 들었다. 하지만 혹시 이러한 내 기대가 지역의 특정한 문인회의 문집을 검토하는 것을 통해 어느 정도 도움을 받을 수 있을 것인가에 대해서는 무척 의구심을 가진 것 또한 사실이었다. 더욱이 문집에 수록된 작품들이 보이는 문학적 성취가 지역문학의 문학적 성취를 가늠해볼 수 있는 최량(最良)의 수준을 어느 정도 보증하고 있는가 하는 문제는 별도의 사안이었기 때문이다. 그래서 썩 내키지 않았다. 하지만 이러한 내 기우(杞憂)는 총 19호의 문집을 검토하면서 말끔히 씻겨졌다. 말 그대로 한갓 기우에 머물렀다. 이들 문집에 수록된 시와 시조는 제주의 지역문학이 일궈내고 있는 최량의 시문학적 성취를 동반하고 있을 뿐만 아니라 지역문학의 한계를 극복할 수 있는, 그리하여 최근 새롭게 부각되고 있는 지구지역화의 문제를 창발적으로 섭취해내는 '참다운 세계 문학'의 새로운 지평을 모색하는 데 주요한 참조점을 제공하고 있는 것으로 나는 생각한다.

짧은 지면에서 이들 문집에 수록된 개별 문인들의 시 세계에 대한 비평은 내 능력을 벗어나는 일이다. 그 대신 나는 문집에 실린 시 세계를 관통하고 있는 몇 가지 주제를 중심으로, '귤림문학동인회'가 좁게는 제주의 지역문학에 대해, 넓게는 한국 문학과 '참다운 세계 문학'에 대해 어떠한 문학적 상호침투 역할을 하고 있는지, 그리고 이후 그 역할을 어떻게 지속적으로 해야 할 지에 대해 밑그림을 그려본다.

2. 제주의 시적 상상력, 창조의 영점과 성속일여의 진경

제주는 섬이다. 섬은 시인에게 무한한 시작(詩作)의 창조적 근원이다.

그런데, 뭍의 상상력에 구속된 시인은 섬의 원초적 생생력(生生力)을 몰각하거나 무심하다. 게다가 근대주의에 매몰된 시인은 섬을 국민국가의 영토를 이루는 부속 도서의 하나로 인식한 나머지 섬을 에워싼 식민주의적 형상사유에 사로잡히기 십상이다. 더욱이 우려스러운 점은 '대륙=문명'이고, '섬=야만'이란 반문명적 사유에 토대를 둔 문학적 상상력이 오랫동안 문학적 관습으로 굳어지는 경우이다. 이것이야말로 문명적 형상사유를 가장한 지극히 야만적 형상사유가 아닐 수 없다. 여기, 이와 같은 섬에 대한 야만적 형상사유를 전복시키는 시를 음미해보자.

> 대체 여기가 어딘가./캄캄한 古代의 묘지로부터/찬란한 내일의 태양
> 이 떠오르는/東洋의 섬기슭에 추방당한 수부여./항시 가슴 속에 끓어오
> 르는 열정으로/사랑하고 그리며/오랜 여로에서 다시 돌아온 고향.//여
> 기는 濟州道/아직도 원시의 숨결 시퍼렇게 찰랑거리는/생명의 바다/사
> 시장철 생명의 빛깔로 빛나는/하늘과 땅.//산과 숲과 초원/돌과 바람과
> 억새의 섬./神話와 전설의 섬/설문대할망/돌하르방의 섬./그대의 영혼
> 과 육신을 불태우고 파묻을/축복받은 운명의 故鄕이다.
>
> — 강통원, 「서설 Ⅶ」(5호) 부분

강통원은 고대 그리스 대서사시인 호메로스의 「오디세이아」를 "동양의 섬" '제주도'의 창조적 상상력으로 전도시킨다. 강통원에 의해 제주도는 극동아시아의 변방에 위치한 보잘것없는 섬이 아니라 "아직도 원시의 숨결이 시퍼렇게 찰랑거리는/생명의 바다/사시장철 생명의 빛깔로 빛나는/하늘과 땅"으로 이뤄진 "신화와 전설의 섬"인바, 대대손손 "축복받은 운명의 고향이다." 말하자면 제주도는 '창조의 영점(零點)'으로 우주창조의 태곳적 비의성(秘儀性)을 간직한 성소(聖所)이다. 사정이 이렇기에, "모르는 사람 만나면/외국어 같아서/한번도 꺼낼 수 없는 말/무싱거렌 헴시니/안들렴싱게 하나토/안들린덴 허는디/무싱거렌 헴시니/무시로 바람 부는

섬/자꾸 들리지 않아/목소리만큼 바당만큼 커진/제주토박이 말"(문충성, 「제주토박이 말」, 3호)은 근대의 지역어의 경계를 넘어선 신성(神聖)의 가치를 확보한 우주창조의 언어의 몫을 떠맡는다.

이것은 아무리 강조해도 지나치지 않을 제주가 생득적으로 지닌 신화적 성스러움이다. 하지만 그렇다고 제주를 인간의 일상과 동떨어진 신비의 섬으로 규정짓는 것은 제주를 잘 이해하는 게 결코 아니다. 제주의 이같은 신화적 성스러움은 제주인의 생노병사(生老病死)와 밀접한 연관을 맺는 무속과 분리되지 않는다. 말하자면 제주의 성스러움은 제주인의 일상과 더불어 존재하는 성속일여(聖俗一如)의 가치를 지닌다.

> 문을 열면 보이지, 저승일세, 창문 밖이. 문을 열고 걸어 나와, 그대 가는 길 조금 비껴나오면, 싸립문이 있고, 싸립문을 지나면, 가시넝쿨 무성한 곳, 한 치 앞도 내다 볼 수 없는 형극이라 하지. 허지만 그곳은 고대광실 높은 집에 풍경을 달고, 덩덩 북을 울리며 내가 쉬는 곳, 자네들이 만들어준 아흔 아홉 굽굽이에 있는 가족묘지이기도 하지만 그건 자네들 생각이지. 이곳은 천국일세. 조카가 사는 데가 지옥이여. 인생을 살아가면서 보게, 지옥 열 두 문에는 거드름 피는 관리들이 있지. 그들은 저승에서 일자리를 잃고 축출된 지옥의 사자들이지. 이곳은 백성이 주인되는 세상된 지 오래. 지옥에도 변혁의 바람이 분지 오래. 한심한 세상과는 다르네. 이승과 저승이 바뀐 것이지. 내 세상 인심금이 간줄 왜 모르겠나. 나는 알지. 조카야, 너만은 내 조카답게 살아야 한다. 세상은 싸가지 없는 것들이 활개를 치겠지만, 섭섭해 말라. 살암시믄 살아진다.
> ― 문무병, 「영개울림」(7호) 부분

위 시는 문무병에 의해 새롭게 모색된 굿시이다. 흔히들 굿은 서사무가의 한 부류인데, 문무병은 이 굿을 근대 자유시의 양식과 혼종함으로써 그만의 독특한 운문의 양식을 창출해낸다. 그것은 산 자와 죽은 자의 소통을 적극적으로 모색하는 운문의 양식인데, 문무병은 우리네 삶이 죽음과 단절된 삶의 오만함으로 이뤄지는 것을 늘 경계하면서, 삶과 죽음의 경계를 굿시의 양식으로 넘나든다. 굿이 제주인의 일상과 친연성을 가진 것은 새삼스레 강조할 필요도 없듯, 문무병은 '영혼의 울림'을 뜻하는, 즉 이승과 저승의 영적인 대화를 하는 「영개울림」이란 시를 통해 제주 특유의 '성속일여'의 시적 진실을 노래한다.

이처럼 제주가 지닌 성속일여의 모습은 제주 고유의 풍경에 주목하게끔 한다.

> 억새밭 일구어서/밀감꽃 피었다//퍼드득 장끼가/새 하늘을 찾아가고//산마루/걸린 노을도/내려앉은 우영밭.//한여름 짧게 사려/구슬 맺힌 땅방울//오뉴월 뙤약볕도/호미 끝에 휘감기고//서늘한/골짜기 물이/가슴으로 흐른다.
>
> — 문태길, 「갈옷」(창간호) 전문

> 파도가 암벽에 몸을 내던지며/자지러지게 부서진다/(중략)/폭풍 주의보 속의 겨울 바다/머리 위에는 먹장구름/짐승처럼 으르렁거리고/바다 속 깊은 곳에는/쫓기는 사나이의 목을 조를 음모가/꿈틀거리는데/파도는 연신 몸을 내던지며/그리움을 피흘리게 하는구나!
>
> — 김상욱, 「겨울 바다」(4호) 부분

> 한겨울에 저렇듯 푸를 수 있다니/그것도 숭숭한 섬의 담장을 베고/어기찬 하늬바람을/견딜 수 있다니/늦은 햇살에 지레 속잎을 펴며/넌지시 하늘을 떠받칠 때부터 나는,/보았네/절명의 순간에/꼿꼿할 네 모습을//이윽고/화려한 것들이 몸을 오그릴 때/너는 깨어/기(氣)를 모으고/허옇게 사정했구나/오오! 겨울 오르가슴!
>
> — 홍성운, 「수선화」(9호) 전문

갈옷을 입은 농부가 제주의 대지에 땀을 흘리며 일을 한다. 화산재로 덮인 제주는 농사짓기에 척박한 토양이되 제주의 자연 생태는 제주다운 제주의 진면목을 드러낸다. 제주는 섬을 향해 세차게 몰아치는 파도와 맞서지 않고 그것과 자연스레 어울리면서 생의 욕망을 향한 그리움의 절정을 보인다. 이 절정은 한겨울의 섬에 수선화를 꽃피워내는 섬 특유의 관능미로 형상화되고 있다. 강퍅한 섬의 자연 생태와 절묘히 어우러지는 가운데 다른 생명들이 생의 기운을 잠시 거둬들일 때, 섬의 수선화는 "겨울 오르가슴"을 못이겨 마침내 생의 "화려한 것들"을 토해낸다. 이렇게 제주는 '귤림문학동인'의 시작(詩作)을 통해 태곳적 우주창생의 비의성을 오롯이 간직한, 그러면서 제주인의 일상과 자연 생태가 더불어 어울리는 성속일여의 진경(眞景)을 보여준다.

3. 제주의 상처, 무자년(戊子年)의 역사와 제주의 디아스포라

역사는 냉엄하다. 특히 제주를 근대의 국민국가의 부속 도서의 하나로 강제하고자 하는 국가 폭력은 가공할만한 두려움 그 자체였다. 국가는 제주가 지닌 우주창생의 비의성을 철저히 압살하였으며 성소(聖所)로서의 제주의 가치를 눈곱만큼도 인정하지 않았다. 제주는 대한민국이란 국민국가를 탄생하는 데 기꺼이 희생되어야 할 그 이상도 이하도 아닌 변방의 골칫거리에 불과하였다. 제주에서 시를 쓰는 시인들은 그 누구라도 할 것 없이 무자년(戊子年)의 참극을 잊을 수 없다. 국가 폭력의 주체는 무자년의 전횡을 은폐시키는 일환으로 그때, 그곳에서 자행된 국가 폭력의 실상에 대해 망각과 침묵을 강요하였지만, 제주의 시인들은 그럴수록 더욱 또렷이 기억한다.

붉은 오름 청보리밭에 홀로 나앉아/자국눈 맞으며 김을 매노라면/내 속돌 닮은 가슴에 핏물이 뚝뚝.//피노을속 까마귀 목메인 소리/해 잃은 한라산에 봉화 올리다,/얼어붙은 텃밭을 갈아엎다가/총맞고 죽창 찔려 설운 원혼들.//顯戈子己丑冤魂神位/바리 공주 부르며 저승길 칠 때/염라 대왕 업경대 비칠 모습은/되놈 왜놈 발길질에 멍든 숫토박이가/왼날개 날줄 매고, 오늘날개 씨줄 묶어/한라에서 백두로 나래 펴는데,/박쥐떼 총탄 맞고 뚝 떨어진 왼날개/새남터 장대 끝에 깃발이 되네.//붉은오름 청보리밭 무덤 열리면/뽑아낸 귀리깜부기 제물로 삼고/왼어깨 헐렁한 아버님 영전에/어미 무명치마 올올이 풀어/소지 한 장 불길로, 바람 되거라.

　　　　　　　　　　　　　　　— 김성주, 「붉은오름 청보리밭」(7호) 전문

　　당신은 무자년의 긴 터널을 건너/때로는 한숨을 짓다가/죽음 까까이 다가섰다가/빨갱이 각시라는 누명을 쓰고/우리 집 말뚝으로 버텨 왔습니다./북조선 쪽이라고 손가락질 받아도/서방 없는 년이라고 구박을 주어도/끄덕하지 않고 두 아들 품에 안고/긴 한숨을 양 이빨로 몰래 씹으며/가슴을 풀어헤치고 설운 노래 부르며/시신 없는 남편 향해 침을 뱉으며/오십 사 년을 숨 몰아쉬며 버텨 왔습니다./당신이 등짐으로 지던 오줌통이/보리밭에서 냄새를 피우는 이 계절/이제 김을 매는 손등에 크림을 바르고/저 신작로로 나설 때입니다, 어머니.

　　　　　　　　　　　　　　　— 김관후, 「어머니」(11호) 전문

　　제주 사람들에게 무자년의 보리밭과 연루된 기억은 봉홧불과 방홧불의 극명한 대립으로 나뉠 수 있다. 제주 사람들이 한라산의 오름마다에 지핀 봉홧불은 결코 북조선을 찬양한 게 아니다. 더 이상 무자년의 봉홧불이 지닌 역사적 진실을 왜곡하거나 호도해서는 안 된다. 무자년의 봉홧불은 한반도에서 대한민국과 조선민주주의인민공화국으로 영구분단을 획책하는 미소 양극체제의 냉전 질서에 대한 역사적 항쟁의 성격을 갖는 것이지, 북조선의 정치적 이념을 신봉하는 공산투쟁이 결코 아니다. 그럼에도 불구하고 국가 폭력은 민족의 영구분단에 대한 민중의 염원으로 불타오른 봉홧불을 방홧불로 진압하였다. 제주 사람들은 도통 이해할 수 없을 뿐만 아니라 아무리해도 잊을 수 없다. 무자년의 방핫불이 제주 사람들을 어떻게 처참히 죽였는지, "빨갱이"이라는 이념적 딱지가 제주의 평화공동체를 얼마나 끔찍하게 유린했는지, 억울하게 죽은 자의 원한이 산 자들의 삶을 이토록 오래 짓누르는 그 고통을 국가는 진심으로 헤아리고 있는지, 과연 이 무자년의 역사적 지옥도(地獄圖)를 제주 사람들은 쉽게 망각할 수 있는지…….

4·3은 현재진행중이다. 하여, '귤림문학동인'의 4·3에 대한 시작(詩作) 역시 지속될 것이다. 망각에 대한 투쟁은 과거에 얽매이는 게 아니다. 역사의 진실은 망각과의 지난한 투쟁의 과정 속에 있듯, '귤림문학동인'에 의한 4·3시문학은 늘 살아숨쉬는 시적 분투 속에 존재 가치가 있다.

여기서 우리는 제주의 상처를 이루고 있는 것 중 제주의 디아스포라에 주목할 필요가 있다. 최근 디아스포라에 대한 문학적 관심이 급증되면서 일국중심의 경계를 넘은 문제의식이 밀도 있게 탐구되고 있다. 다음의 일련의 제주의 디아스포라 시편들은 고향 제주를 떠난 사람들의 삶에 연루된 애닲은 사연들을 들려준다.

> 봄이오면 뭍으로 돈벌이 떠나다던/그 소녀 고향을 찾았는지/알려다오/그 소녀의 설움을 「이어도사」 물허벅의 역사를//연지찍고 육지로 시집갔다/시댁을 떠났다던 그 여인/지금쯤 고향을 찾았는지/전해다오 그 여인의 설움을……//바람따라 밀려와 고향을 삭이는/실향민의 망향은/고향생각 두리우며 내음하는/잃은자의 설움이/태평양을 넘나드는 恨의 소리로/메아리 되어 돌아옴을/너는 아는가
> ― 전달문, 「망향별곡」(창간호) 부분

> 내 고향/四代째 살아온 초가집/그 기둥 하나 지키면서/비료값, 농약값, 품삯 모두 모두/그대로 목숨값으로 바치면서도/하늘밭을 일구고/볍씨를 뿌리며/70을 넘기시는 아버님의/단 한 번 고향을 떠났던/만주벌

100일 이야기를/듣는다.

— 양영길, 「雪日」(창간호) 부분

저것은 나의 외로운 눈썹/저것은 濟州땅 가을하늘의/싸느랗게 그늘
치던 말발굽/아니, 저것은 갓 피어난/코스모스 꽃잎에 얹혀진 이슬의
무게/그리고 저것은 사랑하는 이의 잔주름/아니, 저것은 콧잔등이 시큰
한/할머니 제사상 위의 짝 잃은 접시/저것은 戊子난리에 굶뜬 나의 눈
썹/저것은 다랫골 가을하늘의 멍든 자국

— 오용수, 「낮달」(2호) 전문

오죽하면 고향 제주를 떠났을까. 돈을 벌기 위해 소녀는 섬을 떠났으
며, 뭍 사람과 결혼하였지만 그는 고향을 잊을 수 없다. 도리어 실향민으
로서 고향을 그리워하는 마음만 깊어갈 뿐이다. 생각해보면, 이 애틋한
사연이 시적 화자에게만 해당된 것은 아니다. 전달문의 경우 그 자신이
재미동포로서 겪어야 할 디아스포라의 상처를 시적 화자에 기댄 채 고향
을 떠나온 자의 그리움으로 애닯은 정조로 노래하고 있다. 그런가하면 양
영길의 「설일」은 일제 식민지의 현실에서 이른바 만주특수(滿洲特需)에 편
승하여 생존을 위한 디아스포라의 삶을 선택할 수밖에 없는 민중의 현실
을 노래한다. 물론, "단 한번 고향을 떠났던/만주 벌 100일 이야기" 안에
배어든 숱한 삶의 곡절을 온전히 이해하는 일은 쉽지 않다. 만주 벌에 이
르기까지 이산민(離散民)들은 얼마나 힘든 여정을 겪어야 했을까. 게다가
만주에서 지내는 100일 이후 그들은 고향에 무사히 돌아왔을까. 우리는
미루어 알고 있다. 그 당시 만주로 간 사람들의 대부분은 만주에 눌러앉
아 중국조선족으로서 새로운 삶을 살아갔지 않은가. 그들은 다시는 고향
으로 돌아올 수 없는 영원한 이방인으로서 삶을 살고 있다. 하여, 이렇게
뼈에 사무치는 간절한 망향의 정서는 낯선 땅 위 하늘에 덩그렇게 떠 있
는 낮달에 투영된다. 매 행의 시작을 '저것은~'에서 단적으로 읽을 수 있

듯, 고향을 떠난 자에게 달은 더 이상 친숙한 세계의 대상을 지칭하는 '이 것은~'으로 표현하기 쑥스러운 어떤 이물스러운 대상이다. 그만큼 종래 고향에서 낯익은 뭇 존재들은 디아스포라의 삶을 살고 있는 자들에게 '타자성(他者性)'을 지닌 것으로서 그 존재론적 위상이 현저히 바뀐다. 이것은 제주의 4 · 3사건 못지 않은 제주의 아픔이며 상처이다.

그런데, 디아스포라의 시적 형상화는 반드시 제주를 떠난 데에만 초점을 맞출 필요는 없다. 태어난 곳을 떠나 제주에서 삶을 살고 있는 것 역시 또 다른 디아스포라의 시적 경험이다. 나기철의 다음과 같은 시편에서 나는 제주의 토박이들 사이에서 힘겹게 살고 있는 디아스포라의 삶을 곰곰 헤아려본다. 제주 역시 디아스포라의 바깥이 아닌 것이다.

> 비는 내리고/신제주에/사람들은 우루루/차를 세우고/단란주점에서/
> 사이 좋은 부부들/한 친구는 아내를/먼저 보내고/사람들은 너무 잘들
> 하는데/몸집도 크고/운전도 하고/노래도 잘하고/신제주에 비는 내리고/
> 나는 아무것도/잘하는 게 없네/(중략)/신제주에 가는 비는/오는데/나는
> 이곳 토박이들/사이에서/목소리는 기어들고/시는 저기 머물고
> — 나기철, 「신제주에서」(7호) 부분

제주의 토박이들 사이에서 시적 화자인 '나'는 잘 섞이지 못한다. '나'를 오랫동안 짓누르고 있는 디아스포라적 상처는 쉽게 아물지 않는다. 그 상처는 나기철에 의해 마치 애닯은 정서를 달래는 뽕짝처럼 제주 토박이들을 하염없이 적신다. 나는 제주의 시문학이 회피하지 말아야 할 새로운 시적 탐구 과제를 나기철의 시에서 목도한다.

4. 훼손당하는 제주의 삶 터전을 응시하는

제주에서 살고 있는 시인에게 삶의 터전이 훼손되고 있는 것은 매우 심

각한 일이다. 관광지의 개발 붐이 일어나면서 제주는 심한 몸살을 앓고 있다. 개발주의에 혈안이 된 자들에게 제주의 생태는 관심사 밖이다. 제주는 오직 관광상품의 교환가치로만 그 중요성이 인식될 뿐이다. 그래서인지, 시인의 제주를 염려하는 마음은 관광개발 아래 헌신짝처럼 내팽개쳐질 따름이다.

> 누가 저 관광단지에 들어가 봤는가?/우리는 마을을 내주고 땅을 내주고 폭포와 해안 절경도/다 내주고 다시는 돌아갈 수 없는 곳/그 계획된 인공성채에 가 봤는가?/우리는 골프장에서 일당으로 풀을 뽑으며/따스한 햇볕 속에서 그림처럼 푸른 그린으로/백구를 날리는 울긋불긋한 남녀들을 훔쳐보고/쓰레기 줍고 마당 쓸며 머리 위로 성곽 모양 솟은/호텔의 들창 여는 소리에 고개 떨군다.//누가 저 특급호텔 방에서 자 봤는가?/누가 저 아름다운 정원을 걸어 봤는가?/호텔들은 갈매기떼 날아다니는/낭떠러지에 바짝 붙여 지어졌다./제주바다가 관광객들의 코앞에서/촐랑촐랑 철렁철렁 우르르 쾅 쉬이익 시익 시이익/부대끼는 몸부림을 보게 하려고
>
> ― 고영기, 「별잇내 할머니의 노래」(3호) 부분

제주 토박이들은 관광개발을 위한 노동력을 제공하는 처지로 전락한 지 오래다. 그리고 제주의 절경은 관광객의 볼거리를 충족시켜줘야 한다. 이쯤되면 관광객이 제주의 주인이지, 제주가 제주의 주인이 아니다. 관광단지를 위해 제주 토박이들의 땅은 외지인에게 팔리고, 그 땅에 골프장이 들어서면서 제주 토박이들은 골프장에서 일당을 받는 신세이다. 무엇보다 제주의 삶 터전이 관광개발의 미명 아래 속속 훼손되고 있는 게 안타까운 일이 아닐 수 없다. 따라서 시인은 한라산의 가르침을 경청한다.

> 한때/三神山의 하나였던 산이 시름시름/앓고 있다 돈벌이꾼들/케이블카 설치해 관광 개발하면서/山神을 쫓아내겠다던 시대도 있었지/개

발하지 않는 것이 가장/제주섬다운 것이라고 최상의 개발이라고/漢拏
山을 사랑하는 이들은 말했지/산을 탈 줄 모르는 이들에게/편히 산을
탈 수 있도록/등반로를 만들고 나무 계단을 해 박아도/산 타는 이들 발
목이나 부러뜨릴 뿐/땀 흘리며/때로 미끄러지며/풋풋한 산 냄새 푸르르
르/헐떡이는 숨결 다스리며/산 숨결에 발걸음 맞춰 가는 산행이여/걷지
못하는 인간은 죽은 인간일 뿐이니/두 발로 걸어 다니며/땀 흘리며 살
라고/漢拏山은 우리에게 가르친다

— 문충성, 「한라산」(3호) 전문

이 얼마나 한라산의 현명한 가르침인가. 진정한 관광이란, 어떤 대상을
인위적 미의 가치 척도로 파악하는 게 아니라 그 대상이 절로 지닌 미의 생
태를 자연스레 교감하는 일이다. 한라산은 곧 제주와 다를 바 없는 것으로,
한라산에 대한 관광은 높고 험한 산을 힘겹게 오르는 과정에서 체감하는 숭
고미를 발견하는 데 있지, 편하게 등반함으로써 만끽하는 한라산의 아름다
움에 있는 게 아니다. 이것은 결국 제주에 대한 관광의 태도와 결부돼 있다.
제주의 삶 터전을 훼손하지 않고, 제주의 섬다운 가치의 진면목을 발견하는
것이야말로 제주를 관광하는 데 결코 소홀히 해서 안 될 미덕이다.

그런데 여기서 우리는 잠시 제주의 삶 터전에 기반하여 살아가는 사람
의 일상에 주목할 필요가 있다. 반복적으로 되풀이되는 일상 자체는 그리
새롭지 않다. 일상처럼 지루한 것도 없을 터이다. 때문에 일상은 외롭고
두려운 실체이기도 하다. 더욱이 그 일상이 어두운 골목 안쪽에서 느닷
없이 도로로 튀어나온 고양이가 차에 치인 것처럼 예정할 수 없는 것들로
이뤄져 있다면, 일상은 이제 예사롭지 않게 된다. 왜냐하면 차에 치인 고
양이가 바로 자신일 수 있기 때문이다.

어디서 뛰쳐나왔을까/길을 가로지르던 고양이가 앞차에 부딪쳤다/택
시는 곡예운전을 하고/마침 신호등에 걸려 멈춰선 백밀러를 통해/딱딱

한 아스팔트 바닥에 곤두박힌 절박한 生을 본다./비명도 없이 쓰러진 고
양이를 무심히 바라보는 나는,/누구인가

　　　　　　　　　　　　　　　　　— 정군칠, 「어둡다」(9호) 부분

그렇다. 어쩌면 차에 치여 널부러진 고양이는 바로 시적 화자인 '나'일
지 모른다. '나'는 제주의 위태로운 일상을 살고 있는 숱한 '나'와 동일성
을 이룬다. 삶 터가 훼손당하고 있는 현실에서 '나'는 "아스팔트 바닥에
곤두박힌 절박한 生"을 살고 있다. 과연, 우리는 제주의 이 같은 점증되는
현실 속에서 어떻게 살아야 할까. 제주의 시문학이 탐구해야 할 또 다른
시적 과제이다.

5. '귤림문학동인'의 시문학이 떠맡아야 할 시적 과제

이상으로 나는 '귤림문학동인'의 시 세계를 세 가지 주제에 맞춰 살펴보
았다. 제주는 단순한 섬으로서 자족할 수 없다. 시적 상상력에서도 확인
해보았듯, 제주는 우주창생의 또 다른 창조적 근원이다. 특히 제주의 구
비문학적 양식과 근대문학적 양식의 혼융을 통해 그동안 낯익은 유럽중
심주의 세계 문학을 창조적으로 부정하는 '참다운 세계 문학'의 지평을 적
극적으로 모색할 수 있다. 제주의 '귤림문학동인'이 거둔 시문학의 최량은
제주의 지역문학 및 한국 문학의 한계를 훌쩍 뛰어넘은 이른바 지구적 세
계 문학의 새 지평을 여는 데 시사하는 바 크다.

물론 여기에는 제주의 지역문제로만 시의 문제의식을 한정지을 게 아
니라 제주의 문제가 곧 지구지역화의 문제와 긴밀한 연계를 맺고 있다는
점을 '귤림문학동인'의 시문학은 새겨들어야 할 것이다. 이를 위해 제주의
디아스포라에 대한 시적 과제를 집중적으로 탐구해야 함은 물론, 제주의
4·3사건이 지닌 역사적 진실에 대한 시적 형상화의 노력을 게을리해선

안 된다.

끝으로 '귤림문학동인회'의 20호 기념을 맞이하는 자리를 빌어 과거와 현재의 문학적 성취에 자족하지 않기 위해서는 제주 문인의 '후속세대'에 대한 관심이 깊어야 한다. 이것은 다른 맥락의 얘기일지 모르겠으나, '귤림문학동인회'의 지속성 여부를 쉽게 간과할 수 없기 때문이다. 어떤 분야이든지, 그 분야의 성취를 아름답게 전승할 '후속세대'의 문학적 역량이 축적되지 않는 한 제 아무리 빼어난 문학동인의 존재 가치는 곧 소멸할 것이다. 나는 욕망한다. '귤림문학동인'의 시 세계가 지역문학의 대지를 힘차게 객토함으로써 지구지역화의 문제의식과 연동되고, 제주가 태생적으로 지니고 있는 태곳적 우주창생의 시적 진리가 우리의 비루한 일상과 역사적 상처를 발본적으로 치유할 수 있을 것이다. 하여, '귤림문학동인'의 시문학적 성취가 지구적 세계 문학의 출현과 결코 동떨어진 게 아님을, 좋은 시를 통해 입증해보았으면 하는 비평적 바람 간절하다.

제3부

시대와 삶의 무게를 견디는

삶의 무게를 견디는 닝중오식 리얼리즘의 득의(得意) : 탐문단과 지구적 시계(視界) ── 하종오의 『신북한학』, 제국(帝國의 내공, 생의 엄숙한 행로를 순행(巡行)하는 ── 이경호의 「비탈」, 젊고 드넓은 마음밭을 일구는 ── 문영규의 「성의 무게를 견디는 연민 희부윰한 시간 속 홍경의 '사이' 로 ── 문충성의 「허물어버린 집」 철, 꽃 그리고 은유의 유토

'하종오식 리얼리즘'의 득의(得意) : 탈분단과 지구적 시계(視界)

— 하종오의 『신북한학』

왜 누가 포탄을 떨어뜨리라고 명령했는지
왜 죽이지 않으면 안 되는 적으로 삼아야 했는지
왜 아직도 피아로 나누어져 있어야 하는지
내가 알 만큼 아는 나이가 되고 나니
절대로 하면 안 되는 것이 전쟁이라는 생각 들고
학생 때 창밖으로 내다보았던 민둥산이
새삼스레 눈에 자꾸 밟히었다
— 하종오, 「그 민둥산」 중에서

1. '하종오식 리얼리즘'과 『신북한학』

하종오의 이번 시집 『신북한학』(책만드는 집, 2012)은, "금세기초 한국의 리얼리즘 시는 왜 남북의 분단 상황과 세계 자본주의 체제에서 불온하게 진화하지 못하고 현실을 자연스럽게 배반할까?"('시인의 말')의 물음에 대한 시적 응전이다. 『신북한학』은 종래 한국 문학사에서 낯익은 분단문학의 문제의식을 재생산하는 것과 확연히 거리를 둔다. 우리는 익히 알고 있다. 한국전쟁 이후 분단시대의 고통을 겪으면서 한국 문학의 최량(最良)

의 성과들이 분단의 상처를 치유하는 도정에서 분단을 극복하고, 궁극적으로는 통일의 가치를 실현하기 위한 문학적 분투를 잠시도 멈추지 않았다. 이것은 자연스레 한국 사회의 민주회복의 문제와 연동되면서 한국 문학의 미적 정치성과 윤리학의 주요한 몫을 수행하였다.

그런데, 하종오 시인이 예각적으로 묘파하듯, 20세기 한국 문학이 거둔 분단문학의 성취들이 어찌된 일인지 21세기에 들어선 이후 이렇다할 문학적 진보를 이뤄내고 있지 못하다. 이에 대해 또 다시 거대담론의 시대가 지나갔고 다종다기한 미시담론의 현실에 놓여 있으므로, 분단문학도 예외 없이 대문자 역사와 관련한 문제를 다루는 것 자체가 시대 퇴행적일 뿐만 아니라 리얼리즘의 갱신에도 어긋나는, 심지어 경직된 진보로 비춰짐으로써 오히려 시대정신에 역행하는 반진보적 문학에 불과하기 때문이다는 진단은 상투적이기 짝이 없다. 게다가 이제 이러한 진단은 더 이상 설득력이 없다. 적공(積功)을 들인 리얼리즘은 거대담론과 미시담론의 경계를 획정하지 않고 상호침투적 관계를 통해 시대정신을 올곧게 탐문하고 실천하는 문학이다. 하여, 중요한 것은 급변하는 현실 속에서 리얼리즘의 중차대한 문학적 과제를 해결하기 위한 새로운 문제의식을 가다듬기 위해 거대담론과 미시담론의 상호침투를 얼마나 치밀하면서도 유효적절히 그리고 치열히 궁리해내는 문학적 진실의 여부다. 그럴 때

> 나도 서정시를 쓰고 싶을 때가 있다
> 나에게도 서정시를 쓸 문장이 있다
> 나도 난해시를 쓰고 싶을 때가 있다
> 나에게도 난해시를 쓸 문장이 있다
> 그러나 그러함에도 불구하고
> 분단이니 통일이니 하는 주제로
> 시를 쓰고 싶을 때가 잦고 쓸 문장이 많다
>
> ―「독자」 부분

의 곳곳에 담대히 그러면서 절절히 배어든 하종오의『신북한학』을 관류하고 있는 문제의식의 진정성을 감지할 수 있다.

하종오는 최근 몇 년 동안『국경 없는 공장』(2007),『아시아계 한국인들』(2007),『입국자들』(2009),『제국』(2011),『남북상징어사전』(2011) 등의 왕성한 시작(詩作)을 통해 여실히 보이듯, 한국의 리얼리즘 시의 새 지평을 열고 있다. 그의『신북한학』은 이러한 맥락 속에 있다. 그의 시는 일국주의적(一國主義的) 프레임을 훌쩍 벗어나 지구적 시각을 확보함으로써 한국 리얼리즘 시가 당면한 문제를 해결하는 데 견인차 역할을 맡고 있다 해도 과언이 아니다. 나는 그의 이러한 시쓰기를 이른바 '하종오식 리얼리즘'으로 파악한다. 이것은 그의 리얼리즘 시쓰기가 종래 우리에게 낯익은 한국 문학의 주제적 영토의 경계에 속박되지 않고, 그것을 지구적 시계(視界) 속에서 실천하는바, 하종오의『신북한학』을 통해 세계자본주의 체제의 하위체제인 분단체제의 현실을 살고 있는 한반도 주민들의 삶이 비로소 문학적 실재로 드러난다.

2. 남과 북, 상호주관적 관계의 새 지평으로

분단의 현실을 극복하는 데 가장 큰 걸림돌이 무엇일까. 단연코 남과 북으로 나뉜 한반도의 주민들 사이에 팽배해진 적대적 관계일 것이다. 분단의 직접 당사자들이 서로를 향한 맹목적 타자의 시선을 완강히 고집하는 한 분단의 벽을 허물기 위한 그 어떠한 노력도 도로(徒勞)에 지나지 않다는 것은 상식을 지닌 한반도의 주민들에게 새로울 게 없다. 따라서 우리가 가장 경계해야 할 것은 무턱대고 서로를 부정하고 담을 쌓는 타자의 구별짓기가 자초할 수 있는 영구분단이다. 물론 그렇다고 분단의 역사를 한순간에 무화시켜버리는 급진적 동일화에 깃든 낭만적 태도 역시 여간 골칫거리가 아닐 수 없다. 영원한 타자의 관계로 굳어지든지, 합리적 이성이 결여된 전일자(全一者)의 관계로 수렴되든지, 그 어느 것 하나 분단의 문제를 상식적으로 생각하는 해법은 아니다.

여기서 우리가 주목해야 할 지금, 이곳의 이 난제에 대한 하종오의 해법은 우선 냉철한 현실 인식에 기반을 둔다는 점이다.

> 사상과 이념을 전파해야 할 문학인
> 북한동화에 왜 환상과 우화가 많으냐고
> 내가 수상쩍어 물으니
> 북한동화는 환상과 우화를 통하여
> 은연중에 사상과 이념으로 충만한
> 어른으로 자라게 하는 문학이라고
> 동생은 담담하게 대답했다
> ― 「신북한학, 동화」 부분

> 글 읽고 강의 듣고 난 후엔
> 인민의 머리로
> 빈 광경과 긴 침묵에 대해
> 생각하도록 가르치고
> 인민의 입으로 질문하도록 하고
> 인민의 손으로 필기하도록 하면
> 누구나 북한 생활상을 알 수 있지만
> 정작 잘 몰라서 잘 가르칠 수 없는 건
> 인민들 제각각인 눈과 귀와 머리와 입과 손이다
> ― 「신북한학, 교수법」 부분

> 아들이 다 커서 어른이 된 훗날,
> 자신을 번갈아 업고 안고는
> 오직 죽지 않기 위해
> 야밤에 뛰고 기며 국경을 넘던 아버지 어머니,

차츰 기억력을 잃으며 늙어가는 모습을 보던 해부터
탈북하던 날을 잊지 않기 위해
가족만의 기념일로 정하고는
해마다 단 하루 끼니 덜 먹고 난방 덜 하는데
모든 탈북자의 자손이 그렇게 하니
일 년 열두 달에 탈북기념일이 있다
— 「신북한학, 탈북기념일」 부분

　하종오가 "공부하고 싶은 북한학은/시시콜콜한 현재와 미래의 그런 일
들"(「신북한학, 입문」)로, 휴전선 이북과 관련하여 어떤 특정 이데올로기
의 삼투막을 통과한 것들이 아니다. 말하자면 주체가 인지하고 싶은 것들
만 포착하는 타자의 현상학이 아니다. 그러한 타자의 현상학은 말 그대
로 타자의 진면목을 굴절시키거나 은폐시킨 것에 불과하여, 타자의 타자
성을 배제한 타자의 '또 다른 타자'를 만들 뿐이다. 하여, 주체는 겹겹으로
변주된 타자들을 마주하는 가운데 자신도 모르는 새 그에 따른 주체의 분
열에 직면한다. 사태가 이 정도이면, 주체와 타자의 관계는 심하게 뒤틀
림으로써 좀처럼 정상적 관계로 회복될 수 없다. 이 같은 판단은 그동안
남과 북 사이에 똬리를 틀고 있는 숱한 적대적 사례들이 말해준다. 때문
에 하종오는 이러한 타자의 현상학으로부터 벗어나 무엇보다 타자를 정
직히 응시하는 태도를 취한다. 그래서 시적 화자인 '나'는 타자의 삶과 연
루된 것들을 경청한다. "환상과 우화를 통하여/은연중에 사상과 이념을
충만한/어른으로 자라게 하는 문학"이 북한동화이고, 북한의 생활상을 기
록한 저술을 통해 그 생활 일반에 대해서는 충분히 가르칠 수 있지만 정
작 그러한 실제 삶을 살고 있는 북한 인민들의 개별적 현실의 실태에 대
해서는 "잘 가르칠 수 없"음을 시인하고, 무엇보다 오직 생존을 위해 "탈
북하던 날"을 기억하기 위한 '탈북기념일'이 "일 년 열두 달에" 있을 수밖

에 없는 탈북자의 비참한 삶을 가감없이 듣는다. 시적 화자는 타자의 타자성에 정직해야 한다. 다른 것에 대해 동일성의 근거들을 애써 찾지 않는다. 다른 것을 다른 것 그 자체로 인정하는 것은 타자를 몰각하거나 배제하자는 게 결코 아니다. 도리어 다른 것의 존재와 가치를 인정함으로써 주체와 타자는 상호주관적 관계망을 이룰 수 있다. 이것이 바로 주체와 타자 사이의 동등한 관계를 상호인정하는 성숙한 정치와 윤리이며, 이것을 감싸며 휩싸고 도는 게 얼마나 아름다운 미의식의 출현인가.

남과 북의 이러한 상호주관적 정치와 윤리 및 미의식이 기반이 될 때, 20세기식 분단의 암덩어리는 스멀스멀 녹아 없어질 터이다.

> 꽃 피고 열매 맺는 일이 나무마다 다 다를 텐데도
> 통일 후 뒷날,
> 남북주민들이 남한산과 북한산으로 나누어 따지면
> 별난 눈썰미와 입맛을 물려받은
> 남북 집안 자손들 찾아 우열을 물어봐야 하는데
> 누굴 붙잡고 물어봐야 할지 모를 때를 대비하여
> 북주기 끝내고 쉬는 날에도
> 전국 주민들이 한자리에 모여서
> 스스로들 비망록을 흙바닥에다 써놓는 거다
> 꽃 잘 보살피는 주민들,
> 열매 잘 키우는 주민들,
> 자신들의 가계도에 관해서도 이모저모
> ─「신북한학, 주민 비망록」 부분

> 다년간 로고타이프가 바뀌지 않은 북한 상품들 속에서
> 표정이 바뀌지 않은 북한 청년들과
> 수시로 로고타이프가 바뀐 남한 상품들 속에서
> 표정이 바뀐 남한 청년들이

언젠가 마주치면 서로 낯설어하겠지만
일단 같은 상품들을 사고 나면
그날부터 모두 같은 표정을 짓고 만다
— 「신북한학, 로고타이프」 부분

서로 다른 자연환경 속에서 살고 있으니 "꽃 피고 열매 맺는 일이 나무마다 다 다를" 것은 당연한 일일진대, 각자 성심성의껏 잘 키워내는 일이 중요하고 그 자체가 바로 정치경제적 이념의 대립과 갈등을 보란 듯이 위반한 "흙바닥에 써놓는" 비망록이다. 이 생명을 키워내는 일에 진력을 다 한 한반도의 주민들은 너 나 할 것 없이 모두 이 비망록의 가치를 잘 이해한다. 또한 비록 상품의 로고 유형이 서로 다르되, 남과 북의 청년들이 "일단 같은 상품들을 사고 나면" 모두 자본주의의 교환가치를 극대화하기 위해 상품을 표상하는 기호들의 유형이 각양각색일 수밖에 없다는 것을 이해한다. 그러면서 남과 북은 서서히 상호주관적 관계의 지평을 형성해간다.

3. 지구적 시계(視界)를 통한 탈분단문학

하종오의 탈분단문학에서 각별히 눈여겨보아야 할 것은 앞서 강조했듯, 지구적 시계(視界)로 분단의 현실을 넓고 깊게 인식하고 있다는 점이다. 그의 이러한 시적 인식은 새삼 스러운 게 아니다. 그는 이미 전지구적 자본주의 질서 아래 노동의 유연성이 초래하고 있는 사회적 문제들을 지구 곳곳에 흩어져 있는 약소자의 삶과 현실을 통해 핍진하게 형상화하였다. 감히 말하건대, 한국의 리얼리즘 시는 하종오의 일련의 시작(詩作)을 통해 지구적 보편주의를 추구하는, 그리하여 제국(帝國)을 넘어서는 제국(諸國)의 행복한 일상과 가치에 대한 시적 형상화의 원대한 과제를 실천하기 시작하였다. 이것이 바로 '하종오식 리얼리즘'이다.

『신북한학』에서도 '하종오식 리얼리즘'은 빛을 발산한다. 그에게 한국 전쟁 이후 전개된 분단체제의 현실은 한반도의 지정학적 조건으로 국한 되는 게 아니라 지구촌 곳곳의 현실과 상호침투적 맥락 속에서 새롭게 인 식해야 할 시적 상상력의 지반(地盤)이다. 하여, 그는 도쿄, 중국, 마카오, 타이완, 베트남, 몽골, 아프가니스탄, 필리핀, 태국, 팔레스타인, 예루살 렘, 중동, 모스크바, 워싱턴, 칠레, 아프리카 등 전 세계를 망라한 지역의 현실과 한반도의 그것을 중첩시킨다. 그의 시에서 주목해야 할 것은 한반 도의 문제와 세계의 문제가 무관하지 않다는 것인데, 그저 세계의 한 부 분으로서 한반도의 문제가 갖는 특수성을 부각시키는 게 아니라 한반도 의 현실이 세계의 현실이며, 세계에서 벌어지는 일이 한반도 주민들의 삶 과 매우 밀접한 연관이 있다는 데 대한 시적 인식의 투철성이다. 이러한 그의 시적 인식은 종래 구미중심주의의 헤게모니 아래 제국(帝國)의 진원 지에서 일어난 정치사회적 파장에 속수무책일 수밖에 없는 우리의 세계 인식을 전복한다. 그의 시적 인식은 제국(諸國)의 현실을 포괄한다. 가령, 다음과 같은 시의 행간을 찬찬이 음미해보자.

예루살렘에서 한글 공부하러 왔다가
내일 서울을 떠나는 청년은
한국친구들이 마련한 송별회에서
구레나룻을 떨면서
팔레스타인 노래를 불렀다

청년의 구슬픈 목소리가
저무는 해를 끌고 오고
성마른 바람소리를 일으키고
전장에서 쉬는 전사를 보여주어서
한국친구들은 눈앞에 펼쳐진 광경 속으로

우울하게 들어갔다가 나오곤 했다

노래를 마친 청년은 한국말로
팔레스타인계 이스라엘이라고 했다
예루살렘을 벗어나면 팔레스타인,
예루살렘에 머물면 이스라엘인,
자신은 쫓아내는 자이면서 쫓겨나는 자라고 했다

서울에서 친해진 한국친구들 중 몇몇은
청년의 말을 듣고는 느닷없이
육이오 전쟁 때
월북한 이남출신 어른들과 월남한 이북출신 어른들이
끝내 오고가지 못한 채 늙어 죽는 모습이 떠오르자,
한글 공부를 그만하고 예루살렘으로 되돌아가는
청년과 건배한 후 갑자기 침묵하였다
　　　　　　　　　　　―「예루살렘 유감 2007년」 전문

　세계의 극심한 분쟁 중 하나가 팔레스타인과 이스라엘 사이의 그것이
라는 것은 삼척동자도 다 아는 사실이다. 한국에 온 팔레스타인계 이스라
엘인이 부르는 노래는 구슬프다. 타향에서 살아온 이방인이 고향을 애타
게 그리워하는 서정이 차고 넘쳐나는 노래를 불러도 못마땅한 마당에 그
의 노래에는 전장(戰場)의 을씨년스런 풍경이 에워싸고 있다. 오랫동안 서
로의 존재를 인정하지 않는 가운데 민족적 · 종교적 · 영토적 대립과 갈등
이 심화되면서, 급기야 타자를 소멸시키려는 절대악(絕對惡)이 절대선(絕
對善)으로 둔갑하는 차마 눈뜨고 볼 수 없는 지옥의 풍경이 팔레스타인계
이스라엘인 청년의 노래를 한없이 침울하게 한다. 더욱이 안타까운 것은
이 청년은 "쫓아내는 자이면서 쫓겨나는 자"의 처지인바, 청년의 노래가
왜 침울하고 구슬플 수밖에 없는지를 알 수 있다. 하종오는 한반도의 지

구 반대편에서 일어나고 있는 비극을 한국전쟁을 겪은 남과 북의 어른들로부터 발견한다. "월북한 이남출신 어른들과 월남한 이북출신 어른들"은 남과 북의 체제경쟁에 따른 적대적 관계의 사슬로부터 평생 풀려난 적이 없다. 그들은 남과 북에서 생존을 위해 타자의 타자성을 지워내기 위한 고통의 질곡 아래 결국 생을 마감하고 있는 셈이다. 이렇게 지구 반대편의 분쟁으로부터 빚어지는 반인간적 고통은 한반도에서도 예외가 아니다.

여기서 하종오의 탈분단문학으로서 지구적 시계(視界)의 시편에서 주목해야 할 또 다른 게 있다. 그것은 이른바 분단자본주의의 징후에 대한 하종오의 시적 통찰이다.

> 그가 아무개 회사의 주식을 사놓고 칠레에 관광하러 갔다
> 칠레 농부들은 초라한 차림새로 있다가 얕잡아 보는 그와 맞대면하면
> 웃어주었고
> 과수나무들은 뜨건 해를 가리고 있다가 그가 스쳐 지나가면 그늘을
> 내려주었다
> 그 사이 아무개 회사는 칠레에서 과일을 값싸게 사 와 한국에서 값비
> 싸게 팔았다
> 칠레에서 돌아온 그도 주가가 올라 이익을 많이 남겼으나
> 맞대면하며 웃어주던 칠레 농부들과 그늘을 내려주던 과수나무들을
> 떠올리진 않았다
> 그는 또 금강산으로 관광하러 가기 전에 북한산 농산물을 수입하는
> 업체와 관련된 주식을 물색하고 있었다
> ─「칠레 유감 2005년」 전문

> 블라디보스토크에 장사하러 다니는
> 친구가 알려주었다
> 처음 만나는 러시아 인들은 묻는단다
> 어느 나라에서 왔느냐, 고
> 한국에서 왔다고 하면 다시 묻는단다

남한이냐 북한이냐, 고
남한 사람이라고 하면 친근하게 대하고
북한 사람이라고 하면 아예 무시한단다
그러면서도 러시아 인들은
북한 사람을 불러다가 일 시키는데
인건비 싸고 솜씨 좋기 때문이라고 한다
— 「블라디보스토크 유감 2010년」 부분

    칠레산 과일을 값싸게 사들여와 한국에서 값비싸게 팔아 돈을 벌고 있는 한국의 어느 무역상은 주식 투자의 재미를 톡톡히 보았다. 자본주의 사회에서 흔히 찾아볼 수 있는 기업가의 전형이다. 그가 자본주의 사회에 살고 있는 한 사적 재산을 소유하기 위한 상거래 행위 자체를 탓할 수는 없다. 기업가의 최대한 목적은 이윤의 극대화를 달성하는 것이다. 다만, 그에게 막대한 이득을 가져다준 생산자의 노고와 자연의 고마움을 몰각하는 것은 으레 천박한 자본주의 상행위에 불과할 뿐이다. 하물며 이러한 그가 이윤을 극대화하기 위한 주식 투자의 성격이 투자가 아닌 투기로 전락할 것은 불을 보듯 뻔한 일이다. 문제는 그가 이러한 방식으로 "북한산 농산물을 수입하는 업체와 관련된 주식을 물색하고 있"다는 사실이다. 그것도 "금강산으로 관광하러 가기 전에" 말이다. 바로 이 대목에서 하종오의 시적 통찰이 번뜩인다. 모르긴 모르되 칠레의 무역상은 똑같은 방식으로 남과 북의 경제행위에 참여할 것이고, 그러한 과정을 통해 남쪽 기업가인 그의 부는 축적되지만, 북쪽의 농업노동과 농촌 자원이 어떻게 변모해갈지 예상하는 일은 어렵지 않다. 북쪽은 이러한 남쪽 기업가에 의해 노동과 자원을 제공해주는 그래서 남쪽 자본가의 이윤 획득에 이용당하는, 즉 분단자본주의의 물적 토대 그 이상도 이하도 아닐 수 있다. 만일 이러한 사태가 일어난다면, 말 그대로 '유감'이 아닐 수 없다. 여기에 덧보태, 남쪽 자본가는 북쪽 천혜의 자연경관을 물화(物化)의 대상으로 삼으니, 이후 한반도의 현실이 분단자본주의가 횡행하지 못하리란 법도 없지 않을까. 이미 한반도에 대한 분단자본주의의 인식은 러시아에서 일상의 구체성으로 실현되고 있음을 시인은 매섭게 갈파한다. 러시아인들은 "인건비가 싸고 솜씨 좋"은 북한 사람을 노동력으로 삼고 있기 때문이다.

4. 탈분단에 대한 시적 예지력

남과 북의 상호주관적 관계의 새 지평을 모색하는 것과 지구적 시계(視界)를 통한 탈분단문학의 원대한 과제를 실천하는 것은 간단한 일이 아니다. 평소 교통량이 많지 않은 자유로가 남과 북으로 시원히 뚫려 있는 듯 보이지만, 자유로의 역할이 커지면서 교통량이 많아지면 자연스레 자유로에 진입할 틈이 좀처럼 주어지지 않아 극심한 교통 정체(停滯)를 빚듯이 ("자동차들이 가다 서다 반복한다/브레이크 페달을 밟았다 떼었다 하며/내가 천천히 진입을 시도해도/자동차운전자들이 틈을 내주지 않는다"—「정체」 부분), 남과 북을 에워싼 복잡한 관계는 냉철한 이성과 인내, 그리고 언젠가 답보상태가 풀릴 것이라는 의지를 갖고 있어야 한다. 그래야만, 한국에 배치된 미군 병사가 한국의 분단 현실에는 무심한 채 오직 직업군인으로서 매달 수령하는 봉급만을 기다리다 못해 "코리아에서 전쟁 위험이 커질수록/병사인 자신의 봉급이 안정적일 수도 있겠다는"(「셈퍼 파이!」), 어처구니없는 생각의 맥락을 간파할 수 있다. 또한 한국으로 파견된 젊은 미군 장교가 "한국인들은 전쟁을 원치 않기 때문에/이태원 밤거리에 휘황 찬란 불 밝"(「첫 외출」)히는 것에 어리둥절한 이유를 이해할 수 있다. 말하자면, 주한미군에게 분단체제를 살고 있는 한반도 주민들의 삶과 현실은 부차적 사안에 불과할 뿐, 자신의 경제적 이해관계에 충실하는 것만이 최대의 관심사다. 그리고 이것을 한국은 너무나 잘 알고 있다. 분단자본주의를 적극적으로 활용하고 있는 기득권은 주한미군에게 치외법권을 허락하고 오랫동안 이태원으로 표상되는 제국(帝國)의 문화를 만끽하도록 하고 있는 셈이다.

이렇듯 하종오의 지금, 이곳에 대한 시적 인식은 예각적이다. 그러면서 그는 리얼리즘 시인 특유의 역사의 전망을 선취(先取)해내는 시적 예지력을 보인다. 지금은 분단의 경계로 인해 자유롭게 왕래할 수 없으나, 언젠가 북한의 저명한 저술가가 남한에 살고 있는 시적 화자인 '나'의 저작물 "문장 하나에 필이 꽂혀서/나에게 싸인을 부탁할"(「베스트셀러」) 날이 도래할 가능성을 꿈꾼다. 어디 이뿐인가.

> 나도 언젠가는 북한에 다녀올 것이다
> 그때 문우가 물으면 나는 망설이지 않고
> 나만의 여행기를 이렇게
> 말할 수 있도록 변해 있기를 희망한다
> 북한 거리는 남한 거리보다 찬란하더라고
> 북한 문학가들은 남한 문학가들보다 예술가들이더라고
> — 「나만의 여행기」 부분

폐색의 사회인 북한이 예전보다, 아니 남한보다 훨씬 민주주의의 가치가 보증되고 그에 따라 북한의 예술 역시 남한보다 훨씬 성숙해질 세상의 도래를 욕망한다. 하여, 다시는 "자신이 쓰고 싶은 문장을 쓰지 못하게 되자/시인이기를 스스로 포기"(「한 재북 시인을 생각함」)하는 암흑의 세상이 북한에서 재현되지 않기를 시인은 간절히 희구한다. 그래서 탈북 처녀가 언제든지 고향으로 돌아가 남한에서 배운 미용 기술로써 부모 형제의 머리를 고향의 아름다운 자연의 풍경처럼 정성스레 매만질 날을 학수고

대하도록 한다. 바로 그러한 아름다운 일상의 풍경에 흠뻑 취하는 것, 이 것이야말로 하종오의 탈분단문학이 꿈꾸는 '하종오식 리얼리즘'의 진경 (珍景/眞境)이리라.

> 또 처녀는 북한으로 갈 수 있는 날엔
> 빗과 가위만 챙겨 들고 가서
> 늙으신 어머니가 밭고랑에 엎드려
> 어지러운 쑥대머리를 하고 계시면
> 꽃망울로 만들어 드리고 싶고
> 늙으신 아버지가 산자락에 올라서
> 헝클어진 봉두난발을 하고 계시면
> 나뭇잎으로 만들어 드리고 싶고
> 늙은 형제자매가 장마당에 나가서
> 제멋대로 머리카락을 빗쓸고 있으면
> 구름으로 만들어 주고 싶었다
>
> ─「손재주」부분

제국(諸國)의 공존, 제국(帝國)의 부재

— 하종오의 『제국』

　최근 한국 문학의 영토가 확장되는 가운데 문제의식이 심화되고 있는 것은 고무적인 일이다. 돌이켜보면, 20세기 내내 한국 문학은 일본 제국주의의 식민지 근대를 극복하는 과정에서 반봉건·반제국주의의 문제의식을 다듬어왔으며, 광복 이후 도래한 세계 자본주의체제의 하위체제인 분단체제를 극복하기 위해 민주회복과 분단극복을 실천하는 혼신의 노력을 다해왔다. 이러한 20세기의 한국 문학은 온전한 민주적 근대 국민국가를 세우기 위한 것과 직간접 관련을 맺은 것이라 해도 과언이 아니다. 이를 추구하는 문학의 방법적 원리가 리얼리즘이든지 모더니즘이든지 구별할 것 없이 20세기 한국 문학을 구성하는 '최선의 문학'은 '한국'이란 근대 국민국가로부터 제기된 크고 작은 문제들에서 벗어나지 않는다.

　아직도 한국 문학의 예의 과제가 해결돼야 할 절실한 과제라는 데 대해서는 이견이 없다. 하지만 한국 문학이 언제까지나 일국적(一國的) 관심사안에서만 자족할 수 없는 일이다. 한국 문학을 에워싼 현실은 급속도로 변해가고 있다. 세계 자본주의체제 아래 재편되고 있는 국제 정치경제의 역학 관계에 한국도 예외가 아니다. 세계 노동의 분업화에 따라 1990년대부터 한국의 노동시장으로 이주해온 아시아계 노동자들은 지금, 이곳에서 한국 사회의 새로운 사회 구성원의 자기역할을 맡고 있다. 이들 외국인 이주노동자는 이른바 다문화 사회를 이뤄가면서 한국 사회의 오랜 단일민족국가의 가치와 문화를 중심으로 한 삶의 지평에 인식적 충격을 가해오고 있음은 두루 아는 사실이다. 하여, 한국 사회는 점차 근대 국민국가의 맹목성이 갖는 국가주의의 폐단을 심각히 인식하게 되었고, 무엇보다 경제지상주의로 인한 물신주의가 인간의 위엄을 얼마나 크게 훼손시키고 있는지를 목도하게 되면서, 아시아에 속한 한국이 급속한 경제성장을 이용하여 아시아의 경제적 약소자(弱小者)들에 대한 제국(帝國)의 폭력을 행사하고 있는 것은 아닌지에 대한 반성적 성찰을 하게 되었다.

우리는 이러한 강렬한 문제의식을 하종오의 두 시집 『국경 없는 공장』(삶이보이는 창, 2007), 『아시아계 한국인들』(삶이보이는 창, 2007)에서 조우하였다. 한국 문학은 비로소 하종오의 시를 통해 본격적으로 그리고 래디컬하게 일국적 관심사로는 포착할 수 없는 아시아적 타자의 현실을 끌어안게 되었다. 이 두 시집으로 촉발된 하종오의 아시아계 이주노동자에 대한 시적 인식은 더욱 웅숭깊게 형상화되고 있는바, 이번 시집 『제국(諸國 또는 帝國)』(문학동네, 2011)에서는 아시아를 넘어 전 지구적 범위로 시야를 확장하고 있으며 문제의식은 더욱 깊다. 가뜩이나 한국에서 G20 정상회의가 개최되면서 한국 사회는 자의반타의반 지구 전역을 상대로 한 사회적 쟁점을 다루게 되었는데, 하종오의 『제국』을 통해 신자유주의 질서 아래 추구되는 지구화 혹은 세계화가 지닌 문제점을 예각적으로 인식하고, 세계가 직면하고 있는 빈곤의 문제를 발본적으로 성찰할 수 있는 문학의 길이 트이게 됐다는 점에서 이번 시집의 출현은 주목할 만하다. 여기서 G20 정상회의를 앞두고 이집트의 어느 잡지 편집장이 "G20 정상들은 전세계 부의 배분을 통해 빈곤을 없애야 균형 있는 동반 성장이 가능하다는 점을 인식하고 이를 통해 새로운 글로벌 경제질서를 확립해야 한다"고 언급한바, 이것을 하종오 식으로 달리 말하면, "세계의 시민들에게 제국(諸國)은 공존해야 하고 제국(帝國)은 부재해야 한다."(시집의 「自序」)는 시적 인식과 크게 다를 바 없다고 나는 생각한다. 그래서 세계의 특정한 몇 제국(帝國)만이 전 세계의 부(富)를 축적시키는 게 아니라 세계 전체가 그 부(富)를 적절히 나눠가짐으로써 세계를 구성하고 있는 제국(諸國)이 불편부당함 없이 존이구동(存異求同)과 화이부동(和而不同)의 윤리적 관계가 일상에 뿌리 내리는 사회를 시인은 꿈꾼다.

그렇다면, 우리가 살고 있는 세계는 어떠한 세계인가. 하종오가 응시하는 세계는 제국(諸國)과 제국(帝國)의 상호침투적 관계로 이뤄져 있다. 이제 더 이상 세계는 개별 국민국가만의 문제로 투명하게 포착될 수 없고, 그래서도 안 된다. 세계 자본주의체제 아래 더 이상 개별 국가의 국민경제만으로는 시시각각 급변하는 세계경제의 추이를 온전히 파악할 수 없다. 국경의 안쪽에 붙들려서는 세계와 현실에 대한 매우 협소한 부분적 진실에 매몰될 뿐이다. 국경의 바깥쪽도 두루 명민하게 인식하는, 그리하여 국가의 안팎을 입체적으로 응시하고, 더 나아가 국가와 국가 사이의 관계를 총체적으로 파악하는 감각과 인식이 두루 갖춰질 때 세계를 온전히 이해할 수 있다. 하종오의 이번 시집을 관통하는 매혹은 바로 이처럼 심화·확장된 시적 인식에 있다. 가령, 다음과 같은 시를 음미해보자.

갑과 을은 가전회사 입사 동기생/중년까지 버티어 승진하여서/갑은 베트남 공장에/을은 체코 공장에/공장장으로 발령났다

베트남 노동자들과 마음을 함께해보려고/갑은 베트남인의 몸짓을 닮으려 했고/체코 노동자들과 마음을 통해보려고/을은 체코인의 표정을 닮으려 했다

둘 다 현지화되어서 이루고 싶은 소망은/큰 이익을 빨리 내어서/한국

으로 돌아가는 것이었지만/베트남 노동자들이나 체코 노동자들이 갖는 희망은/한국에서 온 자본으로 세워진/공장에 오래 다니며 봉급을 더 많이 받는 것이었으므로/먼저 갑의 몸짓을 닮아갔고 을의 표정을 닮아갔다

너나없이 고루 잘 살려 할수록/너나없이 가난해지던 시절을 지나와버린/베트남 노동자들이나 체코 노동자들은/누구라도 우선 혼자라도 잘 살아야 한다고/같이 일하는 시간 동안 따로 생각하고 있었다

갑과 베트남 노동자들은 날마다/출근하면 서로 먼저 인사했다/씬 짜오/을과 체코 노동자들은 날마다/출근하면서 서로 먼저 인사했다/도브리 덴
— 「제국(諸國 또는 帝國)의 공장—인사말」 전문

지구 전역으로 팽배해지는 자본축적 욕망의 적나라한 실상이 드러나 있다. 베트남과 체코로 발령난 한국인들은 값싼 그곳의 노동력을 최대한 이용하여 돈을 벌려고 하는 데 총력을 기울인다. 반면, 그곳의 노동자들은 한국인 고용주를 닮아가면서 자신들의 생존을 위해, 즉 가난에서 벗어나고자 돈을 벌기 위해 안간힘을 쓴다. 이렇게 세계의 각 나라들은 나름대로의 이해관계를 위해 서로의 경제활동에 깊숙이 연루돼 있다. 말 그대로 제국(諸國)의 관계 아래 제국(諸國)의 경제 행위에 충실하다.

그런데 이러한 제국(諸國)의 경제 행위가 그렇게 순탄하게 이뤄지는 것은 결코 아니다. 모든 경제 활동이 그렇듯, 경제 행위의 주체자들 중 기업인은 보다 적은 비용으로 최대의 이득을 얻기 위해 지구 전역을 대상으로 한 경제 활동에 전력한다. 지대와 임금이 값싼 곳을 찾아 공장을 짓고 제품을 생산함으로써 가격 경쟁력을 확보하고자 한다. 바로 이 과정에서 애초 제국(諸國)의 경제 행위는 정치경제력이 강한 제국(帝國)의 경제 행위로 전도된다.

한국에서 인도네시아로 공장 옮겨 짓고/인도네시아인 채용하려는
건/한국에서보다 인건비 더 적게 주고/일 더 시킬 수 있기 때문인데/이
미 숙련공이 된 수트리나 씨는/한국에서 배운 기술 수준과는 상관없이/
한국에서 받은 인건비가 많은 게 문제였다
　　　　　　　　　　　　　　　—「제국(諸國 또는 帝國)의 공장-숙련공」 부분

　　베트남 전 참전했던 사나이가/베트남에 신발공장을 세웠지만/사업이
잘 되어 봉급을 많이 주자/베트남인들이 가장 들어가고 싶은 회사가 되
었고/사나이는 베트남 전에 참전했던 전력을 숨기지 않았다
　　　　　　　　　　　　　　　—「제국(諸國 또는 帝國)의 공장-봉급」 부분

　　제국(帝國)의 경제 주체들은 정치경제력이 약한 약소자들을 대등한 경
제 주체로 대우하지 않는다. 약소자들은 값싼 임금에 고용당한 노동자에
불과하다. 제국(帝國)의 입장에서는 숙련공 여부가 중요하지 않다. 단순
노동에 부합하는 노동력이면 만족할 뿐이다. 게다가 약소자들의 역사인
식은 안중에도 없다. 아니, 제국(帝國)의 경제 주체는 일부러 약소자의 역
사인식을 노골적으로 홀대한다. 말하자면 제국(帝國)의 고용주에게 피고
용주의 계급의식과 민족의식은 중요하지 않다. 오직 피고용주의 경제행
위만이 제국(帝國)의 고용주에게 유의미할 뿐이다.
　　우리는 여기서 매우 흥미로운 점을 성찰해보아야 한다. 하종오는 지구
전역에 걸쳐 행해지는 제국(諸國)의 경제행위에 동반되는 문제점을 인식
하는 데 그치지 않고, 이 같은 경제행위에 깃든 근대 국민국가에 대한 시
적 통찰을 보이고 있다.

　　나날이 먹고살기 위해 한국에서나 조국에서나/하루도 거르지 않고 일
하기는 마찬가지여서/서아프리카 출신 청장년들과/동남아시아 출신 청
장년들은/독재와 가난에서 조국을 구할 수 있다면/역난민으로 귀국하
여 저항하고 싶지만/적은 봉급이라도 달마다 현금으로 주는/한국의 공

장에서 쉽게 떠나지 못한다

　　　　　　　　　　　　　　　　　　— 「한국의 공장에서」 부분

　　조상이나 출신을 따지기에는/똑같이 너무 가난했기에/그들은 중국
국적으로 한국에 와서/똑같은 중국인들로 친하게 지냈는데/티베트가
독립을 요구하고/중국이 무력으로 진압한다는,/중국이 정책적으로 한
족 주민들을/티베트에 이주시켜 상권을 장악하고/티베트 주민들을 밀
어낸다는/뉴스를 듣곤 그만 서먹해져 있던 참이었다

　　　　　　　　　　　　　　　　　　— 「국경 너머 국경」 부분

　　영어를 공용어로 쓰는 나이지리아에서/영어교사 출신 그레고리 씨
는/아무리 영어를 잘했어도/인생이 달라지지 않았다/이제 한국에서 돈
을 벌어 귀국하면/그는 다시 학교에 나가/아이들을 가르치겠지만/자기
와는 대화도 하지 않으려 하면서/미국 흑인에게 영어를 배우려드는/한
국인들이 정말로 마음에 들지 않는다

　　　　　　　　　　　　　　　　　　— 「공용어」 부분

　　분명, 지구의 경제 활동은 국가의 경계를 벗어나 지구 전역에 걸쳐 활
발히 일어나고 있는데, 그 경제행위는 탈국가적 기획에 초점이 맞춰 있지
않다. 국경을 넘나들며 적극적으로 경제행위를 하고 있는 것은 사실이되,
중요한 것은 이주노동자들 대부분은 아직 국민국가의 기틀이 온전히 정
립되지 못한 국민이기 때문에 그들이 타국에서 온갖 어려움을 견뎌내면
서 벌어들인 돈을 조국으로 송금함으로써 조금이라도 그들의 조국이 민
주화를 이룩하고 빈곤에서 벗어나기를 욕망한다. 그들은 제국(諸國)의 경
제행위를 하면서도 여전히 그들이 귀속된 국민국가의 구성원으로부터 자
유롭지 못하다. 그래서 비록 타국에서는 이주노동자들 모두 '외국인—이
주자'로서 타자 취급을 받을 뿐만 아니라 계급 이하의 계급 신분인 '저층
계급(underclass)'으로서 문제의식을 공유하고 있지만, 그들 국가 사이에 심

각한 문제가 생기면 언제 그랬냐는 듯 그들 사이에도 국가 간의 갈등과 대립의 양상이 재현된다. 말 그대로 국경 너머에도 국경은 존재한다. 게다가 국경의 구획에 따른 심각성은 인종 차별의 문제 못지 않게 심각하다. 한국인이 영어를 배우는 과정에서 선호하는 교사의 부류는 미국인(백인을 가장 선호하고 그 다음에 흑인을 선호)이지, 아프리카의 어느 나라 교사가 아니라는 데서 단적으로 읽을 수 있듯, 어학을 가르치는 경제행위에서도 매우 심각히 작동하고 있는 현실 논리는 미국이란 국가의 구성원이 갖는 선호도이다. 이로써 우리는 제국(諸國)의 경제행위 안에는 국경을 무화시키는 경제활동이 아닌, 특정 국가의 국민으로서 경제활동을 하고 있다는 것을 알 수 있다.

더욱이 이러한 경제활동은 디아스포라의 역사적 현실에서 삶의 비극성으로 다가온다.

한국에선 땅이 없어 식솔들과 몇날며칠 걸어/자진해서 국경을 넘어 연해주로 간 할아버지는/다시 강제로 기차에 실려 몇 달 동안 달려/국경을 넘어서 카자흐스탄으로 이주하였다/농사를 잘 짓던 할아버지는/광활한 황무지에 내버려졌다

거기까지는 고려인이라면/다 같은 가족사일 뿐이므로/젊디젊은 김예카체리나 씨는/못사는 카자흐스탄을 떠나서/잘사는 한국으로 가고 싶다

살아갈 날이 많은 김예카체리나 씨가/할아버지가 태어난 한국으로 가려는 건/좋은 직업을 가지고 싶어서다/자신이 태어난 카자흐스탄에서는/힘겨운 농업을 물려받아야 한다

학벌이 없는 김예카체리나 씨는/한국에 가서 공장에 취직하는 것이/카자흐스탄에 머물러 밭농사를 짓는 것보다/훨씬 큰 목돈을 번다는 정도는 알고 있다

조상은 넘어왔으나/후손은 넘어갈 수 없는 국경을/김예카체리나 씨는 두려워하지 않고/비자를 신청하고 기다린다

다른 고려인과 좀 다른 가족사가 있다면/할아버지는 일찍 돌아가시고/아버지는 농사를 잘 짓지 못하여/땅을 별로 넓히지 못했다는 점이다
— 「젊은 고려인」 전문

젊은 고려인 김예카체리나는 카자흐스탄을 떠나 한국으로 가 돈을 벌고 싶다. 그의 조상은 스탈린의 강제 이주로 인해 중앙아시아에서 혹독한 삶을 견디며 살아왔다. 이들 고려인 1세는 강제로 국경을 넘어 다른 나라에서 매우 열악한 사회적 자연적 환경 속에서 삶의 터전을 개척해왔다. 이제 젊은 고려인들은 좀처럼 넘기 힘든 국경을 넘고자 한다. 그들의 할아버지 세대들이 식민지의 온갖 착취와 억압과 빈곤에서 벗어나고자 떠나온 한국에 다시 돌아가고자 한다. 제국(諸國)의 경제행위를 한국에서 하고 싶다. 젊은 고려인의 이 경제행위의 욕망을 에워싸고 있는 고려인의 디아스포라적 역사의 비극성은 스탈린의 강제 이주로부터부터 환기되는, 소비에트사회주의연방공화국이란 제국(帝國)의 경제정책 속에서 정치경제적 약소자가 감내해야만 하는 디아스포라적 국민의 비극성을 고취시킨다("내가 이해할 수 없는 건 다 같은 시간에/우즈베키스탄에서 고려인들은 더욱 가난해졌고/한국에서 한국인들은 더욱 부유해졌다는 것이다"—「국가의 시간」 부분).

이렇게 제국(諸國)의 경제행위 속에서도 국민국가의 삶의 영토를 완전히 지워버릴 수 없다. 그렇다면 우리가 진정으로 숙고해보아야 할 과제는 세계를 구성하고 있는 모든 국가들이 제국(帝國)의 폭압성을 갖지 않도록, 특정 국가가 제국(帝國)의 막강한 정치경제적 헤게모니를 장악하지 않도록, 더 나아가 그러한 제국(帝國)의 속성을 소유하는 것 자체가 다른 국가

들과 공생공존하는 데 아무런 보탬이 되지 않는다는 것을 인식하도록 하는 것이다. 하여, 제국(諸國)의 온전한 관계를 형성하도록 하는 것이다.

하종오는 이 원대한 문제를 지구의 총체적 시각으로 접근한다. 시집의 2부에 수록된 시들은 개별 국가의 문제를 중시하되, 특정 국가의 주요 현안들은 국가와 국가 사이의 문제들과 맞물려 있는, 말 그대로 제국(諸國)의 문제이며, 무엇보다 이러한 관계들을 통해 더 이상 세계를 국지적으로 지엽적으로 인식해서는 그 정확한 실체와 진실에 이를 수 없다는 것을 강하게 환기시킨다.

> 지구가 달을 보며 도는 동안/고향집을 떠난 북한 여자가/남한에 닿을 수 있는지는,/시집에서 쫓겨난 베트남 여자가/친정으로 갈 수 있는지는,/공장에서 잘린 네팔 여자가/지하셋방에서 머물 수 있는지는,/지구만 안다

> 지구가 해를 마주하고 도는 시간 동안/이스라엘군이 정조준한 총에 맞은/팔레스타인인이 숨쉴 수 있는지는,/미군의 진격을 피해 마을을 떠난/이라크인이 집에 돌아올 수 있는지는,/파병된 한국군이 아프가니스탄인을/무사히 도울 수 있는지는,/지구는 안다

> 인간이 지구와 함께 도는 시간 동안/가난한 나라에 원조된 곡식을/누가 먹는지는,/먼 나라로 수출된 헌 옷이/무엇을 가려주는지는,/전장이 된 나라에서 집을 짓기 위해서는/누구와 같이 일해야 하는지는,/인간만 모른다
>
> ─ 「지구의 의식주」 전문

지구 곳곳에서 일어나고 있는 일이 어디 이것뿐이겠는가. 그런데 지구에서 일어나고 있는 일들에 대해 시인은 냉소적 태도를 보인다. 인간이 알 수 있는 일인데도 인간은 알 수 없고, "지구만 안다"고 단언한다. 그런

가 하면 인간이 알 수 있는 일인데 "인간만 모른다"고 단언한다. 정리하면, 지구에서 일어나고 있는 모든 일들에 대해 인간은 무지하다는 것인데, 시인은 인간의 이러한 어리석음과 무지에 대해 냉소적 비판을 하고 있다. 인간의 숱한 이해관계에 따라 크고 작은 일들이 지구에서 일어나고 있는데, 그 모든 것은 지구에 살고 있는 인간에게는 그 일들에 연루되지 않는 한 관심사 밖이다. 지구는 모든 것을 알고 있는데도 지구에서 살고 있는 인간은 오만불손하게도 정작 자신이 알고 싶어하는 것만을 알 뿐이다. 인간에 대한 시인의 이 냉소적 비판은 제국(諸國)의 관계 속에서 살아야 할 인간이 제국(帝國)의 정치경제적 헤게모니에 종속되고 있는 서글픈 현실을 겨냥하고 있다 해도 과언이 아니다.

지구는 둥글다. 원환(圓環)이다. 지구 표면 어디에 있더라도 지구 중심부에서 거리는 똑 같다. 지구 어디에서 출발하더라도 반드시 출발점으로 돌아올 수 있다. 지구가 지닌 원환의 속성을 곰곰 숙고해보면, 이 원환이야말로 불편부당함이 없는 세계의 완전성을 이루는 형상이 아닌가. 모든 것이 충만하고 결핍되지 않는 완전한 상태를 유지하고 있는 게 바로 원환의 형상이며, 이것은 곧 지구의 형상이다. "시방/아기들은 똑같은 소리로 우네요"(「지구의 해산바라지」)라는 구절에 함축돼 있듯, 지구 어디에서도 갓 태어난 신생아의 우렁찬 울음 소리는 똑같다. 지구는 인간에게 균질적으로 존재하지, 차등적으로 존재하지 않는다. 그것이 바로 제국(諸國)의 주요한 평등한 정치 감각이다.

이제 시인은 자신을 추스린다. 세계 자본주의체제 아래 개별 국민국가의 범주 안에서만 자족하는 삶을 살아서는 곤란하다. 지구화의 현실 속에서 국경을 넘나드는 이주노동자의 현실, 지구 전역을 대상으로 하는 제국(諸國)의 경제행위들, 그 와중에 노골적으로 정치경제적 헤게모니를 통해 약소자들과의 이해관계 속에서 최대한 이득을 쟁취하려는 제국(帝國)의 폭력 속에서 시인은 지금까지 이러한 가르침을 준 이를 수소문한다.

> 내가 평생 찾아다녔던 이가 누군지 생각한다/이미 만나고도 지나쳤
> 는지/아직도 못 만났는지 속어림해본다/나는 시를 잘 쓰고 싶어 스승을
> 찾으려고 책을 뒤적이면 페이지마다 밑줄 긋기도 했지만 나에게 다 가
> 르쳐준 사람은 없었다/나는 시골에다 밭뙈기를 마련해놓고 씨 뿌릴 때
> 와 씨 골라 놓을 때를 물어볼 농부를 찾아 들에서 헤매기도 했지만 나에
> 게 다 가르쳐준 사람은 없었다/나는 도시에서 호구책을 알아보려고 이
> 웃을 찾아 골목 꺽어 돌다가 큰길에서 기웃거리기도 했지만 나에게 다
> 가르쳐준 사람은 없었다/그이들을 수소문하면서
>
> — 「지구의 수소문」 부분

시인에게 가르침을 준 특정한 이는 딱히 존재하지 않는다. 그도 그럴
것이 지구에 존재하는 모든 존재들이 시인에게 가르침을 주었기 때문이
다. 하종오의 이번 시집 『제국』은 한국 문학이 일국적 문제틀 안에서만 다
뤄지는 (탈)근대의 문제들을 지구적 시야 속에서 총체적으로 응시하고 있
다는 점을 주목하지 않을 수 없다. 이후 『제국』에서 새롭게 제기된 시적
인식들이 한국 문학의 영토를 심화·확장시키는 데 밑알이 될 것이라고
기대해본다. 끝으로 하종오 시인의 전언을 다시 한 번 읊조려본다.

"세계의 시민들에게 제국(諸國)은 공존해야 하고 제국(帝國)은 부재해야
한다."

삶의 내공, 생의 엄숙한 행로를 순행(巡行)하는

― 이경호의 『비탈』

─────────

　지금, 이곳의 현실을 살고 있는 우리에게 삶의 희망이 있을까. 도대체, 희망이 있긴 있는 것일까. 희망의 부재 속에 희망의 신기루를 좇아 애써 그것을 꿈꾸며 옴쭉달싹 못할 정도로 그것에 맹목적으로 붙들려 있는 것은 아닐까. 이럴 때일수록 냉철할 필요가 있다. 우리에게 절실한 것은 가식적이고 어설픈 희망을 추구하는 것보다 온몸 구석구석에 깊이 새겨진 통절한 환멸과 절망의 상처에 아파하며, 희망의 부재를 견디는 삶의 내공을 벼려야 하는 게 아닐까. 이 과정 속에서 절망의 바닥을 뚜렷이 응시하고 그 바닥을 치고 올라오는 삶의 도저한 힘을 맵싸게 갈고 다듬어야 하는 것은 아닐까. 이것이 바로 거짓 투성이로 덮인 현실에서 맥 풀린 삶을 사는 것을 넘어 진실의 가치를 향해 정신을 옹골차게 다 잡은 삶을 사는 윤리의식이고, 정치적 태도이며 또한 미의식의 드러남이다.

　우리는 이경호의 이번 시집 『비탈』(애지, 2014)에서 이러한 윤리의식과 정치적 태도, 그리고 미의식을 곰곰 음미할 수 있다.

　　비탈은 겨울을 그리며
　　비탈은 따뜻할 때엔 아닌 척

비탈은 바람을 들어 껴안고 놀다가
비탈은 이름도 없이 살다가
비탈은 겨울이 되어야 서서히 일어나
비탈은 눈이 내리면 비탈임을 깨닫고
비탈은 절벽에서도 피하지 않고
비탈은 바람을 칼 삼아 제 몸을 찔러
비탈은 피를 흘리며 바람을 삼키고
비탈은 비로소 비탈이 되며
비탈은 갈기를 세우고
비탈은 밤새도록 창가에 날을 들이대다가
비탈은 서슬에 겸손해진 자들만 통과시키고
비탈은 누구에게는 언제나 비탈로 남아 있다

―「비탈」 전문

이경호에게 세상은 '비탈'의 심상으로 다가온다. 말하자면 세계 그 자체
가 곧 '비탈'이다. 비탈의 형상이 단적으로 보여주듯, 시인에게 세계는 위
태롭고 가파른 그러면서 매섭게 추운 칼바람이 불어닥치는 매우 불온한
속성을 띤다. 문제는 비탈이 세계 자체이므로 그 누구도 비탈을 피해갈
수 없다. 다만 비탈의 이러한 불온성에 "겸손해진 자들만"이 비탈의 세계
를 "통과"할 수 있다. 이것은 이번 시집을 관통하는 이경호의 시적 전언을
응축하고 있다 해도 과언이 아니다.

그렇다면, 비탈의 "서슬에 겸손해진 자들"은 어떤 삶을 살고 있을까. 가
령, 그 삶의 한 단면을 살펴보자.

시장골목을 빨간 잠바가 누비고 간다
페달 굴리며 가는데
유난히 짧은 오른 다리는 시늉뿐이다

사는 일이 저 정도는 되어야지

자전거에 올라 슬그머니
시치미 뗄 수 있어야지
출렁거리지 않는 길을 나서기까지
그는 얼마나 출렁거렸을 것인가
— 「우아해진다는 것」 부분

시장에서 자전거 페달을 굴리는 사내의 동작이 어딘지 모르게 비정상
적이다. 사내의 두 다리의 길이가 현저히 다르다. 어떤 곡절이 있는지 모
르지만, 자전거 페달을 굴리는 다리는 한쪽 다리일 뿐이다. 자전거 페달
을 굴리는 두 다리 중 "유난히 짧은 오른 다리는 시늉뿐", 그래서 자전거
를 타고 가는 모습이 우스꽝스럽다. 하지만, 여기서 시적 화자가 눈여겨
본 것은 이 우스꽝스러운 몸짓의 자전거 페달 밟는 모습을 휘감고 있는
삶의 위엄이다. '그'는 결코 자전거 타기를 포기한 적이 없다. 타인의 눈을
대수롭지 않게 여길 때까지 '그'는 얼마나 모질고도 넉넉한 삶의 내공을
갈고 다듬었을까. 그동안 '그'가 겪었던 비탈진 세상의 풍파는 얼마나 거
셌을까. 그리고 '그'는 얼마나 자신의 비탈진 삶에서 크게 요동치며 출렁
거렸을까. 그러면서 길이가 서로 다른 두 다리를 갖고 마치 곡예하듯 균
형을 잡은 채 자전거 페달을 자연스레 밟으며 비탈진 삶의 전장(戰場)−시
장을 마음껏 누볐을까. '그'에게 삶은 결코 녹록하지 않았을 터, 잠시 머릿
속에 이들 장면을 연상해보면, '비탈'의 심상으로 현현되는 삶에서 우리
모두 똑바로 서 있을 수 없는 것과 마찬가지로 두 다리를 자연스레 정상
적으로 교차하지 못한 채 기울어진 몸뚱어리의 포즈를 반복적으로 취하
면서 밟는 자전거 페달의 자세는 신기할 정도로 유사하다. 다시 말해 '그'
의 자전거 페달 밟는 행위는 비탈진 삶터를 힘겹게 살아낸 삶의 경이적인
내공을 보여준다.
이러한 삶의 내공의 풍경은 이경호 시집에서 중요한 시적 성찰의 계기

를 갖도록 한다.

> 만선의 깃발을 세우고 싶었다.
> 한번만 목숨 걸고 배를 타면
> 다시는 배를 타지 않겠노라 했다
> 눈물의 배는 정박하면서
> 긴 잠을 자고 싶었다, 그러나
> 스물 네 시간 배를 타야만 했다
> 대전에서도 만만찮은 몸값을 받았는데
> 만선의 뱃노래 부르지도 못하고
> 줄에 매달려 여기까지 왔다
> 단돈 칠백만원 때문에
> 뭉칫돈 노린 보자기에
> 남정네를 씻어주며
> 비린내 밴 처녀막도 바다에 버리고
> 오늘도 찻잔 들고 배달을 간다
> 섬에 가면 아가씨가 예쁘다는 소문은
> 뱃고동에 실려 바닷가를 떠돌고
> 샘물 마른 가슴은
> 지층처럼 무너져 내리는데
> 거친 파도 어둠 속에서
> 한 시간 만 원짜리 등대가 되는 오양은
> 등대다방의 얼굴이다

—「오양」전문

그런데, 삶의 내공이란 딱히 이런 것이다, 고 간단히 정리할 수 없는 그 무엇이다. 우리가 시쳇말로 티켓 다방의 여종업원 오양에게서 삶의 내공을 발견하는 일은 쉽지 않다. 오양은 미풍양속을 헤치는 윤락여성의 혐오스런 사회적 시선을 받고 있는데, 오양을 시적 진실의 프리즘으로 이해한다면, 오양에 대한 이 같은 사회적 시선은 전복된다. 오양을 찾는 사람들은 "만선의 깃발을 세우고 싶었"던 어부들인데, 그들의 어업 노동은 죽음을 각오할 정도로 혹독하고 위험하며 강도 높다. 뭍에서의 일을 마다하고 바다에서의 힘든 어업 노동을 선택할 수밖에 없는 그들의 고달픈 삶을 잠시 위무해주는 것은 "한 시간 만 원 짜리 등대가 되는 오양"이다. 그렇다. 오양은 그들에게 등대로서 자리한다. 칠흑 같은 밤바다에 한줄기 빛을 사출시킴으로써 어둠을 헤쳐나갈 수 있도록 평화와 위안을 안겨주는 등대와 같은 역할을 오양은 맡고 있는 셈이다. 알고 보면, 오양 역시 남정네들 못지 않게 상처 투성이의 삶을 간직하고 있는바, 때문에 오양과 남정네들 모두는 서로의 아픈 상처를 그 누구보다도 잘 헤아릴 수 있는 가엾은 존재들이다. 삶의 내공을 쌓는다는 것은 바로 이러한 삶의 상처가 아프게 아무는 과정 그 자체다.

이와 관련하여, 이경호의 시집을 읽는 내내 떠나지 않는 물음이 있다. 그의 시 곳곳에 녹아 있는 삶의 어떤 근원적 깨우침의 흔적들이다. 그렇다고 그의 시들이 윤리의식을 표나게 드러내는 계몽적 어조가 주류를 이루지는 않는다. 이 글의 앞에서 간략히 짚었듯이, 이경호의 시 전반을 감싸고 있는 것은 환멸과 절망의 현실에 정직하게 대응하는 윤리의식이며, 정치적 태도이고 이 과정에서 절로 드러나는 미의식이다. 여기서, 쉽게 간과할 수 없는 것은 시적 화자의 존재론적 뿌리인 부모에 대한 시적 성찰이다.

나
처음 세상에 나와 떨던 날
어머니
마늘 캐셨다

나
처음 세상에 나와 울던 날

아버지
머슴살이 방아 찧고 계셨다

삼십삼 년 지난 오늘
어머니
마늘 캐신다

아버지
아파트 경비원 머슴살이 하신다
　　　　　　　　　　　　　　　　　　　—「끈」 전문

　시적 화자인 '나'의 부모는 마늘을 캐고 머슴살이를 하는 이 땅의 기층
민중이다. 그러니까 '나'는 민중의 자식이다. 그런데 '나'의 민중으로서 존
재론적 근원에 대한 자기인식이 말처럼 쉬운 일은 아니다. 무엇보다 '나'
의 역사를 기록하는 일이 순탄하지 않기 때문이다. 그것은 '나'의 부모의
삶을 기록하는 것이 쉽지 않은 것과 무관하지 않다.

제가 떠드는 말은 모두 당신의 말씀이고
당신을 쓰는 일은 저를 쓰는 일인데
당신의 말씀 절반도 알아듣지 못하고서야
알아들은 것 절반도 움직이지 않고서야
어찌 저를 쓸 수 있겠는지요
　　　　　　　　　　　　　　　　　　　—「어록」 부분

　말하자면, '나'가 부모의 말씀을 기록하는 일이 어려운 것은 한평생을
민중으로서 살아온 부모의 "말씀 절반도 알아듣지 못하고", 그나마 힘겹
게 "알아들은 것 절반도 움직이지 않"는 '나'의 부모에 대한 모종의 거리
감 때문이다. 비록 '나'는 아버지의 생전의 모습을 반추하면서 아버지에

대한 그리움으로부터 자유롭지 못할지라도(「붉은 노을」), 아버지가 겪었던 삶의 고통을 온전히 이해하기 어렵다. '나'는 좀처럼 아버지가 머슴살이로 전락한 이유에 대해 알 수도 없고 하물며 그 삶에 대해 공감하기 힘들다. 그저 '나'의 아버지는 "어느날 구름 목장의 전화를 받고 울타리 전지도 해주고 양털 깎아 돈 벌어오겠다며 떠나가서는 십년도 넘게 무소식"(「전지를 하다가」)으로 남아 있는 존재다. '나'에게 아버지는 결핍 또는 부재 상태라 해도 과언이 아니다. 이것은 이 땅의 민중의 현실을 기억하고 그것을 기록으로 남기는 데 어려움이 현실적으로 뒤따르고 있음을 말한다. 하지만 민중으로서의 '나'의 기억을 기록하는 일이 마냥 어렵거나 불가능한 것만은 아니다. 기록한다는 게 문자를 수단으로 하고 있는 행위에 초점을 맞춘 것이라면, 말을 적극적 수단이자 목적으로 하고 있는 인터뷰는 민중을 에워싸고 있는 제도적 억압의 실체를 부정하고 해체하는 데 매우 효과적인 정치적 행위다. 다시 말해 인터뷰는 민중의 존재에 대한 자기인식의 확실성과 이에 기반한 윤리 및 정치, 미의식이 잘 버무려 있는 민중사—구술사(口述史)로서 그 존재 가치가 매우 높다.

주름이 늘면서 욕심도 늘어나더라고
담배농사는 말이지 사람이 짓는 게 아녀
목돈냄새 맡아보려고 하우스를 두 동이나 빌렸는데
목돈은 그만두고 비닐 값도 어림없게 되었어
물렁해진 골초 때문에 엮어 걸기도 어렵고 큰 일여
담배고랑 기다보면 신물부터 나온다니까
그렇게 삼십년이여
손에 굳은 때가 꼈어
어제는 김치 담갔는데 쓰다며 죄다 안 먹더라니까
몸뚱이도 골초 간 게 분명허여
아무짝에도 쓸모없는 짐승이 된 거여

뼈까지도 머리까지도 골초 간 거여
우린 사람 되긴 글러먹었다니까
어차피 사람이 아니었다니까

— 「인터뷰」 전문

이러한 의미에서 위 시는 시적 화자 '나'의 어머니가 얼마나 고달프고
힘든 삶을 살아왔는지를 여실히 들려준다. "삼십년" 동안 담배농사에 열
심인 어머니의 삶과 온몸은 '골초' 투성이다. 위 시에서 애달프게 다가오
는 것은 담배농사의 영향 때문인지, 어머니의 일상이 온통 담뱃내에 휩싸
인 채 그 스스로 "아무짝에도 쓸모없는 짐승이 된 거여/뼈까지도 머리까
지도 골초 간 거여/뼈까지도 머리까지도 골초 간 거여/우린 사람 되긴 글
러먹었다니까/어차피 사람이 아니었다니까"의 행간에 배어든 담배농가
의 민중의 신산스러우면서도 고달픈 삶의 행로다. 이 행로에 차마 이루
다 말 못할 숱한 삶의 상처들과 사연들이 얼마나 많이 켜켜이 쌓였을까.
　여기, 어느 상갓집에서 포착된 노인의 발톱에 대한 시인의 미세한 관찰
을 더듬어보자.

천막아래 망자가 내놓은 술상 있고
마을에서 뼈 굵었음직한 노인이
슬리퍼차림으로 망자를 말하고 있다

슬리퍼 위에 낡은 집 한 채를 본다
부서지고 휘어지고 낡아서
군새를 한 지붕과 풍파에 삭은 기둥과
거기 버섯처럼 싹을 키우는

몇 번이고 따낸 흔적은 나무껍질을 닮았다
나무 냄새 풍기는 싹이 나이테를 닮았다

미련을 남기지 않으려고 저렇듯 제 살결을 내미는 걸까
비우고 버릴 것이 있다고 여기는 한
저 싹은 계속 돋아나 무성해질 것이다
흙으로 돌아가고 싶어서 자꾸 버릴 것이다

— 「발톱」 부분

위 시를 곰곰 음미하고 있노라면, 묘한 느낌을 갖게 된다. 망자의 죽음을 애도하는 노인은 "슬리퍼차림"인데, 시인이 특히 주목하고 있는 것은 그 슬리퍼 사이로 보이는 노인의 '발톱'이다. 노인의 '발톱'에 대한 형상화는 자못 진지하다. "낡은 집 한 채"와 포개놓는 시인의 심미안으로부터 절로 생에 대한 경외감이 밀려든다. 시인은 노인의 '발톱'에서 생의 행로를 읽는다. 그것은 "몇 번이고 따낸 흔적"의 "나무껍질"과 "나무 냄새 풍기는 싹"의 "나이테"를 '발톱'에서 발견한다. 노인의 삶의 행로 속에서 그 흔적은 고스란히 그의 '발톱'에 남아 있으며, 노인 역시 언젠가 그가 문상을 한 망자처럼 죽음의 행로를 밟을 것이다. 시인은 생의 엄숙한 행로를 슬리퍼차림의 노인의 '발톱'에서 문득 엿본다. 흔히들 발톱은 신체 부위 중 가장 비천한 것으로 간주되곤 하는데, 이 비천한 발톱으로부터 자못 진지한 생의 엄숙미를 이처럼 참신한 시선으로 주목하고 있는 것은 그냥 넘겨볼 수 없는 시인의 시작(詩作)이다. 이것은 시인의 평소 시작(詩作)이 지닌 시적 개성이되 시적 품격을 이룬다 해도 과언이 아니다. 상갓집의 아우라와 절묘히 어우러지는, 노인 문상객의 슬리퍼의 '발톱'과 포개지는 생의 엄숙한 행로(생성과 소멸)가 시집을 덮은 후에 계속하여 눈에 밟힌다.

이경호 시인의 이번 시집을 읽으면서 이와 같은 생의 엄숙미에 대한 성찰적 시선은 비루한 삶의 일상을 살고 있는 우리에게 점차 망실해가고 있는 생의 소중함을 환기시켜준다. 이것은 마치 낡고 오래된 동네 영화관의 환등기로부터 사출된 빛이 뿌얀 먼지들 사이를 헤집으면서 상영되는 영화가 안겨주는 그 무엇과도 바꿀 수 없는 생의 진실이다.

삼거리 영화관에 새 영화가 들어왔대서
걸음티켓 한 장 끊었다

하마터면 분장이 심하여
내 기억 속 앳된 여배우를 몰라볼 뻔했다
그녀가 주름 많고 입이 아주 거친
식당 아줌마 역(役)으로 돌아온 것이다

그녀의 처녀작은 심부름 하는 누이였고
필름이 낡아갈 무렵
그녀가 들밥을 머리에 얹고
논두렁 밭두둑에 나타나는 다음 역을 맡았을 땐
되똥거리던 꽃대에 가슴을 저미곤 했었다
나는 그저 장난이나 치고 있다가
나비처럼 날아가 꿀을 빨아대던 단역이었다

그녀가 어떤 남자와 사랑에 빠지는 대작에
캐스팅되었다는 소문이 돌았지만
영화를 접하지는 못하였다
상영불가판정을 받았다는 말도 있었으나
애초 섭외 조건과 달리 까다로운 요구가 더해져
완성을 보지 못했다는 쪽에 믿음이 갔었다
그녀의 은퇴 후
모든 영화는 그저 심심한 풍경일 뿐이었는데
그녀가 은둔에서 은막으로 돌아온 것이다

상영 내내 눈여겨보아도
상대역이 누군지는 정확히 알 수 없었으나
그녀는 모든 출연자에게서

멋진 대사와 흥분한 표정을 이끌어내는 거로
어엿한 주연배우임을 알렸다

—「인천식당」 전문

마치 한 편의 영화를 감상하듯, 시적 화자의 기억 속에 오롯이 남아 있는 "앳된 여배우"는 "주름 많고 입이 아주 거친/식당 아줌마 역(役)으로 돌아" 와 있다. 그동안 어떤 사연들이 있었을까. "심부름 하는 누이"에서 "논두렁 밭두둑에 나타나는" 시골 아낙네로부터 마침내 "어떤 남자와 사랑에 빠지"더니, 그래서 더 이상 영화배우 역을 맡지 못했다는 풍문이 떠돌더니, 이제 "그녀는 모든 출연자에게서/멋진 대사와 흥분한 표정을 이끌어내는" "어엿한 주연배우"로서 찾아왔다. 바로 인천식당의 아줌마로 귀환한 것이다. 인생의 산전수전을 애오라지 겪은 후 식당의 아줌마로 돌아온 그녀의 삶이야말로 생의 진실을 담아내고 있다 해도 과언이 아니다. 인천식당을 찾은 손님들은 그 주연배우의 상대역으로서 또 다른 우리의 인생을 아름답고 감동적인 한 편의 영화를 만들기 위해 우리를 초대한다. 인천식당, 바로 그 삶의 진실의 풍경이 출렁거리는 은막으로……

우리는 이쯤에서 이경호 시인이 이번 시집에서 공들여 노래하고 있는 시적 대상들 대부분이 신산스러운 생의 풍경 사위 속에서도 생의 엄숙미를 소중히 품고 있다는 것을 알 수 있다. 아무리 지금, 이곳의 현실이 부박하고 희망이 부재하는 척박한 삶의 황무지라고 하지만, 그럴수록 이경호의 시가 마주하고 있는 생의 진실은 한층 넓고 깊다. 아마 여기에는 그의 고향 서산의 계곡 깊숙한 곳에 자애롭게 새겨져 있는 서산마애삼존불의 신비한 미소의 참뜻을 시인이 곱씹었으리라.

쓸데없는 말이 튀어나오려는 날이면
골짜기 하나 먹고 싶어진다

(중략)
서론이 긴 사람이 어떻게 본론으로 걸어갔는지
태양의 말씀을 누가 차근히 받아 적었는지
다 알고 있지만 침묵하는 여기에서
(중략)
냉수 한 사발 찾지 않고 그저 웃기만 하는 여기에서
내가 무슨 말을 참고 있는지
다 알고 있는 여기에서
다 알고 있어서 붉어지는 초록에게 눈짓하면서
미소 한 덩이가 먹고 싶어진다
— 「서산마애삼존불」 부분

언어도단의 시대를 살고 있는 우리에게 서산마애삼존불의 묵언수행의
가르침은 태곳적 우주창생의 시간을 가로질러 간명한 진실을 침묵의 형
식으로 설파한다. 거짓이 난무하고, 생의 진실을 호도하는 우리 시대에
서산마애삼존불의 무극(無極)/궁극(窮極)의 미소는 우리를 말없는 죽비로
내려친다. 하여, 삶이란, 생의 진실이란, 요란스런 행로와 기만의 수사학
이 남발하는 말보다 묵묵히 고된 삶의 행로를 정직하게 밟아나가는 순행
(巡行) 속에서 절로 드러날 터이다. 그것이 곧 이 황막한 우리 시대를 견디
는 삶의 내공을 갈고 다듬는 길과 무관하지 않을 터이다. 그렇다. 이경호
의 시집을 읽는 행위가 삶의 내공을 벼리는 순행에 동참하는 일이다.

남의 발자국에 내 걸음 보태 걸으며
걸음에 걸음을 얹는 게 아닐까, 사는 일이란
발자국을 꿈꾸지 않으면
길 하나도 만들지 못하는 거 아닐까
높이 오를수록 말수가 줄어든다
— 「산을 오르며」 부분

젊고 드넓은 마음밭을 일구는

— 문영규의 『나는 지금 외출 중』

1.

문영규 시인의 시집 『나는 지금 외출 중』(푸른사상, 2014)을 읽는 동안 "몸은 흔들려도 마음은 흔들리지 않으려 시를 붙들고 살았습니다."라는 그의 겸허한 말이 마음의 파문으로 남는다. 그에게 시는, 시작(詩作)은, 힘 든 세상을 살아가는 도정에서 극심하게 흔들리고 요동치는 마음의 갈피 를 추스르되, 무엇이 그리고 어떻게 살아가는 삶이 참으로 진실된 삶을 사는 것인가를 성찰하고 그렇게 깨우친 그 무엇을 삶의 현실에서 몸소 수 행하는 삶의 도량(道場)과 다를 바 없다. 따라서 그에게 시는 언어 예술의 어떤 경지를 추구함으로써 이르게 되는 미의 산물로 자족하는 것과 거리 가 멀다. 그에게 시는 언어 예술의 측면보다 삶의 과정을 이루는 것인바, 시작(詩作) 자체가 그의 삶의 피와 살이면서 뼈를 이룬다. 여기, 문영규 시 인의 이러한 시쓰기를 엿볼 수 있는 시의 부분을 음미해보자.

이 서방은 착하다
착한 이 서방은

내가 채소를 다 먹어갈 즈음
어김없이 싱싱한 채소를 다시 가져온다
처제와 이 서방은
특별한 약 해드리지 못하지만
채소라도 마음껏 자시란다

처제와 이 서방은
벌레에게도 마음껏 채소를 내어준다
처제와 이 서방이
채소밭에 농약을 뿌리지 않는 건
순전히 벌레를 위해서다

처제와 이 서방이 키운 채소는
시장 채소처럼 가지런하지 않다
벌레 먹은 그대로다
채소를 벌레와 사이좋게 나눠먹는
처제와 이 서방은 벌레와 사촌이다
나와도 사촌이고
나와 벌레도 사촌이다

—「우리는 사촌」 부분

삶과 세계를 대하는 시인의 정갈한 마음이 오롯이 나타나 있다. 무슨
사연인지 모르나, 시적 화자인 '나'의 건강이 썩 좋은 편이 아닌지, 처제
내외는 "특별한 약 해드리지 못하지만/채소라도 마음껏 자시"라면서 "어
김없이 싱싱한 채소를" 가져온다. 그런데 이 채소는 "농약을 뿌리지 않은"
유기농법에 의해 길러진 것으로, "벌레 먹은 그대로다". 이렇게 처제 내외
가 기른 채소를 보며 시적 화자는 처제 내외가 '착한' 마음을 갖고 있는 데
대해 감동한다. 그것은 "채소를 벌레와 사이좋게 나눠먹는" 처제 내외가
지닌, 뭇생명과 생의 가치를 나눠가지면서 상생과 공존하는, 말 그대로

'착한' 마음을 시인이 절로 발견했기 때문이다. 그래서 시적 화자는 "처제와 이 서방은 벌레와 사촌이"듯, 이렇게 '착한' 마음을 지닌 사람들이 기른 채소를 먹는 '나' 역시 자연스레 "나와 벌레도 사촌이다"라는 모종의 깨우침을 얻는다. 여기에는 처제 내외의 진실되고 '착한' 마음이 타자를 향해 결코 요란스럽지 않게 나타나듯, 삶과 세계를 대하는 시인의 마음 역시 진솔하고 담박한 시적 진실로 우리에게 다가오고 있음을 가볍게 넘길 수 없다.

2.

달아 달아 보름달아
우리 동네 임 사장
피자가게 살림살이 반달이더라
우리 동네 장 사장
통닭가게 살림살이 초승달이더라
달아 달아 보름달아
우리 동네 살림살이
지지난달도 반달이더라
지난달도 초승달이더라
이번 달도……

—「보름달아」 전문

꽉 막힌 최저임금 경제와는 상관없이
우리 못 본 지 오래인가 봅니다
이번 가을에는
꽉 막힌 일용직 경제와는 상관없이
전어나 한 접시 합시다
곁들여 세발낙지 멍게도 썰어 놓고

소주 한 잔 합시다

소주 마실 때 갑갑하게
꽉 막힌 경제 이야기하지들 마시고
술술 풀리는 자식 이야기
술술 풀리는 재테크 이야기나 하면서
—「술술 풀리는 집」부분

우리 주변을 에워싸고 있는 일상의 낯익은 풍경이다. "우리 동네 살림살이"가 어려운 것은 어제오늘의 사정이 아니다. 보름달처럼 우리의 삶이 풍요롭고 충일된 삶이 과연 도래할 것인지, 민중들의 근심과 푸념은 "이번 달도……"라는 시구에 고스란히 녹아 있다. 세상살이에 신명이 없다. 위정자와 경제적 기득권자의 현실성 없는 행복 추구의 사탕발림과 사회적 양극화가 가속화되는 현실 속에서 "꽉 막힌 최저임금 경제", "꽉 막힌 일용직 경제"에 숨통이 트일 길은 좀처럼 보이지 않는다. 날이 갈수록 정치경제적 약자인 민중의 세상살이는 강퍅하고 고되기만 하다. 이러한 현실 속에서 민중들은 선술집에서 소줏잔을 기울이며, "술술 풀리는 자식 이야기"와 "술술 풀리는 재테크 이야기나 하면서" 자신들의 삶을 서로 위무할 따름이다. 그런데 말이다. 과연, 자식과 재테크는 "술술 풀리는" 이야기의 대상이 될 수 있을까. 그들이 푸념하듯, 사회 전반적으로 "꽉 막힌" 것 투성인데, 자식과 재테크만 술술 풀릴 리 없다. 그러니까, 이것은 어느 것 하나 풀리지 않는 답답한 삶과 현실에 대한 시적 아이러니를 통한 지금, 이곳에 대한 시적 냉소의 표현이다.

그렇다면, 좀 더 이러한 현실에 놓여 있는 우리 이웃의 삶을 살펴보자.

초등학교 졸업하고 한 번도 연락 없던 정숙이
느닷없이 찾아와 정수기 하나 사라네

큰맘 먹고 할부로 끊어서 하나 사기로 했네
정숙이 정수기 잘 팔겠다고 했더니
물 좋은데 가야 잘 팔린다고 하네
물 나쁜데 가면 꼬치꼬치 따지기만 한다네
우리 동네도 물 썩 좋지 않다고 했더니 그냥 웃네
정수기는 역삼투압 방식이라고 하네
이 세상도 벌써부터 역삼투압이 작용하고
있지 않느냐고 했더니 웃기만 하네
또 정수되고 남은 물은 버리는 방식이라 하네
정수된 물이 삼이면 버리는 물이 칠이라 하네
정숙이 너는 지금 삼이냐 칠이냐 하고 물었더니
그저 웃기만 하네 정수기 파는 정숙이

— 「정숙이」 전문

정수기 외판원인 정숙이의 삶은 아이러니함 자체다. 정숙이는 자신이
팔아야 할 정수기의 정수방식을 '역삼투압 방식'으로 설명하는데, "정수
된 물이 삼이면 버리는 물이 칠이라"고 한다. 결국 삼 할의 물을 마시기
위해 칠 할의 아까운 물은 버려야 하는 것이다. 그러자 시적 화자는 정숙
이에게 "정숙이 너는 지금 삼이냐 칠이냐"는 돌직구의 물음을 던진다. 정
숙이는 "그저 웃기만" 할 뿐이다. 이렇게 주고받는 간명한 대화 사이로부
터 우리가 너무나 의심 없이 수용하면서 살고 있는 자본주의 본연의 가짜
욕망과 뒤엉킨 허위의 삶의 실체가 드러난다. 사람이 마시는 물마저 자본
주의의 위력 앞에 3:7로 분할되는 이 어처구니없는 현실 속에서 시인은
담담한 어조로 그러면서 아주 냉철히 인식한다. 이러한 상품을 팔러 다니
면서 소비자의 근대 위생학의 욕망을 자극하여 자본의 위력과 교환한 정
수기의 물을 마시도록 하는 정숙이의 삶은 어떻게 자본주의에 의해 분할
되고 있는가. 참으로 매섭고 예리한 질문이다. 정숙이에게 던진 이 질문
은 기실 자본주의의 위력 속에서 자본과 상품을 향한 거짓 욕망이 증식되

고 이러한 거짓 욕망과 어지럽게 뒤섞인 채 진실과 거짓, 아름다움과 추함, 도덕과 비도덕 등이 전혀 구분되지 않음으로써 자본주의의 한층 충실한(?) 소비자로 애오라지 전락하는가의 여부가 중요한 미덕으로 남는 우리의 서글픈 자화상을 비춘다. 그래서 시의 마지막 행에서 보이는 정숙이의 웃음은 자못 안타깝고 씁쓸하기 그지없다. 정숙이는 시의 행간들로부터 흘러나오는 이 같은 시적 진실에 전혀 문외한이 아니다. 정숙이 역시 "하루를 내려놓은 고단한 마침표"(「마침표」)를 찍고 있는 우리시대의 민중이다.

3.

그렇다. 우리시대의 민중의 상처와 아픔은 정숙이의 웃음 속에 복잡한 의미의 맥락을 지닌다. 얼핏, 자본주의의 억압 구조 아래 민중이 물신화된 자본주의의 노예로서 전락해 있는 듯하고, 노동해방의 기치 아래 노동으로부터 자유로운 세상이 실현되기를 희망함으로써 단순히 반(反)자본주의를 추구하는 것 같지만, 우리시대의 민중을 이처럼 단순하게 이해하는 것처럼 민중의 삶과 현실에 대한 교조주의적이고 경직된 성급한 판단이 아닐 수 없다.

> 오늘은 칼이 안 든다는
> 아내의 핀잔이 없어도
> 식칼을 간다
> 식칼을 가는 것 또한
> 철의 부가가치를 높이는 일
> 내친김에 과도까지 꺼내서
> 쓱쓱 간다
> 그냥 가는 게 아니라

이 나라 철공으로서 간다

—「모팔모」 부분

몸에 병 맞아들이고 일손 놓은 지 오래 되었네 서울 있는 병원까지 오
르락내리락 누구보다 아내에게 미안하였네 그리고 내 몸한테 많이 미안
했네 어찌 보면 오히려 병은 고마운 것 병은 나의 스승, 고이 모시다가
아쉽게 떠나보내야 할 도반 같은 것 날마다 되뇌며 거울을 보네 그런데
이제 내 얼굴에는 일하는 사람의 모습을 찾을 수 없네 그것이 못내 서운
하였네 여러 날 서운하였네 눈빛도 낯빛도 일하던 사람이 아니네 손톱
밑에 끼어있던 기름때가 사라졌네 손바닥 발바닥의 굳은살도 없어졌네
종아리 알통도 작아졌고 하루 여덟 시간 준엄하던 작업 시간, 머리카락
보다 정밀한 작업공차, 다 느슨해졌네 못내 아쉽기만 하네

—「느슨해졌네」 전문

시적 화자는 "이 나라 철공으로서" "철의 부가가치를 높이는 일"의 일
환으로 집의 식칼과 과도를 꺼내 "쓱쓱 간다". 이렇게 칼을 가는 행위를
두고 그저 집의 아내를 도와주는 데 있기보다 철을 다루는 노동자의 노
동의 차원으로 이해하는 게 온당하다. 이 노동에 대한 순결한 열정과 치
열한 욕망을 노동자의 노동 자체에 대한 자기구속과 자기억압적 차원으
로 억지스레 이해하는 것은 번짓수를 잘못 짚은 것이다. 병이 들어 더 이
상 일을 할 수 없고, 어떻게 보면 힘든 노동으로부터 자의반타의반 놓여
났지만, 시적 화자는 "이제 내 얼굴에는 일하는 사람의 모습을 찾을 수 없
네 그것이 못내 서운하였네"라고, 노동의 현장을 떠난 말 못할 아쉬움을
토로한다. 말하자면, 노동자의 삶을 힘겹게 살아온 시적 화자에게 노동은
자기존재를 보증하는 것이며, 이것은 또한 생산에 직접 참여하는 민중의
자기위엄과 자기숭고의 구체성의 드러남이다. 따라서 근대적 자본주의의
생산양식 아래 노동을 하고 있는 노동자에게 유의미한 것은 도식적이고
생경한 반(反)자본주의보다 노동의 숭고성에 기반한 민중의 인간다운 삶

을 향한 저 도저한 자본주의를 넘는 민중의 역사(役事/歷史)다. 만일 이것을 소홀히 이해한다면, "노동을 잃었다는 의미가/세상을 송두리째 빼앗기는 일임을/비로소 알게 되었다"(「소」)는 우리시대 민중의 환멸과 절망의 뿌리에 조금이라도 닿을 수 없다.

한편, 우리는 우리시대 민중의 또 다른 깊은 상처를 고향 상실부재와 관련한 「수몰촌」 연작을 통해 만날 수 있다. 댐 건설로 "시뻘건 황톳물"(「수몰촌 2」)이 삽시간에 마을을 집어삼키고 "수몰촌 사람들/가슴 속에 쌓인 그리움이/흘러 흘러 물 바닥에/쌓여만"(「수몰촌 5」)가고, "누가 고향을 물어보면/용궁이 고향이라고 대답"(「수몰촌 6」)할 수밖에 없는 현실에서, 수몰민인 시적 화자가 할 수 있는 것은 "그곳에 서서/물비린내 속에 섞인/고향냄새 가만히 맡아보"며, "동무야, 나는 그곳에서/잃어버린 나를 찾고 싶구나/그리고 널 기다린다"(「수몰촌 4」)는 속엣말만 삭힐 따름이다. 이 수몰촌의 고향 상실에 따른 민중의 근원적 아픔은 앞서 노동의 상실과 노동의 부재에 따른 아픔과 또 다른 성격을 갖는 것으로, 「수몰촌」 연작의 밑자리에는 무차별적 국가발전주의와 개발만능주의에 기반한 자본의 폭력이 민중의 삶의 근원을 송두리째 앗아갈 뿐만 아니라 이러한 근대의 폭력에 그동안 계속하여 속수무책으로 휘둘리고 있는 현실의 뼈아픈 문제가 드러나고 있다 해도 과언이 아니다. 이 과정에서 자기존재의 근원을 상실한 민중의 "이 세상에서/어차피 한 마리 매미일 수밖에 없는/나는 어떻게 울어야 하나"(「매미」)에 배어든 자기소외와 이에 대한 자기연민이 각별한 울림으로 다가온다.

그런데, 이번 문영규의 시집에서 이 같은 우리시대의 민중의 상처와 자기연민은 문영규 특유의 시적 치유를 통해 삶의 신생의 기운을 북돋우고 있다.

사람이 화를 내면
체온이 내려가므로 우리 식구들은
자주 웃기로 하였다
시간이 지나면
우리에게도 승산이 있으리라 생각하며

　　　　　　　　　　　　　　　　　—「방어전략」 부분

우리 어무이 듣고 들은 이야기 또 하신다 처음 들을 때는 사람이 버틸
수 있는 궁핍이 참 대단한 수준이구나 싶기도 했지만 들을수록 등골 서
늘함이 있다 놀랍게도 이 절박한 옛 이야기할 때마다 류마치스 관절염
통증을 잠시 멎게 하는 효과가 있다는 것을 나는 얼마 전에 알게 되었다

　　　　　　　　　　　　　　　　　—「어무이」 부분

이제, 깊은 숨 한 번 내쉬고
조금 찌그러지자

　　　　　　　　　　　　　　　　　—「조금 찌그러지자」 부분

　삶이 팽팽한 긴장감의 사위로 에워싸인 채 각박하고 신산스러울수록
우리에게 절실히 필요한 것은 그러한 삶을 자연스레 부드럽게 풀어냄으
로써 조금이라도 삶의 훈기와 훈풍이 불도록 하는 삶의 내공이다. 이에
대한 시인의 해법은 참으로 간명하고 지혜롭다. 화를 내지 않고 "자주 웃
기"(「방어전략」)이며, 지난 날 힘든 삶을 억척스레 살아온 어머니의 투박
하면서도 절박한 그러면서 맛깔난 이야기를 온몸으로 듣는 일이다(「어무
이」). 이렇게 절로 육화한 희노애락(喜怒哀樂)이 깃든 삶의 호흡 속에서,
"조금 찌그러지자"(「조금 찌그러지자」)에 담긴 자기겸허야말로 문영규 시
인의 시적 진실의 성취다. 이 자기겸허는 자기비하가 결코 아니라 시인
자신이 30년 남짓 노동 현장에서 치열한 삶을 살아간 이 땅의 민중이자
노동자로서 "젊고 드넓은 마음밭"(「달인의 말씀」)을 힘겹게 일궈온 가운

데 득의(得意)한 소중한 시적 진실이다.

4.

끝으로, 우리는 이러한 시적 진실의 도정에서 4반세기 동안 시인의 곁을 함께 해온 아내와 나누는 무구한 사랑의 시편에 삼투된(「일단정지」, 「당신은 아마도」, 「가늠할 수 없는」), 그리고 봄철의 신생을 만끽하고 있는 꽃의 피어남으로부터 "아, 이제/이렇게 아름다운 풍경을 보았으니/무슨 여한이 있으랴"(「채송화」)고, 노래한 시인의 심경을 헤아려볼 수 있다. 시인에게 아내와 봄꽃은 영원한 아름다움의 표상이다. 아내와의 삶이 그렇듯 꽃도 피고 지고의 연속을 피해갈 수 없다. 그러니 "피고 지고 피고 지고/이런 과정이 다/절정의 기호"(「꽃이 핀다는 것은」)의 속성을 띤바, 붉은 꽃이면 어떻고 하얀 꽃이면 어떻고 노란 색 꽃이면 어떤가. 모두 피고 지는 '절정의 기호'로서 중요한 것은 "우리 첨 만나/두근두근 꽃 같던 그때/마주 바라보며/아스라한 현기증"(「꽃멀미」), 즉 꽃멀미에 대취한 채 춘흥(春興)에 한바탕 젖어드는 것이다. 이 또한 고달프고 힘든 우리시대의 삶에 속절없이 무릎 꿇지 않고 감내하며 살아가는 민중의 삶의 내공이다. 물론, 우리는 이 춘흥이 단지 봄을 만끽하기 위한 상춘객(賞春客)의 서정으로 수렴되는 게 아니라 "공단대로 만발한 벚꽃 길"(「홍수」) 속에서 "모래 바람이 피운/모래 꽃"(「벚꽃」)으로 기억되는 노동의 현장과 연관된 봄의 서정이라는 사실도 망각해서 곤란하다. 그래서 이 춘흥이야말로 문영규 시인의 삶의 내공 속에서 성취된 것이라 해도 과언이 아니다.

첫 시집을 낸 지 12년 만에 두 번째 시집으로 새롭게 다가온 문영규 시인의 시편들 하나하나를 음미한 후 오랫동안 강렬한 이명(耳鳴)으로 남아 있는 싯구가 있다. 그의 이번 시작(詩作)이 우리에게 어떻게 다가올지

모르지만, 우리는 그의 삶과 현실을 향한 쉼 없는 기투(企投)를 사랑할 것
이다.

> 나는 지금도
> 너를 향해 던진다
>
> — 「너를 향해 던진다」 부분

생의 무게를 견디는 연민

— 임윤의 『레닌 공원이 어둠을 껴입으면』

시인의 첫 시집을 읽는 일은 여간 곤혹스러운 게 아니다. 첫 시집을 묶는 시인의 경우 대개 아직 이렇다할 그만의 시 세계가 정립되지 않은 터에 자칫 오독할 가능성이 농후하기 때문이다. 하지만 그렇기 때문에 오히려 첫 시집을 읽는 매혹에 사로잡히곤 한다. '창조적 오독'은 비평이 누릴 수 있는 특권(?)이면서 시인과 더불어 미정형의 시 세계를 다듬어 나가는 데 주요한 역할을 맡기에 그렇다.

우선, 임윤의 다음과 같은 시에서 그만의 독특한 시쓰기를 곰곰 숙고하게 된다.

> 이란 소금동굴에서 발견된 천오백년 전 사내, 일그러진 해골 일곱 구멍엔 꼬물거리는 바람이 틀어앉았다네 단숨에 빠져나온 공기가 음계의 시작이었다지 퇴적층이 그어놓은 오선지 위론 암염의 음표들이 반짝거렸다더군 비음 흥얼거리던 구멍마다 잃어버린 시간들로 넘쳐났겠지 사막으로 내통한 이음매가 풀리자 비단길에도 피리소리 흩날렸다 하네 별들은 굽이치던 선율 따라 사구 너머로 곤두박질쳤다나? 그 소리에 놀란 쌍봉낙타 숨구멍이 뻥 뚫렸다더군 신기루를 그려낸 바람의 손가락, 곡선에 걸린 피리소리는 그의 비명이었다 하네
>
> —「피리 속으로 사라지다」 전문

이 시에는 임윤의 시쓰기와 연루된 비의성이 내밀히 간직돼 있다. 임윤이 시를 어떻게 인식하고 있는지, 그리하여 시를 어떻게 쓰려고 하는지, 그렇게 씌어진 시가 어떠한 미의식을 지녔으면 하는가에 관한 시적 사유를 우리는 엿볼 수 있다. 시인이 욕망하는 시란, 사막의 오랜 소금동굴에서 발견된 해골 구멍으로 넘나드는 바람이 자아내는 공명(共鳴)이 비단길에 흩날리면서 사막의 뭇존재와 자연스레 어울리며 들려오는 마성(魔聲)이다. 황량한 사막의 적요를 모랫바람과 함께 배회하는 마성(魔聲)은 이른바 인골적(人骨笛)의 소리인바, 해골의 일곱 개 구멍 사이로 사막의 바람은 드고 날면서 사막 특유의 신비한 소리를 자아낸다. 그것도 무려 "천오백년"의 시간의 내력을 지닌 채. 시인에게 이 인골적의 소리는 바로 시의 운명으로 다가온 게 아닐까. 육신을 소멸하여 뼈만 앙상히 남았으되, 그 뼈는 쓸모 없는 대상이 아니라 뼈에 난 구멍을 통해 바람과 함께 오묘한 피리 소리를 내는 인골적의 생명을 부여받는다. 따라서 시는 죽음을 초월한다. 인골적의 소리가 사막의 구석구석에 깃든 적요를 동요시켜 사막의 생을 깨우듯이, 시 또한 인골적과 같은 역할을 기꺼이 맡는다.

임윤 시인의 이러한 시쓰기의 비의성은 이번 시집 곳곳에 녹아들어 있다. 특히 그의 시에 빈번히 등장하는 재소고려인과 재중동포 그리고 탈북 이주민의 삶과 현실을 노래한 시편에는 방금 살펴본 인골적의 역할로서 시쓰기의 진정성이 고스란히 스며 있다.

　　비행기 도착시간 지나 허겁지겁 달리는 공항길, 회색구름이 낮게 스민다
　　아내가 밑반찬으로 보낸 멸치 젓갈
　　로비에 들어서니 반도 끝자락에서 헤엄쳐 온 낯익은 냄새
　　싸늘한 주위 시선, 공항경찰이 다가와 무뚜뚝한 표정으로 말을 건넨다
　　로비에 퍼지는 지독한 냄새가 마피아의 소행이라 판단되기에 검색중

이란다

　멸치젓갈 담은 유리병이 깨져 손수건으로 입과 코를 막고 사건이 해
결되기만 기다리고 있는 사람들

　멀찌감치 인파를 헤치며 노파가 다가온다 경상도 어느 바다가 고향이
라며 손을 부여잡는다

　젓갈 냄새만은 기억하는 노파, 세월 지나도 잊지 못할 보리밥 덩이에
얹어 먹던 곰삭은 젓갈

　샛강 거슬러 오를 날 기다리며 지느러미 꺾일 때까지 태생의 냄새 기
억 할 까레이스키 연어들

—「멸치젓갈」 전문

　레닌공원이 어둠을 껴입으면
　눈이 총총한 삿포로나이트클럽
　보드카 홀짝거리는 흑요석이
　깜빡깜빡 속눈썹으로 획을 긋는다
　이반 레브로프 음악에 맞춰 춤추는
　형형색색 회전 조명등
　바람둥이 러시안 남편을 떠나
　뽀로나이스크에서 기차를 타고 온
　아버지 어머니 발음만 기억하는
　올가 라는 이름의 까레이스키 여인
　유랑의 피가 흐르는 도시에서
　그녀는 새까만 집시여인이 된다
　병원에 있는 아버지가 쿨럭이고
　돌 지난 아이 울음이 귓바퀴에 걸린다
　마지막 유목민이 되기 위해
　흐느적흐느적 깊어가는 밤
　눈동자에 갇힌 어두운 기억 지우려
　빙글빙글 춤추는 흑요석 여인
　오치 초르니에*

—「검은 눈동자」 전문

생의 무게를 견디는 연민 ● 257

옛 소련이 붕괴된 이후 '까레이스키'라고 불리우는 재소고려인들은 예나 지금이나 힘든 삶을 살고 있다. 그들은 스탈린에 의해 연해주에서 중앙아시아로 강제이주(1937) 당하는 과정에서 지옥과 다를 바 없는 현실을 견뎌왔다. 그리고 그들이 연해주에 남아 있는 경우에도 백계 러시아 민족으로부터 인종주의와 민족주의가 결합된 온갖 차별과 궁핍한 삶으로부터 자유로울 수 없었다. 더욱이 그들은 조국으로 돌아갈 수 없었다. 낯선 타국에서 소수민족의 하나로 전락한 가운데 때가 되면 "샛강 거슬러 오를 날 기다리며 지느러미 꺾일 때까지 태생의 냄새 기억할 까레이스키 연어들"을 기다리며 "마지막 유목민"으로서 강퍅한 그들 자신의 삶을 구슬프게 위무할 뿐이다. 임윤 시인은 이들 재소고려인의 삶에 깃든 먹먹한 슬픔과 정한(情恨)의 세계를 그윽이 응시한다. 기실 시인이 그들의 내면에 드리운 슬픔과 그리움의 정서를 진정으로 이해하는 데에는 시인 자신이 조국을 떠나 먼 타향에서 조국을 애타게 그리워하며, 무엇인가로부터 소외된 채 생의 난바다를 떠돌고 있다는 자조감(自嘲感)으로 괴로워하기 때문이다.

> 오호츠크 바다에 검은 빛이 번지고 자이로스코프에서 노려보는 태풍의 외눈, 선창엔 박명을 등진 거친 파도가 울부짖습니다
> 짧은 포물선 긋는 태양의 괘도에 섬을 돌고 도는 되새김질의 나날
> 툰드라의 바람에 자작나무 비벼대는 소리 바삭바삭 들려옵니다
> 구불구불 등뼈 드러낸 수평선, 포말들이 묶언으로 달팽이관 후벼대는
> 밤이면 허기진 생의 기억만이 난바다를 뒤적거렸지요
> 롤링 리듬 타고 일렁대는 선실의 등불, 생은 늘 기울어졌다 흔들리길 반복하는 것, 비척비척 지느러밀 파닥여봅니다
> 연어는 보이지 않고 중심을 잡으려 할수록 더욱 비틀거렸습니다
> ─「난바다에 출렁이는 눈동자」 부분

차디찬 북해의 사할린에서 연어 사업을 한 이력이 있는 시인에게 바다는 말 그대로 '생의 난바다'였다. 그곳에서 그는 부푼 꿈을 갖고 새로운 삶을 향한 의지로 온갖 고초를 견뎠다. 시베리아 벌판으로부터 불어오는 매서운 툰드라의 바람을 이겨내면서 연어 사업에 한창이었다. 하지만 "연어는 보이지 않고 중심을 잡으려 할수록 더욱 비틀거렸"다. 삶은 어디에서든지 만만하지 않은 것이다. 때로는 극심한 외로움과 고립감이 밀려들어 시베리아 벌판을 가로지르는 대륙횡단열차에 무작정 몸을 실어보지만(「겨울 하바로프스크」), '생의 난바다'의 사위에 에워싸인 자신의 냉엄한 현실을 목도할 수밖에 없다. 그럴 때마다 시인은 뭇존재의 생을 성찰한다. 과연, 삶이란 무엇인가.

킹끄라뷔를 마당에 풀어놓았네
빛이 들지 않는 오호츠크 심해
지독한 수압을 견디며 살아온 그가
지상에 닿아 헐거워진 걸음 절룩거리네
부풀어 오를 듯 가벼운
툭, 긴장이 끊어진 기압
엉금엉금 다니는 모습이 영락없는 거북이네
해저에서 짓누르던 생의 무게였다면
날렵한 몸놀림으로 어디든 돌아다닐까
그가 되돌아 갈 곳은
관절에 조여드는 수압이 짓누르는 곳
무미건조한 가을빛은 슬프네
펄펄 끓는 솥단지에
팍팍하게 늘어진 주먹만 한 집게발
발갛게 익어가는 몸 위로
자작나무에서 떨어져 쌓이는 바람
딱딱하게 돋은 가시에 찔려

까마귀 울음 한 올 팔랑거리는 사할린의 늦가을
다리에 달라붙은 이파리가
지상에 남길 마지막 무게인가
까마귀 울음에도 날려갈 것만 같은
생의 껍데기는 너무나 가볍다
— 「풀밭을 기는 킹끄라뷔」 전문

　　오호츠크 심해에서 엄청난 수압을 온몸으로 견뎌내며 살고 있는 킹끄라뷔는 심해에서 생을 유지할 때 최적의 삶의 무게를 지닌다. "해저에서 짓누르던 생의 무게"가 있어야만, 킹끄라뷔는 "날렵한 몸놀림으로 어디든 돌아다닐" 수 있다. 그것이 바로 킹끄라뷔의 삶이다. 그 누구도 킹끄라뷔의 삶이 힘들다고 그 삶을 멸시할 수 없다. 존재들은 제 나름대로 생의 무게를 지닌 채 그 무게에 적합한 삶을 충실히 살면 되는 것이다. 그 어떠한 존재도 삶을 종결지을 때는 그가 짊어지고 있던 "생의 껍데기는 너무나 가볍"다. 삶은 그래서 간단히 파악될 수 없다. 가령, 재중동포의 삶의 내력을 잠시 귀기울여보자.

기차바퀴는 눈보라 가르며 절룩댔다
먹먹한 가슴 덜컹대며
압록강 혈류 따라
구불구불 닿은 이도백하
어스름에 몇 남은 봉창의 등불에 이끌려
조선족 식당이란 미닫이를 민다
집나간 한족 며느리대신
어눌한 모국어 발음의 손녀딸이 음식을 나른다
된장찌개가 반갑고
짜디짠 김치가 달다
노파는 서울 종로에서 태어났지만

젖먹이 때 만주로 이주해온 뒤
한 번도 가보질 못했단다
서울 어디선가 막노동 한다는
아들 소식은 묘연하단다
키보다 한 뼘쯤 짧은 뒷방에 누우니
맨발이 문턱에 걸린다
새우등으로 웅크린 이도백하의 겨울밤
소나무에 소복한 컹컹 개 짖는 소리
우지직 부러지는 가지에 관절이 시리다
눈발에 묻어 온 차가운 얼굴들이
밤새도록 봉창으로 날아들었다

— 「이도백하에 내리는 눈」 전문

이도백하의 겨울밤, 조선족 식당의 풍경이 소담하게 그려져 있다. 그런데 이 조선족 식당의 풍경에는 묵직한 사연이 가라앉아 있어 누군가에게 그 사연을 들려주고 싶다. 식당을 운영하고 있는 노파는 오래전 만주로 이주해온 역사적 고통을 간직하고 있다. 서울 종로에서 태어난 노파가 만주로 이주해온 직접적 이유는 알 수 없으나, 우리는 노파와 비슷한 처지에 있던 사람들이 만주로 이주해갈 수밖에 없는 역사적 애환을 쉽게 망각해서는 곤란하다. 모르긴 모르되, 노파네 가족 역시 일본제국주의의 식민지의 억압에 못이겨 '만주특수(滿洲特需)'란 미명 아래 조국을 떠나 황량한 만주 지역으로 떠났을 것이다. 그리고 그곳에 정착하여 억척스레 삶을 일궈나갔을 터이다. 하지만 노파의 한족(漢族) 며느리는 딸을 남겨둔 채 가출을 하였고, 가세가 기울자 노파의 아들은 한국의 외국인 이주노동자의 신분으로서 "서울 어디선가 막노동"을 하고 있을 것이다. 이렇게 노파의 만주에서의 내력은 애틋한 것을 넘어 삶의 뼈저린 고통으로만 부각될 따름이다. 이 삶의 내력이 어찌 노파에게만 해당되겠는가.

임윤 시인의 재중동포에 대한 관심은 한국에서 디아스포라의 삶을 살고 있는 재중동포에까지 미친다. 그가 조국을 떠나 타지에서 절절히 체험한 그리움과 외로움의 심상은 재중동포의 그것과 다를 바 없기 때문이다.

한국에 온지 이십여 년
창경원 벚꽃이 펑펑 터지는 날
봉천동에서 회갑 맞이한 박씨
막노동으로 굵어진 손마디가 옹골지다
수년 째 식당에 다니는 아내와
칭따오에서 동생 내외 까지 합석한 아침
환갑은 무슨 환갑이냐며 손사래 친다
이른 아침 흑룡강성에서 걸려온 여동생 전화
전화세 나온다며 급히 끊어버려
못내 가슴이 아리다
음지 곳곳에 얼음이 녹아내릴 고향집
이미 수해 전에 죽었을
복술이의 새까만 코가 보고싶다
막소주 받아든 손가락에서
터질듯 물오른 수양버들 피어나고
아직 찬바람에 후들거릴
겹겹이 감싼 봉창을 그려본다
황사에 묻어온 만주 냄새
겨우내 버석거리던 볏짚 소리
봉천동 꼭대기에서 내려다본 바깥
활짝 튕겨온 꽃잎이 바람에 날려도
서울은 아직 눈이 시리다
흙먼지에 가려 보이질 않는다

—「황사」 전문

한국의 외국인 이주노동자로서 막노동을 하며 서서히 뿌리를 내린 "봉천동에서 회갑 맞이한 박씨"는 고향이 그립기만 하다. 비록 황사에 가려 고향을 느껴볼 엄두도 내지 못하지만, 박씨는 "황사에 묻어온 만주 냄새"에 "못내 가슴이 아리"기만 하다. 아직 박씨는 고향으로 돌아갈 수 없는 것이다. 경제적 궁핍을 해결하기 위해 디아스포라의 삶을 살기를 결단한 만큼 그는 디아스포라적 삶의 무게를 견뎌야 한다.

그런데 임윤의 이번 시집 『레닌 공원이 어둠을 껴입으면』(실천문학사, 2011)에서 쉽게 간과할 수 없는 것은 탈북 이주민이 견뎌내기에는 이와 같은 삶의 무게가 너무나 무겁다는 사실이다. 그동안 탈북 이주민의 삶을 다룬 시들이 여러 시인들에 의해 발표되었고, 그 시들을 통해 휴전선 이북에서 살고 있는 주민들의 가혹한 삶의 현실이 드러났다. 그럼에도 불구하고 임윤의 이번 탈북 이주민을 대상으로 한 시가 주목되는 것은 북한과 중국의 국경선을 넘는 현장에서 벌어지고 있는 국경의 애환을 포착하고 있다는 점이다.

　　두만강 푸른물은 어디로 갔나 정강이 잡아끄는 황톳물 건너 가물거리는 민가 몇 채
　　노 젓던 뱃사공은 어디로 갔나 저녁노을 철썩대는 갈대숲의 저녁연기
　　국경 넘어온 사람들은 어디로 갔나 오지로 팔려간 여인은 여섯 달 만에 더 먼 북쪽으로 팔려갔다네
　　강을 건너온 군홧발자국들은 무슨 짓을 했나 물고기 꿰듯 쇠꼬챙이에 줄줄이 엮인 사람들, 내님을 싣고 떠난 배처럼 되돌아간 저편으로 사라지고 없네
　　북쪽으로 팔려갔던 여인은 떼놈 아이를 가졌다고, 군홧발에 채여 만삭인 배 움켜 쓰러지고 말았네
　　민둥산 넘은 아이들이 강을 건너오네 잔뜩 겁먹은 눈망울 두리번거리네 젖은 바짓가랑이 움켜쥐고 무작정 대륙으로 뛰어가네 연보랏빛 제비꽃은 지천으로 피었는데
　　두만강 푸른물을 다시 볼 수 있을까 내님을 싣고 떠난 배는 언제나 올

까 떠다니는 뗏목들만 경계가 지워진 국경을 넘나드는데
　그리운 내님이여
　출렁이는 내님이여

— 「두만강 푸른 침묵에」 전문

　중국과 인접해 있는 두만강 국경선에서는 중국으로 은밀히 월경(越境)하고자 하는 탈북 이주민의 행렬이 끊이질 않는다. 그런데 그 월경의 현장에서는 차마 눈 뜨고 못 볼 일이 비일비재하게 일어나고 있다. 어떻게 해서든지 안간 힘을 써서 강을 넘은 사람들은 국경 수비대원들에게 체포된 채 반인권적 모멸감과 폭력을 감내하면서 다시 북한으로 회송된다. 운이 좋아 월경에 성공한 탈북 이주민들은 중국의 오지로 팔려나간 채 그곳에서 고통스러운 삶의 무게를 떠맡는다. 이러한 삶의 실상을 아는지, 북한의 "민둥산 넘은 아이들"은 "무작정 대륙으로 뛰어"간다. 이제 두만강은 더 이상 대중의 심금을 울리는 대중가요의 노랫말에서 환기되듯, 그리운 님을 목매어 부르며 애틋한 사랑을 뒤로하는 그런 낭만의 시적 공간이 결코 아니다. 그 대신 처절한 삶의 결단과 삶의 기로에 선 자들의 운명이 판가름 나는 싸늘한 생존의 시적 공간으로 시인에게 다가온다.
　여기서 우리는 남과 북의 분단의 현실을 환기하되, 이 분단의 경계를 단숨에 허물어버릴 수 있는 또 다른 풍경을 만나게 된다.

　　커피포트가 자글자글 가쁜 숨을 뿜을 때 공구를 빌리러 온 낯익은 얼굴, 평양 태생인 박씨의 사투리가 문을 두드린다
　　월급 삼십 달러, 아껴 모으면 가족들이 몇 년은 먹고 산단다 가끔 탈출을 시도하는 시베리아 벌목꾼 보단 사할린에 온 것이 다행이란다
　　"통일이래 금방 되갔시요?"
　　먹먹한 눈길 피해 바라본 창밖, 자작나무숲에서 까마귀가 날아오른다
　　까마귀도 고향까마귀라 했던가 코르샤코프항 남쪽으로 날아가는 까

마귀들이 낯설지 않다

　끓는 물 붓고 오분 후 먹으면 된다고 내민 컵라면

　"일 없습네다 마거딘 가면 국수래 많이 있디요"

　아직 라면 없는 곳이 너무나 많은 조선팔도, 처음 봄직한 컵라면을 한
사코 사양한다

　줄기차던 빗속에서 서쪽 하늘이 내민 말간 얼굴

　연어 찌꺼기 노리는 고양이가 등 세워 빗물을 털고 덩달아 까마귀들
이 발톱 세우고 부리 들이대며 야단법석이다

　공장바닥에 배달 온 밥을 먹는 박씨 일행, 커다란 양푼에 야채를 썰어
넣고 소금 간 맞춘 푸성귀 냉국을 둘러앉았다 최씨 편으로 김치와 멸치
볶음을 보냈다

　"남조선동무래 주는 건 안먹갔시요"

　뚜껑도 열지 않고 되돌아온 밑반찬

　"최형이 주는 거라 하세요"

　건너편 스팀공장에서 뿜어대는 수증기, 바람에 날려드는 생의 후각인
가 낮은 자세로 바닥을 쿵쿵대며 사라진다

　먹구름의 기세에 밀린 까마귀들이 미동도 하지 않는 오후, 사무실 문
을 머뭇머뭇 두드린 박씨

　"찬새래 잘 먹었시요"

　씩 웃으며 내려놓는 반찬통엔 거친 억양의 평안도 사투리가 꾹꾹 눌
려 담겨 있다

　돌아서는 등짝에 후두둑 떨어지는 장대비, 호들갑 떠는 까마귀 울음
에 멀대 같이 웃자란 풀들이 휘청거린다

—「우리들의 대화법」 부분

　대한민국의 이주노동자 최씨와 조선민주주의인민공화국의 이주노동자
박씨가 사할린의 벌목장에서 대화를 나눈다. 최씨와 박씨 모두 그들의 조
국을 떠나 타국으로 이주한 노동자라는 점에서는 입장이 동일하다. 문제
는 그들 '사이'에는 오랫동안 대립과 갈등으로 점철된 분단의 경계가 가

로놓여 있다는 것이다. 이 분단의 경계는 간식과 찬을 나눠먹는 노동자의 일상에서도 그 권능(?)을 발휘한다. 하지만 이 경계를 단숨에 허물어버린 것은 타지에서 일하는 '노동자'로서, 달리 말해 그들 사이의 간극을 훌쩍 넘어 '외국인(이주)노동자'로서의 연민을 공유하는 연대감이다. 분단의 경계는 이렇게 와해되는 것이다. 대한민국과 조선민주주의인민공화국 '사이'에 대립·갈등하며 획정된 경계를 허무는 일은 이렇게 서로의 입장을 이해하는 과정에서 생성되는 연민에 기반한 사회적 연대감이 남과 북의 일상으로 축적되면서 이뤄지는 것이다.

이 '연민'의 시적 감정은 임윤 시인의 첫 시집을 관류하고 있다 해도 과언이 아니다. 사할린과 중국의 변방으로 떠돈 임윤 시인이 마주한 사람들과 여러 사연들 사이에서 발견한 '연민'이야말로 이후 그의 또 다른 생의 무게를 견디는 시적 상상력의 원천으로 손색이 없을 터이다. 벌써부터 기대된다. 다음 시집에서는 어떤 생의 무게를 어떠한 시적 내공으로 형상화할까.

희부윰한 시간 속 풍경의 '사이'로

— 문충성의 『허물어버린 집』

문충성의 이번 시집 『허물어버린 집』(문학과지성사, 2011)을 곰곰 음미하면서 시인의 존재에 대해 성찰해본다. 고백하건대 나는 "시간이 사라져 없는 풍경 속으로/오늘도 들어가 풍경을 바라보다가 나도/풍경이 된다 어느새"(「허물어버린 집」)의 시구와 맞닥뜨린 순간, 아! 이것이 바로 '시적 진실'이구나, 하는 희열감에 충일됐다. 기억의 갈피 사이로 몰래 숨죽여 있는 '그때, 거기'의 그것들 속으로 '지금, 여기'의 이것들이 자리를 옮겨가, 가뭇없이 흔적만 남아 있는 풍경과 한데 어울리면서 시적 주체 역시 그 풍경과 한데 뒤섞이는 시적 체험을 통해 시인은 존재와 삶의 오묘함과 비의성의 경지에 이른다. 문충성의 고향 제주는 그가 쉼없이 퍼내도 마르지 않는 시적 진실의 샘인바, 그는 "시작이면서 끝"이고 "끝이면서 시작"인 "제주 올레"에서 시적 진실을 길어올린다(「제주 올레」).

이번 시집에서도 문충성은 4·3사건으로 입은 제주의 역사적 상처를 치유하고 있다. 비록 4·3에 대해 정부가 국가권력의 과잉에 따른 제주의 무고한 양민의 죽음을 초래했다는 잘못을 공식적으로 인정하였지만, 무자년(戊子年)에 섬 전체를 엄습한 그 지옥도(地獄圖)와 다를 바 없는 풍경이 빚어낸 상처는 좀처럼 치유되지 않고 있다.

섬 하나가 몬딱 감옥이었주마씸
건너가지 못허는 바당은 푸르당 버청
보는 사람 가슴까지 시퍼렁허게 만들었쑤게
희영헌 갈매기들 희영허게 날곡

눈치 보멍 보말이영 깅이영 톨이영 메역이영
해당 먹엉 살았쑤게 총 든
가마귀들은 불타는 중산간
마을서 시커멍허게 날곡

(중략)

무싱거마씸
자유가 어디 있었쑤강
죽음이었주마씸
섬 하나가 몬딱

— 「섬 하나가 몬딱」 부분

섬은 사방이 물로 막혀있는 게 숙명이다. 그래서 섬은 감옥이나 다름이 없다. 그런데 섬 사람들이 '섬의 삶'이 아니라 4 · 3에 의해 '섬의 죽음'에 숨죽이며 살 수밖에 없다. 말 그대로 "섬 하나가 몬딱", 즉 섬이 통째로 죽어버린 셈이다. '몬딱'이란 제주어에는 참으로 많은 뜻이 내포돼 있다. 표준어의 사전적 의미로 번역하자면 '모두, 다, 전부'라는 의미지만, 여기에는 어떤 것을 총량화할 수 없는 섬의 내력'들' 전체를 포괄하는 의미가 담겨 있는만큼 '몬딱' 죽음이었다는 것은 태고적 제주로부터 이어져 온 제주의 뭇존재의 내력'들'이 송두리째 소멸해갈 정도로 소름끼치는 두려움이었다는 사실을 단적으로 형상화한다. 시인은 그 '몬딱'의 구체적 아픔을 회피하지 않고 다시 기억해낸다.

잘생긴 소나이 애기 하나
어떤 토벌대원이 발목 잡안 뱅뱅 돌리다
바윗돌에 메쳐 죽였져 혼 나간
그 어멍 젖먹이 지집아의 품어 안고
동굴 깊숙이 도망쳤져 엎어지멍
돌부리에 채이멍 똥줄 노랗게
숨결 새카맣게
끝이 없었고나
헤매어 다니다
굶멍 죽었고나 아아!

　　　　　　　　　　　　　　　　 ― 「빌레못굴」 부분

아무리 힘어서도 그 무섭던 4 · 3 때
군인들신디 분풀이 대상이 되어 죽는다는 건
참으로 눈감을 수 없는 일이여
무더기로 빨갱이로 몰아낭 총 쏭 죽였덴
하르방 할망 예펜 아이 헐 거 어시
의귀초등학교 운동장에 모아낭 몬딱
죽은 어멍 죽은 줄도 모르고
젖 먹던 물애기도 있었덴 ᄀ라라

　　　　　　　　　　　　　　 ― 「현의합장묘(顯義合葬墓)」 부분

굴 입구는 큰 바윗덩어리로 막고
흙으로 덮었다 굴은
깊은 어둠 속에 묻혔다 이제
연기에 숨 막혀 죽어간 주민들 혹은
깊은 어둠 속
어디쯤 떠돌고 있는가

　　　　　　　　　　　　　　　　 ― 「다랑쉬굴 근처」 부분

4 · 3의 참상이 어찌 이것뿐이겠는가. 섬에 휘몰아친 죽음의 광풍은 남

녀노소 할 것 없이 살아 있는 모든 것을 '몬딱' 죽음의 경계로 내몰았다. 너무나 잔인하게, 너무나 억울하게, 너무나 어처구니없게 반인간적 죽음이 도처에 횡행했으므로, 산 자와 죽은 자 '몬딱' 기실 '죽음'의 노예였다 해도 과언이 아니다. 그렇다. 더욱 참담한 현실은 살아 있는 자가 삶의 가치를 누리는 게 아니라 마지 못해 삶을 연명하고 있는 '언어절(言語絕)'의 비극이다.

> 어버버어버버······어느 말몰레기 비바리는 두 손
> 맞대고 뺨에 옆으로 대어
> 잠자는 흉내 내며 사랑했다고
> 어버버어버버······볼록 나온 배 가리키며
> 침 흘리며 질질
> 어버버어버버······무슨 말 하는 것일까
> 어멍 아방도 어시 혼자서
> 여기저기 돌아다니며
> 우리 동네 곳곳을 왼발 절며 절룩절룩
> 왼손 못 쓰는 이 말몰레기 비바리는 누구와
> 사랑을 한 것일까 말은 못하지만
> (중략)
> 애 아빠 될 사람이 육지에서 온 사람이라느니
> 죽었다는 소문도 돌았다 성도 이름도 모르는
> 말몰레기 비바리여! 과연 죽었을까 4·3 터져
> 한창이던 때 60년도 더 지나갔는데
> 하늬바람은 섬을 뒤엎을 듯이 불어오는데 아아!
> 그 바람 속 살아오는 소리 절룩절룩
> 어버버어버버······어버버
>
> ─「병든 사랑」 부분

말몰레기 비바리는 말을 정상적으로 구사하지 못한다. 그가 할 수 있는

말은 '어버버어버버'와 같은 비분절음일 뿐이다. 이 말몰레기는 누군가와 사랑을 했다고 한다. 그 누군가는 누굴까. 말몰레기와 정을 통한 누군가는 "육지에서 온 사람"으로서 4·3 무렵 "죽었다는 소문"이 돈다. 말몰레기의 임신을 둘러싼 소문을 통해 시인은 제주의 '병든 사랑'에 몹시 아파한다. 여기서 섣불리 이런 단정을 짓지는 말자. 말몰레기를 육지의 군경이 겁탈했다고……. 그래서 말몰레기는 국가권력의 전형적 폭력의 희생양이기 때문에 우리는 분노해야 한다고……. 물론, 이러한 추론은 현실적 가능성이 매우 짙다. 하지만 우리는 역사의 기록이 아니라 「병든 사랑」이라는 시를 읽고 있다는, 아주 단순 소박하지만 매우 중요한 사실을 가볍게 취급해서는 안 된다. 이렇게 생각해보면 어떨까. 말몰레기, 그리고 말몰레기와 정을 통한 육지의 그 남자, 이 둘의 사랑은 '그때, 거기'에서는 도저히 용납될 수 없었다. 제정신이 아닌 말몰레기의 사랑을, 과연, 누가 진심으로 이해할 수 있을까. 가뜩이나 동물과 같은 비분절음만을 내지를 뿐인 말몰레기를. 또한 이 말몰레기와 어떤 이유에선지 모르겠으나 (사실, 사랑에 이유가 있겠는가, 그 사랑이 진실하다면) 사랑을 나눈 육지 남자의 순정을 섬 사람들은 진심으로 받아들일 수 있었을까. 당시의 섬 사람 사이에 팽배해진 육지 사람에 대한 극도의 배타적 경계심과 두려움은 육지 사람의 사랑을 순정으로 받아들이기 힘들었을 터이다. 그래서였을까. 섬 사람들 사이에는 그 육지 사람이 죽었다는 소문이 돈다. 말하자면, 말몰레기와 육지 남자의 사랑은 그 당시의 이념적 대립과 갈등 속에서 훼손될 수밖에 없는, 말 그대로 '병든 사랑'이다. 어쩌면 말몰레기의 '어버버 어버버……'의 비분절음 사이에는 4·3 무렵 그들의 사랑을 에워싼 숱한 오해와 불식을 걷어내기 위한 진실의 절규이든지, 아니면, 섬의 약소자에 대한 국가 폭력의 전형인 육지 군경의 반인간적 악행에 대한 분노와 허탈의 절규, 이 모두를 함축할 수 있다. 이 또한 무자년에 일어난 제주의 뼈저린 아픔이다.

그런데 제주의 역사적 상처에 대한 시인의 응시는 4·3이전으로 거슬러 오른다. 경술국치 100주년을 맞이하여 제주의 속칭 알뜨르에서는 박경훈 화가에 의해 '알뜨르에서 아시아를 보다'라는 개인전이 열렸다. 시인은 이 개인전을 참관한 후 「날지 못하는 제로센」이란 시를 쓴 것이다. 나는 이러한 시작(詩作)이 때늦은 감이 없지 않으나 비로소 서막을 열었다는 점에서 주목하지 않을 수 없다. 4·3의 역사적 진실을 탐구하는 창작 성과가 지속적으로 축적되고 있는 것은 매우 고무적인 일이다. 문제는 기회가 있을 때마다 경계했듯, 자칫 4·3중심주의에 갇혀서는 곤란하다. 이것은 4·3을 화석화하는 것이다. 4·3의 가치를 좀 더 웅숭깊게 하기 위해서는 4·3에 깃든 인류의 가치, 즉 평화의 삶을 위한 전위적이고 래디컬한 창작이 절실히 요구된다. 그것의 일단을 나는 「날지 못하는 제로센」에서 본다. 시인은 "아시아, 아시아 사람들을/히노마루 날리며 무참히 죽인/다이닛폰 천황 군국주의자들/그 죽음의 고통과 처참함이/60만 평 흔적"으로 남아 있는 것을 응시한다. 평화를 가장한 제국의 폭력을 시인은 제주의 알뜨르에서 만나고 있다. 이 같은 시작(詩作)은 이후 4·3의 시지평을 쇄신하는 데 중요한 참조점을 제공할 것으로 나는 생각한다. 4·3이 일국주의적(一國主義的) 관점 안에서 가해자/피해자의 대립과 갈등만으로 문제의식이 협소화되는 한 4·3의 영령들을 어쩌면 영원히 섬 안에 가둬놓는 격이 될 것이다. 4·3의 영령은 침묵으로 말한다. 무자년의 섬을 엄습한 죽음은 인류의 평화를 위한 제의적 죽음이 되어야지, 섬 안에 갇힌 분노와 허탈로 끝나서는 안 되는 것이다. 그렇다면 이제 남는 과제는 4·3을 아시아, 더 나아가 인류의 평화를 위한 역사적 아젠더로 만들기 위한 창작과 비평의 노력이다.

문충성은 이번 시집을 통해서도 제주의 뼈아픈 역사를 치유하는 것을 게을리하지 않았다. 게다가 역사의 자장(磁場) 안에만 붙들려 있지 않고, 역사의 안팎을 두루 통찰하는 시작(詩作)을 보이고 있다. 나는 다음과 같은 시를 수십 차례 가만가만 읊조리면서, 1977년 시를 쓰기 시작한 이후 시인이 시인으로서 마주한 것들 '사이'의 시적 긴장을 추체험해본다.

> 나를 찾아 걷고 있다
>
> 건강 찾는
>
> 건강 잃어버린 사람들 사이
>
> 사라오름[紗羅峰]과 벨도오름[別刀峰] 사이
>
> 걸어간다 후유 후유 사이
>
> 하늘과 땅 사이
>
> 죽음과 삶 사이
>
> 장끼 날고 꿩 꿩 사이
>
> 밀물지는 바닷가
>
> 밀물과 썰물 사이
>
> — 「사이」 전문

　세상에 존재하는 것들은 모두 홀로 어떤 위치를 점유하고 있는 듯 하지만, 그것의 존재가치가 돋보이는 것은 상대적으로 다른 것들과의 관계 때문이다. 바로 그 다른 것들과의 관계에서 생성되는 긴장, 그것을 달리 말하면 '사이'가 아닐는지. 무엇과 무엇 '사이'에는 우리가 정확히 헤아릴 수 없는 숱한 잠재태들이 놓여 있다. 그 잠재태들이 어떤 변화무쌍함을 보일는지 예측하는 일은 어렵다. 그 변화무쌍 속에서 역사와 일상은 존재한다. 시인은 이 '사이'를 시인의 언어로 담아왔던 셈이다. 우리는 '사이'의 여백 속에 무엇이 그리고 어떻게 또 다시 채워질지 알 수 없다. 하지만 분명한 것은, 시인의 삶이 허락되는 한 문충성은 시인으로서 "젊은 날부터 목말라해온 한 편의 시 쓰기" "그 그리움의 미지, 미지의 그리움을 찾아 떠나는 마지막 항해를" 포기하지 않을 것이다. 왜냐하면, 그는 시인의 천형(天刑)을 영원히 벗어날 수 없기 때문이다.

섬, 꽃, 그리고 은유의 유토피아

— 김순남의 『그대가 부르지 않아도 나는 그대에게로 간다』

김순남 시인은 꽃을 통해 사유하고 느끼며 살아간다. 그에게 꽃은 미를 완상(玩賞)하는 대상으로만 자족하는 게 아니라 그와 우주를 매개해주는, 그리하여 삶과 죽음을 더욱 넓고 깊게 성찰토록 하는 심오한 역할을 다하는 존재이다. 나는 이번 시집 『그대가 부르지 않아도 나는 그대에게로 간다』(각, 2010)전체를 통독하는 내내 꽃이 그토록 그에게 각별한 이유에 대해 숙고하지 않을 수 없었다. 김순남 시인은 이번 시집에서 시종일관 제주의 들녘 곳곳에 피어 있는 꽃을, 그리고 꽃과 연루된 숱한 사연들을 지천으로 피워내고 있다. 흔히들 시인이라면, 꽃을 시적 대상으로 한 시를 써보지 않은 경우가 없을 정도로 꽃은 시의 영원한 대상이다. 많은 시인들이 그토록 다양한 미적 취향과 시적 인식으로 꽃을 노래하였건만, 아직도 뭐가 그렇게 노래할 게 많은 지 꽃에 대한 시들은 쉽 없이 읊어지고 있다. 아마도 여기에는 꽃이 지닌 본래의 속성이야말로 꽃을 향한 창작의 매혹을 쉽게 사그라들지 못하게 하는 것과 깊은 연관이 있을 것이다.

그렇다면, 김순남 시인에게 꽃은 어떠한 매혹의 대상일까.

꽃잎의 옆구리마다 고름이 삐져나오듯 박히는 꽃술이

스스로를 확인하며 상처를 입히고
상처는 제 근본을 핥으며 사랑이라 말할 때

바다가 숲으로 들어 푸른 이파리가 되고
너의 질리도록 새파란 정절이
감옥에서 꽃아!
나는 더디어 온전한 기쁨이구나

— 「탐라 산수국」 부분

　김순남 시인에게 매혹적인 꽃은 '제주의 꽃'이다. 사면이 바다로 둘러싸인 섬에서 피어나는 꽃의 매혹에 그는 푹 빠져 있다. 육지에서 환하게 피어나는 꽃이 아니라 거친 해풍을 벗하여 피어나는 섬의 꽃을 그는 무한히 사랑한다. 왜냐하면 섬의 꽃은 상처를 지니고 있되, (물론 육지의 꽃도 상처를 지니고 있지만) 그 상처를 치유하는 방식이 섬 특유의 존재 방식과 어우러져 "제 근본을 핥으며" 상처를 치유해내고 있기 때문이다. 하여, 시인은 제주에서 피어난 산수국으로부터 "온전한 기쁨"을 만끽한다. 제주에서 피어난 산수국은 다른 곳에서 피어난 산수국보다 생의 충일된 환희로 가득 넘쳐나 있다. 그 산수국이 바로 제주에서, 즉 섬에서 피어났기 때문이다.

섬은 한 번도 그립다 말을 한 적 없다
바다가 제 멋에 파도를 일으키고
수평선을 그린다
섬은 한 번도 갇힌 적 없었다
바다가 섬을 가둔 적도 없었다
섬과 바다는
처음부터 한 몸이었기 때문이다
그리하여
바다는 분명 섬을 위해 펼쳐진 날개일거다
섬은 바다라는 날개를 달고

오대양 육대주를 가고픈 만큼 날아갈 수 있다.
섬의 그리움은 수평선이 있기 때문이 아니다
바다가 섬을 놓아주지 않아서가 아니다
섬은 제 스스로
그리움을 만들어 바다에 뿌린다.
아름다운 구속
너로 인해 나는 존재 한다

— 「섬들의 꿈」 부분

김순남 시인은 섬에 대한 통념을 보란듯이 전복시키고 있다. 섬은 바다에 갇힌 적 없으며, 바다 또한 섬을 가둔 적 없다고 한다. "섬과 바다는/처음부터 한 몸이었"으므로, 시인의 이 도저한 전복적 상상력은 시적 진실을 보증한다. 섬과 바다의 경계를 지워내는 그의 상상력은 섬을 "아름다운 구속"으로 인식한다. 게다가 이 구속에서 "나는 존재 한다"라는 테제를 천명한다. 이것을 정리하면, 김순남 시인은 섬이 바다로 에워싸인 갇힌 공간이 아니라 바다와 한 몸인 것으로, 그래서 섬의 공간적 사유를 갇힘이 아닌 열림, 무한 자유를 향해 뻗어가는 개방성으로 사유하면서, 바로 그 개방적 공간에서 '나'의 존재성을 확인한다. 하여, 이러한 곳에서 피어난 꽃이 매혹을 발산하는 것은 너무나 자명한 일이 아닐 수 없다. 섬의 꽃은 섬의 공간성과 분리될 수 없는, 섬의 비의성을 지닌다.

그런데, 시인이 주목하는 섬의 비의성은 그리 특별한 게 아니다. 우리의 일상 속에서 너무나 친숙하여 심드렁히 지나쳐왔던 것, 아니면 너무나 보잘것없고 하찮은 것이어서 애써 외면해왔던 것에서 비의성은 오롯이 자리하고 있다.

서울생활 40년여
20층 아파트 계단을 윤나게 닦아내며

딸 아들 튼실하게 키워낸 솜씨마저
부끄러운 듯 감춰둔걸 알 사람은 알아요

버스비 아껴 종종걸음 치면서
엉덩이가 튀어나오도록
휘어진 일상에 매달려 살망정
마음은 더없이 천당이라더니

—「금난초」 부분

애초부터 삶과 죽음이 따로 였던 게 아닌데
땅만 보며 흙냄새 밖에 모르고
산 것이 죄가 될 수는 없잖아
당신 눈 속에 번지는 저 쓸쓸한 빛깔, 그제사
나는 그 시린 빛깔 속에 풍덩 뛰어 들었다.

한 주먹 허리를 꼭 껴안으니 아프다고 엄살이다
어머니는 젖은 이야기를 털며
종다리끼 같은 작은 꽃송이에 색칠을 한다
자주색 아니면 보라색 같기도 한……
부디 그리움은 남겨두지 마세요 어머니

—「등심붓꽃」 부분

작아서
누가 꽃이라 하지 않을까 봐
저희끼리 하얗게
땅을 덮으며 온다
진 곳이면 진 데로
마른 곳이면 마른 데로
제 목숨 다하고 파,
너도 지금
공공근로 나왔느냐

—「황새냉이꽃」 전문

시인은 금난초와 등심붓꽃으로부터 간난신고(艱難辛苦)한 삶을 살아온 어머니를 그리워한다. 당신은 온갖 삶의 고초를 당하면서도 자식들에게는 그 모습을 보이지 않고, 도리어 행복한 삶을 살고 있다며 자식들을 안심시킨다. 당신은 "산 것이 죄가 될 수는 없"는, 한 많은 세월을 보내면서, "당신 눈 속에 번지는 저 쓸쓸한 빛깔"로 당신의 고달픈 삶을 묵언으로 드러낸다. 금난초와 등심붓꽃은 이렇게 심드렁히 지나쳐온 우리의 어머니를 떠오르게 한다. 그런가 하면, 시인은 "너무 작아서" 좀처럼 눈에 띄지 않는, 꽃으로 호명할 수 없는, 황새냉이꽃을 공공근로자로 인식한다. 땅에 납작 엎드려 간신히 목숨을 보전하는 황새냉이꽃으로부터 지금, 이곳에서 간신히 생계를 유지해나가는 공공근로자의 삶을 연민의 시선으로 바라본다. 시인에게 이 모든 것은 일상에 존재하는 것으로, 친숙한 어머니와 외면하고 싶은 사회적 약소자를 찬찬히 들여다보고, 그들의 삶을 따뜻한 시선으로 감싸안는 시적 행위를 통해 지극히 범상한 삶이, 범상하지 않다는 것을 자연스레 깨닫는다. 가령, 오랫동안 제주의 들녘을 자유자재로 드나들었던 쇠테우리의 삶과 연루돼 핀 용담꽃을 노래하고 있는 다음의 시에서 범상함을 넘어서는 삶의 비의성에 귀를 기울여보자.

> 빈 들을 채워 줄
> 늙은 쇠테우리의 잔기침도
> 그렁그렁 갈색 바람에 쓸려가고
> 한때 온 몸을 달구었던
> 슬픔 고통 미움 같은 이름들마저
> 마른 억새 잎 따라 눕고 나면
> 저 계절의 산허리에
> 울려 퍼지는 청보라 통꽃
> 우리가 나란히 서서 부를

노래라 하네

— 「용담꽃」 전문

　이제는 좀처럼 찾아볼 수 없는 쇠테우리를 "저 계절의 산허리에/울려 퍼지는 청보라 통꽃"인 용담꽃으로 환기시킨다. 한라산 중산간 목초 지대를 마음껏 뛰노는 소와 말은 쇠테우리 또는 말테우리와 삶의 리듬을 함께 한다. 중산간 지대를 불어오는 바람은 말갈기를 휘날리고 소의 갈색 털잔등을 맵싸게 때리며 지나간다. 말과 소를 자유자재로 부리는 테우리는 특유의 휘파람과 노래를 부른다. 테우리는 말과 소가 알아듣는 소리를 중산간 바람 소리 사이에 슬쩍 끼워놓는다. 어느 게 테우리의 소리이고, 어느 게 중산간 바람 소리인지, 구별하기 힘들다. 테우리의 소리가 바람 소리이며, 바람 소리가 테우리의 소리로 들릴 정도로 이 둘의 소리는 맛깔나게 한데 버무려진 채 말과 소를 자유자재로 부린다. 한 평생 테우리의 삶을 살면서 얼마나 그 삶을 원망했던가, 너무도 지독히 원망하다보니, 원망을 넘어선, 테우리의 비범성을 획득하게 되는바, 그때야말로 테우리는 중산간 지대를 불어오는 저 숱한 곡절많은 바람의 소리와 자연스레 하나가 된다. 시인은 섬의 테우리의 이 범상한, 아니 비범한 삶을 용담꽃으로 노래한다.

　이렇듯, 김순남 시인에게 제주의 중산간 지대는 제주를 이루고 있는 모든 것들의 비의성을 간직하고 있는 보고(寶庫)이다. "고산 화원의 사랑"(「구름체」)으로 간결히 압축할 수 있을 정도로, 그는 중산간 곳곳에 피어있는 꽃과 야초를 사랑한다.

　물론, 여기에는 제주의 뼈아픈 비극이 고스란히 배어 있다.

　　인적 없이도 살 것은 살아

　　음험한 시간 속이었지

갯내음 그리워 이 산 저 산 목 놓아 부르다가

마른 돌이끼에 붙어살았지

찬바람이 계곡을 쑤시고 올 때

한숨 쉬듯 풀어놓은 하얀 바위떡풀꽃

시뻘건 역사의 강물을

차마 짐승의 걸음으로는 건널 수 없어

헛구역질만 웩웩 쏟았지

— 「바위떡풀 2」 부분

"아흔아홉 골을 산 듯이 죽은 듯이/목숨헐어 바위마다/마른버짐 허옇게 쏟아놓았"(「바위떡풀 1」)던, 그곳에는 "음험한 시간"이 흐르고 있다. 제 주인들은 차마 잊을 수 없다. 아무리 잊혀지기를 강요한다고 하지만, 너무나 끔찍하여 도저히 잊을 수 없는, 무자년(戊子年)의 방횃불 속에 통째로 불태워진 중산간 마을이 뇌리에 선명히 각인돼 있다. 바위떡풀은 그때, 그곳의 언어절(言語絶)의 비극적 참상을 또렷이 환시킨다. 무엇이, 왜, 한가로이 풀 뜯고, 자유자재로 초원을 뛰놀던 말과 소를 사라지게 하였을까. 누가, 테우리의 신명난 휘파람과 영성의 노래를 적의(敵意)로 가득찬 무장대의 노래로 부르게 하였을까.

날이면 날마다
밤이면 밤마다
어인 산폭도 어미 애비 되어

서청놈들에게 차이고
검은 개, 노랑 개에 물리고 뜯기다가
온전한 살점 하나 어디로 갔나,

— 「개족도리」 부분

    시인은 60여년 전 화마(火魔)에 휩싸인 제주의 비극을 꽃과 야초로 기억
한다. 이때 제주의 꽃과 야초는 한갓 미적 대상이 아닌 역사의 준열한 기
억의 표상으로 그 가치를 드러낸다. 60여년 동안 같은 장소에서 꽃과 야
초는 피고 지는 반복을 통해 사람들이 언젠가 그 장소와 연루된 것을 기억
해내길 원했을 터이다. 얼마나 끔찍했을까. 숱한 생목숨들이 땅 속으로 흩
어져갔고, 그 목숨들이 삭아 흙으로 돌아간 곳에서 꽃과 야초는 싱싱히 매
해 생명의 싹을 보란듯이 틔웠을 것이다. 무엇인가 말을 하고 싶으나, 인간
의 언어로써 증언할 수 없는 그 복잡다단한 사연들을 꽃과 야초로 피워낼
뿐이다. 하여, 시인은 제주의 꽃과 야초로 하여금 역사와 내통하는 관계
를 맺도록 한다. '자연의 역사화' 혹은 '역사의 자연화'가 바로 이것이다.

    그런데, 4·3의 역사적 상처는 꽃과 야초를 통해 온전히 치유되지는 않
는다. 망각의 강요에 대한 효과적 저항을 할 수는 있지만, 인간이 저지
른 역사적 만행을 인간을 대신하여 치유할 수 없는 일이다. 그래서 김순
남 시인은 4·3의 상처를 근본적으로 치유하는 일환으로 그 당시 피해
를 입은 사람들의 말의 힘을 빈다. 이른바 역사의 하위주체 중 약소자인
여성의 목소리를 전경화(前景化)함으로써 '대문자 역사'의 틈새에서 가장
큰 피해를 입은 약소자의 입장을 통해 '소문자 역사'의 진실을 복원하여,
4·3의 상처를 온전히 치유할 수 있는 길을 새롭게 모색한다.

이디 셔 났구나예
이녁 만나젠 해천 도르멍 댕겼수다 게

날 바랩서 알아지쿠과?
이녁은 청춘인디 난 막 늙어부런 양

자네가 천우 어멍이로고
이만이 살아내느라 고생 하영 허였져
이리오라 넋부터 들이고 보저
홋슬 더 싯당 와도 될 걸
그래 가인 몇 살이라

사태나던 때가 요덟 이어시난 지금 예순일곱 쯤 날거우다
천우도 성안에서 소업허멍 지만이 살아지난
나사 이젠 헐 일도 어시곡
몸도 하간디가 아프곡 하난
이녁안티 와사주기 허여졈십다다
후제랑 양 4 · 3 무싱거 공원에도 손 심엉
손지들광 모을 사름들 보러 댕기게 마씀

히엇뜩한 이승이라 아맹고라도
두고 온 진진한 정이사
어떵 헐 말이우꽈

— 「어떤 만남」 전문

4 · 3의 상처를 치유하는 길은 다각도로 모색되고 있다. 그동안 4 · 3특별법제정을 통한 왜곡된 역사를 바로잡고, 뒤늦은 감이 없지 않으나, 4 · 3에 대한 노무현 前 대통령의 공식적 사죄를 통해 4 · 3은 조금씩 용서와 화해의 길을 모색하고 있다. (물론, 아직도 4 · 3의 역사적 가치를 희석화시키려는 몰역사적 인식이 존재하는 것 또한 사실이다. 역사의 퇴행을 부끄러워하지 않는 자들도 엄연히 존재한다.) 이제 더욱 박차를 가해야 할 것은, 위 시에서 시사하는 바처럼 역사의 하위주체에 대한 목소리를 경청

하는 일이다. 제주어를 통해 억울함과 비통함을 호소하고, 역사적 상처를 치유하고, 도래할 평화를 꿈꾸는 것은 편협한 지역주의에 기반한 게 결코 아니다. 제주어에 자연스레 스며 있는 약소자들의 맺힌 한을 풀어내고, 더 이상 이러한 비극의 역사가 반복되어서는 안 된다는 평화의 염원이 제주 사람들의 주체적 목소리로 드러내야 한다. 최근 제주어를 자유자재로 구사하면서 4·3을 새로운 시적 탐구의 대상으로 삼는 것을 주목해볼 때, 김순남 시인의 예의 시적 노력을 주목하지 않을 수 없다. 4·3문학의 답보 상태를 해결하기 위한 노력이 요구되는 시점에서 이 같은 시도가 갖는 중요성을 아무리 강조해도 지나치지 않다고 나는 생각한다. 특히 「산비장이」에서는 다랑쉬에서 억울한 죽음을 맞이한 혼령들의 목소리를 제주어를 통해 음산하게 들려주는데, 이것은 죽은 자와 산 자를 단절로 파악하는 게 아니라, 그만큼 4·3의 문제는 현재 진행형의 역사적 과제라는 것을 새롭게 상기시켜준다는 점에서 각별히 음미해보아야 할 수작(秀作)이다.

이처럼 김순남 시인에게 제주와 제주의 꽃과 야초는 시쓰기 그 자체라 해도 손색이 없으리라. 그는 "은유로 흐르는 이 목숨의 유토피아가/있을지도 몰라"(「햇살 좋은 날」)라고 고백하는데, 그 유토피아는 "사는 데는 아무래도/완전무장이란 게 없"(「얼음새꽃」)는, "이제는, 시시하다고/살만큼 살았으니 아까울게 없"(「오이풀」)는 음울한 세상이 아니라, "따스한 가슴들 따습게 비비고 사는 곳"(「참 아름다운 꽃밭」)을 꿈꾸는 세상이다. 그래서 그곳에서는 "아, 그랬구나/모든 생명엔 먹이보다/자유라는 날개가 더 필요한 것을"(「날고 싶지 않은 새는 없다」)이란, 시적 진실이 생의 꽃밭에서 자연스레 피어난다. 하여, 시인은 우리가 사는 세상을 '목숨을 건 은유의 유토피아'로 만들기를 꿈꾼다. 이 세상에서 아름다운 꽃보다 더욱아름다운 꽃이 피어나는 꽃밭을 가꾸기를 꿈꾼다. 역사의 상처를 치유하고, 우주의 자연스러움을 회복하고, 살아있는 뭇존재들이 나름대로의 가치를 서로 존중하고, 삶과 죽음이 서로 배타적인 관계로 나뉘는 게 아니라 자연스러운 흐름으로 파악되고, 그리하여 우주의 뭇재들이 지닌 아름다운 가치들이 서로 조화를 이루는 세상이 되기를 꿈꾼다.

> 수천수만의 나비 떼
> 훨훨 날으는
> 푸른 하늘을 열어야지
> 꽃보다 더 꽃 같게
> 꽃 같게 보다 더 달콤한 꽃으로
> 세상 맛나게 버무리려는 거다
>
> —「산딸나무 꽃」 부분

사막의 밤별을 보며 우는 시인의 천형(天刑)

— 오봉옥의 『노랑』

시인 오봉옥. 그의 이름을 입속에서 천천히 굴릴 때마다 시집 『붉은 산 검은 피』(실천문학사, 1989)를 휩싸고 도는, 저 불의 시대의 끝자락에서 부정한 것을 일소해내고자 하는 사자후(獅子吼)의 전율이 되살아난다. 지금도 생생하다. 반민주 · 반민족 · 반민중에 대한 강렬한 시적 저항의 육성이 왜 그토록 황홀한 아름다움의 마성을 뿜어냈는지를.

이제 그는 지천명(知天命)에 이르러 시집 『노랑』(천년의 시작, 2010)을 엮으면서 자신의 시 세계를 성찰한다. 젊은 시절, 사회 변혁의 시적 전망에 신열(身熱)을 앓던 시인은 그 뜨거운 시적 화기를 다스리면서 지금, 이곳의 시인과 삶을 웅숭깊게 노래한다. 여기서 이번 시집 전체를 관류하고 있는 '울음'의 심상이 자아내는 시적 매혹에 흠뻑 젖어든다. 시인의 숙명을 절묘히 빗대고 있는, "어둠 속에 갇혀 홀로 세상을 그려야 하고, 때론 고개를 파묻고 깊숙이 울어야만 한다. 전생에 무슨 죄를 지어 그런 천형의 삶을 살고 있는 것인가."(「달팽이가 사는 법」)처럼, 시인의 천형(天刑)은 어둠 속에 유폐된 곳에서 뭇존재들의 상처를 뼛속 깊이 아파하며 울어야 한다. 하여, 시인은 빈곤한 삶을 살고 있는 어느 가정에 압류 딱지를 붙이는 장면을 보다 "멍하니 서있던 열 살짜리 계집아이가 순간 울음을 터트"리고(「어느 하루」), "울엄니 어쩌다가 나를 밀어 올려놓고 어둠 속에서 캄캄하게 울었"으며(「저바람」), 분단의 경계 너머에 있는 북쪽 동포들이 여는 식당에서 그들의 노래와 춤을 보며 "나의 눈은 금세 고동치고, 나부끼고, 글썽였"고(「민족식당」), 자식 셋을 남기고 죽은 사내가 "눈물 그렁그렁 달고끌고 떠나가더니/은방울꽃"(「은방울꽃」)으로 무덤가에 피어났으며, 별똥별이 "얼른 어른이 되고 싶"은 "그 계집애의 초롱초롱한 눈망울"에서 흘리는 "눈물"(「별똥별의 비밀」)에 얽힌 사연들을 온몸으로 보고 듣고 느낀다. 세계의 숱한 유무형의 폭력 속에서 삶의 터를 빼앗기는 순진무구한 어린애의 두려움 사이로 솟구치는 울음, 안간힘을 쏟으며 삶의 터전을 지켜나가는 이 세상의 어머니들이 저 먹먹한 울음, 분단의 시대적 고통마저 돈 벌이의 유희로 전락해가는 분단의 설움을 견뎌야하는, 이 알 수 없는 민족분단의 분노와 연민 그리고 아픔의 눈물, 그 누구도 죽음을 피해갈 수 없는 유한자의 숙명 앞에 더욱 샘솟는 외로움과 그리움의 눈물, 허공에서 떨어지는 별똥별을 보며 어른이 서둘러 되고 싶어하는 계집애들의 성장통의 눈물과 울음을 통해 시인은 "또 한 生을 시작"(「초록」)하고 싶다.

그런데 생을 새롭게 시작하는 것은 그리 녹록한 일은 결코 아니다. 시인은 이것을 너무나 잘 알고 있다. 그래서 시인은 그토록 타자뿐만 아니라 자신을 대상으로 하여 운다. 우는 것을 부끄러워하지 않는다. 시인에게 타자의 울음은 이내 자신의 울음으로 스며들고, 자신의 울음은 자연스레 타자의 울음으로 확산된다. 이 울음을 통해 시인은 "제 몸을 스스로 지운다는 거/자신을 스스로 거두어간다는 거"(「그 노을을 본다」)에 깃든 자기성찰의 혹독한 도정을 주저하지 않는다.

그동안 낯익은 자신의 영육(靈肉)을 환골탈태시키는 것처럼 어려운 일은 없다. 바꿔 말해 이 일은 시인의 시적 갱신을 위한 힘든 싸움을 시작하는바, 지천명에 이른 시인이 자신을 엄정히 성찰하는 가운데 새로운 시의 도정을 헤쳐나가야 할 시적 과제를 탐문하는 일이다. 때문에 시인은 정해진 길이 없는 것 자체를 매우 자연스레 받아들인다. 그래서인가. 시인은 산 자와 죽은 자의 길이 갈려 정해져 있는 게 아니라 공존하므로 인위적 길이 별도로 존재하지 않고 자연스레 생성되고 있는 몽골 초원의 길에 주목한다(「경계가 없다」). 강조 하건대, 이것은 새로운 시적 도정의 길을 시인이 헤쳐가고 싶기 때문이다. 오아시스를 향한 사막의 밤길도 마다하지 않는 것 역시 시인이 새롭게 가고 싶은 길에 대한 욕망에 연유한다. "돌아보니 스르륵 오던 길도 지워진다. 지워지는 건 사라지는 게 아니라 지나간 세월을 잠시 묻어두자는 것. 앞으로 나아가기위해 아주 잠시만 잊어보자는 것. 길은 사막의 밤하늘에도 있더라. 난 지금 사막의 밤별들을 더듬거리며 한 걸음 한 걸음 내딛고 있다."(「오아시스」)에서 행간에 녹아 있는 자기성찰의 도정이 지닌 진정성이 소중히 전해온다.

모두들 이구동성으로 말한다. 더 이상 밤 하늘의 별을 보고 우리의 길을 갈 수 없다고. 하지만 오봉옥 시인은 우리들에게 익숙한 이 전언을 시적으로 과감히 전도시킨다. 자신의 길을 고집하는 자, 그리고 어떤 길을 가야할 것인지 이미 정해지길 바라는 자에게는 별이 보이지 않으며, 애써 별을 보려고 하지 않으니, 오아시스를 향한 여러 새로운 길을 가는 것을 쉽게 포기할 수밖에 없다. 비록 오아시스를 찾는 길은 더디고 힘들지만, 포기하지 않고 길을 가는 자에게는 그 도정 자체가 어쩌면 오아시스인지 모를 일이다. 하여, 시인의 한층 "깊어진/거기"(「거기」) 눈에는 "내가 저 세상까지 지고 가야 할 말"(「말」)을 그득 채우고, "가만히 뉘어놓고/세상의 한 끝을 응시하"(「폐허의 눈」)는 시인의 순정한 눈물이 어려 있다.

제4부

우주와 삶의 율동에 공명하는

시간의 감각들이 지닌 시의 매혹

— 최승자의 『쓸쓸해서 머나먼』, 이학영의 『꿈꾸지 않는 날들의 슬픔』, 정우영의 『살구꽃 그림자』

1. 시간들 사이의 내밀한 교호 작용

시간으로부터 자유로운 존재가 있을까. 아무리 시간을 의식하지 않고 시간을 초월하여 산다고 하지만, 시간 자체를 지워낼 수는 없지 않을까. 삶이라는 게, 우주에 존재하는 저 숱한 대상들과의 관계나 다름이 없다면, 관계야말로 저마다 지닌 그 무엇인가의 연유로 이뤄진 대상들 사이의 모종의 얽힘인바, 그 얽힘은 각 대상들이 지닌 시간들의 교호 작용이라 해도 손색이 없지 않을까. 설령, 삶의 종언인 죽음만 하더라도 살아 있을 적 시간들의 교호 작용으로 제한되는 게 아닌, 소멸의 형식이란 또 다른 관계를 낳고, 그 관계를 지탱시켜주는 삶의 물질성과 또 다른 시간들의 교호 작용을 외면할 수 없지 않을까.

이러한 일련의 물음 속에 살바도르 달리의 「기억의 지속」(1931)이란 그림이 문득 떠오른다. 그 그림에는 흐물흐물 녹아서 흘러내리는 세 개의 시계와 겉모양은 정상적이지만 속은 개미로 잔뜩 채워진 한 개의 시계가 등장한다. 이 그림은 초현실주의 계열의 대표적 작품 중 하나인데, 시간과 관련한 통상적 인식을 과감히 부정하고 있지, 시간 자체를 타매하고 있지는 않다. 어떤 이유에서인지 모르지만, 흐물거리는 시계와 개미로 꽉 채워진 시계로부터 더 이상 어떤 일방향으로 흐르는 시간은 존재하지 않을 뿐만 아니라 근대 이후 발견한 분절적 시간에 대한 인식도 더 이상 자명한 게 결코 아니라는 것을 보여준다. 하지만, (그림 속 시계가 분명히 존재하는 데서 알 수 있듯) 시간은 존재한다. 시간이 존재한다는 것은, 시간과 연루된 크고 작거나 뚜렷하거나 희부윰한 기억들이 존재한다는 것을 말한다. 그것은 달리 말해, 시간들의 교호 작용이 지속적으로 일어나고 있다는 것인바, 물론 그 교호 작용은 복잡할 수밖에 없다. 더 이상 시간은 고정적이면서 단일한 방향으로 흐르지 않으며 분절적으로 인식할 수 없기에 그렇다.

어쩌면 시간에 대한 예의 사유는 시간에 대한 우리의 통념에 크게 어긋나는 것일지 모른다. 누가 뭐라 하든, 일상을 지배하는 시간은 한 방향으로 흐르는 것처럼 보이고, 일상은 분절적 시간에 길들여진 모습을 보이고 있다.

그런데, 바로 여기에 시인의 존재 이유가 있다. 살바도르 달리의 「기억의 지속」이 시간의 통념에 지배당한 일상의 비루함을 넘어서려는 미적 충격을 우리에게 안겨주고 있다면, 우리가 주목해보아야 할 세 시인의 최근 성과는, 시간들 사이의 내밀한 교호 작용이 구체적 일상 속에서 어떻게 일어나고 있는지, 그리고 일상의 범속한 시간들 속에서 그 범속함을 감싸안으며 넘어서는 시적 고투의 도정에서 발산되는 시의 매혹에 우리를 흠뻑 젖도록 한다. 이제, 최승자의 『쓸쓸해서 머나먼』, 이학영의 『꿈꾸지 않는 날들의 슬픔』, 정우영의 『살구꽃 그림자』의 시간들과 마주쳐본다.

2. 자유를 획득하는 초시간성-최승자의 『쓸쓸해서 머나먼』

최승자의 이번 시집 『쓸쓸해서 머나먼』(문학과지성사, 2010) 곳곳에 스며들어 있는 문제의식은 '근대적 시간과의 맞섬'이다. 언뜻언뜻 좀처럼 헤아리기 힘든 시간에 대한 상념들은 그동안 그를 에워싸고 있는 근대적 시간과의 치열한 맞섬을 보증해준다.

> 시간은 국가들이었고
> 제도들이었고 도덕들이었고
> 한마디로 가치관들이었는데,
> 가치관들이 세계라는 이 세상에 범람했었는데
> 시간은 武力일까 理性일까
> ——「시간은 武力일까, 理性일까」 부분

근대 이후 '시간'은 발명된 것으로, 근대의 선조적(線條的) 세계관은 과학기술의 발달에 힘입어 '기술적 근대성(mordinity of techonology)'과 함께 '해방적 근대성(mordinity of liberation)'을 성취해내는 발판을 이룬다. 하여, 근대적 자본주의 세계체제를 구성하는 국가들은 각자 기획하고 있는 국가발전주의에 따라 정해진 시간에 맞춰 민주주의의 제가치를 실현하고자 한다. 그 도정에서 서로 다르게 기획된 시간들(곧 가치관들)은 서로의 시간 사이로 틈입하고, 심지어 타자의 시간을 주체의 시간으로 동일화하는 '시간의 무력'을 행사한다. 물론, 이 때 '시간의 무력'은 '시간의 이성'으로 미화된 채 말이다. 때문에 시인은 묻는다. 도대체 근대 이후 발명된 시간, 그 본연의 속성은 "무력일까 이성일까"하고.

어쩌면 이 같은 시간에 대한 의구심은 그동안 시인을 유무형으로 옭아매고 있던 근대적 시간으로부터 벗어나 또 다른 시간의 자리(topos)로 옮아가고 싶은 간절한 욕망 때문이 아닐까. "시간의 축지법"(「시간 속을 아득히」)을 자유자재로 부리면서 "오래된 미래인 과거를 휘돌아/오래된 과거인 미래를 휘돌아/초시간 속으로 날아가는"(「구름 비행기」), "역사라는 무겁고 후덥지근한/공간성을 떨쳐버리고/초시간적 시간 속으로/사라져 가는……"(「하늘 너머」), 그리하여 "인류를 초월해 있는/영원성으로서의 시간//순간에서 영원으로라는/말 그대로인 어떤 초시간성"(「그런데 여기는」)의 우주적 비의성을 획득하고 싶은 것은 아닐까.

시인이 이토록 근대적 시간에 대한 극도의 혐오를 갖는 데에는, "도대체 통합이 되지 않고/시작이 되지 않는/이 어지러운 文明의 잠자리"(「어디선가 문득 문득 툭 툭」)에 안도할 수 없기 때문이다. 말하자면 그동안 그에게 익숙한 시간의 관념 속에서 안이한 삶을 살고 싶지 않다. 때문에 시인은 중대한 결단을 품고 시행중이다.

> 내 詩는 지금 이사 가고 있는 중이다
> 오랫동안 내 詩밭은 황폐했었다
> 너무 짙은 어둠, 너무 굳어버린 어둠
> 이젠 좀 느리고 하늘거리는
> 포오란 집으로 이사 가고 싶다
> 그러나 이사 갈 집이
> 어떤 집일런지는 나도 잘 모른다
> 너무 시장 거리도 아니고
> 너무 산기슭도 아니었으면 좋겠다
>
> 아예는, 다른, 다른, 다, 다른,
> 꽃밭이 아닌 어떤 풀밭으로
> 이사 가고 싶다
>
> ─ 「내 詩는 지금 이사 가고 있는 중」 전문

시인의 결단은 매우 단호하다. 시인은 낯선 곳으로 존재의 장소를 옮기고 싶다. "꽃밭이 아닌 풀밭으로" 옮겨가고 싶다. 그곳은 황폐한 곳이 아니라 시인으로 하여금 시쓰기의 욕망을 북돋우게 하는, 새로운 생성의 시간과 교호할 수 있는, 그래서 "영원히 운동 중인 정지가 아니라/영원히 운동 중인 부재(不在)로서"(「영원히 운동 중인 부재(不在)로서의 눈동자 하나」) "고요한 눈동자"(「머나먼 바다 위에」)를 지닌 채 "사회가 획,/역사가 획,/문명이 획"(「시간이 사각사각」) 지나가는 시간의 순간을 포착하고 싶은 곳이다. 바로 그곳에서 시인은 "시간의 무상함"(「어떤 풍경」)을 새롭게 성찰하고, 세계의 분별지(分別智)에 수반되는 불교적 깨우침을 숙고하고(「어떤 한 스님이」), 노자와 장자 사이에서 어떤 인식적 실천 혹은 실천적 인식을 가다듬어야 할 지 고민한다(「노자와 장자 사이에서」).

어떻게 보면, 최승자 시인의 이번 시집은 오랜 침묵을 견뎌오면서, "더더욱 못 쓰겠다 하기 전에/더더욱 써보자/무엇을 위하여/아무래도 좋다"(「더더욱 못 쓰겠다 하기 전에」)라는 시쓰기의 간절한 희구로부터 비롯된 것인지 모를 일이다. 시쓰기의 간절한 희구는 깊은 병마를 이겨내 새로운 소생의 시간과 부대끼며 살고 싶어하는 최승자 시인의 욕망과 다를 바 없다고 나는 생각한다. 시집 전체의 배음(背音)으로 낮게 드리워져 있는 초시간성 또는 초역사성을 향한 시인의 욕망은 "흔적도 없이 괴어 있는/시간의 잿빛 그림자"(「시간의 잿빛 그림자」), 즉 근대적 시간의 사위에 옴쭉달싹할 수 없도록 포박된 삶을 벗어난, "높푸른 하늘을 한번 걸어"(「높푸른 하늘을」)보도록 하기에 충분하다.

그럴 때, "중요한 것은 삶이었다/죽음이 아니었다/중요한 것은 그 거꾸로도 참이었다는 것이다"(「중요한 것은」)에 응축된 삶의 시적 진실을 헤아려볼 수 있을 터이다. 최승자가 살고 싶어하는 세계는 근대적 시간이 지배하는 지극히 통속적인 탈마법화된 시간, 곧 "오늘도 사람들은 죽은 神

을/어영차 끌고 가서/황무지에 버린다"(「사람들은 잠든 적도 없이」)는 것
을 심드렁히 간주하는 시간이 아니라, 최소한 우주의 뭇존재들이 서로 범
속한 관계를 지니되, 결코 범속하지 않은 관계로 이뤄진 시간의 비의성을
살고 싶어한다. 하여,

> 먼 세계 이 세계
> 삼천갑자동방삭이 살던 세계
> 먼 데 갔다 이리 오는 세계
> 짬이 나면 다시 가보는 세계
> 먼 세계 이 세계
> 삼천갑자동방삭이 살던 세계
> 그 세계 속에서 노자가 살았고
> 장자가 살았고 예수가 살았고
> 오늘도 비 내리고 눈 내리고
> 먼 세계 이 세계
>
> ─「쓸쓸해서 머나먼」 부분

란, 성(聖)의 세계와 범속의 세계가 서로를 동일시하거나 극도로 타자화함
으로써 유별난 시간에 존재하고 싶지 않다. 최승자가 힘겨운 성찰의 도정
을 거치며 새롭게 통찰한 시간은 '반사(反史)'로서의 시간이다. 그가 새롭
게 호명하는 '반사로서의 시간'은 "종래에서 다른 어떤 종래로 가는 초월
성/숨이 막힐 듯한 외재성에서 내재성으로 가는 자유/혹은 더 큰 외재적
내재성으로 가는 자유/그것이 없다면 인류의 삶은 한갓 지네 같은 것이
될 수 있다/수천 세기 동안의 지네 한 마리의 꿈틀거림"(「反史」)에서 알
수 있듯, '자유'를 획득하기 위한 근대적 시간과의 맞섬이다. 오랫만에 근
대적 시간과 치열한 맞섬을 벌인 최승자 시인의 독특한 시간에 대한 사유
와 시간의 감각으로부터 망외의 소득이 있다면, 자유를 획득하는 초시간

성에 대한 시의 매혹과 대면한다는 점이다.

3. 악무한의 현실을 견디는 나무의 시간–이학영의 『꿈꾸지 않는 날들의 슬픔』

이학영 시인의 시집 『꿈꾸지 않는 날들의 슬픔』(문학들, 2010)을 빼곡이 채우고 있는 것들 중에서 눈에 띄는 것은 매서운 자기성찰의 시간들이다. 시쳇말로 조금도 봐주는 것 없이 자신을 향한 냉엄한 성찰의 죽비를 내리친다. 그는 첩첩이 쌓인 시간들의 퇴적층 속에서 자신을 다독거리며 위무하는 게 아니라, 더욱 혹독히 자신을 다그친다. 그는 잠시라도 자신을 풀어놓는 것을 허락하지 않는다. 물론, 그도 나약한 인간이기에 "먼 무중력의 궤도 위에 버려진 로켓처럼/나는 또 어느 텅 빈 우주의 회랑으로 흘러갈거나"(「쓰레기 매립장에 와서」)와 같은 두려움에 사로잡히기도 한다.

하지만 그는 세계의 고통스런 현실 속에서 마냥 "소멸, 그 아름다운 잔해 빛나오는 저녁"(「노을, 그 아름다운 잔해」) 풍경에 깃든 소멸의 장엄한 시적 진실을 음미할 여유 없이, 세계의 고통에 귀를 기울인다. 바쁜 일상에서 잠시 놓인 휴일의 아침 산책길 조간신문을 펼쳐보면서 "그 먼 땅 팔레스타인에선/또 얼마나 많은 목숨들이/떠나가고 있었을까" "내 사는 세상 한 끝은 너무 평안하다/미안하다 미안하다"(「휴일 아침 산책길」)라고, 죽어가는 팔레스타인 목숨을 위해 아무런 일도 하지 못하는 자신을 책망한다. 이 자괴감은 비단 나라 밖 현실의 고통에만 해당되는 것은 물론 아니다. 이제 우리의 농촌은 일손이 모자라는 것을 넘어, "아무도 거들떠보지 않습니다/예전에 마늘밭이었던지/왕겨를 덮어주지 않았는데도/언 땅을 뚫고 파란 촉들이 돋아나고 있습니다/돌아보지 않아도 봄은 오는데/거루어 묻힌 씨앗들을 가꾸어 줄/다스운 사람의 불빛은 어느 고샅에도 없습니다" "유령들의 세상에나 온 것만 같습니다."(「산골일기」) 그도 그럴 것이 현재 우리의 농촌은 새 생명을 키워내는 농사짓기의 희열로 충만된 삶의 터전이 아니라, "농약을 마시고 마당귀까지 나와 쓰러진/고샅 끝 광주댁을 묻"(「또 하나 마을에 불 꺼지고」)는 비참한 현실의 정조(情調)가 짙게 가라앉은, 죽음의 대지로 변모해가고 있다.

시간은 흘러 가건만, 우리의 현실은 여전히 고통의 굴레에서 쉽게 벗어날 기미를 보이지 않는다. 시인은 두렵다. 이러한 세계의 고통을 외면할 수 없다. 하지만, 악무한의 세계를 지탱하고 있는 시간은 일상의 안팎을 친친 옭아매고 있다. 이 구속의 시간에 균열을 내고 해체하기 위해 시인은 혹독한 자기성찰의 시간을 틈입시킨다.

> 난 한때 눈 쌓인 산봉우리를 돌아오기도 했다
> 거기 뜨거운 해 아래서도 녹지 않는 눈들이 있어
> 일상이 일상만이 아님을 배웠다
> 늘 변하지 않고 지키는 것이 있음을
>
> (중략)
>
> 지상에 빛나는 것들이 있음을
> 지상에 안온한 언덕이 있음을
> 지상에 평화롭게 꿈꾸는 골목도 있음을
> 보았다, 그러나
>
> 아직도 사막은 몰아오고 모래바람은 생나무를 할퀴어 말리고
> 집이 묻히고 생명도 묻히는 그 어느 고비사막 같은
> 세상이 있어서, 그곳이 곧 내 돌아갈 길이라는 것을 알았다
> 내가 돌아와 누워 숨쉬는 곳

그곳이 내 우주의 한 가운데라는 것을 알았다

　　　　　　　　　　　　　　　　　　　—「여행에서 돌아와서」 부분

　이학영 시인이 힘겹게 거쳐온 일상에서 얻은 게 있다면, 삶의 악조건을 갖고 있는 고비사막과 같은 현실이 "우주의 한 가운데"임을 통찰했다는 점이다. 그래서 시인은 "그곳이 곧 내 돌아갈 길이라는 것을 알았다"고 결연히 다짐한다. 다시 말해 시인은 그토록 두렵고 힘들어 했던 바로 그 악무한의 현실 복판으로 귀환한다. 그런데, 시인이 정작 두려운 것은 고비사막과 같은 현실이기보다 그 현실의 사위에 갇힌 채 이렇다할 대응을 하지 못할 수도 있는 자신의 가엾은 모습이다. 왜냐하면 "아무 것이나 덥석 깨어 물 수가 없다/경계가 없어져 버렸다/이제 목 메일 일도/사무칠 일도 없을 것인가/빈 들판을 지나치듯/낡은 시간도 다가올 시간도/무연히 바라보고만 있어야 할 것인가/마흔도 문지방처럼 닳아진 나이/이제 무언가 깨무는 일이 무섭"(「문지방처럼 닳아지는 나이」)기 때문이다. 아무리 내 영육 저 깊은 곳에서 "살려 달라고 살려 달라고/소리치는 것들/내 안에 나도 몰랐던/먼 옛날 떠나온 원시의 바다가/푸른 비늘처럼 일어서고 있었다"(「내 안의 바다」)고 하더라도, 이제 젊었을 때처럼 치기와 객기가 버무려진 무모한 용기를 낼 시간은 결코 아니다.
　하여, 시인이 지금, 이곳에서 새롭게 발견한 것은 백석의 「남신의주 유동 박시봉방(南新義州 柳洞 朴時逢方)」의 '그 드물다는 굳고 정한 갈매나무'를 연상케하는 나무들이다.

　　　천길 어둠 아래서
　　　목젖까지 회오리쳐 오르는 눈발
　　　도망이야 수 십 번이지
　　　죽으려면 몇 번은 못 죽었겠어

비명처럼 혼절하였다가
다시 일어서는 나무들

　　　　　　　　　　　—「한계령, 눈 내리는 날에」 부분

내리치는 벼락을 끌어안고
스러지기는커녕
되레 푸른 불꽃 삼켜버렸구나, 너는

　　　　　　　　　　　　　　—「느티나무여」 부분

너, 정정한 떡갈나무 검은 줄기처럼
드러나지 않아도 어디선가 웡웡거리며
찬바람 부는 세상 한 켠 붙들고 서 있어줄 때
무언가 기다릴 수 있다는 것만으로도
한 생(生)이 얼마나 위대할 수 있는가를 알았다
　　　　　　　　　　　—「솜리(裡里), 그 언저리 지나며」 부분

　질풍노도와 같은 시간을 견딘 시간에서 시인은 백석의 갈매나무의 현
신과 마주한다. 불벼락을 맞은 나무는 불에 태워져 소멸한 게 아니라, 오
히려 벼락의 불꽃을 자신의 몸 안으로 삼켜버리고 만다. 하긴 오죽 하겠
는가. 한계령의 그 맵짤한 혹한을 견딘 나무라면, 이미 몸 안에 차가운 냉
기를 지니고 있을 터이므로, 웬만한 화기로는 그 냉기를 쫓아낼 수 없을
것이다. 그렇게 추위와 열기에 단련된 나무라면, 그 굳고 정한 나무의 기
운으로 아름다운 삶을 마음껏 꿈꿀 수 있고, "눈 먼 이 어둠의 세상 한 켠
을 지나가"(「솜리(裡里), 그 언저리 지나며」)는 데 든든한 푯대로 삼아도
손색이 없을 것이다. 하여, 그는 "이제 더는 기다리지 않는다, 탐욕이 목
끝까지 가득찬 시절이야/가봐야 그 끝이 어떻게 끝날 것인가를 짐작할 수
있으므로".(「꿈꾸지 않는 날들의 슬픔」)

4. 자유자재로 부리는 시간의 포획술–정우영의 『살구꽃 그림자』

　시간을 이토록 자유자재로 부릴 수 있을까. 정우영의 시집 『살구꽃 그림자』(실천문학사, 2010)의 갈피에는 다채로운 시간들의 문양이 개성적 아름다움을 한껏 발산하고 있다. 다시 강조하건대, 그 아름다움의 묘체는 시간을 자유자재로 부리는 가운데 저절로 솟구치는 미적 전율에서 잉태된 것이다. 우리는 알고 있다. 시간의 비의성을 절묘히 포착하는 게 얼마나 힘들고 어려운가를. 어떻게 보면 범속한 인간이 감히 시도해서는 안 될 신의 고유 영역인지 모를 일이다. 하지만, 예로부터 시인은 범속한 인간이되, 신의 영역을 슬쩍 엿볼 수 있는 권능을 갖고 있어, '좋은 시'를 쓰는 '좋은 시인'이라면, 시간의 비의성을 매우 겸손히 그의 언어로 담아낸다. 여기에는 시인이 "어둠의 내밀한 힘"(「어둠이 머무는 의자」)을 소유하여 시간들 사이를 볼 수 있는 '시안(詩眼)'을 지녔기 때문이다. 그것은 시간과 연루된 뭇존재의 내밀한 안쪽으로 틈입하여 "이제 그만 세상과의 부조리한 소통은 접고/나도 어딘가 나른한 곳에 숨어서/적당히 삭아지고 싶은"(「황로」) 시인의 욕망과 무관하지 않다.

　하여, 정우영 시인이 대면하고 싶은 대상은 기억의 저장소에 오롯이 자리하고 있는 시간의 감각들이다. 그것들은 낡고 구태의연하지 않다. 아니, 어쩌면 기억의 저장소에 있는 대상 그 자체는 낡은 것이 자명하다. 하지만 대상과 연루된 시간의 감각들은 오래되고 익숙한 것이긴커녕 새롭기만 하다. "하루는 멈추는 게 아니라 아예 미친 말처럼 뒤로 내닫기 시작했다. 그러자 쪼글쪼글했던 미래가 새로운 숨결로 아주 탱탱해지는 것이었다."(「풍당풍당, 탱탱한 미래」)에서 단적으로 드러난, 시간에 대한 시인의 인식은 근대 이후의 선조적(線條的) 시간 관념에 익숙한 우리들의 시간 통념을 보란듯이 전복시킨다. 즉, 지나간 것은 뭔가 빛바랜 퇴화된 것이고, 도래할 것은 새롭고 전위적일 듯 하다는 시간의 통념적 가치를 부정한다. 시인은 오히려 "사라진 기억들이 나를 이끌어간다./그러니 오늘 여기를 사는 나는,/어제의 나보다 얼마나 부질없는가."(「창덕궁은 생각한다」)라고 '나'의 현존을 폄훼한다.

그렇다면, 무엇 때문에 시인은 현재의 시간을 홀대하고, 이미 지나간 시간의 가치를 소중히 여길까.

> 아저씨, 내가 재밌는 얘기 하나 해줄까요? 어찌 들으면 참 섬찟하기도 하지만 지하도는 너무 심심하니까. (중략) 예쁜 여자 전갈 하나가 잘생긴 남자 전갈 몇 명을 데리고 사막을 걸어갑니다. (중략) 그런데요, 이렇게 정답게 다니다가 배가 고프면 말이에요. 예쁜 여자가 그중 제일 여리고 귀여운 남자를 은근슬쩍 부른다네요. (중략) 그러면 여자는 남자의 사타구니를 쓱 벌린 다음 자기 성기를 콕 찔러 넣는대요. 나른하게 퍼지는 게 독인지도 모르고 남자는 오르가슴에 떨겠지요. 독 퍼질 즈음에서야 비로소 정신 차리고 반항하지만 어쩌겠어요? 이미 독 퍼지니 다음이라 몸 축 늘어질밖에요. 남자는 제 대가리 뜯어 먹는 여자의 사각거리는 입질 소리 어질어질 들으면서 세상 하직하겠지요? 잔인하다고요? 사막인데요? 나도 너를 잡아먹고 너도 나를 잡아먹지 않을까요? 사막에서는. 에이, 거짓말 말라구요? 그런 사막이 어디 있느냐구요? 저기요, 압구정동이라는 사막.
>
> — 「압구정동이라는 사막」 부분

시인에게 압구정동은 먹고 먹히는 사막과 다를 바 없는 비정한 생존의 공간 그 이상도 그 이하도 아니다. 사막의 포식자 전갈들이 자신의 생명을 유지하기 위해 동료인 전갈을 잡아먹어야 하는 생태의 시간을 살아야 한다. 시인에게 압구정동은 서울의 강남으로 표상되는, 즉 개발독재 시대에 온갖 개발논리에 의해 천민자본가들의 이해관계가 뒤엉킨 곳이며, 그

타락한 이해관계를 움직이는 원리는 정경유착이라는 부패한 사회적 시간들이 겹겹으로 포개져 있다. 결국 시간의 도저한 흐름 속에서 '압구정동=강남'은 우리 사회의 천민자본주의가 잉태한 욕망의 도가니로 표상되면서, 이후 '압구정동=강남'의 상징자본은 더욱 비대해지는 가운데 이곳의 부패 신화는 전국 곳곳에서 재생산되고 있다. 그러니 시인은 이렇게 훼손될 수밖에 없는 현실의 추이를 우두망찰 방관할 수만은 없다. 이러한 욕망의 도가니로 우리의 소중한 시간들 모두를 쳐넣을 수 없다.

정우영 시인의 시편들에서 우리가 적극적으로 읽어야 할 대목은 예의 욕망의 도가니로 빨려들어가 소멸해버릴 운명에 투항하지 않고, 망각의 사위 안에 갇힌 시간들을 기억의 저장소에서 호출해내는 시인의 신묘한 힘이다. 그는 "되살아난 과거"(「낙산」)와 교호하면서 "생의 촉 꼿꼿이 섰"(「산목련」)음을 실감한다.

여기서, 눈여겨 보아야 할 시가 있다. 시인은 어떻게 시간을 자유자재로 부리고 있을까.

> 겨울 서출지에는 사그라든 연꽃대들만 무성하다. 바람조차 불지 않는데 끊임없이 핸드폰은 울어댄다. 나는 핸드폰의 압박을 못 견디고 서출지에 던져버린다. 핸드폰 사라진 자리에서 물방울이 검붉게 피어난다. 연못에서 예의 까마귀와 쥐가 튀어나와 칙칙하게 울고 간다. 진동으로 급작스레 불려 나온 개구리도 구슬피 운다. 혼재된 연못에 포박된 시간들이 꾸역꾸역 몰려나온다. 나는 애써 못 본 척하지만 이미 서출지는 핸드폰에 제압당했다. 신호에 포착된 모든 것들이 불려 나온다. 누가 설명하지 않으면 아무런 의문 없을 작은 연못에서 역사는 맴돈다. 거문고 갑을 쏘지 않아도 이미 다 알고 있다. 가라앉은 핸드폰이 소지왕 손에 들려 있다.
>
> ─「서출지」 전문

시적 화자인 '나'는 현재의 시간을 계속하여 환기시키는 핸드폰을 매우 오래된 연못 서출지에 던지자, 느닷없는 외계의 존재의 틈입으로 서출지 안의 뭇생명들은 놀란다. 이것이야말로 시간들 사이의 대격돌을 보여주는 장관이다. 낯선 시간의 갑작스런 틈입으로 서출지 안을 맴돌던 역사의 시간들은 순간 요동친다. 이 순간을 시인은 그냥 대수롭지 않게 내버리지 못한다. 이 낯선 시간들 사이의 대격돌이 생기는 순간, 또 다른 시간의 지평이 개진된다. 하여, 서출지에는 세 층위의 시간이 생성된 셈이다. 현재의 시간, 과거의 시간, 현재와 과거 사이의 틈입된 시간이 그것이다. 이렇게 세 층위의 시간을 시인은 한꺼번에 손안에 쥐었으니, 어찌 시간을 자유자재로 부리지 않을 수 없으리오.

정우영 시인의 이러한 시간의 포획술은 "나는 태어나기 이전의 역사이다"(「살구꽃 그림자」)에서 짐작할 수 있듯, 과거의 시간에 새로운 생명의 숨결을 불어넣음으로써 현재의 시간과 과거의 시간은 물론, 그 사이에 틈입한 시간과의 공존 속에서 뭇존재의 비의성을 볼 수 있다. 때문에 시인이 과거를 매만지는 시적 행위가 과거의 시간에 갇힌 채 추억을 회상하는 낭만적 파토스가 지배적인 것으로 읽히는 게 아니라, 세 층위의 시간을 동시에 사유하면서, 자칫 리얼리즘 계열의 시가 얽매일 수 있는 미래의 전망주의를 넘어 미적 갱신을 이뤄내는 것으로 읽혀야 한다고 나는 생각한다. 그럴 때 시인이 자연스레 염원하는 "시간을 넘어 궁핍을 해체하는 여행자들이 줄을 잇고 있"(「궁핍을 해체하다」)을 것이다. 하여, 사회경제적 궁핍은 물론, 우리 사회 도처에 팽배해 있는 인문적 교양의 부재와 궁핍까지 아울러 넘어설 수 있을 것이다. 그렇다면, 정우영 시인의 시간의 감각들이 뿜어내는 시의 매혹 속에서, 삶의 난경(難景)을 투시할 그의 '시안(詩眼)'을 슬쩍 빌려볼까.

수리산의 4계(四季)/5계(五季) : 상호주관적 관계의 시적 진리

— 김동호의 『수리산 연작』

1.

동아시아의 미학과 시학에서 『문심조룡(文心雕龍)』, 『창랑시화(滄浪詩話)』와 함께 상당한 비중을 차지하는 『이십사시품(二十四詩品)』은 말 그대로 시와 관련한 총체적인 것들이 24개의 풍격(風格)으로 이뤄진 동아시아의 미학과 시학의 근간 중 하나라 해도 과언이 아니다. 김동호 시인의 이번 시집 『수리산 연작』(문학아카데미, 2014)을 음미하면서 『이십사시품』의 풍격 중 '자연(自然)'이 자연스레 포개진다.

> 허리 구부려 주우면 그게 바로 시이니
> 굳이 다른 곳에서 찾지 않는다
> 도(道)에 몸을 싣고 여기저기 가면서
> 손을 대기만 하면 봄 풍경이 된다
>
> 때가 되면 꽃 피는 풍경을 만나고
> 철이 바뀌면 새해가 오는 것과 같다
> 하늘이 준 것은 뺏기지 않고
> 억지로 얻은 것은 고갈되기 쉽다

숨어 사는 사람이 빈산에서
비가 지나간 뒤 마름을 딴다
말없이 마음으로 다 깨달아
유유히 자연의 균형에 맞춘다

—「자연」, 『이십사시품』 중에서[1]

　그렇다. 김동호 시인의 이번 시집은 『이십사시품』의 '자연'의 풍격과 서걱거리지 않는, 억지스러운 그 어떠한 무엇이 없다. 그가 머리말에서 밝혔듯이 시집 『수리산』은 그의 일상과 유리될 수 없는 수리산의 진경을 타자들과 나눠갖고 싶은 자연스러운 욕망에 이끌려, 10여 년 동안 101편의 연작시를 통해 수리산을 향한 시인의 '자연스러움'의 시작(詩作)을 보여준다.

2.

　수리산은 시인에게 어떠한 존재일까. 시인이 이십년 동안 오르내렸던 수리산은 4계절의 풍경을 고스란히 간직한 우주의 섭리와 조화를 품은 곳, 즉 자연 자체이며, 이 수리산의 4계(四季)와 공명하여 새롭게 생성된 시인의 성찰적 세계인 5계(五季)를 표상한다. 따라서 우리는 수리산의 이 같은 4계와 5계를 발견하는 과정에서 시집의 매혹을 자연스레 만날 수 있다.
　가령, 다음과 같은 시를 우선 음미해보자.

귀룽나무는 또 어떻게 그 소식을
은밀히 받아 푸른 횃불 들게 되었을까

1　위 한글 번역은 안대회, 『궁극의 시학』(문학동네, 2013)에 소개된 것을 그대로 인용한 것이다.

곰곰이 생각하던 나 딱! 손뼉을 친다
그렇다. 수놈 까치 있는 곳엔
암놈 까치 어디쯤 늘 있었다
귀룽나무 푸른 불 마중 나온 빨간 불의
어떤 꽃이 근처에 틀림없이 있으리라

아니나 다를까
등성이 저쪽, 바위 병풍 뒤에
빨간 촛불 든 진달래 이미 와 있지 않은가
— 「귀룽나무와 진달래−수리산 4」 부분

수리산이 겨울잠에서 깨어나고 있다. 수리산의 귀룽나무가 "은밀히 푸른 햇불", 곧 연녹색의 여린 잎을 막 펼쳐보이려고 한다. 귀룽나무의 긴 겨울잠에서 깨어나는 이 신생의 모습을 보고 시인은 봄이 성큼 수리산을 휘감기 시작했다는 것을 시인 특유의 내면의 감각을 동원하여 알아낸다. 이 앎의 과정이 참으로 단순 소박하지만, 여기에는 오랜 세월 켜켜이 쌓인 삶의 내공이 뒷받침되고 있는데, 이 내공은 거저 얻어지는 게 결코 아니다. 억지스럽지 않고 아주 자연스러운 우주의 조화의 진실에 내면의 감각을 완전히 개방할 수 있어야 한다. 그리하여 타고르의 말을 잠시 빌리자면, "자연의 모습에 담긴 언어, 자연의 색깔에 담긴 음악, 자연의 불규칙 속에 숨어 있는 조화, 그리고 자연의 자유로운 움직임에 담긴 운율을 발견"[2]할 수 있어야 가능하다. 김동호 시인에게 "수놈 까치 있는 곳엔/암놈 까치 어디쯤 늘 있었"듯이, 말하자면 우주를 이루는 음양의 공존과 상생이 자연스러움의 바탕이듯, "귀룽나무 푸른 불 마중 나온 빨간 불"의 존재는 우연과 근대 합리적 이성의 필연으로 해명할 수 없는 존재들 사이의

---

2 라빈드라나트 타고르, 『내셔널리즘』(손석주 역), 글누림, 2013, 29쪽.

비의적 연기(緣起)를 함축한다. 때문에 시인이 봄의 신생의 징후로 본 '귀룽나무 푸른 잎'은 그에 교응하여, "등성이 저쪽, 바위 병풍 뒤에" 핀 '빨간 진달래'의 존재와 더불어 한층 봄의 기운을 북돋운다. 이렇듯이 시인은 겨울잠을 깨는 수리산의 모습을 까치와 귀룽나무, 그리고 진달래 등에서 발견되는 음양의 조화, 다시 말해 수리산의 자연스러운 공존의 모습을 시인의 내면의 감각으로써 세밀히 포착해낸다.

이처럼 자연에 대한 시인의 열린 내면의 감각은 이번 시집의 밑자리에 흐르고 있는 시적 감동의 소중한 원천이다. 이와 관련하여 또 다른 시 한 편은 시인의 내면의 감각이 충일된 서정으로 출렁이고 있음을 여실히 드러낸다.

> 소나무 좁은 잎들이지만
> 뜨거운 햇빛을 받으면
> 그늘이 겹겹으로 포개 쌓여
> 활엽수보다 더 큰 그늘을 짠다
>
> 송진 지글지글 끓어도
> 밑에선 서늘한 땅의 숨소리
>
> 비 그치고 햇살 부신 오후
> 노송 밑 지나다가 우연히 보았다
> 솔잎 다발에 앉은 새 한 마리
> 몸에 묻은 빗물 부르르 털어낼 때
> 쏟아져 퍼지는 무지개 가루들
>
> 눈 깜짝 사이의 일이지만
> 하늘의 충전! 오래 오래
> 나의 중추를 감전시키고 있었다
>
> — 「소나무 좁은 잎들―수리산 9」 전문

분명, 외견상 바늘과 마찬가지로 너비가 좁은 솔잎인데 "활엽수보다 더 큰 그늘을 짠다"고 시인은 인식한다. 이것이야말로 과학적 진리보다 높은 차원의 시적 진리의 가치를 말한다. 개별 솔잎 하나하나가 활엽수보다 큰 그늘을 만들 수 없는 것은 자명한 과학적 이치다. 하지만 솔잎들이 겹쳐 모인 솔잎 다발은 "뜨거운 햇빛을 받으면/그늘이 겹겹으로 포개 쌓여" "서늘한 땅의 숨소리"마저 들리는 거대한 차양의 역할을 맡는다. 뿐만 아니라 퍼붓는 비를 잠시 피하도록 하는 지붕의 역할마저 수행하는 게 바로 솔잎 다발이다. 이렇게 좁은 솔잎은 과학적 진리의 관념적 추상을 훌쩍 넘어 존재하는 것들의 구체적 삶의 계기 속에서 생동감 있게 솟구치는 시적 진리를 현현한다. 이것은 "눈 깜짝 사이의 일"이고, "하늘의 충전!"으로서 "나의 중추를 감전시키"는 '서정의 충일감'에 기인한다. 다시 강조하건대, 이 '서정의 충일감'은 수리산과 그 속에서 존재하는 모든 것들에 대한 시인의 내면의 감각이 완전히 개방돼 있어야 가능한 것이다.

3.

그런데, 수리산에 대한 시인의 이러한 내면의 감각에서 각별히 주목해야 할 것은 이른바 '대화적 상상력'이다. 얼핏 '대화적 상상력'을 시적 주체의 목소리—단성성(單聲性)이 지배적인 근대 자유시와 어울리지 않고, 여러 인물들이 등장하여 서로 간섭하고 충돌하는 목소리—다성성(多聲性)이 지배적인 근대 소설에 적합한 것이라고 생각하기 쉽다. 바로 여기서 김동호 시인의 '대화적 상상력'에 주목해야 하는 이유가 있다. 이 '대화적 상상력'은 김동호 시인의 시세계에서 중요한 특질을 이루는 생태학적 상상력과도 매우 밀접히 연동돼 있다.

"이제 이만 하면 되지 않겠느냐?"
아픈 팔이 물을라치면

놈들 계속 달려들며 하는 소리
"팔 떨어지지 않을 테니 좀 더 좀 더"

— 「날파리들—수리산 10」 부분

불노장생초 찾는
진시황족에겐 준엄하다
"흐르지 않으면 썩을 작정인가"

무통분만 호소하는
임산부들에겐 진 농조
"아픔으로 꽃들 더욱 아름답고
열매 더욱 실하네"

쪼를 빼는 식자(識者)들에겐
고원의 매서운 칼바람이 된다
"골통 속의 돌맹이 다 내려놔라"

— 「산의 어조—수리산 37」 부분

일기예보와는 달리
간밤에 단비 많이 왔다
멀쓱해진 예보관들이 내심으로
쏟는 소리. "구름이 동으로 갈지
서로 갈지 사람이 어떻게 알아요
그것은 구름 마음이에요"

그러나 구름의 이야기는 다르다
"우리는 바람 등에 업혀 떠다닐 뿐
어디로 갈지는 바람만이 알지요"

그러나 바람의 이야기는 또 다르다
"바람은 기압 따라 가고 오는 것
고기압 저기압 사이를 우리는
부지런히 오갈 뿐이지요"

기압의 말은 또 또 다르다.
"기압은 먹구름과 꽃구름 사이에 있소
간밤의 단비는 먹구름과 꽃구름의
벼락 키쓰에서 생겨난 것이요"

— 「일기 오보-수리산 68」 부분

　'대화적 상상력'은 이처럼 시적 대상들 사이에 주고 받는 대화가 근간을 이룬다. 가장 중요한 것은 시적 주체와 타자가 상호주관적 존재로서 그들 사이의 이러한 관계 자체가 그동안 소홀히 간주해온 세계의 진리를 자연스레 드러낸다는 점이다. 따라서 여기서 간과해서 곤란한 것은 '대화적 상상력'을 통해 어떤 거창하고 심오한 시적 진리를 궁리해내는 것보다 상호주관적 존재로서의 관계를 회복하고 유지하는 차원에서 서로가 지닌 차이를 있는 그대로 인정하고(「일기 오보-수리산 68」), 더 나아가 그 차이를 존중하는 타자의 윤리미를 발견하는 일이다. 가령, 날파리떼들이 달라붙어 팔을 물고(「날파리들-수리산 10」), 심지어 모기떼들이 무는 것마저 "너희들은 나의 피 요구할 권리 있다"(「팔월 숲 속에서-수리산 67」)는 관대한 의식을 대수롭게 넘겨볼 수 없는 것은, 인간중심주의적으로 세계를 사유하는 게 아니라 인간과 함께 생명의 가치를 누리고 있는 모든 존재들을 향한 타자의 윤리를 염두에 둔 것이다. 뿐만 아니라 「산의 어조-수리산 37」에서 병렬돼 있듯, 유한한 생명의 자연스런 섭리를 역행하고자 한 진시황족을 향한 준열한 비판과, 신생을 낳는 산고(産苦)의 숭고한 아름다움에 대한 깨우침, 그리고 지식인의 헛된 앎에 대한 냉엄한 경계의 말들은 서로 다른 층위의 시적 진리를 가리키고 있는 것처럼 보이지만, 기실 이들 사이의 '대화적 상상력'은 어떤 한 주체의 목소리 중심으로 수리산의 풍격을 동일화하는 게 아니라 다양한 입장의 목소리들이 공존하며 어울리는 것이야말로 수리산의 너른 풍격을 나타낸다. '대화적 상상력'은 이렇게 수리산이 품은 온갖 차이들의 공존과 상생을 떠받치고 있는 타자의 윤리미를 발견하는 것으로, 이는 자연스레 생태학적 상상력과 연동된다. 인간중심주의를 극복하여 생명을 지닌 우주의 모든 존재들과의 상호주관적 관계를 이루는 것이야말로 생태학적 상상력의 핵심인 만큼 김동호 시인의 '대화적 상상력'은 생태학적 상상력의 구체성을 보증해준다 해도 과언이 아니다.

4.

'우리 몸엔 입이 많다
그림을 먹는 입, 눈
소리를 먹는 입, 귀
냄새를 먹는 입, 코
배꼽 밑엔 사랑을 먹는 입도 있다
─────
손바닥도 입이다
나뭇잎 풀잎 오래 어루만지면
처음엔 열 개의 입이 열리다가
나중엔 무수한 입이 손금마다 열린다'

이런 화엄송 흥얼거리며
용진사(聳辰寺)에서 슬기봉에 이르는
凹凸의 산길을 凸凹의 발길로 오르노라면
또 하나의 화엄송이 화답을 해온다

'발바닥도 입이다'

— 「발바닥도 입이다-수리산 48」 전문

수리산의 "용진사(聳辰寺)에서 슬기봉에 이르는/凹凸의 산길을 凸凹의 발길로 오르"는 시인은 '화엄송'을 흥얼거린다. 인간에게 가장 중요하면서 서로 다른 역할을 충실히 수행하고 있는 눈(시각), 귀(청각), 코(후각), 손바닥(촉각) 등속을 입(미각)으로 전도시키는 화엄송과 이에 대한 화답 형식의 화엄송에 흥취해 있다. 여기서 우리가 유의해야 할 것은, 그동안 의미 해석에 치우친 시 읽기에 몰두한 나머지 인간의 모든 감각 기관을 입으로 전도시키는 것에 대한 이유와 그 의미를 캐묻기 마련인데, 이것은 이 시를 이해하는 데 도로(徒勞)에 그치기 십상이다. 정작 우리가 이시 읽기에서 촉수를 곤두세워야 할 것은 수리산의 사찰을 경유한 산행에서 시인이 세계와 다양한 형식으로 조우하는 감각 기관들을 서로 뚜렷이 구분하지 않고 하나로 수렴시키고 있다는 점인데, 그렇다고 오해해서 안될 것은 서로 다른 감각 기관들의 차이를 무화시킨 채 하나의 감각 기관으로 동일화시키고 있지 않다는 점이다. 물론 이 기관들 사이에는 어느 것이 다른 것보다 우월하다는 식의 위계 관계도 없다. 다시 말해 서로 다른 것들의 차이가 존재할 뿐이지 그것들 사이의 위계 질서가 시인의 화엄송에는 없다. 그럼에도 불구하고 시인이 하필 서로 다른 감각 기관을 '입'으로 전도시키는 데에는, 매우 흥미로우면서도 간명한 진실이 오롯이 숨어 있음을 알 수 있다. 그것은 시인이 산행을 하고 있는바, "나뭇잎 풀잎 오래 어루만지면/처음엔 열 개의 입이 열리다가/나중엔 무수한 입이 손금마다 열린다"는 시행을 통해 추정해볼 수 있다. 즉 시인이 산행을 구체적으로 하고 있다는 것은 나뭇잎과 풀잎을 만지는 행위를 통해서인 만큼 이들 '잎'에 대한 구체적 감각——가령, 이들 잎을 보는 시각 행위, 잎을 만질 때 수행하는 촉각, 그리고 만질 때 들리는 소리와 연관된 청각, 잎새로부터 풍겨나는 잎내를 맡는 후각 등——을 통해 산행은 이뤄지고 있다. 바로 여기서 시인의 위트가 번뜩인다. '잎[葉]'을 기표적 차원에 주목해본다면 '입[ip]'으로 발화되고, 이것은 슬며시 기존 '잎[葉]'과 또 다른 '입[口]'이란 뜻을 자연스레 형성한다. 이렇게 되면, 과학적 진리의 차원에서 나뭇잎과 풀잎으로 이뤄진 산은 시적 진리의 차원에서는 숱한 '입[口]'이 서로의 개별적 가치를 지니면서 공존하는, 말 그대로 화엄의 세상을 이룬다. 따라서 이 화엄의 세상을 두 발로 딛으면서 가고 있는 시인에게 이제 "발바닥도 입이다"라는 깨우침의 화답은 너무나 자연스럽다. 산행을 하면서 발바닥은 쉼없이 숱한 '잎[葉]'들을 밟았을 것이고, 그 '잎[葉]'들은 '입[口]'과 발화를 공유하되 뜻을 달리함으로써 마침내 '발바닥이 입이다'라는 화엄의 진리에 절로 이른다. 이를 통해 시인은 서로 다른 것의 차이는 엄연히 존재하고 그 어떠한 것도 하나로 동일화할 수 없지만, 서로 다른 것들 사이에 공존하면서 조화를 이루는 화엄의 진리야말로 시의 생태학적 상상력과 긴밀히 회통(會通)하고 있음을 보여준다.

여기서, 다시 한 번 강조해두고 싶은 것은 이러한 시적 진리의 개진이 시인이 그토록 사랑한 시인의 일상 속 수리산행에서 득의(得意)하고 있다는 점이다. 그에게 수리산이 화엄의 진리에 이르도록 하듯, "하이델베르그 네카江 건너/철학가의 산책로가 보인다/그라스미어 호숫가/워즈워스의 산책로가 보인다/인도 간지스 강가/木佛들의 오솔길도 보인다"(「'수리산 산책로'-수리산 54」)라는 시구를 통해 우리는 서구와 아시아의 저 눈부신 지혜와 문명이 수리산의 산책로와 이어지는 심상지리(心象地理) 차원의 시적 진리의 매혹에 흠뻑 젖어든다. 그렇다. 시인에게 수리산은 "따뜻한 수리-옷"(「숲의 체온-수리산 94」)을 입고, "천연 교향악"(「안부편지 2-수리산 44」)을 들으며, "웃고 웃고 또 웃으며" "마음 속의 때 다

씻"(「웃음 비누-수리산 95」)겨내면서 "맛깔스러운 목가시(牧歌詩)"(「삼림
욕장에서-수리산 29」)의 욕망을 품도록 하는 곳임과 동시에 근대의 합
리적 이성에 의해 점차 피폐해지고 황망스러운 현실의 온갖 난제 속에
서 차별과 억압의 상처를 치유하는 지극히 상식적인 삶의 해법을 제시해
준다.

따라서 "너절한 일상과 드높은 하늘이 맞닿아있는"(「수리산은 첨성대-
수리산 81」) 수리산은 성스러움과 속화된 일상이 하나인 성속일여(聖俗一
如) 자체인 셈이다. 이러한 세계를 곁에 두고 있는 시인이 부럽지 않을 수
없다.

5.

> 물소리 새소리 바람소리도
> 고기생선 못지않게 중요한 영양소란다
> 갈잎에 이는 여린 진동도
> 밤나무 꽃에서 풍기는 비릿한 향도
> 과일야채 못지않게 큰 영양소란다
> 높이 뜬 구름, 허허로운 하늘, 재잘대는
> 아이들의 소리도 **빼놓을** 수 없는 큰 영양소란다
> ─「수리산이 나를 진단한다-수리산 72」 부분

수리산의 무엇 하나 가리거나 버릴 게 없는 중요한 영양소다. 그러니
갖가지 탐욕과 건강을 해치는 것 투성이로 득시글 대는 서울에서 내려오
면 속까지 침투한 더러운 때를 말끔히 씻기 위해 "수리산에 들어가 목욕
을"(「안부편지 3-수리산 77」) 하면서 지친 영육의 피로를 달래고 수리산
의 영양소를 섭취해야 하는 것이다.

이제 한국 문학은 또 하나의 풍요로운 문학 공간인 '수리산'을, 김동호

시인의 시작(詩作)으로서 등재했다 해도 마땅하다. 101편의 수리산 연작시를 읽는 일은 곧 '수리산'을 오르내리는 것과 다를 바 없는 것으로, 우주의 운율에 자연스레 감응하는 시인의 저 내밀한 내면의 감각과 절로 득의(得意)하는 시적 진리의 매혹에 대취하였음을 고백해야겠다.

문학의 천형(天刑), 천형(天刑)의 문학

― 장종권의 『호박꽃 나라』

선배에게

그러니까, 제가 선배와 본격적으로 문학을 매개로 인연을 맺은 지 벌써 십년이 돼 가는 모양입니다. 선배와 함께 한 대학원 시절로 거슬러오르면 이보다 많은 시간이 흘렀지만, 선배가 문학계간지 『리토피아』를 창간하게 됐다면서, 제게 함께 계간지를 만들자는 제안을 한 이후 편집위원으로서 문학적 인연을 맺었습니다. 이후 숱한 우여곡절을 겪었습니다. 기왕 말이 나왔으니 하는 말이지만, 문학잡지를 남보란 듯이 운영한다는 게 얼마나 어려운 일인지 다른 사람들은 잘 모를 겁니다. 매호 문단의 공기(公器)로서 문학적 쟁점을 제기하고, 좋은 작품들을 발굴하고 섭외하여 잡지에 발표 지면을 제공하는 것은 말처럼 쉬운 일이 결코 아니니까요. 다른 상업 잡지류와 그 성격이 달라 문예지를 팔아 수익을 남기는 것은 꿈에도 꾸지 못할 일이고, 아무리 잘 해도 문학 안팎으로부터 칭찬은 인색하고, 자칫 조그만 실수(?)라도 있으면, 이곳저곳에서 가차없이 쏟아지는 온갖 비난과 힐난의 말들 때문에 잡지를 계속하여 발행하는 게 무슨 의미가 있는 것인지, 회의적일 때가 한두 번이 아닐 거라는 생각이 듭니다.

이렇게 잡지의 주간으로서 잡지를 운영하고 편집하는 데 이만저만 신경을 쓸 일이 한 두 가지가 아닌데도 선배는 시인으로서 쉼 없이 시작(詩作) 활동을 해왔습니다. 먼 발치에서 지켜보고 있는 후배로서는 선배의 왕성한 문학 활동을 지켜보며 그저 놀라워할 뿐입니다.

이번에도 선배는 신작 시집을 내놓았습니다. 저는 이번 시집에 수록된 시들을 대하면서, 때로는 비평가로서 때로는 후배로서 선배의 시들을 음미하는데, 이번 시들은 그동안 선배가 보였던 시 세계와 크게 격절되지는 않되, 모종의 차이를 보이고 있는 것으로 읽혔습니다. 무엇보다 이번 시집은 선배가 1985년에 『현대시학』을 통해 시단에 입문한 지 25년의 시간이 흘렀음을 웅변해주는 것으로, 이제 시단에서는 중견으로서 확고한 자리를 튼실히 다지고 있는 것으로 감히 평가해봅니다. 그래서인지, 이번 시집은 선배의 그 어느 시집보다 더욱 각별히 다가왔습니다.

저는 선배의 시를 대할 때마다 쉽게 떨쳐낼 수 없는 상념이 있습니다. 글쎄, 뭐라고 해야 할지, 선배의 시를 음미하고 있자면, 어떤 주체할 수 없는 원시 본연의 욕망이 시의 심연에서 꿈틀거린다고 할까요("참말로 활활 타버리고 싶을 때 있다."—「장작불」 부분). 그 누구도, 심지어 시를 쓰는 시인 자신도 이 욕망을 제어할 수 없어, 차라리 욕망의 자연스런 분출에 시와 시인을 맡겨놓은 듯 합니다. 저는 바로 여기서 선배의 시세계를 꿰뚫고 있는 이른바 '장종권 시의 미학'을 훔쳐보곤 합니다. 가령, 다음과 같은 두 시를 비교해보는데요.

> 아름다운 시는 사람을 먹는다
> 사람의 피로 시는 진한 꽃을 피운다
> 아니면 어찌 꽃이랴 하기에
> 기운 없는 꽃의 창백함은 고독한 자의 천국이다
> 아산호 가는 길에 나는 사람을 묻으리라
> 사람의 피로 아산호를 물들이고

머지 않은 날에 선혈이 낭자한 한 송이 꽃
피게 하리라 그대 치마폭에 피게 하리라
— 「아름다운 사람을 먹는다-아산호 가는 길 8」 부분

예쁜 그녀의 손에는 늘 꽃이 들려 있었다
저 아름다운 손도 봄이면 봄마다 꽃을 꺾었으니
세상은 선혈이 낭자한 핏덩이로 가득하였다.
우지끈 목이 꺾여보지 않고서는
꽃이라 말하지 마라.

누이가 밤새 묶어둔 손톱 끝에는
피보다 붉은 봉숭아 꽃물이 들어서
세상 온 잡놈들 가슴팍을 긁어댔으니
아, 저 핏물 든 몸뚱아리, 소름끼치는 몸뚱아리,
꽃이 죽어 다시 꽃으로 피지 않으면
꽃이라 말하지 마라.

꽃은 시들어도 꽃이다.
— 「꽃은 시들어도 꽃이다」 부분

「아름다운 사람을 먹는다」는 선배의 시집 『아산호 가는 길』(2002)에 수록된 시이며, 「꽃은 시들어도 꽃이다」는 이번 시집에 수록된 시입니다. 그런데, 이 두 시는 시간의 간극을 두고 있음에도 불구하고 서로 깊은 연관을 맺고 있습니다. 그것은 에로티즘의 미학을 공유하고 있는 것으로, 바타이유의 말을 빌리자면, 에로티즘은 '죽음을 파고드는 사랑'이기에, 이두 시에는 죽음을 통해 죽음을 넘어서는 사랑이 꽃으로 표상되고 있습니다. 저는 선배님의 이러한 시적 특질에 대해 다른 지면에서 "장종권의 에로티즘에는 불멸의 삶에 대한 사랑보다 계속하여 소멸해가고, 떠나가며, 스러져가는 도정에서 피어나는 사랑의 심상이 지배적이다. 여기서 중요

한 것은 그의 에로티즘에는 '갱생'을 위한 '죽음'의 파토스가 짙게 그늘을 드리우고 있다는 사실"(「아산호의 마법, 그 성속일여의 세계」, 『'쓰다'의 정치학』, 새움, 2002, 329쪽)이라고 적시한 것을 기억합니다.

이번 시집에서도 이 에로티즘의 미학의 골격은 선배의 시를 이루는 자양분이라고 저는 생각합니다. 「꽃은 시들어도 꽃이다」의 누이는 손톱에 "피보다 붉은 봉숭아 꽃물"을 들이기 위해 "봄이면 봄마다 꽃을" "우지끈" 꺾습니다. 봉숭아의 목을 꺾는, 봉숭아를 죽이는 행위를 통해 누이는 봉숭아가 지닌 아름다움을 자신의 손톱으로 전이시키면서, 봉숭아를 되살려냅니다. 말하자면, 누이의 행위는 봉숭아의 숨겨진 아름다움을 세상에 개진하기 위한, 봉숭아의 미를 현현하기 위한 미적 통과제의를 실행하는 것과 다를 바 없는 것이죠. 즉, 누이는 봉숭아의 죽음을 파고드는 사랑을 미적으로 수행하고 있는 셈입니다. 하여, "세상 온 잡놈들 가슴팍을 긁어" 대는 미의 마법을 소유하겠죠!?

그렇습니다. 어느 시인인들 자기만의 '미의 마법'을 욕망하지 않는 자가 있을까요. 시인으로서 '좋은 시'를 쓰고 싶으며, 그 '좋은 시'가 자연스레 '미의 마법'을 갖고, '미의 마법'은 또 '좋은 시'를 쓰게 하는 것은 자명한 일입니다. 저는 이번 시집 『호박꽃 나라』(리토피아, 2013)에 수록된 시들 중 다음의 시를 대하면서, 25년의 시력(詩歷)을 지닌 선배의 시에 대한 입장을 곰곰 숙고해보았습니다.

> 서정춘 시인의 '새장 앞에서'라는 시를
> '세상 앞에서'로 내보내고 말았다
> '위성'이 '외상'이 되면서
> 지구를 벗어나 버린 것이다
> 서정춘 시인 자꾸 입맛을 다시며
> 그게 더 시 같다 더 좋다 하시더만

읽는 이 두엇도 그냥 두어라 하시더만
이 '새장'과 '세상'의 밑도 끝도 없는 불일치가
일치로 둔갑하는 것이 시였던 것은 아니다
그 거룩한 일치의 위선과 용서는
시의 밖에서 얼마든지 시를 쓰고 있었던 것이며
더군다나
'새장'이나 '세상'이나 도진개진인 것이
생사의 지극히 짧은 사이에서 번득이는
아리송한 시의 숨은 얼굴 아니겠는가
　　　　　　　　　　　　　　　　—「새장이거나 세상이거나」 전문

저는 이 시를 읽으면서 어찌나 시적 상황이 재밌던지 한바탕 웃고 말았습니다. 잡지 편집자로서 선배의 고충이 먼저 떠오르면서, 분명, 편집자가 대단히 큰 사고를 쳐, 원래의 시가 크게 훼손되었음에도 불구하고 정작 시인 당사자는 오히려 편집자의 실수로 발표된 자신의 시가 "더 시 같다 더 좋다"라는 반응을 보입니다. 이 어처구니없는 잡지 편집의 해프닝을 통해 선배는 시의 비의성을 예리하게 포착해냅니다. '새장'을 '세상'으로 바꿔놓음으로써, '새장'과 '세상' 사이에는 각 단어가 내포하는 시인이 애초 품었던 시상(詩想) 사이에 큰 간극이 존재하는 것은 사실이되, 일단 시인의 손을 떠난 이상 알 수 없는 세상의 어떤 움직임에 의해 애초 시인의 시상은 순간 전혀 다른 것으로 바뀌기도 한다는 점입니다. 이를 두고 선배는 "생사의 지극히 짧은 사이에서 번득이는/아리송한 시의 숨은 얼굴 아니겠는가"라고 시의 오묘한 그 무엇을 포착합니다. 서정춘 시인도 인정했듯이 말이죠.

　저는 여기서 이런 생각을 해봅니다. '새장'을 '세상'으로 바꾸는 게 단순한 실수일까. 그래서 선배가 새롭게 발견하듯, "아리송한 시의 숨은 얼굴"을 어떻게 하다보니, 우연히, 의도하지 않게, 포착한 것일까.

어두운 도시의 골목길을 달리고 있었다.
누군가 끝없이 쫓아오기는 하지만
나는 꿈속에서도 항상 안전하다고 믿는다.
나는 꿈속에서 결코 죽는 일이 없었다.
나는 꿈속에서 결코 독사와 만나는 일이 없었다.
나는 내 꿈을 만들어간다고 스스로 믿는다.
잠을 자다가도 꿈을 만나면 나는 이성적이 된다.
— 「비몽사몽」 부분

시적 화자인 '나'는 매우 완강히 주장합니다. 꿈 속에서도 "나는 이성적이 된다."면서, 꿈 속 세계를 '나'의 이성으로 제어하려고 합니다. 무의식이 활개를 치면서 의식을 변주하여, 꿈의 주관자인 '나'의 마음대로 안 되는 게 꿈인데, '나'는 꿈 속 세계를 '나'의 이성적 의지로 주관하려고 합니다. '나'의 심적 상태가 이럴진대, 시를 읽고 쓰는 선배의 정신적 행위는 우연한 실수를 자기합리화하지 않고, 그 실수는 실수가 아닌, 선배의 시에 대한 이성적 행위의 산물로 봐야 한다고 저는 생각합니다.

이런 생각이 드는 데에는, 이번 시집에 수록된 시들 중 상당수가, 아니 거의 모든 시가 마치 약속이나 한 것인 양 '~습니다' 혹은 '~다'와 같은 서술형 종결어미의 빈도수가 매우 높게 나타나는데, 이러한 서술형 종결어미는 시인이 세계에 대해 어떠한 시적 태도를 취하고 있는지를 보여주는 징표이기 때문입니다. 우선, 세계를 있는 그대로 인식하고자 한다는 점, 뭇존재의 존재성을 겸손히 헤아린다는 점, '나'의 존재가 어쨌든지 세계에 '있음'으로써 자기인식의 확실성을 보증한다는 점 등이 서술형 종결어미의 높은 빈도수로 드러나고 있습니다.

그렇다면, 선배는 이번 시집에서 세계를 어떻게 인식하고 있을까요.

과학이 만들어가는 위대한 오르가즘은
세상을 바꾸어가는 신기한 장난이 되었다.
덧없어라. 조물주의 계산은 도무지 끝이 없구나.
　　　　　　　　　　　　　　　　　— 「오르가즘」 부분

　나는 여나믄 개의 아이디어를 갖고 있다. 그러니까 비밀번호도 모두
여나믄 개인 셈이다. 내가 기억해야할 숫자의 조합도 그 이상이다. 그만
큼 비밀번호도 따로 매달려있는 셈이다. 비밀번호는 나의 밥이고, 옷이
고, 집이다. 비밀번호가 없으면 나도 존재하지 못한다. 컴퓨터도 열지
못한다. 돈도 꺼내지 못한다. 집에도 들어가지 못한다. 그녀를 만나지도
못한다. 그녀를 찾아가는 통로에도 어김없이 비밀번호가 기다리기 때
문이다. 숫자가 그녀의 얼굴을 만든다. 숫자가 그녀의 목소리를 만든다.
숫자가 그녀의 향기를 내보낸다. 해서 비밀번호는 나의 목숨이고, 나의
미래이고 나의 그리움이다. 나는 비밀번호에 붙들린 셈이다. 나는 숫자
들의 조합에 꼼짝 없이 갇혀버렸다. 하다보니 거꾸로 나 역시 그녀의 그
리움 속에 하나의 비밀번호이기에, 하나의 숫자에 지나지는 않는지 궁
금해져 버렸다. 뻔뻔한 일이다.
　　　　　　　　　　　　　　　　　— 「비밀번호」 전문

　환타지에 미친 도시에는 밤이 오지 않는다.
　　　　　　　　　　　　　　　　　— 「호박꽃나라 4」 부분

　선배는 세계에 대한 조소와 냉소가 버무려진 환멸감으로 가득 차 있습
니다. 최첨단 문명의 이기(利器)들이 쏟아져나오고, 그 중 IT 기기들의 대
활약은 마치 조물주의 현신으로 착각하기도 합니다. 우리들은 첨단의 과
학 문명이 만들어가는 황홀경 속에서 일상을 살아가고 있습니다. 하여,
우리들 일거수일투는 숫자의 배열과 조합으로 이뤄진 각종 비밀번호에
지배당하고 있다 해도 과언이 아닙니다. 말 그대로 개인의 사적 기밀을
최대한 안전하게 지켜주기 위해 고안된 비밀번호야말로 문명인의 일상

을 실질적으로 지배하고 있는 감시 통제 기제라는 데 딴지를 걸 자는 없을 터입니다. 그러니 선배는 "비밀번호는 나의 목숨이고, 나의 미래이고 나의 그리움"이라는 시적 진술을 하는 것이죠. 여기에 덧붙여, "나는 숫자들의 조합에 꼼짝 없이 갇혀버렸다"는 암울한 현재의 자화상을 인식합니다. 돌이켜보면, 한국 사회가 감시 통제로부터 벗어난 적은 단 한 번도 없다고 해도 과언이 아닐 듯 싶습니다. 민주화 이전 시대에는 엄혹한 반민주주의의 이데올로기적 국가기구로부터 일상이 통제 감시되었으며, 민주화 이후에는 선배도 위 「비밀번호」에서 적확히 응시하고 있듯, 첨단의 기기문명에 의해 과거와 달리 통제되고 있습니다. 더욱 안타까운 현실은 이렇게 감시통제에 길들여지고 있다는 것 자체를 크게 인식하고 있지 못하며, 온갖 첨단 기기에 의해 만들어지는 환타지에 미쳐 삶의 실재를 망각하고 있다는 점입니다. 선배는 이러한 지금, 이곳의 묵시록적 현실을 담담히 서술형 종결어미로 응시하고 있습니다.

현실에 대한 비판적 시선은 여기에 머무르지 않습니다. 비록, 서울을 대상으로 하고 있지만, 「서울아리랑」에서는 서울로 표상되는 한국 사회 전반의 문제를 우리 고유의 아리랑조(調)의 묘미에 기대 역사적 통찰을 시도하고 있습니다.

> 서울은 어디로 가고 있는 것이냐
> 아리랑 쓰리랑 꼬부랑 할미랑
> 고개 없는 고개 아흔아홉 고개 넘어넘어
> 북망산 가는 것이냐 정녕 가고 있는 것이냐
> 천지에 널린 망우리 엎어지며 뒤집어지며
> 홀린 듯 미친 듯 산 듯 죽은 듯 가고 있는 것이냐
> 유년의 총탄은 아직도 가슴에 박혀있고
> 청춘은 자본으로 자유로 바다를 넘나들고
> 황사는 쇳가루 싣고 밤낮으로 불어제끼는데

밀려도 더 이상 갈 곳 없는
고개고개 넘어넘어 신발짝 끌고
서울은 어디로 가고 있는 것이냐
떠나기 전에도 없었던 자리 연신 뒤돌아보며
저 허망한 문명의 진흙탕이여
오염된 역사의 갯펄이여
버드나무 가지 하늘거리는
수묵의 썩은 지폐를 배경으로
떠나는 것들의 삭은 분노가 만들어내는
저 암울한 일몰
서울은 어디로 가는 것이냐
가고 있는 것이냐

—「서울아리랑」 전문

도대체 "서울은 어디로 가고 있는 것이냐/아리랑 쓰리랑 꼬부랑 할미랑"이라고 선배는 '서울아리랑'을 읊조립니다. "유년의 총탄은 아직도 가슴에 박혀있고" "청춘은 자본"의 유혹 속에서 욕망을 불태우고, 시야를 탁하게 하는 황사는 온갖 오염물질을 서울로 퍼나르고, 이러저러한 난개발로 서울로 표상되는 "저 허망한 문명의 진흙탕이여"라고 선배는 한맺힌 넋두리를 낮게 읊조립니다.

사실, 이번 시집에 수록된 시들 중 「서울아리랑」처럼 노래조(調)와 같은 시들은 (제가 눈이 어두워 모르겠습니다만) 선배의 기존 시에서는 쉽게 볼 수 없던 것으로 생각하는데요. 「호박꽃 이야기」와 「박꽃 이야기」 연작에서 보이는 노래조의 시들은 유년 시절 호박꽃과 박꽃에 연루된 기억을 배음(背音)으로 하고 있는, 애틋한 그리움이 묻어 있으면서도 말로 다 표현 못할 삶의 서러움이 입가에 나지막한 노래로 맴돌곤 합니다. 그 중 「문 열어라 문 열어라」와 같은 시는 동요풍의 형식을 빌어, 삶과 죽음이 교차하는 제의적 과정을 친밀하게 들려줍니다.

떠나시기 전 장모님
부지런히 열두 대문을 여셨다.

문 열어라. 대문 하나 열리면
집 나간 손주딸 들어서고
문 열어라. 대문 하나 열리면
십년 만에 먼 나라 둘째딸 들어서고
문 열어라. 대문 하나 열리면
삼년 송사 꿈인 듯 마무리 되고
문 열어라, 대문 하나 열리면
풍년 나락가마니 폭포처럼 쏟아지고
문 열어라, 대문 하나 열리면
돌아가신 장인 어르신도 불쑥 들어서고
문 열어라, 대문 하나 열리면
그 옛날 부끄러운 당나귀 가마꾼도 들어서고
문 열어라, 대문 하나 열리면
당신의 하염없는 다듬이 소리도 들려오고

문 열어라. 문 열어라.
열두 대문 모두 활짝활짝 여신 장모님
귀 먹고 말 못하는 막내아들 손 붙잡고
팔순의 무거운 눈 내려감으시다

당신이 여신 열두 대문 다시는
열리지 말라 열리지 말라 빗장 지르시고는
휘파람 날리며 바람처럼 사라지시다

> ─「문 열어라 문 열어라」 전문

시의 리듬은 매우 단출합니다. 하지만, 여기에 담긴 선배의 시적 의도
는 그리 간단하지 않습니다. 시는 장모의 임종 장면을 담아내고 있는, 죽
음의 문턱으로 들어서고 있는 대단히 무겁고 엄숙한 풍경을 보여주고 있

습니다. 그런데, 선배는 이 무겁고 엄숙한 풍경을 동요풍의 단출한 리듬과 가락을 통해 최대한 가벼우면서도 친밀한 풍경으로 전도시키고 있습니다. '문 열어라. 대문 하나 열리면'이라는 반복 어구를 통해 장모의 죽음을 우리의 일상 속 친밀한 풍경의 하나로 전도시키고 있습니다. 열두 개의 문이란, 장모의 신체가 바깥과 통하는 열두 개의 구멍인바, 장모는 그 열두 개의 구멍이 모두 활짝 열리는 시간 속에서 이승과 이어진 삶의 끈을 놓게 됩니다. 하나하나 문을 열면서 장모는 살아 있을 적 당신과 인연을 맺었던 일들과 사별(死別)합니다. 장모가 지닌 신체의 열두 개의 구멍을 하나씩 열면서 그는 그 구멍을 통해 죽음을 맞이하고 있는 겁니다.

선배는 삶과 죽음이 교차하는 이 풍경을 동요풍으로 부릅니다. 이 역시 우리가 외면해서는 안 될 삶의 또 다른 친밀한 풍경 중 하나이며, 가장 순정적 아름다운 삶이 자연스레 드러나는 시간입니다.

선배,

저는 「문 열어라 문 열어라」를 소리내어 읽어보았습니다. 25년의 시력을 쌓은 선배의 시가 이토록 절창(絕唱)일 수 있을까, 하고 잠시 허방에 시선을 두었습니다. 시구 하나하나가 기이하지 않되, 언제부터인가 우리 시에서 가뭇없이 소멸해가는 내밀한 율격이 편하게 녹아들어 있어, 삶과 죽음이 교차하는 비의적 순간을 매우 친밀한 우리의 일상으로 담아내는 것이야말로 이번 선배의 시집에서 손꼽아야 할 '좋은 시'라고 저는 감히 얘기해봅니다.

끝으로, 저뿐만 아니라 선배의 시를 읽는 이들에게 화두처럼 던져진 시를 소개해볼까 합니다. 만일 다음의 시를 축자적(逐字的)으로 해석하는 이들이 있다면, 정말 어처구니없는 일이 아닐지 모르겠습니다. 아니, 어쩌면 그 또한 선배와 저 같은 문학을 천형(天刑)으로 감내하는 자들이 아파해야 할 문학적 과제인지도 모를 일입니다.

신은 간음을 통해 아들을 세상에 내려보냈고, 그 아들은 바람대로 무너져가는 세상을 구했다. 세상의 평화는 간음이라는 길을 통해 왔으니 간음이야말로 가장 신선한 구원의 통로이다.

— 「동문서답」 부분

선배,

우리는 문학을 통해 어떠한 간음의 길을 가야할까요. 문득, 문학 자체가 세상과의 간음이며, 그래서 문학은 천형(天刑)으로부터 벗어날 수 없는 게 아닐까요. 그렇다면, '문학의 천형' 혹은 '천형의 문학'은 간음을 통해 간음의 상처를 치유하는 것일까요.

'도량의 목탁 소리'와 '저잣거리의 비명 소리' 사이에서

— 이승하의 『천상의 바람, 지상의 길』

마냥 길을 걷고 싶을 때가 있다. 꽉 찬 생각을 텅 비운 채 무엇에 홀린 듯 무작정 길을 가고 싶을 때가 있다. 길이 어디에서 끝나는지 모르지만, 정처 없이 길이 있는 한 길을 따라 가고 싶을 때가 있다. 어느 순간, 일상으로 밀고 들어오는 길의 매혹을 쉽게 떨쳐내기 힘들 때가 있다.

길의 매혹을 자아내는 이승하의 시집 『천상의 바람, 지상의 길』(서정시학, 2010)을 대하면서, 그동안 망실했던 길과 관련한 풍정(風情)이 새록새록 피어난다. 시인과 함께 가는 길과 연루된 사연들 속에서 인간, 대지, 존재, 우주에 대한 웅숭깊은 성찰의 계기를 갖게 된 것은 이번 시집을 읽는 행복이다.

『천상의 바람, 지상의 길』은 '혜초의 길'이란 부제가 달려 있는 61편의 시들로 이뤄져 있다. 말하자면, 시인은 61가지의 다양한 길을 갔다는 셈이다. 신라의 승려 혜초가 불교의 진리를 구하기 위해 먼 순례의 길을 떠났는바, 이승하 시인은 혜초의 여정을 따라 길을 가면서 종교적 진리와 구원을 목적으로 하는 게 아닌, 대지에 두 발을 딛고 살아가는 사람들의 지극히 범상한 삶과 그 삶의 사위를 에워싸고 있는 뭇존재와의 관계에 대한 성찰의 길을 낸다. 혜초에게도 그렇듯이, 시인에게도 길은 그들이 추구하는 도(道)를 닦는 곳, 즉 도량(道場)이 아닌가.

> 목숨 지닌 모든 것들 때가 되면
> 이승과 저승 사이에서 엇갈리는데
> 내 무슨 마음을 고쳐 다른 마음을 얻고자 했던가
> 저 위 도량의 목탁 소리에 귀 열겠지만
> 저 아래 저잣거리의 비명 소리에 귀 막지 않으리
> 나 다만 그 사이에서 땀 뻘뻘 흘리며
> 어두워지기 전에 길 재촉하리
>
> ─「사이─혜초의 길6」 부분

시인은 길 위에 있다. 길 위에서 시인은 두 가지 소리를 동시에 듣는다. "도량의 목탁 소리"와 "저잣거리의 비명 소리"를 모두 듣는다. 이 두 가지 소리를 함께 듣는 것이야말로 길 위에 있는 시인의 소명이다. '도량의 목탁 소리=성(聖)'과 '저잣거리의 비명 소리=속(俗)'을 구분하지 않고, 특정의 소리를 배제하지 않고, 두 소리 '사이'에 시인을 위치 짓는 것이야말로 길을 가고 있는 시인의 윤리감각이다. 성과 속의 '사이'에서 시인은 번뇌의 카르마로부터 자유로울 수 없다. 종교 순례자의 길이 그렇듯, 혜초의 길을 따라 나선 시인 역시 이 번뇌의 길을 벗어날 수 없다. "세상은 고통의 바다"(「고원에 바람 불다」)이고, "내 신심은 아직도 어두운 들판"(「순례자의 꿈」)의 길을 서성이고 있다.

> 길에서 밥 먹는 아이야
> 길이 식탁이 되어 있구나
> 멀고먼 대지의 아이야
> 우리는 모두 산도 뚫고 나왔기에

길에서 죽게 마련이겠지만
　　　　　　　—「집 없는 소년의 식사시간-혜초의 길33」 부분

"군중 속에 자살폭탄자가 있다!"
누가 제일 먼저 내달리기 시작한 것일까요
도대체 누가 그 말을 처음 한 것일까요
우리는 쓰러졌습니다 용기도 의식도 잃고
정신없이 내달리는 발과 발
사방팔방 흩어지는 신발과 신발
비명 지를 새도 없이 죽어간 애새끼들, 할망구들
　　　　　　　—「순례자의 마지막 노래-혜초의 길34」 부분

　시인은 파키스탄의 노천에서 길을 식탁삼아 식사하는 아이와 마주친다. 그 아이에게는 어떤 곡절 많은 사연이 있을 것이다. 집에서 식사할 수 없는, 길 바닥에서 밥을 먹을 수밖에 없는, 그와 같은 삶을 살고 있는 사람이 아니고서는 좀처럼 이해하기 힘든 사연이 있을 것이다. 누가, 무엇 때문에, 그 아이에게 노상에서 밥을 먹도록 하는 고통을 안겨주었을까. 뿐만 아니라 백주대낮에 자살폭탄이 언제 터질지 모르는 죽음에 방치하도록 하였을까. 시인에게 저잣거리의 길은 헐벗음과 죽음이 음산하게 배회하는 지옥도와 다를 바 없다.
　하지만, 이 고된 길을 나섰기에, 일상에서 깨닫지 못하는 소중한 깨달음의 몫을 얻을 수 있다. "걸어간 사람들이 길을 만드는 법/길은/가고자 하는 마음이 만드는 법"(「세상의 모든 길」)이므로, 시인은 혜초와 같은 순례자의 자세로 풍찬노숙의 길을 따라 간다. 시인이 길 위에서 만난 것들 중 주목한 것은 생의 소멸, 즉 죽음이다.

세상은 어딜 가나 죽음의 축제로구나
돌잔치 갔다 온 다음날 장례식에 가고

제자들 성년식 보고 온 다음날 장례식에 가고
결혼식 갔다 온 다음날 장례식에 간다
죽어서 영원히 길이 될 수 있다면
썩어서 영원히 땅이 될 수 있다면
다행이리라 혜초여
                    ——「부고 듣고 내려가다—혜초의 길24」 부분

스무 살의 혜초여
항시 그런 이 강가에 와서 무엇을 생각했는가
목숨이란 결국 양수에 담겨 있다가 추깃물로 바뀌는 것
빗방울 같은 낱낱의 목숨들 모여 강을 이루고
흐르고 흘러 가장 큰 무덤인 바다로 휩쓸려 들어가는 것
강으로 예배하려 가던 이들
무소나 호랑이들한테 해코지를 당하기도 했던 것처럼
                    ——「항하에 와서 울다—혜초의 길57」 부분

혜초가 그 먼 길을 걸어
오천축국에서 확인한 것이 무엇이었을까
부처 말씀의 흔적? 불자의 수? 믿음의 정도?
유적 둘러보고 사리 친견했을 수도 있지만
길 위에서 많은 죽음 확인했으리
부처는 고향 가다 길에서 죽었고
혜초는 이역만리 절집에서 죽었다
                    ——「길 위에서의 죽음—혜초의 길49」 부분

　　지상의 길과 바닷길을 가면서 혜초는 숱한 죽음을 목도하였을 터이다.
마찬가지로 시인은 혜초의 길을 밟아가면서, 죽음에 관한 성찰의 길에 동
참한다. 죽음은 생의 끝이건만, 죽음과 생은 단절되지 않은 채 맞물려 있
다. 삶을 산다는 것은, 죽음을 산다는 것과 다를 바 없는 셈이며, 삶의 형
식은 곧 죽음의 형식의 다른 이름일 뿐이다. 그러니 "목숨이란 결국 양수

에 담겨 있다가 추깃물로 바뀌는 것"에 담겨 있는 삶과 죽음의 공존을 이해할 수 있다. 언뜻, 이 같은 삶과 죽음의 비의성은 그리 대단한 게 아닌 것으로 생각하기 십상이지만, 생의 집착과 생의 영원성에 붙들린 우리들에게 생의 종언이 죽음의 시작이라는 지극히 범상한 진실을 새롭게 포착한다는 점에서, 길은 시인에게 훌륭한 도량이라고 아무리 강조해도 지나치지 않다("길 나서지 않으면 어떻게 깨달았으랴/길 나서지 않으면 어떻게 길 전했으랴" — 「부처도 걸어갔으리」 부분).

물론, 가도 가도 끝이 없는 길 위에서 시인이 깨달은 것을 관념의 차원에서만 파악해서는 곤란하다. 시인이 뭇사람과 특별히 구별되는 점이 있다면, 우주에 대한 세밀한 감각이 훨씬 정교하게 갈고 다듬어졌다는 것인데, 시인은 혜초의 길 위에서 시인 특유의 감각을 새롭게 발견한다.

> 말할 힘조차 없고 자꾸만 감기는 눈
> 눈뜨고 있기가 쉽지 않지만
> 청각 더욱 예민해져 바람이 하는 말 다 알아듣고
> 후각 더욱 예민해져 익어가는 과일 냄새 다 맡을 수 있을 것 같다
> 햇살 한 올 한 올이 다 보인다
> 눈썹이 파르르 떨린다
> 이 욕망덩어리 몸 부지하느라
> 내 마음 그렇게도 무거웠구나
>
> ― 「몸과 마음―혜초의 길40」 부분

"사람과 사람 사이에 사막이 있을 때/낙타 있고 오아시스 있으면 좋으련만/사람의 사막에는 뜨거운 모래바람만 불고/태양도 하늘 한가운데 멈춰 있"(「사람의 사막」)는, 황폐하고 광막한 "사람의 사막"에서 시인의 감각은 더욱 예민해진다. 전에는 잘 들리지 않던 "바람이 하는 말 다 알아듣고" "익어가는 과일 냄새 다 맡을 수 있"고, 좀처럼 보이지 않던 "햇살 한

올 한 올이 다 보"이기까지 한다. 그만큼 시인의 감각은 예전보다 더욱 예민해졌고, 우주의 뭇존재들과의 관계가 심드렁하지 않다. 그동안 시인을 짓눌러온 "욕망덩어리"로부터 해방되었으니, 시인의 예민한 감각은 새롭게 복원된 것이다. 길의 여정을 나서지 않았다면, "욕망덩어리"는 더욱 부풀려졌을 테고, 이 무한 "욕망덩어리"에 의해 시인은 압살되었는지 모를 일이다. 길은 시인에게 구원의 길을 안내하면서, 길 자체가 구원의 역할을 다 하고 있다. 왜냐하면, "길에게 내가 깨달은 것들이 있다/길을 걸어야지 길동무도 만나고/길로 나서야지 길눈도 밝아지더라/올곧은 길만 길은 아니더라"(「외길」)에 내포된 길의 구원성을 깨달았기 때문이다.

이렇게 시인과 함께 혜초가 갔던 길을 따라가 보니, 길 자체가 영원성을 간직하고 있음을 헤아릴 수 있다. 산맥과 고원, 그리고 사막과 초원, 혜초의 길은 끊어질 듯 이어지면서 혜초 스스로 불교의 진리를 터득하게 된다. 이 혜초의 길을 21세기의 시인은 따라가고 있다. "길의 마음이 불심"(「길의 마음을 알 때까지」)인바, 길을 간다는 것은 불심을 연마하는 것이며, 이는 곧 시인이 시심(詩心)을 닦는 것과 동일성을 띤다고 볼 수 있다.

이번 시집을 읽으면서 우리에게 너무나 익숙한 길을, 익숙하다는 이유만으로, 길에 대해 너무나 많은 것을 모르고 있다는 사실에 충격을 받았다. 흔히들 인생을 길에 비유하는데, 정작 우리들은 가장 가깝게 있는 길 자체에 대한 인식과 그로부터 얻은 진실을 일상에서 실천하려는 데 매우 인색하다. 이승하는 길에 대한 우리의 관성화된 태도를 성찰하도록 한다. 길은 인간의 모든 과정을 묵묵히 지켜본 역사의 증인으로서, 과거와 현재, 그리고 미래의 운명을 함께 한다.

인간의 역사 시작된 이래
얼마나 많은 길이 죽었으며
얼마나 많은 길이 부활했으랴
길로 나서면 길이 보이고
길이 죽으면 사람들이 모여
길을 살린다, 살려낸다
— 「부활하는 길-혜초의 길28」 부분

목공의 아들 예수가 제자들과 함께 다녀간 땅
청년 마호메트가 대상의 일원이 되어 여행한 땅
복음의 빛 그토록 눈부시게 비췄으나
땅은 파괴의 역사를 기억할 뿐
— 「대식국에서는 아무도 통곡하지 않는다-혜초의 길41」 부분

역사와 함께 한 길의 운명은 인간의 운명이나 다를 바 없다. 인간은 길
이 없는 곳에 길을 내고, 그 길에서 죽는다. 인간을 구원해줄 신의 메시아
도 길과 동행한다. 비록 "땅은 파괴의 역사를 기억할 뿐"이지만, 역사의
비루함은 비루함에 머물지 않고, 신생의 역사를 다시 대지에 쓴다. 그것
이 바로 길의 운명이다. 역사를 비껴갈 수 없는 인간의 길, 그 인간의 길
이 모여 역사의 길을 이뤄내고, 또 다시 그 역사의 길은 시간 속에서 풍화
되고, 또 다른 역사의 길을 기다린다. 그렇게 길은 지워지고 시작된다.
   사정이 이러하니, 길 위에서 시인이 얻은 것은, 어떻게 보면, 아무것도
없는 것이나 다르지 않을까.

자고 일어나면 곧장 떠났던 자여
이 세상 전부가 그대 보금자리였으니
저 변화무쌍한 하늘은 그대의 것
저 묵묵부답인 설산도 그대의 것

먼지바람 눈 못 뜨게 하고
북풍한설 갈 길 가로막는
그대 그 험한 길 걸어서
얻은 것이 무엇이었나

공든 탑 죄 무너지고
부처의 흔적들 모조리 폐허 되어 있지 않았나
오천축국 돌아보니 부처의 말씀 다 잊어버리고
빼앗고 빼앗기는 아비규환 아니었나
　　　　　　　　　　── 「아아 허무!─혜초의 길59」 부분

　빼앗기고 빼앗는 역사의 길 위에서 혜초와 시인이 얻은 것은 무엇인가. 무상감, 허무, 부재 등 얻은 것은 형체가 없는 '무(無)'가 아닌가. 아니, 형체가 있되, 그것을 인간이 감히 소유할 수는 없다. "저 변화무쌍한 하늘"과 "저 묵묵부답인 설산"을 소유할 수는 없는 일이다. 대신, 혜초와 시인은 소중한 것을 얻었으리라. 이 '무(無)'를 소유하기 위해 그동안 험난한 길을 헤쳐왔다. 그 모든 길 위의 만남들이 모두 소중한 것이다. 상처투성이인 사람들, 가장 낮은 길 바닥에서 뒹구는 사람들, 대지의 가혹함을 마치 감내해야 할 형벌로 기꺼이 견뎌내는 사람들, 그 모든 사람들로부터 시인은 길의 가르침을 얻는다. 그렇다면, 이 '무(無)'란, '허무'란, 그 무엇과도 바꿀 수 없는 소중한 깨우침으로 가득 차 있지 않은가. 길의 여정이 주는 매혹은 일상의 모든 것을 비워내는 일이되, 그 비워진 자리에 지금까지 자리하지 못한 인간과 우주의 비의적인 것들을 채우는 것이다.

하늘 아래 영원한 것 없더라도
그대 꿈꾼 것은 영원이 아니었던가
영원히 이어갈 부처의 말씀
영원히 이어갈 길들의 종교

그대 걸어갔던 그 길
지금은 잡풀만 무성해도
그때 그곳으로 사람이 걸어갔었다
사람을 불쌍히 여겼던 사람이
사람이 걸어간 길을 사랑했던 한 사람이

가보지 않았는데 어찌 길이라 할 수 있으리
그대 땀으로 썼던 두루마리 족자 하나
천년이 넘는 시간의 길 묵묵히 걸어왔으니
하늘 아래 영원한 것도 있구나

그대 살아생전에 만났던 사람 다 죽고 없지만
그들은 모두 길 되어 있으리
그들이 길 되었음을 그대 기록하였기에
나 이제 집 떠날 수 있을 것 같다 혜초여
　　　　　　　— 「다시 길 떠나는 그대─혜초의 길61」 전문

　길이 떠난 자리에 또 다른 길이 시작된다고 하지 않는가. 길을 떠나는
사람들의 사연이 모두 새로운 길을 만들어내듯, 다시 길을 떠나는 것이
야말로 우리가 그토록 꿈꾸던 "영원한 것"이 아닐지. "이육사가 수갑 차
고 건너간 강/윤동주가 시신 되어 귀향한 곳/홍범도가 엽총 차고 넘어간
산"(「대륙으로 사라진다」)을 향해 다시 길을 떠나니, 그 길은 "최초의 세
계인 혜초"(「탑 쌓기와 피난 가기」)가 지나간 길이니, 그 길을 밟아가는 이
역시 '세계인'이 아닐까.
　이승하의 『천상의 바람, 지상의 길』은 61가지 길을 통해 지금, 이곳의
시가 갱신되기 위해서는 말로만 갱신을 반복할 게 아니라, 갱신의 힘든
여정 속에서 갱신다운 갱신의 지경에 이를 수 있다는 깨달음을, 툭, 하고
던져놓는다. 하여, 새로운 길 위에서 시인은 인간과 대지, 자연과 우주의

진경(眞境)에 이르기 위한 험난한 여정을 견뎌낼 터이다. 속도지상주의로 점철된 현실에서 이승하의 길 속 여정은 그 자체가 속도지상주의에 대한 반성적 성찰로 손색이 없다. 화려하고 다채로운 인위적 풍경이 아닌, 담박하고 질박한 자연스런 길 위의 풍경 속으로 시인은 우리를 동행시킨다.

이제, 이승하가 들려주는 길 위의 음률을 제대로 음미하는 일은 순전히 우리 몫이다.

우주의 율동에 공명(共鳴)하며 유장히 흐르는

— 이명의 『벌레문법』

우주의 율동에 공명(共鳴)하는 시의 매혹이 어떤 것인지 애써 설명할 필요가 있을까. 그 시의 매혹은 인간의 언어를 매개로 한 예술적 표현의 힘을 기반으로 했을 뿐 어느 순간 예술의 경계를 자유자재로 넘나들면서 그 경계를 뒤흔들고 무화시키는 우주의 율동 그 자체라 해도 과언이 아니다. 이명 시인으로부터 발산되는 이번 시집 『벌레문법』(리토피아, 2014)의 매혹을 이해하기 위해서는 이 점을 쉽게 지나쳐서 곤란하다.

> 강화 수로는 온통 갈대밭이다
> 바람이 숲으로 파고들면 소리를 낸다
>
> 누웠다 일어났다
> 쓰러지며 몸을 비비는 소리
> 수로를 타고 흐르는 흐느낌이다
> 고개를 수그린 채 울어대는 갈대숲에서는
> 물도 결을 이루어 흔들리고
> 바람도 공연히 무당거미집을 훑으며 흔들고 지나간다

바람이 새어나간 줄을 잡고
피노키오 풍선처럼 무당거미가 막춤을 춘다
허공을 휘 저으며 하늘 바닥에 닿는다
어느 가슴을 향한 몸부림인가
엷은 바람에도 소스라친다

밤늦도록 불어대던 휘파람 소리
흔들리고 싶다

— 「막춤」 부분

갈대밭을 이루는 강화 수로 사이로 바람이 들고 난다. 바람에 의해 갈대는 "누웠다 일어났다/쓰러지며 몸을 비비는 소리"를 내고, 갈대숲의 그 울음에 강화 수로를 들고 나는 "물도 결을 이루어 흔들리"면서 강화 수로의 모든 것들이 자연스레 흔들리며 공명한다. 이 갈대밭의 율동은 "허공을 휘 저으며 하늘 바닥에 닿는" 무당거미의 "어느 가슴을 향한 몸부림"의 '막춤'으로 절정을 이룬다. 때문에 시인은 강화수로의 이 율동이 절로 생성하고 있는 '천지귀신감동(天地鬼神感動)'에 이끌려 "밤늦도록 불어대던 휘파람 소리"에도 "흔들리고 싶다"고 고백한다. 기실 무당거미의 '막춤'이야말로 '세계-내적-존재'로서 시인의 현존을 형상화한 것과 무엇이 다른가. 이명 시인은 무당거미의 '막춤'처럼 자신의 전존재를 우주의 율동에 공명하는 삶을 욕망하는 것이다. 이러한 욕망은 여름 한 철 삶의 모든 것을 걸고 울어대는 참매미의 울음소리와 지상을 향해 사정없이 퍼붓는 빗소리 또한 우주의 율동으로 전도시키는 다음과 같은 시에서도 어렵지 않게 읽을 수 있다.

한 번도 소리 내어 울어본 적이 없는 내가
알 수는 없지만

그래요
춤을 추는 것이겠지요
울음이 춤이 된 것이겠지요

―「참매미」부분

내게 쏟아지는 거센 음률
삶은 그렇게 하릴없이 빈둥거리는 것이 아니라고
제1악장 제1주제 4음이 막 내 앞에서 튀어 오르고 있다

―「운명 교향악」부분

이명 시인의 이러한 시의 매혹은 그의 심상이 어떻게 포착되고 있으며, 이에 대한 미적 체험의 비의성을 해명해준다. 우주의 율동에 공명하기 위해서는, 우주의 뭇존재들이 제 각기 이뤄내는 불협화음을 시인의 섬세한 미적 체험을 통해 그 불협화음 사이에 존재하는 어떤 모종의 리듬을 귀신같이 잡아채어야 한다. 이것이 바로 천지귀신을 감동하는 우주의 운율에 절로 공명하는 시인의 비의적 능력이다.

담비 한 마리 물위에 누워
빙그르르 돌며 헤엄치고 놀고 있는 사인암 내川는
한 권의 화첩이다

흐드러진 갯버들 그늘 아래
냇물이 여울을 이루며 머무는 곳에서
담비는 흘러가는 구름과 벗하며 유유자적 붓을 치고 있다

한 장 한 장 흘려보내는 물결 문양 화선지

등의 털이
유연하게 펴졌다가 한 쪽으로 쏠리면 숲이 생겨나고

발바닥을 치고 돌면
바위가 겹겹이 솟아올라 병풍을 이룬다
튀어 오르던 물방울은 수면에 내려 잡풀이 된다

중봉필법(中鋒筆法)의 물살,
여기저기 흩어진 먹점은 옅고 짙은 나뭇잎이다
먹선이 머물다 길게 뻗은 절벽 위에 소나무 한 그루 뿌리 내린다

묵향 그윽한 병진년 화첩,
여백으로 빛이 쏟아지고 있다

나는 한 마리 해오라기가 되어 그 물가에 서 있었다
　　　　　　　　　　　　　— 「단원(檀園)이 올라온 냇가」 전문

　단원의 화첩 속 그림 한 점이 눈 앞에 펼쳐진다. "담비 한 마리 물위에 누워/빙그르르 돌며 헤엄치고 놀고 있는" 것을 그린 단원의 그림을, 시인은 "한 장 한 장 흘려보내는 물결 문양 화선지" 위에 "흘러가는 구름과 벗하며 유유자적 붓을 치고 있"는 것으로 형상화한다. 그러면서 시인은 아주 섬세히 담비의 유영(遊泳)을 단원 못지않게 그의 유려한 시의 감각으로 포착한다. 물에 적셔진 담비의 털 모양으로부터 "숲이 생겨나고", 담비의 물장난으로부터 "바위가 겹겹이 솟아올라 병풍"을 이루고, 심지어 담비의 물장난에서 "튀어 오르던 물방울"은 "잡풀이 된다"고 노래한다. 어디 이뿐인가. 그림을 그리다가 "여기저기 흩어진 먹점"은 "나뭇잎"으로, 먹선은 "소나무"로, 그리고 동양화의 또 다른 아름다움인 "여백으로 빛이 쏟아지고 있다"고 시인의 심미안은 노래한다. 여기서 우리는 이 모든 우주의 율동과 리듬을 시의 화자가 "한 마리 해오라기가 되어 그 물가에 서 있었다"는 데서, 한층 절묘히 이 모든 것들과 자연스레 어우러져 있는, 즉 시인의 물아일체(物我一體)의 미적 체험을 감지할 수 있으리라.

그런데, 이명 시인이 육화하고 있는 이러한 미적 체험에서 우선 주목해야 할 것은 생의 환희이며 그 속에 함의된 생의 숭고성이다.

> 저녁 어스름 부엌문 밖
> 아궁이 속에서
> 아기 울음소리 같은 어떤 소리가 들렸다
>
> 나는 불현듯 한 생명체가 생각났다
> 뛰쳐나가 보았지만 아궁이 속은 캄캄했다
>
> ―「공범」 부분

  시적 화자인 '나'는 환청을 듣는다. 캄캄한 "아궁이 속에서/아기 울음소리 같은 어떤 소리"를 듣는다. 물론, 이 환청은 환시와 포개진다. 그래서 현실계에서는 분명 불을 지피지 않은 어두운 아궁이 속인데, 시인의 상상 속에서는 아궁이 속 적요(寂寥)와 냉기를 서서히 몰아내는 불이 지펴지고 이내 불길이 홧홧 타오르는 일련의 과정 속에서 현실계와 상상이 서로 섞이는 시청각을 "한 생명체"로 드러난다. 그렇다면, 이 시에서 아궁이는 생명체를 잉태하고 낳는 우주의 자궁의 몫을 수행하고 있는 신화적 상징의 표상인 셈이다. 우리는 이 신화적 상징의 표상이 시인의 일상 속에서 숭고성을 겸비하고 있는, 다시 말해 성속일여(聖俗一如)의 가치를 지니고 있다는 것을 소홀히 여겨서 안 된다. 그래서 이것은 새로운 생명이 탄생하되, 낡고 퇴영적인 것을 정화시킴으로써 말 그대로 다시 새로운 생명의 가치를 지닌 역할을 수행한다.

> 명함을 구겨 버리면서 한 때의 생을 마감한다
>
> 앞면에 큼지막이 박힌 우리 글 세 글자와
> 뒷면에 쓰인 팽팽한 영어 몇 줄

살아서 번뜩이던 그를 날려 보내며
나는 이제 처음으로 자유로워진다

(중략)

부스럭거리는 잡동사니 속에서
명함이 등을 펴며 다시 빳빳해지기 시작한다

— 「부활」 부분

시적 화자는 "처음으로 자유로워진다"고 선언한다. 기존 자신의 존재를
애써 증명해보였던 명함과 연루된 온갖 사회적 구속으로부터 스스로 놓
여났기 때문인데, 이 자기해방은 다름 아니라 명함을 쓰레기통 속에 버림
으로써 가능했다. 그리고 새롭게 정화된 또 다른 시적 화자가 신생의 징
후를 보인다. 쓰레기통 속에 버려졌던 "용도 폐기된 명함이" "등을 펴며
다시 빳빳해지기 시작한" 것이다. 이렇듯 쓰레기통은 '폐기와 신생', '버려
짐과 소생'의 권능이 일어나는 성속일여의 가치를 띤 우주의 자궁으로서
손색이 없다.

그런데, 생각해보면, 이명 시인에게 삶의 환희와 숭고성을 향한 시적
욕망은 "아직 다하지 못한 영원한 사랑"(「오늘은」)과 깊이 결부돼 있으며,
이것은 사랑하는 것들을 향한 시인의 "대책 없는 사랑"(「봉정사 석불」)의
진정성이다.

어느 곳에서도
태어난 이유를 알려 하지 않고
삶에 연연하지 않으며 죽음을 의식하지도 않는
변하여 무엇이 되더라도 변화를 기다리는 죽도시장역에서
나는 방어의 깊고 푸른 눈동자와 마주쳤다
그 눈빛 가물가물한 소실점 끝에는 또 얼마나 많은 기억들이 있는지

사람들은 게처럼 골목길을 지나다니고
갈매기 때때로 찾아와 문안 인사하는 길은 거기로 뻗어 있을 것이다

그리움에서도 비린내가 난다

—「동해 환승역」 부분

　삶과 죽음에 초연한 가운데 "변하여 무엇이 되더라도 변화를 기다리는
죽도시장역에서" 마주친 "방어의 깊고 푸른 눈동자", "그, 눈빛 가물가물
한 소실점 끝"에 보일락말락 자리하고 있는 "기억들"로부터 시인은 온통
물비린내 투성인 "그리움"의 냄새를 맡는다. 대관절 무엇을 향한 그리움
일까. 어떤 것들에 대한 기억일까. 짐작컨대, 이것은 "마른 가슴뼈 속으로
하룻밤 묵어갈 바람의 영혼이 찾아들"(「타클라마칸 철새」) "쑥 향기 같은
사랑"(「쑥 캐러 가자는 말」)을 지닌 존재를 향한 그리움이며 기억이 아닐
까. 가령, 「대평리 그 여자」의 여자와 같은 존재가 아닐는지…….

대평리 그 여자는 빙어를 잘 먹는다
물미역, 초장에 찍어먹듯 먹고는
입술을 한 바퀴 혀로 닦아내면 그만이다

입맛은 입술을 닦아내는 행동에서 다시 살아나는데
그 때 손가락놀림이 더욱 민첩해진다

눈이 크고 깊은
그 여자 눈을 가만히 들여다보면 아프리카 초원이 보인다
초원을 몰려다니는 누 떼가 보인다
암사자의 질주에 방향을 잃어버린 한 마리의 누

엄지와 검지 사이에서
파르르 떨고 있는 대평리 바람이 사막 바람을 닮아있다

초원 속으로
눈부처 하나 깊숙이 침수하는 것이 보인다

그 여자 입술은 맵다

─「대평리 그 여자」 전문

　대평리의 여자는 우리 주변에서 흔히 마주하는 여자와 다르다. 무엇보
다 그의 눈이 현저히 다르다. 그의 깊고 큰 눈에는 태곳적 우주 창생의 기
원을 고스란히 간직한 "아프리카의 초원"이 어려 있다. 이 초원의 풍경은
정태적이지 않다. 대신 "초원을 몰려다니는 누 떼가" 있고, 암사자의 사냥
감으로 생의 길을 가늠하지 못한 "한 마리의 누"가 안타깝게 그 생을 마감
할 준비를 한다. 거역할 수 없는 정글의 법칙이 잘 지켜지는 삶과 죽음의
역동적 파노라마가 대평리 여자의 눈 속에서 펼쳐진다. 그리고 이내 시인
은 그 눈 속에서 "눈부처 하나 깊숙이 침수하는 것"을 본다. 그렇다. 이 모
든 피비린내 섞인 아프리카 초원의 삶과 죽음의 파노라마는, 다시 강조하
건대, 우주의 거스를 수 없는 생동감 넘치는 리듬이며, 이 자연스러운 생
의 고통을 동반하는 우주의 율동 그 자체야말로 불가(佛家)의 진실이다.
따라서 시인은 대평리 여자의 눈 속에서 생을 추구하는 데 힘겹게 따르는
그 모든 것들과 연루된 것을 향한 애타는 그리움과 이 과정에서 반추되는
기억을, "눈부처"의 시적 표상으로 드러낸다.
　사실, 이명 시인의 이러한 시작(詩作)을 온전히 이해하기 위해서는 시인
으로서 "나는 또 얼마나 더 깊어져야 하는지"(「막사발」)에 깃든 성찰과 그
수행을 주목해야 한다.

3. 벌레 속의 벌레

내 속에도 벌레가 살고 있다 망막에도 붙어 있고 달팽이관에도 숨어 산다 전두엽에도 있다 보이는 것들이나 들리는 것들이나 눈빛이나 생각까지 재려든다 작금에는 성충이 된 벌레가 내 속을 가로 질러 다니며 내 마음의 크기를 재고 있다 벌레의 왕성한 활동에 우울증 신경쇠약증 과대망상증까지 내 병력에 추가 됐다 한 뼘도 안 될 내 안, 자벌레와 더불어 살고 있다

— 「벌레 문법」 부분

세상의 허명을 탐한 세월만 흘러갔다
번뇌가 가슴 깊이 쌓여 돌부처처럼 서러웠다

서어나무 목탁 소리가
까맣고 캄캄한 내 속을 깨뜨리고 있었다

— 「서어나무 대웅전」 부분

시인의 성찰은 혹독하다. 시적 화자의 몸 구석구석에는 "벌레가 살고 있다". 벌레의 꿈틀거림은 육신에 이르지 않는 곳이 없을 정도로 시적 화자는 벌레에 점령된 식민지로 전락해 있다. 아니, 사정이 이 정도면, 시적 화자와 벌레를 구분할 수 없는 지경에 이르렀다고 보는 게 솔직하다. 시적 화자의 정신마저 "벌레의 왕성한 활동에 우울증 신경쇠약증 과대망상증까지"(「벌레 문법」) 겹쳐 시적 화자와 벌레가 혼재돼 있는 형국이다. 어찌하여 이런 지경에 이르렀을까. 그래서 시인의 뼈저린 성찰이 예사롭지 않다. 그것은 "세상의 허명을 탐한 세월"을 살면서, "번뇌가 가슴 깊이 쌓여 돌부처처럼 서러웠"기 때문이다(「서어나무 대웅전」). 그동안 "나를 이 끌던 화차, 이제 눈이 멀어" "곧 궤도를 벗어날 참" "공중부양 할 것"이기 때문이다(「눈에 불을 켜고 살아야 한다」). 그렇다면, 이제 시인에게 간절

히 요구되는 것은 무엇일까.

> 여러 갈래의 등뼈들이 대청마루를 내려다보고 있는
> 하실 말씀이 따로 더 없는 중심에는
> 적선(積善),
> 그림자만 살고 있다
>
> 미처, 한 끼의 영양도 되어드리지 못하는 내가
> 그 속에서 발효되고 있다
>
> ──「서까래 등뼈」 부분

> 간장 속, 그 속
> 메주가 푹 삭아 거울이 된 것이겠지요
>
> ──「유마거울」 부분

시인에게 간절한 것은 삭힘, 즉 발효의 미덕이다. 시인이 소생할 수 있는 그 무엇이 있다면, 바로 시간의 자연스러운 흐름 속에서 눅진히 삭혀지며 정화되는 성찰의 에너지를 새롭게 '발견'하는 일이다. 오랜 세월 고택의 지붕을 이루는 서까래는 그 아래에서 일어나는 온갖 일들을 내려다보면서 묵언 수행을 하며 '적선(積善)'을 해왔듯, 시적 화자 역시 고택의 지붕 속에서 서까래의 '적선'과 같은 몫을 수행하기 위해서는 충분히 "발효되"어야 한다(「서까래 등뼈」). 이것은 간장독 속에서 "메주가 푹 삭아" 모든 음식의 깊고 특유한 장맛의 절정을 이루듯, 시적 화자 역시 이처럼 잘 발효된 메주와 같은 역할을 수행해야 하는 것이다. 모두 발효의 미덕을 육화해야 한다. 그렇다. 성찰의 진실과 그에 따라 형성되는 성찰의 힘은 어떤 것에 애오라지 부화뇌동하지 않고 평정심을 유지하며 시간을 곰삭이며 견뎌내는 삶의 내공에 있다. 가령, "목청이 터져라 경을 외우는 개구리들 틈에서" "한마디 저음으로 일관하는 저 묵묵함"(「분강 섬여」)의 자태를 유지하는 두꺼비와, 수족관 안에 "홀로 정좌를 하고 있"는 대게 한마리가 "보이지 않는 것을 보고 있음인지/눈은 감은 듯이 떠 있고 떠 있는 듯 캄캄"한 "저 묵직함 또는 당당함"(「능엄경이 보이지 않는 것」)의 자태에서 엿보이는 것과 흡사한 삶의 도저한 저력도 이와 결코 무관하지 않다. 이것이 또한 우주와 삶의 소중한 진실이다.

이러한 시적 진실은 서로 다른 수원(水源)에서 흐르는 두 갈래의 물이 요동치면서 합수(合水)하더니, 언제 그랬냐는 듯 그 요란스러움이 싹 가시고 그곳에서 진리의 꽃이 피고 진리의 열매까지 영글며 유장히 흘러가는 대하(大河)를 이룬다. 어떤 시적 계시일까. 이명 시인의 어제와 오늘, 그리고 미래의 진실이 유장히 흐른다.

> 서로 부딪치며 쿵쾅거리며 어느 곳에선가 와자지껄한 소리가 들릴 것도 같았지만 그런 소리는 들리지 않았네 거기 머리맡에 치렁치렁 연꽃이 피어나고 연밥이 익고 있었네 밥 타는 냄새가 나는 듯도 했지만 기다림은 없었네 생각이 깊은 것 같았네
>
> — 「양수리에서」 부분

'소리 없는 음악'에 이르는 길의 신비

― 이면우의 신작을 읽으며

―――――――――

    길은 매혹이자 구속의 양가성을 지닌다. 어디로 나 있는지 모를 길은 바로 그 자명하지 않은 길의 속성 때문에 묘한 매혹을 발산한다. 길은 숱한 길들로 이어지고, 또 끊어지고, 아예 길이 없는 것처럼 보이다가 어떤 새로운 길을 낸다. 길을 가는 것 자체를 포기하지 않는 한 길은 이렇게 우리를 에워싼다. 길의 존재가 곧 길로부터 영원히 놓여날 수 없는 구속이다. 이면우의 신작시 5편의 밑자리에는 길과 관련한 이 같은 시적 진실이 스며들어 있다.

> 정작 허릴 펴도록 말 건넨 건 칠십 넘은 노인이다
> 법원 가는 길 맞느냐고
> 자식놈 보증 땜에 파산신청 하러 가는 길이라고
> 나는 천천히 대빗자루를 왼 손으로 옮기며
> 빈손 쳐들어 반듯이 앞을 가리켰다 그 다음
> (왜 처음이듯 나무꼭대기를 올려다보았을까)
> 거기 까치가 들락날락 집을 짓고 있었다
> 하늘 파랗게 쓰는 빗자루 일렁이는 우듬지 께
> 바람 부는 날 짓는 집이 더 든든한 거라고

그래, 그렇다고, 나무와 까치 서로 등 토닥이며.

―「까치집」 부분

아침 길거리를 쓸고 있는 '나'에게 "칠십 넘은 노인"이 "법원 가는 길"을 묻는다. 그는 "자식놈 보증 땜에 파산신청 하러 가는 길"이다. 이 법원 가는 길을 많은 사람들이 제 각기의 사연을 안고 지나갔을 터이다. 이유야 어떻든 '법원 길'은 썩 상쾌한 길은 아니다. 근대적 삶을 살고 있는 이들은 크고 작은 사회적 계약 관계 속에 붙들려 있고, 이 계약 관계들에 조금이라도 금이 갈 경우 당사자들은 근대적 이성의 결정체인 법의 언어에 도움의 손길을 내민다. 따라서 '법원 길'은 바꿔 말해 '법의 언어'의 경계로 들어서는 길이다. 그런데 눈여겨 보아야 할 것은 이 '법원 길' 위에 까치집이 들어서는 나무로 '나'의 시선이 옮겨지고 있다는 점이다. 까치는 "바람 부는 날 짓는 집이 더 든든"하므로 하필 바람이 몹시 심하게 분 날 분주하다. 까치의 집짓는 행위는 너무나 자연스럽다. 여기서 시적 긴장이 형성되며, 길의 양가성이 구체화된다. '법의 언어'로 가는 인위적 구속의 길과 자연의 생체 리듬과 조화를 이루며 만들어지는 까치집이 지닌 생의 비의성, 즉 매혹의 길은 상반되는 속성을 보이되, 불협화음을 이루면서 공존하고 있다. 이것이 길의 신비이다.

시적 주체는 길의 이러한 신비를 만끽한다.

한 쪽으로 납작 엎드린 갈대밭 어디쯤 새, 나 여기 살아 있다고 드세찬 바람 속에서 꿋꿋이 살아 있다고 세 번쯤 울었다 알아들을 수 없는 어린 새의 말로 울었다 그 때 등도 없이 강과 밤을 자전거로 거슬러 오르는 사람의 가슴에 그래, 나도 이렇게 살아 있다고 꼭 지켜야 할 약속이 있어 끝끝내 가는 중이라고 등 하나 반짝 켜졌다.

―「점등」 부분

'소리 없는 음악'에 이르는 길의 신비 • 351

스툴 소변기와 마주선 당신이 짧게 한두 번 진저리치는 건 몸에, 마음
에 익숙한 것을 버려야 하는 오늘의 천산북로 넘기, 막 몸을 빠져나가는
따뜻한 슬픔과 잇대어 나오는 서늘한 기대가 눈처럼 희고 얼음같이 쌀
랑한 둥근 도기 안에 몸 섞는 걸 잠깐 지켜보며.//
　　그 다음 몸 돌려 출구를 향하는 당신은 이미 낯선 땅 한 발자국 힘차
게 내딛은 것이다.

— 「천산북로 넘기」 부분

　　그런데 길의 신비를 만끽하는 일은 혹독한 대가를 치러야 한다. 길 위
에 마냥 서 있다고 해서 길의 신비를 덜컥 깨우칠 수 없다. 아주 단순한
듯 하지만, 길 위를 쉼 없이 가야한다. 일체의 흔들림에도 동요하지 말고
묵묵히 제 길을 가야한다. 그렇게 가다보면, "그래, 나도 이렇게 살아 있
다고 꼭 지켜야 할 약속이 있어 끝끝내 가는 중"이다보면, 막막할 것만 같
던 적요(寂寥)의 길 위에 "등 하나 반짝" 켜질 것이다(「점등」). 그 길은 생
목숨을 사막의 모랫바람으로 풍화시키고 눈 덮인 설산 속에서 모든 걸 얼
어붙게 하는 천산북로를 넘어서고야 마는 생의 신비로 넘실댄다. 시인은
이 생의 신비를 우리들 일상의 배설 행위와 포개놓는다. 시인에게 천산북
로를 넘는 고된 길은 오래전 이 길을 넘었던 온갖 사연들로 기념해야 할,
바꿔 말해 동서문명의 교류의 원대한 역할을 담당한 문명의 길, 즉 역사
의 차원에서 이해되어야 할 길이 아니라, 신체에 영양분이 섭취하는 과
정에서 걸러진 신체의 노폐물이 배설 기관을 통해 아주 자연스레 몸 바
깥으로 배출되는 배설 행위와 동일성을 갖는 일상의 차원으로 이해된다.
몸 밖으로 노폐물이 배출되는 순간의 '작은 기쁨[小便]'을 만끽한 후 화장
실 밖을 향하는 우리를 시인은 "이미 낯선 땅 한 발자국 힘차게 내딛은
것"(「천산북로 넘기」), 즉 천산북로를 힘겹게 넘어 새 세상의 길로 들어선
것과 흡사한 시적 진실을 발견한다. 시인에게 일상은 천산북로를 넘는 것

과 크게 다르지 않는 셈이다. 왜냐하면 일상 역시 길을 가는 것과 다르지 않는바, 흔히들 일상을 다양하고 험난한 모험이 수반되는 길 위의 여정과 전혀 그 성격이 다른 것으로 파악하고 있으나, 기실 일상이야말로 매 순간 천산북로를 넘는 것과 애써 구별할 수 없는 위기의 연속들로 채워져 있다. 다만 우리는 일상의 위기에 너무 둔감해져 있을 따름이다. 분명 일상은 우리에게 반복되는 것처럼 보이지만, 일상의 풍경을 내밀히 들여다보면 그 반복은 미묘한 차이를 수반하는 반복'들'이다. 끊임없이 이 반복'들'을 재생산하지 않는 한 일상은 지탱될 수 없다. 반복'들'에 대한 이 강박증이야말로 일상의 천산북로를 넘는 길과 크게 다르지 않다.

그렇다면 이러한 길의 도정(道程)에서 시인이 만나고 싶어하는, 혹 이르고 싶어하는 것은 무엇일까. 어리석은 물음인지 뻔히 알면서도, 툭, 하고 묻는다.

> 가방에 뭔가 툭 떨어져 보니, 새똥이더이다 그래 고개 치켜드니 아니, 검정가방 훨훨 날아가는 중이더군요.//
> 볕 좋은 날 자전거로 강 따라 서해바다까지 내처 가도 좋을 듯했습니다 바람이 전하는 말 귀 기울이며 그곳까지 가닿는 동안이 한평생이래도 하나도 안 억울하겠다는 느낌 햇빛처럼 투명했구요.//
> 저만치 버드나무 가지에 내려앉은 새가 흔들흔들 꼬숨말 태우며 나무를 달래고 이 때 나무는 간지럼 더 못 참겠다는 양 하늘 속으로 숫, 새를 쏴 올렸습니다 그 아래 하하하 웃는 건 물론 멈춰 선 자전거구요.//
> 그토록 새가, 나무가 되고 싶었던 사람이 거친 줄기 쓰다듬으며 대신 울어주는 새 울음에 적셔지는 바로 지금, 다 이뤄졌다! 는 탄성에 오싹 몸 떤다면 이건 무슨 소리 없는 음악이 되는 겁니까.
>
> —「음악」 전문

시인은 "소리 없는 음악"의 시적 경지에 이르고 싶어하는 것은 아닐까. 음악이 소리가 없다? 아니다. 소리가 있되, 이 소리는 '묵음(默音)의 소리'

이다. 이 '묵음의 소리'는 "저만치 버드나무 가지에 내려 앉은 새가 흔들흔들 꼬숨말 태우며 나무를 달래고" 이내 나무는 새의 꼬숨말을 못 참아 새를 "하늘 속으로 숫" 날리고, "바람이 전하는 말 귀 기울이"는 시인에게 와락, 하고 밀려드는 엄청난 파장을 지닌 소리이다. 인간의 가청 주파수대를 초월한 소리이니, 인간의 귀에 들리지 않는 것은 너무나 당연한 일이 아닌가. 바로 이 소리야말로 '천지귀신을 감동시킬 수 있다[能感動天地鬼神]'의 시적 경지를 뜻하는 것이고, 이 시적 울림은 시의 감흥을 수반한다.

그러고 보니, 시인의 '소리 없는 음악'이 추구하는 미적 체험이 정월 대보름 냇물에 놓여 있는 징검다리를 조심히 다시 놓는 행위에 깃든 소리들 사이에서 더 없는 아름다움의 사연을 만들고 있지 않는가.

> 그 집 아랫목에 누구 오래 앓아누웠던가, 절하듯 엎드려 괴고 흔들어 보고 지긋이 디뎌보다 다시 괴고 또 올라서서 굴러보는 발목이 희고 가느다랗다.
>
> —「정월 대보름」 부분

누구인지 그리고 무슨 사연인지 모르나, 시적 주체는 징검다리를 정성스레 다시 놓고 있다. 누군가가 몹시 오랫동안 병들어 있는 모양이다. 아마도 그 누군가가 다시 건강한 모습으로 일어나 이 징검다리를 건너 길을 갔으면 하는 염원이 징검다리를 놓는 소리들 사이에 번지고 있다면, 시 읽기가 과잉된 것일까. 그 소리들 사이에서 징검다리를 놓는 이의 정성과 아름다운 마음이 "희고 가느다"란 "발목" 때문에 더 없이 아름답게 들린다. 길의 신비란 바로 이런 것이구나. '소리 없는 음악'에 이르고 싶어하는 시인의 길이 경외 그 자체이다.

허공에 뿌리 내리는 '떨림'의 시학

— 최향란의 『밖엔 비, 안엔 달』

뿌리를 대지에 내리지 못하는 존재는 얼마나 불안할까. 어딘가로 마음껏 뻗어야 하는데, 무슨 이유에서인지 그렇지 못한 운명을 타고난 그 무엇은 도대체 어떤 뿌리를 지니고 있을까. 최향란의 시집 『밖엔 비, 안엔 달』(리토피아, 2013)을 읽는 내내 나를 따라다닌 물음이다. 뭐랄까……. 그의 시집 곳곳에 흩어져 있는 뿌리와 관련한 심상들은 대지에 착근한 데서부터 뻗어나오는 그것이 아니라 대지에 떠다니는, 다시 말해 허공을 부유(浮游)하고 물살에 떠밀려 자연스레 흐르는 심상과 연관돼 있다.

> 허공에 뿌리 두어야 사는 걸 알면서도
> 왜 가느냐 묻지 않았네
>
> —「천리향」 부분

> 뿌리를 내려도 땅에 닿지 않는다
> 바람이 불어도 뒤집어지지 않는
> 손톱만한 잎으로 둥둥 떠다니는 운명
>
> —「개구리밥을 본다」 부분

나 이미 물풀이니 멀리 도망가지 못할 것이다 빈 틈 많은 몸 물살 따
라 길게 눕는다

— 「물풀나무에게 바침」 부분

"허공에 뿌리 두어야 사는 걸" 아는, "손톱만한 잎으로 둥둥 떠다니는
운명"을 지닌 "이미 물풀"로서 "물살 따라 길게 눕는" 것이 최향란 시인
의 거역할 수 없는 뿌리의 생이다. 때문에 시인은 당황스럽다. 뿌리가 아
예 없으면 모를까. 시인에게 뿌리는 부재하는 게 아니라 부유하는 뿌리의
속성을 지니고 있으므로 뿌리와 한몸을 지닌 시인 역시 어딘가로 흐른다.
이것이 바로 최향란 시인의 시적 운명이다.

그렇다면, 무엇이 시인으로 하여금 이런 가혹한 시적 운명을 감내하도
록 할까.

뿌리를 올곧게 내리려면 상처 몇 개는 아무렇지 않은 듯 건너야 하는
거라오 내 주먹 안 깊숙이 묻혀있던 주름 잡힌 생, 두드리지 않아도 울
울창창 열리는 문 있어 투명한 인사로 깨어나 맘껏 들어오는 한 세상을
꿈꾸기도 한다오

— 「울울창창 열리는 문이 있다」 부분

뿌리를 대지에 온전히 내리기 위해서는 "상처 몇 개는 아무렇지 않은
듯 건너야 하는" 것인데, 시인에게 이 건너기는 생각만큼 결코 쉽지 않다.
무엇보다 상처의 아픔을 시인이 감당할 수 있어야 하고, 특히 상처를 치유
할 수 있는 누군가의 도움이 절실한, "치료가 필요한 나의 병/아무도 눈치
채지 못하는 것 같아"(「배롱나무」) 상처의 환부는 더욱 썩어들어갈 뿐이다.
이 세상 그 누구도 시인의 내밀한 상처에 관심이 없다. 하여, 시인은 스스로
용기를 낸다. 상처가 도사리고 있는 어둠의 세계를 들여다보기로.

작고 어두운 세상에 얼굴을 들이 민다
햇살 한 줌 없는 한 평도 안 된 그 곳에
손사래 치며 뒤로 물러서는 어린 내가 있다
어서 나오렴 그 안은 너무 우울해
습한 냄새 속으로 자꾸만 빨려 들어가는
어둠이라 생각했던 이 안은 아주 아늑해

앞으로 옆으로 자리를 옮겨 잡으려다
책상 다리에 무릎을 찍었다
화장품 뚜껑을 집어 들고 남은 왼손으로
바지를 걷어 올려보니 벌겋게 달아오른 상처
이렇게 또 다른 상처 하나 찾아든다

　　　　　　　　　　　　　　　　　　― 「상처」 부분

　최향란 시인은 그의 내밀한 상처가 숨어 있는 "작고 어두운 세상에 얼굴을 들이"밀고 그 어둠 속 깊은 곳에 우울히 자리하고 있는 "어린 내"를 마주한다. 책상 밑으로 들어간 "화장품 뚜껑을" 찾으려다 무심결 그동안 망각하고 있던 상처 투성이인 또 다른 '나'를 만난다. 마치 엘리스를 이상한 나라로 유혹한 토끼처럼 화장품 뚜껑은 '나'를 어린 시절의 그때, 그곳으로 데려간다. 그곳은 '나'에게 분명 낯익은 곳이되, 무언지 모르지만, 이상야릇한 불협화음으로 이뤄진 "위태로운 상상"(「관문동 파꽃의 기억」)의 유혹이 배회하는 곳이다.

　하지만 아버지, 다 용서하고 잊었다는데 저는 왜 믿어지지 않을까요
잡곡밥이 지저분해 보여서 보리밥 든 저녁 밥상에 자주 부재중이던 아버지. 그런 날이면 당신만의 별을 찾아 날 새도록 닦고 닦아 흰 밥으로 하얀 날에 오셨나요

　　　　　　　　　　　　　　　　　　― 「아버지와 흰 밥」 부분

어머니 당신이 꽃술 담그던 그 날처럼
진달래꽃 따러 장수리에 갔어요
무심히 꽃잎 따는데 햇살 바다 위에 반짝이고
진달래꽃 흐드러지게 마주 앉아
왜 그 바닷가에 갔는지 잊었지요
꽃잎 켜켜이 설탕 재워
넉 달 동안 돌아보지도 말아야 한다기에
여름이 다가도록 또 잊었지요
설탕에 재워진 달큰한 꽃잎
꽃잎을 먹었는지 꽃잎에 절여진 술을 먹었는지
유년의 달밤도 이토록 푸르렀을까요
꽃잎 한 송이 한 송이
꽃향기 날 때까지 꽃술 마시는데
바다가 붉게 꽃잎에 앉았어요
봄날 장수리 바닷가 꽃 따러가고 싶어
밤새 뒤척이다 목 아프고 열이 나면
당신이 다녀간 흔적이라 생각할까요

—「꽃술」 전문

아버지와 어머니는 '나'의 과거 세계에 대한 불협화음을 이루는 짝패로
서 기능을 하고 있다. '나'는 어떤 사연인지 모르지만, 아버지를 "다 용서
하고 잊었다는데" "왜 믿어지지 않"는지, "부재중이던 아버지"를 향한 불
신의 상처가 덧난다. '나'와 아버지는 좀처럼 불화의 심리적 거리를 좁히
기 힘든 관계로 여전히 남아 있다. 하지만 '나'와 어머니는 "설탕에 재워
진 달큰한 꽃잎/꽃잎을 먹었는지 꽃잎에 절여진 술을 먹었는지" 식별이
안 될 정도로 "꽃술"에 흠뻑 취한 채 서로 동일시된 심적 상태를 보여준
다. 최향란의 이번 시집에서 유달리 시적 화자인 '나'의 어머니를 향한 곡
진한 심정은 아버지의 부재와 연관된 뿌리가 부유하는 심상과 결코 무관
하지 않다. 집안의 가장으로서 흔들리지 않는 튼실한 뿌리의 몫을 다 해

야함에도 불구하고 그의 뿌리는 "어느 세상을 돌다가 거친 운명으로 올 수밖에 없는 깊은 어둠"(「바람의 비밀」)에 떠다닐 뿐이다. 하여, 시인에게 아버지의 부재는 이 땅의 어둠 속을 정처없이 배회하며 견디는 소외의 삶으로 그려지고 있다.

> 어떤 남자가 한 척 남은 멸치배를 팔아도 빚이 남는다며
> 묻지도 않은 말을 간판 없는 국밥집 주인여자에게 던진다
> 그들이 오래 전부터 알고 지내온 사이인 게 분명한 것은
> 여자도 묻지 않고 국밥과 소주 한 병을 내왔기 때문이다
> 국밥이 너무 뜨거워 깍두기는 왜 이리 커
> 세상이 너무 뜨거워 만만한 게 하나도 없다는 투덜쟁이
> 에그, 뜨거우면 후후 불고 크면 잘라 먹으면 되겠네
> 둔탁한 가위로 깍두기를 잘라주는 여자
> 더 말해도 위안이 되지 않겠다 싶은지 입을 다무는데
> 침묵을 지켜보는 게 저리도 힘겨울 수 있구나
> 왼손 오른손 힘을 주고 자르는데
> 아뿔싸, 남자 흰 옷에 꽂힌 붉은 깍두기 국물
> 이런 씨펄, 이젠 깍두기도 날 무시하네
> 어디로 가야할지 길 잃은 남자의 수저질
> 바싹 마른 입술 달싹거리다가 국밥 그릇으로 툭 떨어지는
> 소금 한 덩어리
>
> —「슬픔을 먹는 사내」 전문

"어디로 가야할지 길을 잃은 남자의 수저질"로 "툭 떨어지는/소금 한 덩어리"에 응축된 '슬픔'은 기실 시적 화자인 '나'의 또 다른 슬픔이며 상처라 해도 과언이 아니다. 삶의 방향성을 상실한 어떤 존재의 부재는 강렬한 어떤 그 무엇의 그리움으로 이어지는바, 이 그리움은 존재의 충일감으로 이어지는 것이며, 결코 어떤 것에 대한 집착으로 이어지지 않는다. 이 것은 최향란 시인의 핵심적 심상인 '부유하는 뿌리'가 함의한 시적 진실

에 이른다. 다시 강조하건대, '떠돎'으로 정리할 수 있는 시인의 독특한 상
상력은 낭만적 정염에 휩싸인 채 아무런 생각 없이 그저 세상을 자유롭게
떠돌아 다니는 게 아니라 '나'의 상처와 진실로 만나는 자기 치유의 여정
이면서 '나'의 바깥에 존재하는 타자들을 영접하는 순례와 다를 바 없다.

> 견고했던 살 다 버리고 세상 안으로 잠시 돌아온
> 당신은 가지런히 떨어진 동백꽃 위로 걷혔다
> 느그 어머니가 참 고왔는디 뼈까지 곱게 남으셨구나
> 더 좋은 곳으로 모시고 가는 거라고 언능 말씀 올려라
> 햇살 받고 바람을 영접하라는 속삭임은 낯선 꿈이다
> 단지 속으로 또 다시 가벼이 가는 당신과
> 뜨거웠던 제 몸 스스로 열어 가벼워지는 저 꽃
> 그렇게 가고 그렇게 보내고
> 끝내 못한 말 그. 립. 다. 는 아득한 빛깔만 남았다
>
> ─「또 다른 풍장」 부분

> 관심인 체 걱정인 체 자세히 바라보니 아무 일 없다는 듯 가늘게 흔들
> 흔들 그리운 길 분홍꽃신 신고 가신다
>
> ─「분홍꽃」 부분

'나'의 어머니의 주검은 다 풍화된 채 가벼울 대로 가벼워졌다. 바람이
조금만 불어와도 어머니의 이승에서 남은 뼛가루들은 이내 공중으로 흩
뿌려질 터이다. 그렇게 어머니의 존재는 "가벼워지는 저 꽃"처럼 공중을
떠돌 것이며 '나'에게는 "끝내 못한 말 그. 립. 다."는 스타카토의 음절과
그 여운이 "아득한 빛깔"로 남을 것이다. 그리고 그 떠도는 그리움은 "가
늘게 흔들흔들 그리운 길 분홍꽃 신고" "어머니 무덤 뒤쪽으로 코스모스
꽃 피우"고 있다. 이렇게 그리움의 존재는 한 곳에 붙박이지 않은 채 떠돌
아 다니고, 언제 그랬냐는 듯, '나'와 영접하기 위한 가벼운 존재로 현현한

다. 이것이 바로 최향란 시인이 성찰하고 있는 존재의 시적 진실이다. 그에게 존재란, 그리고 존재를 에워싸고 있는 세계란, 어떤 정해진 고정 불변의 객관적인 것으로 이뤄진 게 결코 아니다.

> 공평하단 말을 좋아하고 객관적이란 말을 자주 사용하지만
> 나는 정말 객관적이란 말의 안쪽에 자리 잡은
> 모두를 사랑한다든지 좋은 쪽으로 생각한다든지
> 매일 그냥 좋은 게 좋은 거라는 말들은
> 뻔뻔한 가면이라는 생각을 했어요
> ―「오늘은 눈이 멀어」 부분

객관이 얼마나 가증스러운 "뻔뻔한 가면"을 쓰고 있는 것인지에 대한 시인의 통렬한 비판을 엿볼 수 있는 대목이다. 객관에 대한 시인의 부정적 태도는 "객관적이란 말의 안쪽에 자리 잡은" 말 그대로 전혀 객관적이지 않은, 객관의 탈을 쓴 객관의 횡포, 즉 객관주의에 대한 준열한 비판에 다름 아니다. 이것은 존재와 세계를 객관화한다는 미명 아래 물신화하고 마침내 그 비의성을 몰각하는 큰 잘못을 범할 수 있는 데 대한 시적 비판이다. 가령, 다음과 같은 어느 귀농의 넋두리의 사이사이에서 공명(共鳴)되는 마음은 객관주의가 세상을 살아가는 데 전부가 아니라, 도리어 이러한 객관주의를 감싸안는, 그래서 뭔지 모르게 존재와 세계를 묵직하게 짓누르는 객관주의를 활달히 넘어서는 존재와 세계의 비의성을 해학적으로 보여준다.

> 책에서 시킨 대로 했는디 영 수확이 그렇소. 고추밭에 고추나무가 반 잡풀이 반 유기농은 원래 이리 하는 건디요, 우리가 묵은 것보다 벌레가 더 많이 묵어 뿌렸소. 아무나 많이 묵었으면 됐지 뭐, 안 그렇소? 근디 올해도 누이한테는 아무것도 못 주것소, 어짜까?
> ―「태기네 고추밭」 부분

"귀농 삼년 째 제자리 농사짓고 있"는 태기네는 영문을 모를 수밖에 없다. 분명, "책에서 시킨 대로 했"는데 어떻게 된 영문인지 "영 수확이" 좋지 않다. 유기농을 하는 태기네는 책의 세계, 즉 객관에 기댔건만, 태기네는 이 객관적 영농에 참패를 당하였다. 하지만 태기네는 객관에 굴복하지 않는다. 비록 유기농 밭작물의 수확은 객관적으로 형편 없지만, 밭에서 삶을 지탱하고 있는 벌레에게는 풍요로운 수확이 아닐 수 없다. 태기네의 객관 세계에서는 분명 실패한 농사이지만, 태기네 밭에 살고 있는 벌레의 세계에서는 낙원이나 다를 바 없는 풍요의 현실이 도래한 것이다. 태기네는 이러한 벌레의 세계의 풍요를 해학적으로 인식하는 것을 통해 태기네의 농사짓기와 관련한 모든 것의 비의성을 절로 체득하고 있는 것이다.

사실, 객관의 세계를 꿰뚫어 그 너머의 비의성을 새롭게 발견하는 것이야말로 모든 시인이 간절히 도달하고 싶은 시의 진경(眞境)이다. 세상의 시인들은 각자의 시적 개성과 시적 탐문을 통해 이 시의 진경을 추구하는 것이다. 우리는 지금까지 최향란 시인의 시편들을 통해 그가 추구하고자 하는 시의 진경의 일단을 살펴보았다. 다시 한 번, '부유하는 뿌리'의 심상들을 생각해보자.

> 선인장 곁에 민들레가 둥지를 틀었다
> 가만가만 입을 맞추는 봄밤에
> 도란도란 소리가 고인다
> 잠 깨어 운명을 피워 올리는 떨림
> 이제야 눈치를 챈다
> 멋쩍어 무심히 곁눈질한다
> 갑작스레 세 들어와 낯설은 선인장을 위해
> 민들레는 딱 한 송이 살꽃을 피운다
> 선인장은 묵묵히 비켜서며 몸을 틀고서
> 온몸으로 핀 노란 꽃 받쳐 들고 있다.

저들이 뿜어내는 열꽃
내 안에 들어온다

— 「선인장과 민들레」 전문

위 시는 선인장과 민들레가 공존하고 있는 매우 흥미로운 정물화를 연
상시킨다. 그러면서 고성능의 동영상 카메라를 통해 동서(同棲)하고 있는
이질적 생명체의 상생의 과정을 고배율의 동영상으로 보여준다. 선인장
과 민들레, 이 놀랍고도 신비한 존재의 조화를 보라. 어디선가 날라온 민
들레 홀씨가 하필 온몸이 가시투성이인 선인장 곁에 위태롭게 "둥지를"
튼다. 원래 터줏대감 선인장은 가녀릴 대로 가녀린 민들레 홀씨를 박대하
지 않고 "묵묵히 비켜서며 몸을 틀고서" "딱 한 송이 살꽃을 피운" 민들레
를 "받쳐 들고 있다." 선인장은 민들레의 생명을, 민들레는 선인장의 존재
의 터전을 최대한 훼손시키지 않은 채 서로의 세계를 공유하면서 서로의
존재를 온힘으로 보살피며 있는 그대로를 인정한다. 이것은 시인에게 "운
명을 피워 올리는 떨림"으로 포착될 뿐만 아니라 그들이 서로의 존재를
휩싸고 돌며 "뿜어내는 열꽃"은 이내 시인의 "안에 들어"와 존재의 비의
적 아름다움으로 승화된다.

우리는 여기서 최향란 시인의 시학을 살짝 엿볼 수 있으리라. 그의 시
쓰기는 "잠 깨어 운명을 피워 올리는 떨림"으로 메타포화한다고 말할 수
있다. 선인장과 민들레처럼 서로 이질적인 것들이 서로를 밀쳐내지 않고,
서로의 그 귀한 세계를 공유하면서, 서로의 존재를 개시(開始)하는 긴장과
내밀한 격정이 휩싸고 도는 '떨림'의 내습은, 그의 시쓰기의 중요한 원리
다. 이러한 그의 시학을 제대로 이해할 때 그의 시에서 곧잘 보이는 풍경
들이 지닌 미의식에 독자 역시 '떨림'을 느끼지 않을 수 없다.

가막만에 낡은 집 한 채 짓고 정어리 떼 들어오는 소리 듣고 싶다 과

거와 미래의 처마가 작은 마을, 잊고 지내왔던 추억이 이곳에 발길 내리고 있을 것이다 냉잇국 푹푹 끓이고 싱싱한 낙지도 한 마리 올라오는 저녁에는 오래되어 삐걱대는 나무난로를 깨워 밤을 지샌다 잠깐씩 졸다가도 창밖 새벽 동 트는 소리가 어디까지 왔는지 귀를 세운다 선창가 외등이 꺼져도 별이 많아 무섭지 않아 돌산, 개도, 송소, 평사, 경도, 화양으로 정어리들 시계방향, 반시계 방향, 아니 제 맘대로 달려와 바다 가득 차오르는 새벽을, 잘 늙은 한 그루 나무로 기다릴 수 있으면 좋겠다

— 「가막만의 봄」 전문

홀로된 어멈이 갯가로 나가 여직 안 들어온다
노인은 기다랗게 고개를 빼고 바다를 바라본다
바다는 점점 가깝게 다가오고
좁은 길 따라 유채꽃으로 노랗게 앉아있는 노파
만조 시간은 깊어지고 어멈이 아직 오지 않았다
헛기침이 꽃 진 자리로 파고들고 기다림만 저물고 있다

— 「무술목을 떠난 봄바람」 전문

여기, 두 개의 풍경화가 있다. 하나는 가막만의 봄 풍경이고, 다른 하나는 무술목의 봄 풍경이 그것이다. 가막만의 봄 풍경에서 특히 주목해야 할 것은 "정어리 떼 들어오는 소리"로부터 연상되는 일련의 "잊고 지내왔던 추억"으로 그려지는 풍경이며, 무술목의 봄 풍경에서는 "갯가로 나가 여직 안 들어온" "홀로된 어멈"을 기다리는 노인의 "헛기침" 사이로 파고드는 애타는 "기다림"의 "만조 시간"의 흐름으로 그려지는 풍경이다. 둘모두 귀 기울여야 할 것은 특유의 '소리'다. 최향란의 풍경화는 눈으로 보이는 대상을 전경화(前景化)시키는 화풍이 아니라 그 대상의 사위로부터 들려오는 소리의 풍경을 후경화(後景化)시키는 개성적 화풍을 지닌다. 시각과 청각의 이 묘한 '떨림'은 "돌산, 개도, 송소, 평사, 경도, 화양"으로 정어리 떼들이 "시계방향, 반시계 방향, 아니 제 맘대로 달려와 바다 가득

차오르는 새벽"의 봄 장관의 역동성으로 현현된다. 가막만의 생생한 봄의 진풍경이 아닐 수 없다. 그런가 하면, "좁은 길 따라 유채꽃으로 노랗게 앉아있는 노파"의 애타게 기다리는 "헛기침이 꽃 진 자리로 파고들"어 과부 신세가 된 며느리(혹은 딸)를 보살피려는 (시)어머니의 모습은 무술목의 정적(靜的)인 봄의 풍경이다. 이 풍경은 여기에 깃든 기다리는 자의 애틋한 '떨림'이 빚어낸 빼어난 그림이 아닐 수 없다.

이러한 존재와 세계의 떨림을 바탕으로 한 최향란의 시쓰기는 삶의 겸허한 성찰로 이어진다. 황태로서의 가치를 얻지 못한 먹태를 손질하면서 시인은 먹태가 황태 못지 않은 훌륭한 식재료의 몫을 다하고 있다는 소중한 깨우침을 얻는다.

> 머리와 뼈 발라 살들만 가지런히 늘어놓고 보니
> 어쩌면 세상에서 가장 깨끗한 죽음, 사람의 생도
> 누군가의 뜨거운 한 사발 국이 될 수 있을까요
> 훌랑 벗은 인생
> 은빛 비늘을 흔들고 있어요
>
> ―「먹태, 장사 지내다」 부분

황태나 먹태나 중요한 것은 그 죽음이 "누군가의 뜨거운 한 사발 국"으로 기능함으로써 죽음이 생으로 전도되는 그 비의적 가치지, 황태와 먹태로 구분되는 그것의 차이에 따른 객관의 가치가 아닌 것이다. 또한 시인은 존재와 세계가 교응하는 우주적 순리를 깨치지 못한 채 늘 부자연스러운 인위적 시간의 흐름에 예속된 자신의 삶의 태도를 준열히 꾸짖는 자기 비판의 시적 윤리에 충실하다. 최향란 시인의 이 같은 성찰은 이후 그의 시가 이번 시집에서 얻은 시적 성취에 안주하는 게 아닌 부단한 시적 갱신으로 이어질 것이다.

감이 뾰족하게 잘도 자란다
두 해 내리 열매 맺지 못하고 그냥 잎만 무성했던 감나무다
저놈의 밑둥 싹둑 잘라버려야지 안달했는데
둥근 초록 앞에 참으로 무색하다
늘 반 박자 빠르게 가슴 철렁이며 성급했던 나를
그냥 안 본 듯 기다릴 수는 없었느냐
고요하게 꾸짖는 소리를 엮으니 한 바구니다
부끄러움이 움찔한다

— 「반성」 전문

제주의 사계절, 그 비의성이 품은 매혹들

— 한희정의 『꽃을 줍는 13월』

제주의 사계절을 진솔한 언어로 담아내고 있는 시집을 만난다. 한희정의 시들은 제주의 사계절 풍경의 결들에 밀착하면서 그 결들 사이에 오롯이 숨쉬고 있는 제주의 삶에 귀를 기울이고, 또한 그 결들의 틈새로부터 번져나오는 제주의 뭇존재가 지닌 아름다움의 기쁨을 보여준다. 무엇보다 그의 시는 시조 특유의 형식미에 기반한 절제와 균형을 두루 갖춤으로써 대상에 대한 시인의 시적 감성이 과장되지도 않을 뿐만 아니라 그 시적 감성이 지나치게 응축되지도 않음으로써 독자로 하여금 그의 시를 음미하는 데 불편하도록 하지 않는, 그래서 마음의 평정(平靜)을 유지하도록 하는 시적 중용(中庸)의 미덕을 갖추고 있다. 이것은 이번에 상재하는 한희정의 시집 『꽃을 줍는 13월』(동학사, 2013)이 품고 있는 시적 매혹이 아닐 수 없다.

우선, 한희정이 각별히 주목하고 있는 제주의 사계절 풍경의 결들을 매만져보자.

하늘은 닫혔어도
꽃들은 피고 있었네
가발 쓴 무희들의 하얀 발목이 비치면서
장맛비 꽃들의 음표가 통통 튀어 오를 때,

상반신 다 드러낸 백련 한 송이가
하늘 계단 따라 그림자 내려선 곳
사르르 바람이 일어
꽃잎들을 헹군다

목탁은 절에서 치고
파문은 연못에 이네
물 위에 오체투지 고추잠자리 한 마리가
이제 막 꺼낸 날개를 다시 물에 담근다.

—「수련」 전문

「수련」은 여름철을 노래한 1부의 맨 앞머리에 수록된 시로, 제주의 장마철 연못에 피어 있는 연꽃의 모습을 그려내고 있다. 우리가 이 시에서 세밀히 음미해야 할 것은 수련과 조우하고 있는 시인의 내밀한 감각이 매우 자연스레 드러나고 있다는 점이다. 시어와 시어 사이, 시의 구절과 구절 사이, 시의 행과 행 사이, 그리고 시의 연과 연 사이에서 시인의 감각은 우주의 생의 율동에 조응하면서 수련과 어우러져 있는 다른 존재들과의 자연스러운 어울림에 공명(共鳴)한다. 시인은 우중충한 제주의 장마철의 음습한 자연환경을 "장맛비 꽃들의 음표가 통통 튀어 오"르는 경쾌한 소리가 동반하는 시각의 풍경으로 전도시키고 있다. 이 대목에서 우리는 장마철에 지루하게 내리는 장맛비의 후덥지근한 풍경이 아니라 수줍게 "상반신 다 드러낸 백련 한 송이"와 조화를 이루는 우주적 화음의 풍경에 사로잡힌다. 그리고 이 풍경에 시샘을 하는지 어디선가 "사르르 바람이 일어/꽃잎들을 헹"구는 훈풍에 감긴다. 사실, 이 정도만 하더라도 장마철에 핀 수련의 비의적 아름다움을 노래하는 것으로 충분하다. 하지만, 시인은 마지막 연에서 이렇게 핀 수련과 관계를 맺고 있는 다른 존재들의 생의 율동을 통해 이 계절에 핀 수련의 심오한 아름다움을 한층 자아낸다. 어딘선가 들려오는 목탁 소리는 수련이 핀 연못에 "파문"을 일으키고, 그 파문의 결들 사이로 고추잠자리 한 마리는 비로소 물 속 생태를 끝내고 성충으로서 우화등선(羽化登仙)하기 위해 "이제 막 꺼낸 날개를 다시 물에 담근다." 그 모습이 시인에게는 "물 위에 오체투지"하는 힘겨운 구도(求道)의 그것으로 다가온바, 문득 고추잠자리의 이 모습은 목탁 소리에 파문을 일으키는 연못의 수면의 떨림과 조응하더니, 목탁을 치는 승려의 구법(求法)의 풍경과 절묘히 겹쳐진다. 실로 이토록 자연스러우면서도 절묘한 풍경들의 어우러짐이 아닐 수 없다. 마지막 연의 이러한 풍경은 제주의 장맛비가 내리는 연못에 핀 수련의 풍경과 절로 어우러지면서 제주의 여름철을 이루는 통상적 풍경(태풍과 극심한 가뭄)과 다른 비의적 아름다움의 매혹을 발산한다.

이러한 제주의 여름철 특유의 매혹을, 한희정 시인은 그의 일련의 「여름꽃 편지」 연작 시에서 부용, 맥문동꽃, 참깨꽃, 백일홍, 부추꽃 등의 형상화를 통해 결코 화려하게 꾸미지 않은 채 단출한 졸박미(拙朴美)로 노래한다.

한희정 시인은 여름에 이어 가을을 노래하는데, 제주의 가을 풍경 속에서 제주 사람들의 삶의 내력을 담담히 전경화(前景化)한다. 가령, 다음과 같은 삶의 내력을 살펴보자.

> 도항선 눈앞에서 남실남실 뜨는 바다
> 발 동동 먼발치서 수평선만 바라보는
> 그이와 스물다섯 해 그도 뱃길이었네

치맛자락 환해라, 중년의 억새무리
오르막 레드카펫 계단마다 은혜로운
비양봉 서편자락이 은가루로 빛날 때

—「비양도 은혼식」 부분

아버지 연세만큼 노랗게 주름졌을,
문패와 나란히 선 오십년 나무 곁에
한 그루 은행나무가
꿈을 줍고 계신다.

싸리비 다 닳도록 아직도 쓰는 마당.
막 자른 손톱 세워 수술자국 긁는다
담 너머 흘린 꿈들을
가슴속에 담으며

뚜벅이 걸음으로 삶을 음유하시던,
낡은 악보의 음표 같은 그리움들
천지간 눈물 뿌리듯
가을 함께 내린다.

—「아버지와 은행잎」 전문

　"비양봉 서편자락이 은가루로 빛날" "중년의 억새무리"에서 음미할 수 있듯, 시인은 결혼 25주년—은혼식을 맞이한 중년 부부의 내력을 엿보고 있다. 제주의 북쪽에 위치한 한림읍 앞바다에 떠 있는 작은 섬 비양도에서 은혼식을 맞이한 중년 부부의 삶은 "스물다섯 해" "뱃길"만큼 우여곡절이 많았을 터이다. 그 우여곡절을 어찌 다 말할 수 있으랴. 뭇생명이 생의 최정점을 찍은 후 자신의 생을 웅숭깊은 시선으로 성찰할 수 있을 즈음이 바로 가을이라면, 시인은 바다에서 생의 최정점을 보낸 중년 부부의 삶의 내력과 동일시되는 비양도를 성찰적 가을의 성소(聖所)로서 인식한다.

이러한 성찰적 가을은 "뚜벅이 걸음으로 삶을 음유하시던" '아버지'가 지니고 있는 "낡은 악보의 음표 같은 그리움들"에 절실함을 더한다. 오십 년 생 은행나무와 함께 아직도 "꿈을 줍고 계신다"는 '아버지'는 무엇을 그리도 애타게 "가슴속에 담으"려고 할까. 지난 젊은 시절의 못다 이룬 꿈들일까. 그래서 그토록 많은 미련이 남아 회한에 젖은 것일까. 삶의 최정점을 보낸 아쉬움이 그토록 큰 것일까.

순리대로 사는 것이 때로는 힘이 들다

한발 딛는 자국마다 단풍 곱게 내리시는

저 붉은 가을의 합장 일념으로 타드네.
　　　　　　　　　　　　　　　　　─「가을의 합장」 부분

그렇다. 우리가 삶을 "순리대로 사는 것"은 결코 쉬운 일이 아니다. 삶의 "단풍 곱게 내리"는 일은 함부로 허락되지 않는다. 막무가내로 시간이 흐르면 어김없이 가을은 오겠지만, 그 가을철 모든 생명들이 나름대로의 삶의 형식에 자연스레 어울리는 모습으로 성숙해지지는 않는다. "저 붉은 가을의 합장 일념으로 타드"는 것은 그만큼의 삶의 웅숭깊은 내력이 뒷받침되어야 한다.

그런데 이 웅숭깊은 삶의 내력은 세속과 단절된 곳에서 축적되는 게 아니라 지극히 세속적인 삶의 현장에서 가뭇없이 시나브로 쌓이는 것이다.

저토록 붉은 것이 일탈의 빛깔일까
길거리 좌판에서 여행객 발길 잡는
아사삭, 백년을 이어 향기 나는 저 소리

"오니더. 반갑니더." 사투리가 정겨운
　　부네탈 볼을 닮은 안동댁 손바닥엔
　　종가의 뒤뜰 붉히는 저녁 해가 걸렸다

　　정좌한 정물사이 코끝 스친 그 유혹
　　한 조각 잘라내어 호들갑에 건네주는,
　　중년의 이브의 사과 한입 베어 물었다.
　　　　　　　　　　　　　　　　　— 「안동사과」 전문

　우리는 앞의 「수련」에서 한희정 시인의 내밀한 감각의 빼어난 형상성을
음미하였듯, 「안동사과」에서는 청각적 심상이 가을에 조응하는 중년의 관
능미를 만난다. 이것은 사과를 깨무는 "아사삭"의 음성상징어와 시적 화
자를 반갑게 맞이하는 "오니더, 반갑니더."의 정겨운 경상도 사투리가 서
로 맞물리는 순간 "한입 베어" 문 중년의 여성이 지닌 관능미로 현현된
다. 중년의 여성 역시 여성으로서 "저토록 붉은" "일탈의 빛깔"의 묘한 관
능적 매혹을 소유하고 싶다. 물론 그 관능적 매혹은 젊음을 마음껏 발산
하는 생의 최정점에 올랐을 때 솟구치는 관능의 매혹과 성격이 전혀 다르
다. 하여, "종가의 뒤뜰 붉히는 저녁 해"와 은유의 관계에 있는, 즉 "백년
을 이어 향기 나는" 안동사과가 자아내는 관능미는 농익을 대로 농익은,
다시 말해 완숙할 대로 완숙한 삶의 원숙미가 동반하는 중년의 관능미로
서 손색이 없다.
　이 중년의 관능미가 지닌 성찰적 가을의 성격을 온전히 이해할 때 다음
의 시에서 보이는 부처와 교감하는 시적 화자의 성애(聖愛)의 궁극 또한
제대로 음미할 수 있으리라.

　　신라의 가을빛이 천년을 내려와서
　　뭍 나들이 섬 아낙의 가슴속을 헤집다가
　　자장암 높은 부처님 무릎위에 앉는다

(중략)

은밀한 그리움에 끝내 말을 잊지 못해
서원은 뒤로하고 출렁다리 기대앉아
부처도, 나도 붉었다 눈 맞춤의 그 한때.

— 「오어사, 가을 한 때」 부분

　"자장암 높은 부처님 무릎위에 앉는" '나'는 이내 부처와 "눈 맞춤"을 한
다. 그 순간, "부처도, 나도 붉었다"는 데서 알 수 있듯, 부처의 가르침과
'나'는 어떤 관념적 형식으로 만난 게 아니라, 부처의 무릎 위에 앉아 부처
와 눈 맞춤을 하는, 이른바 성속일여(聖俗一如)의 비의성, 곧 부처와 시적
화자의 교감이 빚어내는 관능미의 형식으로써 '나'의 삶을 성찰한다. 아
마도 젊은 시절에는 이러한 성애(聖愛)를 통한 삶의 성찰을 엄두도 못냈을
것이다. 하지만 중년 여성으로서 삶의 내력이 쌓이면서 시적 화자는 종교
의 성스러움에 자신을 전적으로 예속시키지 않고 자신이 살아온 만큼의
삶의 내력과 교감할 수 있는 종교의 성스러움을 사랑한다.

　이러한 삶의 내력이 동반한 가을의 성찰은 제주의 혹독한 겨울철 풍경
속에서 더욱 냉철한 성찰의 면모를 보인다. "새벽 억새밭에/인두질 하던
바람"(「소나무의 깨달음으로」)은 제주의 겨울 풍경을 지배한다. 그 제주
의 바람은 "제주해 짜디짠 바람/눈 속에도 푸르"(「소나무의 깨달음으로」)
디 푸른 바람이다. 그런데 한희정 시인은 제주의 겨울 바람이 갖는 매서
운 추위를 정반대의 감각인 뜨거운 불의 심상과 병치시킴으로써 한희정
특유의 제주의 겨울 바람을 생성하고 있다.

　　소나무 등 뒤에다 풀무질하는 눈발.
　　아련히 정근소리 끊길 듯 이어지고
　　골짜기 어린해송들 밀랍 된 채 서 있네

고향집 옆 불미장이 코끝 붉은 할아버지
하늘서도 붙들고 있네 이따금 망치소리
눈 속에 불똥이 튀듯 팥배열매 붉었네

연일 폭설에 둥그러진 침엽수림
화인처럼 찍힌 자국 불평 없이 덮으며
구구곡 공양 한 그릇 먼저 딥썩 받으시네.

—「풀무질, 저 눈밭」 전문

    겨울 소나무 등 뒤로 매서운 제주의 겨울 바람이 분다. 시인에게 이 제주
의 겨울 바람은 "풀무질 하는 눈밭"로 다가온다. 대장간에서 고온의 쇳물을
녹여내는 풀무질을 겨울 바람과 포개놓은 시인의 독특한 심상은 참신하다.
시인에 의해 제주의 매섭고 추운 겨울 바람의 냉기는 고온의 풀무질이 내뿜
는 열기와 서로 뒤섞이는 가운데 제주의 겨울 바람 특유의 냉온감각을 지닌
다. 여기에는 "고향집 옆 불미장이 코끝 붉은 할아버지"의 풀무질이 매개돼
있음을 쉽게 지나칠 수 없다. 그렇다면, 우연의 일치인지 모르지만, 시인이
노래하고 있는 제주의 이 겨울 풍경은 모종의 신화적 상상력을 유발한다.
고향집의 대장간 할아버지의 실존 여부는 중요한 게 아니다. 중요한 것은
이 시에서 제주의 겨울 바람을 생성해내는 데 바로 시적 화자의 존재의 근
원인 고향의 대장간을 지키는 할아버지가 바로 우주를 창조하는 신의 대리
자인 셈이다. 말하자면, 고향 할아버지의 존재는 불을 자유자재로 다루면서
생성과 소멸을 주관하는 신격(神格)을 표상한다.
    한희정의 시집 3부에는 이처럼 겨울의 풍경 속에서 생성과 소멸의 관계
를 직간접으로 탐구하는 시들이 시선을 끈다.

한해 마무리로 얼굴 점을 뽑았다
레이저빔 닿는 곳마다 폭발하는 모반덩이

블랙홀, 마지막 이야기 초신성이 빛난다

내 생애 시작점도 그 별 하나였지
울고 웃던 전갈자리 끊길 듯 이어서 온
밤하늘 수놓던 별들, 까마득한 소실점

—「점」 부분

꽃눈 뜰 듯 뜰 듯해도 더디 오는 봄 앞에
툭하면 먹통 되는 휴대폰 번호 찍힌,
불현듯 빨간 하트가 송신되어 흐른다.

—「겨울나무」 부분

위 두 시에는 유머가 흐른다. 얼굴의 점을 제거하는 레이저 시술을 받은 얼굴에는 아직 상처가 채 아물지 않았으므로 "레이저빔 닿는 곳마다 폭발하는 모반덩이"들이 흩어져 있다. 그런데 시인은 이 모반덩이들을 우주의 "블랙홀, 마지막 이야기 초신성이 빛난다"는 것으로 다소 익살스럽게 처리한다. 하지만 시인의 이 익살과 재치는 그저 단순히 재미있는 것만은 결코 아니다. 시인은 겨울철에 실시한 이 일련의 시술 과정을 우주의 숱한 별들의 탄생과 죽음으로 인식하고 있다. 이것이야말로 시인의 일상과 유리되지 않은 우주적 혹은 신화적 상상력의 시적 재현이 아닐 수 없다. 그런가 하면, 시인은 혹독한 겨울의 추위 속에서 최소한의 생장을 통해 생명을 유지하고 있는 겨울나무의 긴 동면을 끝내면서 봄의 신생을 준비하는 모습을, "먹통 되는 휴대폰 번호"에 "불현 듯 빨간 하트가 송신되어 흐"르는 시적 유머로 형상화한다.

이렇게 제주의 봄은 어김없이 우리들 곁으로 찾아온다. 그리하여 제주의 자생적 원시림이면서 제주 생태의 허파 몫을 맡고 있는 곶자왈은 뭇생명의 기운으로 충일돼 있다.

비릿한 냄새조차 어머니 품속이다

심지 깊은 물웅덩이 추위에도 아랑곳없이

촉촉이 숨결로 다가와 가슴까지 뜨거워

—「곳자왈에서」 부분

　제주의 신생은 곳자왈로부터 시작된다 해도 과언이 아니다. 곳자왈은
제주의 성소(聖所)로서 제주의 태곳적 기원이 고스란히 온축된 곳으로, 뭇
생명의 약동으로 활력이 넘쳐나는 곳이다. 강조하건대, 곳자왈은 제주의
생명의 원천 그 자체다. 곳자왈로부터 분화되고 파생된 제주의 생명들은
이른 봄을 맞이하여 한층 생의 환희를 만끽한다. 제4부에 묶인 시편들은
이 점에서 생기가 넘친다.

파편처럼 새겨놓은 마을표석 없더라도
화전민 아버지의 또 아버지가 살았음 직
그 겨울 아픔이 인다 태워서 더 짙은 자리

발자국 감춰주던 눈발도 핏빛이었을,
육십여 년 대숲에다 봄 햇살이 자맥질하면
대 이을 씨감자 같은 또 한 뼘의 발을 뻗고

—「봄날, 무등이왓」 부분

1
끝내 눈 속에서도 꽃을 피우고야 마는

고고한 그 성품도 급하긴 했나보네

퇴임식 며칠 앞두고 뒤뜰 활짝 밝힌다.

—「매화꽃 아버지」 부분

화전민들은 대대로 화전민의 삶을 살아간다. 동토(凍土)에 불을 지르고 검게 태운 그 땅에서 생을 다시 시작한다. 생존을 위해 간신히 한겨울을 견뎌낸 60여년 전에도 그랬듯이, 화전에 뿌린 씨감자는 끈질긴 생의 연명을 위해 "또 한 뼘의 발을 뻗"는다. 봄은 그 생의 뻗침을 아무 조건 없이 허락한다. 그게 봄의 마력이다. 그래서인가. 매화 역시 "끝내 눈 속에서도 꽃을 피우고야" 말았다. 매화는 생득적으로 봄이 성큼 도래했음을 감지한 것이다. 그래서 무엇보다도 먼저 "고고한 그 성품도 급하긴 했나보네"라는 핀잔을 감수하면서까지 꽃을 피워낸다. 이른 봄을 만끽하고 싶은 것이다. 긴 동면의 사슬을 끊고 신생의 기운을 좀 더 일찍 맛보고 싶은 것이다. 시인은 이 같은 매화꽃의 이른 개화를 "퇴임식 며칠 앞두고" 있는 아버지의 내면 풍경 곁에 슬며시 놓는다. 비록 아버지는 사회적 연령이 다하여 퇴임을 하지만, 아버지의 퇴임은 사회적 존재로서의 종언(終焉)이 아니라 또 다른 사회적 존재로서의 신생을 향한 욕망으로 자연스레 이어지고 있는 것이다.

그런데, 이와 같은 신생의 욕망을 영원한 생명에 대한 아집 혹은 생의 집착으로 보아서는 곤란하다. 그보다 살아 있는 존재로서 타자들과의 지속적 관계 맺기를 통한 '살아 있음'의 현존이 지닌 아름다운 가치를 내면화하고 있는 생의 부단한 노력으로 보아야 하지 않을까.

칠순 넘어 배운 문자 '어떵덜 살암시니'
초성이 받침 되고 낱자가 떠다녀도
새벽녘 알람소리보다 먼저 나를 깨우네

(중략)

'별일 어수다' 마지못해 보낸 답장에
첫 진통 소식 듣고 한달음에 달려오듯

갈급히 '계민 되었쪄' 내리사랑 크시네

삭제될까 조심조심 손놀림 더딘 탓에
대출광고 문자마저 재산인 듯 쌓여가는
어머니 여든 해 삶이 수신함을 채우네.
　　　　　　　　　　　— 「어머니와 문자메세지」 부분

　위 시를 음미할 때마다 제주 사람들의 속 깊은 사랑을 생각하게 된다.
고령의 어머니는 새벽녘 자식에게 '어떵덜 살암시니(어떻게 살고 있니)'
라는 문자메시지를 보내고, 그에 대한 응답으로 자식은 '별일 어수다(별
일 없습니다)'로 답신을 보내고, 또 그에 대한 응답으로 어머니는 아주 간
결히 '계민 되었쪄(그러면 되었다)'라는 문자를 보낸다. 얼마나 자식의 안
부가 궁금하였을까. 떠듬떠듬한 손놀림으로 버튼을 누르는 어머니의 자
식 사랑의 마음과, 자식의 응답 문자를 혹시나 지워버릴까 하여 보관하는
가운데 대출광고 문자만 쌓여가는 어머니의 수신함은 살아 있는 존재들
사이에 면면히 흐르는 삶의 위엄에 절로 고개가 숙연해진다. 삶의 관계는
이렇게 처절히 아름다운 것이다. 때문에 삶의 가치는 함부로 훼손되어서
는 안 되며, 어떤 이유에서든지 생을 죽음으로 억압해서도 안 된다. 끝으
로 한희정 시인의 이번 시집을 음미하면서, 신생의 아름다운 가치는 결코
망각되어서는 안 되며, 지난 날 제주를 죽음의 도가니로 만든 4 · 3의 역
사적 상처 치유를 위한 시작(詩作)에 태만하거나 중단되어서 안 되는 제주
시인의 숙명을 곱씹어본다.

바위틈 감실감실 유족처럼 돋는 봄
보말닥살 군벗딱지 톳 한주먹 몸을 푸네
사월의 비문을 닦는 서귀포 앞바다에

그날도 해넘이 쯤 하늘은 붉었겠지
처남매부 가는 길에 바다가 와 절을 하고
먹먹한 누이 가슴에도 늦동백이 붉었을

봄이어도 봄이 아닌 포진 같은 눈발 속에
올해도 거르지 못한 육십년 속앓이를
떼 지은 바다갈매기가 섬 이야기 풀고 있네.
　　　　　　　　　　　　　—「아파라, 다시 그 봄」 전문

인명

작품

■■■ **저자 소개** 고명철(高明徹)

    1970년 제주에서 태어나, 성균관대학교 국어국문학과 및 같은 대학원 국어국
문학과를 졸업했다. 1998년『월간문학』신인상에「변방에서 타오르는 민족문학
의 불꽃─현기영의 소설세계」가 당선되면서 문학평론 활동을 시작했다. 저서로
『문학, 전위적 저항의 정치성』『잠 못 이루는 리얼리스트』『뼈꽃이 피다』『칼날
위에 서다』『논쟁, 비평의 응전』등이 있다.『비평과 전망』『리얼리스트』『실천문
학』『리토피아』편집위원을 역임했다. 젊은평론가상, 고석규비평문학상, 성균문
학상을 수상하였다. 현재 유럽중심주의 문학을 넘어서기 위해 아프리카, 아시
아, 라틴아메리카 문학과 연대를 실천하는『바리마』편집위원으로 활동 중이며,
광운대학교 국어국문학과 교수로 있다.

푸른사상 평론선 23

리얼리즘이 희망이다

인쇄 · 2015년 1월 30일 | 발행 · 2015년 2월 10일

지은이 · 고명철
펴낸이 · 한봉숙
펴낸곳 · 푸른사상사
주간 · 맹문재 | 편집 · 지순이, 김선도 | 교정 · 김수란

등록 · 1999년 7월 8일 제2-2876호
주소 · 서울시 중구 충무로 29(초동) 아시아미디어타워 502호
대표전화 · 02) 2268-8706(7) | 팩시밀리 · 02) 2268-8708
이메일 · prun21c@hanmail.net / prunsasang@naver.com
홈페이지 · http://www.prun21c.com

ⓒ 고명철, 2015

ISBN 979-11-308-0322-7 03810
값 27,000원